DER SCHWARZE MANN

EIN FESSELNDER KRIMINALROMAN THRILLER

KRIMINALINSPEKTORIN BROADBENT:
THRILLER-REIHE
BUCH 2

JACK PROBYN

CLIFF EDGE PRESS

 Veröffentlicht von: Cliff Edge Press, Essex.

eBook ISBN: 978-1-80520-226-4
ISBN: 978-1-80520-227-1
Erste Auflage
Besuchen Sie Jack Probyns Website unter www.jackprobynbooks.com.

ÜBER DAS BUCH

Manchmal muss man sich den Albträumen der eigenen Vergangenheit stellen, um die Wahrheit zu finden.

Vor dreißig Jahren wurden die Menschen in Guildford von einer Gestalt heimgesucht, die sich in die Kinderzimmer schlich und ihnen beim Schlafen zusah.

Wenn er wieder ging, ließ er einen einzigen Luftballon zurück.

Und dann verschwand er. Die Besuche hörten auf.

Jetzt geschieht es wieder.

Ist der schwarze Mann zurückgekehrt oder terrorisiert ein Nachahmungstäter eine neue Generation von Opfern?

Während der Druck steigt und die Panik zunimmt, muss DI Stephanie Broadbent die Vergangenheit entwirren, um einen Täter zu stoppen, der die Gegenwart heimsucht. Doch was sie entdeckt, könnte sie persönlicher betreffen, als sie je erwartet hat...

KAPITEL **EINS**

Es gibt nichts Schöneres als ein schlafendes Kind. Das gleichmäßige, fast engelsgleiche Heben und Senken seiner Brust ist wie die Wellen auf einem ruhigen Meer. Das kostbare Lächeln auf seinem makellosen Gesicht, während es glücklich von seinen Lieblingsserien und dem Spielen in der Schule träumt. Die Art, wie sein Körper eingekuschelt ist, tief und fest schlafend, seine Umgebung nicht wahrnehmend.

Dieses Mädchen ist da nicht anders.

Poster von Gabby's Dollhouse und Dora the Explorer konkurrieren um den Platz an den Wänden. Bei ihrer Bettwäsche gibt es jedoch einen klaren Sieger: Dora the Explorer und ihr Affengefährte prangen dort und passen zu ihrem Pyjama. Neben ihr ruht ein Paddington-Bär-Kuscheltier. Alt und abgenutzt, möglicherweise aus zweiter oder dritter Generation, von der Mutter an die Tochter weitergegeben. Auf dem Nachttisch steht eine kleine Weltkugel, die ein schwaches, aber warmes gelbes Licht ausstrahlt. Ein Nachtlicht. Darüber glitzern spezielle, im Dunkeln leuchtende Sterne sanft. Heute Nacht hat sich dieses Mädchen der Dunkelheit nicht ergeben. Nicht ganz. Ihre Arme sind weit ausgebreitet, die Lippen leicht geöffnet.

Es ist alles so sicher, so gewöhnlich.

Aber das Schloss am Fenster im Erdgeschoss war nicht einmal verriegelt. Sie denken nie, dass es hier passieren könnte.

Ich stehe still, atme tief ein und inhaliere den Duft von frischem Talkumpuder, Erdbeerduschgel und Shampoo. Er ist süß und köstlich, genau wie der Anblick. Ich weiß nicht, wie lange ich warten werde – bis ich genug habe, bis ich es voll ausgekostet habe.

Oder bis ich mich unsicher fühle, eine Störung höre. Was auch immer zuerst eintritt.

Das Mädchen regt sich leicht unter ihrer Decke. Ich erstarre, beobachte das kleine Zucken ihrer Finger, das Flattern ihrer Wimpern, den plötzlichen und stockenden Atemzug, der langsam von ihren Lippen entweicht. Aber sie wacht nicht auf.

Ich trete näher an das Bett heran. Ihre Hand hängt aus der Bettdecke über den Bettrand, die Finger gekrümmt, als ob sie sich für einen Kampf bereitmachte. Auf ihrem Fingerknöchel ist ein Schorf. Zwei. Drei. Der Beweis für eine voll und ganz gelebte Kindheit. Sicher, sie verbringt wahrscheinlich viel Zeit vor dem Bildschirm und schaut sich ihre Lieblingssendungen auf ihrem iPad an, aber das hier ist der Beweis, dass die Kindheit noch nicht tot ist. Dass sie draußen spielt, die Welt und all den Schmerz, den diese zu bieten hat, erfährt. Sie lernt schon in jungen Jahren wertvolle Lektionen fürs Leben.

Ich bleibe weitere zehn Minuten dort, in der Stille, beobachte, lausche, halte meinen Blick perfekt auf das wunderschöne Geschöpf vor mir gerichtet. Ich will ihr nicht schaden. Ich will ihr keine Angst machen.

Ich will nur zusehen.

Wie ein Engel, ein Wächter.

Während ich hier bin, ist sie in Sicherheit.

Als die Zeit für mich gekommen ist zu gehen – als ich endlich genug habe –, greife ich in meine Tasche und ziehe einen Luftballon heraus. Blau, glänzend, glatt unter meinem Daumen. Ich blase ihn langsam und leise auf. Das Zischen der Luft ist kaum lauter als das Summen ihres Nachtlichts. Ich knote ihn mit Leichtigkeit zu, dann nehme ich aus der anderen Tasche die Schnur. Ich schlinge sie um den Zipfel des Ballons und lege ihn auf den Teppich, befestige ihn mit einem ihrer Spielzeuge, sodass er direkt neben ihr ist.

Eine Erinnerung. Ein Geschenk. Ein Dankeschön *dafür, dass ich Zeit mit ihr verbringen durfte.*

Wenn sie aufwacht, wird er das Erste sein, was sie sieht. Ich hoffe, er gefällt ihr.

KAPITEL **ZWEI**

An jenem Morgen herrschte in der Küche Chaos, wie an jedem Morgen in den letzten sechseinhalb Jahren. Im Hintergrund lief der Fernseher – Bob der Baumeister reparierte irgendetwas für irgendwen –, obwohl noch niemand zusah, denn Becky mochte es, wenn er schon lief, wenn sie herunterkam. Der Geschirrspüler war mitten im Spülgang, weil ihr Mann vergessen hatte, ihn über Nacht anzustellen. Das Wasser aus dem Hahn füllte schnell das Spülbecken und plätscherte über lose aufgetürmte Teller. Der Wasserkocher erhitzte das Wasser für ihre zweite Tasse Kaffee, und die Mikrowelle surrte und wärmte ihren Porridge auf.

Chaos.

Die Küchenflächen sahen nicht besser aus. Ein Konfetti aus Krümeln und Resten des Abendessens vom Vorabend bedeckte die Arbeitsplatte. Ein klebriger Fleck Orangensaft glänzte unter der Obstschale, den dritten Tag in Folge ignoriert. Mehrere Packungen Schinken, Salat und Käse lagen neben einer halb aufgeschnittenen Tomate auf der Anrichte.

Laura bewegte sich wie auf Autopilot durch das alles, schnippte mit einer Hand den Toast aus dem Toaster und wühlte mit der anderen in einer Schublade auf der Suche nach einem sauberen Buttermesser. Sie stieß den Kühlschrank mit dem Fingerknöchel auf, nahm eine Packung Butter und einen Karton Milch heraus, bevor sie ihn wieder schloss. Als sie ihn schloss, wanderte ihr Blick über das Durcheinander aus Fotos, Post-its und glitzernden Geburtstagseinladungen, die mit Magneten an der Kühlschranktür hingen.

Kerrys Geburtstag war in zwei Wochen, also musste sie eine Karte und ein Geschenk kaufen.

Und Jeremy veranstaltete am Wochenende eine Grillparty. Schon wieder eine. Obwohl das Wetter absolut nicht dazu passte. Aber es war noch mehr Geld, das sie für Wein und Knabberzeug ausgeben musste. Ganz zu schweigen davon, dass sie den Babysitter anrufen musste.

Sie hoffte, ihre übliche Babysitterin war zu beschäftigt.

Vielleicht konnte sie es einfach vortäuschen. Sagen, dass sie keine Betreuung finden konnte und sie deshalb nicht kommen könnten. Das würde ihr eine Menge Zeit, Geld und Energie sparen.

Zeit, Geld und Energie, die im Moment dafür draufgingen, Becky für die Schule fertig zu machen.

Laura ließ den Toast auf die Küchenfläche fallen, bestrich ihn hastig mit einer dicken Schicht Butter und schob ihn sich in den Mund, während sie Wasser aus dem Wasserkocher eingoss und dann Beckys Pausenbrot für den Tag zubereitete. Gerade als sie das Sandwich ihrer Tochter in einen neuen Gefrierbeutel fallen ließ, ertönte der Wecker auf ihrem Handy: sieben Uhr.

»Becky!«, rief Laura. »Zeit zum Aufstehen, mein Schatz!«

Sie griff nach der wiederverwendbaren Wasserflasche auf dem Abtropfgestell, fand den Sirup und füllte sie bis zum Rand mit Leitungswasser. Ein paar Minuten vergingen, und es kam immer noch keine Reaktion, kein Anzeichen dafür, dass Becky ihr Zimmer verließ. Kein Geräusch von der Toilettenspülung. Kein Geräusch ihrer Schritte, die schlaftrunken die Treppe herunterkamen.

»Becky!«, rief sie erneut.

Normalerweise wäre ihre Tochter um diese Zeit schon unten, auf dem Sofa sitzend, ihre Schmusedecke umklammert, vor dem Fernseher und würde darauf warten, dass Mami ihr Müsli macht.

»Becky! Komm zum Frühstück runter, Spatz! Sonst kommst du zu spät.«

Sie runzelte die Stirn und blickte zur Decke. Beckys Schlafzimmer lag direkt über ihr, und sie hätte die Diele unter den Füßen ihrer Tochter knarren hören müssen. Aber nichts.

Die Stille ließ ihre Kehle trocken werden. Panik begann sich breitzumachen.

»*Becky*?«

Sie ließ alles stehen und liegen und lief die Treppe hoch.

»Becky, wenn du noch schläfst, bin ich nicht sehr erfreut, mein Schatz.«

Als sie oben ankam und ihre Füße sich schneller als gewöhnlich bewegten, hielt sie den Atem an, während sie auf Beckys Zimmer zuging. An der Tür hing ein niedliches Schild, das sie zusammen gebastelt hatten. Darauf stand mit Wachsmalstift Beckys Name und eine kleine Zeichnung des Hundes, um den sie und Dean in den letzten Wochen immer wieder gebettelt hatte.

Laura umfasste den Türknauf und öffnete die Tür. Sie fürchtete, ihre Tochter wäre tot, in der Nacht verstorben, oder dass sie irgendwie entführt worden war.

Stattdessen fand sie Becky, noch im Schlafanzug, auf ihrem Bett sitzend und mit einem blauen Luftballon spielend, den sie wie einen Boxsack bearbeitete.

Laura erstarrte im Türrahmen. Für einen Moment erkannte sie ihre Tochter nicht. Da war etwas so Unheimliches, so Gespenstisches an diesem Bild, das sie überraschte – als würde sie Pennywise den Clown aus dem Film *ES* ansehen.

»Mami, sieh mal, was ich habe!«

Laura betrat zögernd das Zimmer. Sie wollte sich im Raum umsehen, sicherstellen, dass niemand im Kleiderschrank, hinter einem Stuhl oder unter dem Bett lauerte, aber sie konnte ihren Blick nicht von dem Luftballon abwenden.

»Wo hast du den denn her, Liebling? Hat Papa ihn dir gegeben?«

Dean war doch nicht in ihr Zimmer gehuscht, bevor er zur Arbeit gefahren war, oder? An einem Wochentag tat er das normalerweise nie. Er ging super früh zur Arbeit – noch bevor die Vögel aufgewacht waren – und wollte nie jemanden stören. Ein Kuss auf die Stirn vor dem Schlafengehen reichte ihm jeden Abend.

»Nein«, kam die knappe Antwort von Becky.

»Wer…«, begann Laura, während die Erkenntnis schnell in ihr aufstieg. »Wer hat ihn dir gegeben, Becky?«

Becky schob den Luftballon zur Seite, damit Laura das Gesicht ihrer Tochter sehen konnte. »Das Monster unter meinem Bett hat ihn für mich dagelassen, Mami.«

KAPITEL
DREI

Die Reifen krallten sich in den aufgewühlten Schlamm, während Stephanie den Pfad hinaufstrampelte, ihre Beine pumpten, das Herz hämmerte ihr in der Brust. Ihr Atem bildete vor ihr eine Wolke wie Rauch, bevor er fast augenblicklich wieder verschwand. Der Wald verschlang sie förmlich, ein Gewirr aus Ästen und tropfenden Blättern, während der Regen leise auf ihren Helm prasselte. Sie war bis auf die Haut durchnässt. Der Himmel über ihr war ein trübes, bleiernes Grau, das alles in ein flaches, farbloses Licht tauchte. Sie hielt den Kopf gesenkt, navigierte zwischen Wurzeln und Pfützen hindurch, die Zähne zusammengebissen. Bei jeder Pedalumdrehung spritzte Schlamm an ihre Waden.

Es war ein elender Morgen, und es überraschte nicht, dass der Wald menschenleer war. Sie hatte keinen anderen Radfahrer, Hundebesitzer, *Menschen*, überhaupt niemanden gesehen. Nur sie und der Wald. Sie und das Fahrrad. Sie und die Elemente. Und sie liebte jede Sekunde davon. Den Rausch der Geschwindigkeit. Die Aufregung, die sie jedes Mal spürte, wenn sie sich einem steilen Gefälle oder einer scharfen Kurve näherte.

Sie hatte die Kontrolle.

Das Hinterrad rutschte auf einem Fleck nassen Laubs leicht weg, und sie glich es mit einer schnellen Bewegung des Lenkers wieder aus. Das Wasser hatte ihre Handschuhe durchweicht. Ihre Finger schmerzten vor Kälte.

Sie erreichte den Scheitelpunkt einer kleinen Anhöhe. Ein Schwarm Krähen schreckte auf und flog in die Luft, als sie keuchend unter einer schiefen Eiche schlitternd zum Stehen kam. Sie setzte einen Fuß auf den Boden und beugte sich über den Lenker, um nach Luft zu schnappen. Als sie nach ihrer Wasserflasche am Fahrradrahmen griff, begann ihr Handy zu klingeln.

Erschrocken drehte sie die kleine Tasche um ihre Taille und griff hinein. Innerhalb von Sekunden war der Bildschirm von Tropfen durchnässt, was die Anzeige der Anrufer-ID verzerrte. Sie erkannte nur die Vorwahl. Guildford.

Sie wischte den Bildschirm mit ihrer trockenen unteren Kleidungsschicht sauber und nahm den Anruf entgegen.

»Stephanie Broadbent.«

Über ihr wurde der Regen schlimmer, und die Intensität der Tropfen nahm zu. Sie machte sich bereit und fuhr dann langsam weiter.

»Miss Broadbent, guten Morgen. Entschuldigen Sie die frühe Störung. Hier ist Kieran von HG and Sons.«

Die Bremsen quietschten, als sie abrupt anhielt. »Hallo, Kieran. Wie spät ist es? Die lassen Sie aber früh arbeiten.«

»Ich dachte mir, da ich auf meine zahlreichen E-Mails keine Antwort erhalten habe, versuche ich es mal außerhalb der Geschäftszeiten.«

Sie hielt inne und beobachtete ein Eichhörnchen, das über den Weg lief.

»Haben Sie meine E-Mails *gesehen*, Miss Broadbent?«

Sie kratzte sich am Kinn. »Ich habe sie gesehen. Gelesen habe ich sie nicht.«

»Gut, dass ich Sie dann jetzt am Apparat habe. Es geht um den Nachlass Ihres Vaters. Wir müssen wirklich die Gutachter und Immobilienmakler reinlassen, um den Wert der Immobilie für das Nachlassverfahren Ihres Vaters zu schätzen. Außerdem haben sie angedeutet, dass sie sie so bald wie möglich auf den Markt bringen möchten.«

»Natürlich wollen sie das. Ihr Lebensunterhalt hängt davon ab.«

Kieran lachte leise, als wäre es nicht das erste Mal, dass er einen solchen Kommentar hörte. »Wann wäre ein guter Zeitpunkt, um die notwendigen Parteien für eine Besichtigung hereinzubitten?«

»Ich weiß es nicht.« Stephanie strich sich eine nasse Haarsträhne aus den Augen. »Ich bin beschäftigt.«

»Ich würde sehr gerne etwas mit Ihnen vereinbaren«, beharrte Kieran. »Vielleicht könnten Sie irgendwann ins Büro kommen, dann könnten wir es besprechen? Wir sind direkt im Stadtzentrum, und laut meinen Unterlagen wohnen Sie nur wenige Gehminuten entfernt, und Ihr Arbeitsplatz ist auch nicht weit.«

Sie schnaubte. »Steht in Ihren Unterlagen auch, was ich beruflich mache?«

Er gab einen Laut als Antwort von sich, aber sie schnitt ihm das Wort ab.

»Dann werden Sie wissen, dass ich lange und unregelmäßige Arbeitszeiten habe, selten mit Freizeit. Und wenn ich Feierabend mache, haben Sie immer schon geschlossen.«

»Ich bin bereit, unsere Öffnungszeiten zu verlängern, um Ihren Bedürfnissen gerecht zu werden.«

Sie kniff sich in den Nasenrücken. Ihr Vater war seit einem Monat tot und spukte ihr immer noch aus dem Grab heraus nach. Sie steckte knietief in all den rechtlichen Verfahren nach seinem Tod: Nachlassverfahren, sein Testament, sein Anwesen. Und sie wollte nichts damit zu tun haben.

»Ich werde einfach keine Zeit haben«, antwortete sie.

»Miss Broadbent, wenn Sie nicht bald antworten, müssen wir möglicherweise davon ausgehen, dass Sie auf Ihren Anteil verzichten. Ich fände es sehr schade, wenn das wegen einigem Papierkram passieren würde.«

»Gut. Ich will nichts mit diesem Mann zu tun haben. Sie kannten ihn nicht, also sehe ich es Ihnen nach, Kieran. Aber wenn Sie ihn gekannt hätten, würde es Ihnen genauso gehen, und Sie würden verstehen, warum ich mich so sträube, mich hieran zu beteiligen. Außerdem dachte ich, meine Schwester kümmert sich um alles?«

Kieran atmete langsam ein. »Das war eine weitere Angelegenheit, die ich mit Ihnen besprechen wollte. Ich habe mich gefragt, ob Sie überhaupt etwas von ihr gehört haben? Ich habe Schwierigkeiten, sie zu erreichen. Ich habe versucht anzurufen, E-Mails zu schreiben, aber nichts.«

»Geht mir genauso, Kieran.«

Ein langer Moment der Stille legte sich zwischen sie. In diesem schien der Regen aufzuhören, und das Bellen eines Hundes in der Ferne hallte durch den Wald.

»Überlassen Sie das mir«, fügte sie hinzu. »Ich werde mich um meine Schwester kümmern.«

»Und in der Zwischenzeit«, fügte Kieran hinzu, »bitte ich Sie nur, Miss Broadbent, zumindest darum, dass Sie und Ihre Schwester besprechen, was als Nächstes mit dem Haus geschehen soll. Zuerst muss die Immobilie geräumt werden, bevor sich jemand das ansehen kann.«

Stephanie kicherte. »Da haben Sie Glück«, sagte sie. »Es gilt nicht mehr als Tatort.«

KAPITEL **VIER**

Ein leichter Nieselregen hatte eingesetzt, von der Sorte, die sich in einen Wolkenbruch zu verwandeln drohte, ehe man sichs versah. Stephanie strich sich die Tropfen aus dem Haar, während sie darauf wartete, dass sich die Tür öffnete. Sie hatte kein Problem mit dem Regen und verstand nicht, warum die Leute sich so sehr darüber beschwerten.

Es war doch nur ein bisschen Wasser.

Das Problem entstand, als sich die Tür öffnete und sie eintrat, ohne ein Wort zu sagen.

»Würdest du bitte wenigstens deine Schuhe ausziehen?«, fragte Jason, ihr Schwager, als er die Tür hinter ihr schloss. »Und deinen Mantel. Du bist klatschnass. Wie lange hast du da draußen gestanden?«

»Nicht lange«, antwortete Steph, während sie sich in der prächtigen Diele auszog, umgeben von Zierpflanzen und Dekorationen, die auch in einer Hollywood-Villa nicht deplatziert gewirkt hätten. »Ich dachte, du wärst bei der Arbeit.«

»Ich arbeite von zu Hause aus.« Er nahm ihr den Mantel ab und fügte hinzu: »Wenn ich denn *kann*, jedenfalls.«

Die Verachtung in seiner Stimme war nicht zu überhören.

»Ich bin überrascht, dass sie dir keinen Urlaub angeboten haben.«

»Haben sie«, sagte er und hängte ihren Mantel an einen Haken an der Wand. »Ich hab ihn abgelehnt.«

»Oh.«

»Ich hab zu viel zu tun. Ich kann es mir nicht leisten, die Zügel schleifen zu lassen. Ich kann mir keine Auszeit nehmen, sonst platzen einige Geschäfte. Ich muss arbeiten, sonst können wir uns dieses Haus nicht mehr leisten. Und wir müssen noch den Urlaub auf den Malediven abbezahlen. Und den Dachbodenausbau, über den wir nachdenken. Und den Anbau in der Küche. Außerdem braucht mich mein Chef. Er ruft immer noch stündlich an oder schreibt mir und will irgendwas. Außerdem hab ich schon mein Beurteilungsgespräch verpasst.«

Sie zog eine Augenbraue hoch.

»Es bestand die Möglichkeit einer Beförderung und einer Gehaltserhöhung, aber ich hab sie verpasst, weil ich mich um *sie* gekümmert habe.«

Stephanie verabscheute die Art, wie er gerade über ihre Schwester gesprochen hatte. Es erfüllte sie mit Galle.

»Versteh mich nicht falsch«, fuhr er fort. »Ich bin gern hier und helfe gern, aber die meiste Zeit weiß ich nicht, was ich tue. Sie redet nicht mit mir. Sie beantwortet meine Fragen nicht. Sie hat die letzten Wochen nichts gegessen und auch kaum etwas getrunken. Sie magert zusehends ab, und ich mache mir Sorgen um sie. Und ich mache mir Sorgen um das Baby.«

Bis zu seinem letzten Satz glaubte Stephanie ihm kein einziges Wort. So wie er sprach, hatte sie den Eindruck, dass er am liebsten seine Koffer packen und allein auf die Malediven verschwinden würde, während er Kimberley mit dem Kopfzerbrechen der Planung ihrer teuren und bevorstehenden Hausrenovierungen allein ließe.

»Sie braucht Hilfe«, erwiderte Stephanie. »Professionelle Hilfe. Aber in der Zwischenzeit musst *du* ausreichen. Du hast ihr dein Gelübde gegeben, deine Versprechen. In Krankheit und in Gesundheit.«

Jason fuhr auf, beleidigt von ihren Worten. Er sprach mit leiser Stimme. »Und wo bist du gewesen? Du bist ihre Schwester. Du warst all die Jahre von der Bildfläche verschwunden, und als sie dich am meisten braucht, warst du auch ›beschäftigt‹ mit der Arbeit. Du hast genau dieselbe Ausrede wie ich. Der einzige Unterschied ist, dass ich mit ihr zusammenlebe und du nicht.«

Stephanie atmete tief ein, um ihre wachsende Frustration zu unterdrücken.

»Hast du gehört, was passiert ist?«, fragte sie.

»Was hat das mit irgendetwas zu tun?«

»Beantworte die Frage. Hast du gehört, was zwischen uns und unserem Vater passiert ist?«

Sein Blick fiel zu Boden, bevor er ihr antwortete. »Ja. Hab ich gehört.«

»Dann weißt du ja, *warum* sie nicht mit mir reden will.«

»Das hat nichts mit mir zu tun«, erwiderte er. »Du bist diejenige, die sie ihr ganzes Leben lang belogen hat.«

Stephanie schloss die Augen und schluckte diese bittere Pille der Wahrheit. »Und jetzt bezahle ich dafür. Aber wenn ich herausfinde, dass du sie über irgendetwas belogen hast, bekommst du es mit mir zu tun.«

Jason warf die Arme in die Luft. »Was soll das denn heißen?«

»Du weißt, was es heißt«, antwortete sie und bezog sich auf den Verdacht, den sie für sich behalten hatte, dass Jason in den letzten Wochen und Monaten so viel für die Arbeit unterwegs war, weil er eine Affäre hatte.

Das würde Kimberley nicht nur innerlich noch ein Stück mehr umbringen, es würde auch Stephanie umbringen. Ihr ganzes Leben lang hatte sie ihr Bestes getan, um ihre Schwester vor einem Mann zu schützen, ihrem Vater. Aber wenn Jason sie betrügen würde, dann würde sie das als Versagen ansehen. Dass sie Kimberley genauso im Stich gelassen hätte wie Jason.

Eine Kluft tat sich zwischen ihnen auf und beendete das Gespräch. Sie beide hatten Dinge, die sie sagen wollten, aber jetzt war weder die Zeit noch der Ort dafür.

»Wo ist sie?«, fragte sie.

Stephanie hatte ein seltsames Déjà-vu-Gefühl, als sie das Wohnzimmer betrat. Sie fand ihre Schwester im Sessel sitzend vor, wie sie auf den Fernsehbildschirm starrte. Ihr Gesicht war ausdruckslos, abwesend, leer, als wäre sie auf einem anderen Planeten in einem völlig anderen Universum. Kimberley trug einen leichten Pullover und eine Jeans, ein Outfit, das aussah, als hätte sie die letzten Wochen darin gelebt. Beunruhigender jedoch war ihr drastischer Gewichtsverlust: die eingefallenen Wangen und hervorstehenden Wangenknochen, der Verlust von Fett und Muskelmasse an Armen und Schultern und ihre spindeldürren Beine.

Sie fühlte sich, als hätte sie gerade das Zimmer ihres Vaters im Pflegeheim betreten, und Erinnerungen daran, wie er in seinem Sessel saß, schossen ihr durch den Kopf. Der einzige Unterschied war der kleine Babybauch, der deutlicher geworden war.

Stephanie ging auf ihre Schwester zu und schob den Hocker über den Teppich. Im Fernsehen lief *Loose Women*.

»Hätte dich nie für einen Fan davon gehalten«, sagte sie scherzhaft. »Ich dachte, du wärst eher der *Real Housewives*-Typ.«

Kimberley drehte sich langsam zu ihr um, Verachtung und Bosheit verbargen sich hinter müden Augen. »Was machst du hier?«

»Ich bin gekommen, um zu sehen, wie es dir geht«, antwortete Stephanie. »Ich mache mir Sorgen um dich.«

»Hat ja nur drei Wochen gedauert.«

Stephanie schaute auf den Teppich und begann, mit ihren Händen zu spielen. Ihr war bewusst, dass sie vor ihrer Schwester an der Halskette ihrer Mutter nestelte. »Es war viel los«, begann sie. »Das verstehe ich. Und ich wollte dir Zeit geben ... zum Nachdenken, zum Verarbeiten.«

»Du hast mich im Stich gelassen.«

»Du hast mir gesagt, dass du nichts mit mir zu tun haben willst.«

»Will ich auch immer noch nicht.«

Kim wandte ihre Aufmerksamkeit langsam wieder dem Fernseher zu. »Du kannst jetzt gehen.«

»Kimberley, bitte ...«

»Ich habe dir nichts zu sagen. Du hast mich verraten, Steph. Du hast mich mein ganzes Leben lang belogen. Du hast mich glauben lassen, ein Monster wäre ein guter Mensch. Und das kann ich dir niemals verzeihen. Die Wahrheit zu kennen wäre besser gewesen als das, was du getan hast. Ich wäre deinetwegen fast gestorben.«

Stephanie griff unwillkürlich nach der Halskette. Die Worte ihrer Schwester trafen sie tief. »*Du* hast uns beide gerettet«, antwortete sie. »Ohne dich wären wir nicht hier. Wir wären beide tot.«

»Aber du hast dafür gesorgt, dass *er* es ist, nicht wahr?«

Darauf hatte Steph nichts zu sagen. Sie hatte diese Momente unzählige Male wiedererlebt, wie sie die Klinge immer und immer wieder in ihren Vater gestoßen hatte. Aus dieser Nacht waren Albträume geboren worden, und in den letzten Wochen war sie mehrmals aufgewacht, weil sie geträumt hatte, wie ihr blutüberströmter Vater über ihr in ihrem Schlafzimmer stand, auf dem Teppich verblutete und sie beobachtete. Manchmal bewegte er sich auf sie zu, andere Male stand er nur da und lächelte. Wieder andere Male zog er die Klinge aus seinem Bauch und schleuderte sie nach ihr.

Sie hatte ihren eigenen Vater getötet – offiziell in Notwehr – und es hätte der glücklichste Moment ihres Lebens sein sollen. Er war fort, tot, unfähig, ihnen noch wehzutun. Aber das war nicht der Fall. Jetzt war es schlimmer. Er suchte sie in ihren Träumen, in ihren Visionen heim. Wie Freddy Krueger, der in ihren Albträumen existierte.

»Ich werde mit meinen Taten für den Rest meines Lebens leben müssen. Genauso wie mit dem, was ich dir angetan habe«, erklärte Stephanie. »Ich bin von keiner Schuld freigesprochen. Aber er ist fort. Er kann uns nicht mehr wehtun«, sagte sie. »Ich habe getan, was ich getan habe, um uns zu schützen. Und ich würde es wieder tun. Er ist nicht der Mann, für den du ihn gehalten hast. Ich weiß, das ist viel zu verarbeiten und zu bewältigen, und ich hoffe, dass du eines Tages alles verstehen wirst. Aber im Moment will ich sichergehen, dass es dir gut geht.«

Kim, die ihre Aufmerksamkeit weiterhin auf den Bildschirm richtete, sagte: »Mir geht es gut. Du brauchst dir keine Sorgen um mich zu machen.«

»Ich wäre nicht deine große Schwester, wenn ich es nicht täte. Das gehört eben dazu.«

Kim sagte nichts. Ihr Gesichtsausdruck wurde wieder leer, als wäre sie wirklich in eine andere Dimension abgedriftet. Einige Augenblicke lang versuchte Steph, ein Gespräch anzufangen – über das Wetter, Jason, die Ermittlungen –, aber ihre Schwester schenkte nichts davon Beachtung. Erst als Stephanie den wahren Grund ansprach, warum sie da war, wurde Kimberley aufmerksam.

»Ich habe heute Morgen einen Anruf von den Anwälten bekommen«, erklärte sie. »Während ich auf einer Radtour war – vielleicht solltest du mal mitkommen, um ein bisschen aus dem Haus zu kommen? –, und sie haben angerufen, um zu sagen, dass wir das Haus ausräumen müssen, wenn wir es verkaufen und auf den Markt bringen wollen.«

Kim warf ihr einen Blick zu, aber ihre Miene verriet nichts.

»Ich meine, ich will da wirklich nicht hin, aber ich glaube nicht, dass wir eine Wahl haben.«

Stille, bis auf das Geräusch von Jasons Schritten, die oben in seinem Arbeitszimmer umhergingen.

»Eine Möglichkeit wäre, einfach alles loszuwerden, es auf den Müll zu bringen und einen Haken dahinter zu machen. Aber ich dachte, da könnten noch ein paar alte Sachen von Mom drin sein.«

»Oder irgendwelche anderen Geheimnisse, die du die letzten dreiunddreißig Jahre meines Lebens vor mir verborgen hast«, erwiderte Kim, bevor sie ihre Aufmerksamkeit wieder dem Fernseher zuwandte und erneut abschaltete. »Ich will da nicht hin. Ich will nicht mit dir dort sein. Und ich will dich jetzt nicht in meinem Haus haben. Bitte, wenn du mich liebst, wie du behauptest, geh bitte.«

KAPITEL FÜNF

DC Giles Swinger war in seinen Dienstjahren schon in vielen Häusern gewesen. Manche waren verfallen und standen kurz vor dem Einsturz, kaum zusammengehalten von den Bemühungen der Eigentümer, ein Dach über dem Kopf zu behalten, während andere aussahen, als wären sie frisch aus einem Katalog oder einem Zeichentrickfilm entsprungen. Das, in dem er und DC Fiona Singleton sich an jenem Morgen befanden, lag in der Mitte des Spektrums. Das perfekte Mittelmaß. Es war genau richtig.

Sie waren in der Küche und standen sich an der zentralen Kücheninsel gegenüber. Die Oberflächen waren ein einziges Durcheinander, übersät vom Chaos eines geschäftigen Morgens. Im Hintergrund drangen die hohen Stimmen aus dem Wohnzimmer. Auf der anderen Seite der Insel stand Laura Wednesday, eine Frau Mitte dreißig mit langem, schwarzem Haar und markanten Augenbrauen, die aussahen, als hätte sie ein Vermögen dafür ausgegeben. Sie lehnte an der Arbeitsplatte, schlang eine dünne Strickjacke um ihren Körper, kaute an ihren Fingernägeln und wippte mit dem Bein auf und ab. Bevor sie sprach, blickte sie mehrmals ins Wohnzimmer, wo ihre Tochter fernsah.

»Mrs Wednesday«, begann Giles. »Würden Sie mir bitte erklären, was passiert ist?«

Sie hatten den Anruf vor knapp einer Stunde erhalten.

Während eine Einbruchsmeldung normalerweise von einem uniformierten Polizeibeamten bearbeitet worden wäre, hatte Giles vorgeschlagen, dass sie vorbeischauten und die Sache übernahmen. Eine morbide Neugier hatte ihn gepackt, und der Fall würde zweifellos irgendwann auf ihren Schreibtischen landen, also wollte er der Sache einen Schritt voraus sein.

»Ich weiß nicht ...«, begann Laura und bearbeitete weiter ihren Fingernagel. »Heute Morgen war alles wie immer. Becky hat geschlafen. Mein Mann war zur Arbeit gegangen. Und ich war dabei, Becky für die Schule fertig zu machen. Ich hatte ihr Mittagessen gemacht und wollte ihr gerade Frühstück machen. Sie kommt normalerweise gegen sieben Uhr runter, und als sie nicht kam, bin ich hoch in ihr Zimmer gegangen, um nach ihr zu sehen.«

»Was haben Sie gesehen?«

»Becky hat mit einem Luftballon gespielt.«

»Was für einem Luftballon?«

»Einem Geburtstagsballon. So einer für Partys.«

»Wo ist er jetzt?«

Laura blickte zur Decke und beantwortete damit die Frage. »Ich kann es nicht ertragen, da hochzugehen. Sobald ich ihn gesehen habe, habe ich sie aus dem Zimmer geholt und meinen Mann angerufen.«

»Wo ist er?«

»Auf dem Rückweg von der Arbeit. Er geht früh los, so um halb sieben.«

Giles kritzelte eine Notiz.

»Wer war die letzte Person, die das Zimmer Ihrer Tochter betreten hat?«

»Mein Mann«, antwortete Laura und blickte wieder zum Wohnzimmer. »Aber nicht heute Morgen. Er will sie nicht stören, wenn er zur Arbeit geht. Wir geben ihr beide einen Gutenachtkuss und sehen nach ihr, bevor wir ins Bett gehen.«

»Um wie viel Uhr war das?«

Das Geräusch kindlichen Lachens drang durch den Raum.

»Ungefähr um zehn«, antwortete Laura. »Wir sind Frühschläfer.«

»Und Frühaufsteher, wie es sich anhört«, kommentierte Giles.

»Ich nehme an, Sie haben keine Ahnung, woher dieser Ballon kommt?«

Laura schüttelte den Kopf.

»Und Sie wissen auch nicht, woher Becky ihn haben könnte?«

Noch ein Kopfschütteln.

»Ist es möglich, dass sie ihn schon länger in ihrem Zimmer hatte und ihn aufgeblasen hat? Oder war sie kürzlich auf irgendwelchen Geburtstagsfeiern?«

»Nichts. Er ist einfach aufgetaucht.« Laura wiegte sich an der Theke vor und zurück und blickte dann wieder schnell zur Decke. »Nun, das ist nicht ganz die Wahrheit. Becky hat gesagt, das Monster unter ihrem Bett hätte ihn ihr gebracht, aber das ist nicht möglich. Monster gibt es nicht.«

Doch, die gibt es, dachte Giles. *Ich bin in meinem Leben schon so einigen begegnet.*

Er beugte sich vor und spähte durch den offenen Essbereich zu den Terrassentüren, die in den Garten führten. »Haben Sie heute Morgen irgendwelche Anzeichen eines Einbruchs oder gewaltsamen Eindringens gesehen, als Sie herunterkamen?«

Laura schüttelte den Kopf. Sie schlang die Strickjacke enger um sich und ein Ausdruck leichter Panik schlich sich in ihre Augenwinkel. »Ich habe nicht nachgesehen. Ich meine, warum sollte ich? Wir schließen unsere Hintertür eigentlich nicht ab. Nur unsere Vordertür. Und die meisten Fenster haben wir immer geschlossen.«

»Warum schließen Sie Ihre Türen nicht ab?«, fragte Giles.

»Weil, nun ja, das hier ist eine nette Gegend. Wir hatten noch nie irgendwelche Probleme. Wir hatten nie das Gefühl, dass es nötig wäre.« Sie sah beleidigt aus und schleuderte ihnen den Vorwurf in ihrem Tonfall entgegen. »Wir haben auch keine Katzenklappe für den Kater, wenn wir ihn also mitten in der Nacht mal rauslassen müssen, können wir sie einfach für ihn öffnen.«

Giles hatte genug gehört. Er ging zur Hintertür und untersuchte das Schloss. Es gab keine Spuren von gewaltsamem Eindringen, kein Glas auf dem Boden und keinen Hinweis darauf, dass jemand versucht hatte, sich gewaltsam Zutritt zu verschaffen. Noch wichtiger war, dass es auch keine verschmierten

Fingerabdrücke auf dem Glas gab, nichts, was darauf hindeutete, dass der Eindringling töricht genug gewesen wäre, welche zu hinterlassen.

Er wusste nicht, was er glauben sollte. Es war seltsam, dass ein beliebiger Partyballon aus dem Nichts aufgetaucht war, ohne eine Spur von jemandem, der ihn dort platziert haben könnte.

Als er sich aufrichtete, blickte er hinter sich und sah Peppa Wutz, wie sie im Fernsehen in eine Pfütze sprang. Davor saß Becky, in einer Haltung auf dem Boden gehockt, die nur die Glieder und Gelenke eines Kindes zuließen, den Hals zur geliebten Figur gereckt, ein breites Grinsen im Gesicht.

Giles wandte sich an Laura und fragte: »Haben Sie etwas dagegen, wenn wir mit Ihrer Tochter sprechen?«

Laura verließ die Küche. »Becky, mein Schatz. Becky!«

Schließlich drehte sich das Mädchen um.

»Mach den Fernseher aus und komm mal kurz hierher, Liebling. Diese Leute wollen dir ein paar Fragen zu dem Ballon stellen, den du heute Morgen gefunden hast.«

»Mein Ballon!« Beckys Gesicht erhellte sich bei dem Gedanken. »Darf ich ihn behalten, Mami?«

Das kleine Mädchen tat, wie ihm geheißen, und eilte zu ihnen. Sie kletterte auf einen Esszimmerstuhl und lehnte sich an die Tischplatte. Sie reckte ihren Hals zu Giles hoch und sah ihn an, als wäre er das Monster, das ihr den Ballon gegeben hatte.

»Du bist ja wie ein Riese«, sagte sie.

Giles grinste. »Das liegt daran, dass ich als Kind mein ganzes Obst und Gemüse gegessen habe, so wie meine Mama es mir gesagt hat.« Er zog einen Stuhl vom Tisch weg und setzte sich. »Ist das besser? Jetzt sind wir gleich groß.«

Laura gesellte sich zu ihnen und setzte sich gegenüber. Als sie sich setzte, machte Giles Becky ein Kompliment für ihr Outfit. »Ich finde die Spange in deinem Haar toll«, fügte er hinzu. »Sie ist sehr hübsch.«

»Danke«, antwortete Becky, nahm ein Kuscheltier vom Tisch und spielte damit. »Mami hat sie mir im Laden gekauft.«

»Hat Mami dir auch den Ballon geholt, den du gefunden hast?«

Ihre Aufmerksamkeit einzig auf den Teddybären gerichtet, drehte Becky ihren ganzen Körper von einer Seite zur anderen. »Der kam vom Monster unter meinem Bett.«

»Ein Monster unter deinem Bett?«, fragte Giles und verlieh seiner Stimme einen verspielten Unterton. »Das klingt unheimlich. Hast du dieses Monster denn gesehen?«

Wieder ein Kopfschütteln.

»Wie lange ist das Monster schon unter deinem Bett?«

»Schon immer!«

»Schon immer? Und du hast es noch nie gesehen?«

Diesmal schüttelte sie energisch den Kopf und steckte ihren Daumen in die Tasche.

»Woher weißt du dann, dass es da ist?«

»Ich sehe es in meinen Träumen.«

»Und du glaubst, es hat dir letzte Nacht den Ballon gegeben?«

Ein Nicken.

»Hast du irgendetwas gesehen oder gehört?«

»Ich bin einfach aufgewacht und er war da«, erklärte Becky und wandte sich dann Laura zu. »Darf ich den Ballon behalten, Mami?«

Laura blickte Giles unbehaglich an.

»Wir müssen ihn vielleicht mitnehmen«, antwortete er sanft. »Wir forschen gerade über Monster und müssen ihn zur Analyse mitnehmen.«

»Oh!«, sagte Becky enttäuscht. »Bekomme ich ihn wieder?«

»Vielleicht, Liebling«, fügte Laura hinzu und strich ihrer Tochter über das Haar. »Wenn nicht, können wir im Laden einen neuen holen.«

»Ich will keinen aus dem Laden! Ich will den da!«

Bevor Becky einen Wutanfall bekam, öffnete sich die Haustür.

»Becks? Laura?«

»*Papi*!«

Sofort sprang Becky vom Stuhl und rannte zur Haustür. Einen Moment später erschien ein Mann im Anzug um die Ecke, der seine Tochter in den Armen hielt. Er stellte sich als Dean Wednesday vor und schüttelte Giles die Hand.

»Sind Sie von der Polizei?«, fragte er und setzte seine Tochter auf dem Boden ab.

»Ja, Sir«, antwortete Giles.

»Sind Sie wegen des Einbruchs hier?«

»Wir wissen nicht, ob es einen Einbruch gab«, erwiderte Laura und eilte an die Seite ihres Mannes. Ihr Tonfall deutete darauf hin, dass sie versuchte, ihn zu beruhigen.

»Was meinst du damit? Natürlich gab es einen. Dieser verdammte Ballon. Ich habe ihn nicht dorthin gelegt. Du etwa?«

Laura schüttelte den Kopf.

»Na also. Jemand ist in das Zimmer meiner Tochter gekommen und hat ihn dort hingelegt. Jemand ist eingebrochen.« Er hockte sich hin, umarmte seine Tochter und hielt sie dann auf Armeslänge von sich. »Du bist nicht verletzt, oder, Prinzessin?«

Becky bestätigte, dass sie es nicht war. Als Dean mit ihrer Antwort zufrieden war, schickte er sie auf das Sofa und wandte seine Aufmerksamkeit wieder Giles zu. »Was werden Sie dagegen tun?« Sein Ton war streng, stur, als wäre er gerade in einer Vorstandssitzung.

»Wir müssen prüfen, was Ihre Tochter uns erzählt hat«, begann Giles. »Aber im Moment, da es keine Anzeichen für ein gewaltsames Eindringen zu geben scheint, werden wir-«

»Sie werden gar nichts tun?«

»Das habe ich nicht gesagt.«

»So hört es sich aber an.« Er verschränkte die Arme vor der Brust, sein Gesicht verengte sich. »In mein Haus wurde eingebrochen, und Sie werden nichts dagegen tun. Wofür zahle ich meine Steuern?«

Giles tat sein Bestes, um einen kühlen Kopf zu bewahren. Er hasste dieses Argument. Das hatte er schon immer und würde es auch immer tun.

»Mit Verlaub, Mr Wednesday, wenn Sie mich hätten ausreden lassen, hätten Sie verstanden, dass wir den Ballon zur Untersuchung mitnehmen werden. Es ist möglich, dass derjenige, der ihn dort gelassen hat, DNA daran hinterlassen hat, obwohl, wenn Becky so viel damit gespielt hat, wie man mir erzählt hat, nicht mehr viel übrig sein wird. Trotzdem könnte es ein paar Wochen dauern, bis das Ergebnis da-«

»*Wochen*?«, riefen Laura und Dean Wednesday im Chor.

»Das ist kein schneller Prozess«, antwortete er verteidigend. »Leider ist das wirkliche Leben nicht so wie im Fernsehen.«

»Wollen Sie mich für dumm verkaufen? Natürlich weiß ich, dass es nicht wie im Fernsehen ist, aber *Wochen*?«

»Das ist die Situation, mit der wir es zu tun haben. Da können wir nichts machen.«

»Was, wenn es wieder passiert? Was, wenn diese Person einbricht und noch einen im Schlafzimmer meiner Tochter hinterlässt?«

»Ich würde vorschlagen, dass Sie als Erstes Ihre Türen abschließen«, erwiderte Giles.

Gift blitzte in Deans Augen auf. »Soll das witzig sein?«

Nein. Was komisch ist, ist, dass Sie Ihre Türen über Nacht nicht abschließen und sich dann aufregen, wenn jemand einbricht.

»Entschuldigung. Was ich sagen wollte, ist, haben Sie irgendwelche Videoüberwachungs- oder Kameraaufnahmen, die ich mir vielleicht ansehen könnte? Das wäre eine große Hilfe.«

Der harte Blick, den Dean auf Giles gerichtet hatte, schmolz schnell dahin, als er seinen Blick zu Boden senkte und den Kopf schüttelte. »Wir haben nichts. Aber ich werde jetzt in die Geschäfte gehen und welche installieren lassen. Wenn das nächste Mal so etwas passiert, werde ich sicherstellen, dass ich sie erwische.«

Laden Sie sie nur nicht in Ihr Haus ein.

»Also haben wir eigentlich nur die Beschreibung Ihrer Tochter, die nicht existiert, und die DNA vom Ballon, von der wir ausgehen können.« Giles stieß einen kurzen, scharfen Seufzer durch die Nase aus. »Wir werden tun, was wir können.«

Dean griff in seine Tasche und zog seine Brieftasche hervor. »Was, wenn wir die Sache beschleunigen?«

»So funktioniert das nicht, Sir. Das gilt als Bestechung, und wir sind nicht bereit, unsere Jobs wegen so etwas zu verlieren.«

»Aber Sie sind bereit, zuzulassen, dass in mein Haus eingebrochen und meine Tochter traumatisiert wird, *schon wieder*.«

Er steckte die Brieftasche weg und zog sein Handy heraus. »Was, wenn ich stattdessen an die Presse gehe?«

»Das wird auch nichts ändern«, antwortete Giles. »Wie ich schon sagte, wir werden tun, was wir können. Sie haben unsere Kontaktdaten. Wir werden uns bei Ihnen melden, wenn wir etwas haben.«

Ob es den Wednesdays gefiel oder nicht, das war alles, was sie bekommen würden. Wenn Leute sich so aufspielten, stellte Giles fest, dass es ihn immer eher weniger als mehr motivierte, zu helfen.

KAPITEL
SECHS

Steph füllte ihre Lungen mit Sauerstoff, als sie aus ihrem Wagen stieg. Die Luft draußen war reiner und klarer, erfüllt vom Morgentau, der sich seit Sonnenaufgang gehalten hatte. Über ihr hing eine launische graue Wolkendecke, die wie eine schwere Bettdecke nach unten drückte – mieses Wetter, passend zu ihrer miesen Stimmung.

Seit der Nacht, in der ihr Vater gestorben war, hatte sie innerlich wegen ihrer Schwester mit sich gerungen. Kimberley war verletzt, sie litt. Ihr gesamtes Weltbild, das auf der vermeintlichen Größe ihres Vaters aufgebaut war, war von einem Moment auf den anderen zerbröckelt. Steph verstand das; sie bezweifelte, dass sie anders reagiert hätte. Aber dass Kim sie komplett ausschloss, so tat, als würde sie nicht existieren? Das war ein Schritt zu weit.

Kimberley war nicht klar, dass Steph versucht hatte, sie zu beschützen. Nachdem Colin Broadbent seine Frau getötet hatte und daraufhin inhaftiert worden war, hatte Kimberley um ihn geweint und gebettelt, ihn sehen zu dürfen. In dem Moment, als sie ihre Schwester zum ersten Mal belogen hatte, war Stephanie nicht in der Lage gewesen, an irgendetwas anderes zu denken. Sie hatte Kimberley erzählt, dass Papi weg müsse, weil er die Person getötet habe, die Mami etwas Schlimmes angetan hatte. Als sie begriff, dass sie sich damit ihre eigene Grube gegraben hatte, ohne jede Möglichkeit zur Flucht, war es zu spät. Das Kind war bereits in den

Brunnen gefallen. Sie hatte sich ihr schmutziges Bett aus Lügen selbst gemacht und war gezwungen gewesen, die letzten dreißig Jahre darin zu liegen.

Und das alles wegen einer einzigen impulsiven Entscheidung.

Sie dachte immer wieder: Was wäre, wenn? Was wäre, wenn sie damals, vor all den Jahren, das *Richtige* gesagt hätte? Sie hätten ihren Vater komplett aus ihrem Leben verbannen können; vielleicht wären sie als Schwestern enger zusammengewachsen; vielleicht wäre Stephanie in Surrey geblieben, hätte sich bei ihrem Team einen besseren Ruf erarbeitet, und die Studenten, die während des Rachefeldzugs ihres Vaters ihr Leben verloren hatten, wären noch am Leben.

Noch ernüchternder war der Gedanke, dass ihre Kollegin und Freundin, Eve Hope, noch hier wäre.

Mit einem schweren Seufzer schlug sie die Wagentür zu und schloss hinter sich ab, ihre Schultern von der Last der Schuld für all diese Tode niedergedrückt. All das hätte vermieden werden können, wenn sie den richtigen Weg statt des linken eingeschlagen hätte, als sie vor all den Jahren vor dieser Weggabelung gestanden hatte.

Sie schniefte, um die Tränen aus den Augen zu vertreiben, und ging über den Parkplatz, wobei sie mit den Schuhen über den Boden schliff und den Kopf gesenkt hielt. Sie hatte die Hälfte des Weges geschafft, als etwas aus dem Augenwinkel ihre Aufmerksamkeit erregte. Eine Gestalt, die hinter einem geparkten Auto auftauchte.

DS Devon Lafferty. Genauso spät dran wie sie.

Stephanie wollte ihm gerade zurufen, als ihr seine unsicheren Bewegungen auffielen; er schwankte von einer Seite zur anderen.

»Devon!«

Er blieb abrupt stehen und wirbelte auf den Fußballen herum. Seine Arme flatterten wie die einer aufblasbaren Werbefigur und holten den Rest seines Körpers erst einen Moment später ein.

»Wa…?«, murmelte er. Als er ihre Stimme erkannte, weiteten sich seine Augen, und er senkte den Blick. »Morgen … morgen, Ma'am.«

Als sie sich näherte, wehte ihr der Alkoholgeruch entgegen, der aus seinen Poren und seinem Atem sickerte.

»Hatten Sie gestern eine harte Nacht?«, fragte sie.

Er murmelte etwas Unverständliches, bevor er schließlich sagte: »Nur ein paar Bier in der Stammkneipe mit ein paar alten Kumpels.«

»Die Ausrede habe ich schon mal gehört.« Sie verlangsamte ihr Tempo, um es seinem anzupassen. »Wollten Sie mir noch mitteilen, dass Sie zu spät kommen?«

»Ich ... es tut mir leid, Boss. Kommt nicht wieder vor.«

Sie schnaubte leise. »Das habe ich auch schon mal gehört. Sind Sie heute überhaupt arbeitsfähig?«

»Ja, Boss. Warum ... warum sollte ich nicht?«

Er hatte einen Schluckauf, und eine Welle biergetränkten Atems schlug ihr ins Gesicht. Sie hatte Alkoholismus bei Kollegen nur ein einziges Mal zuvor erlebt. Ein Detective Constable, der mit fünfundzwanzig Jahren ein brutal ermordetes Opfer zu viel gesehen hatte und Trost am Boden einer Flasche fand. Aber Devon war ein alter Hase und erfahren. Sie wusste, wenn es ein Problem gab, lag die Ursache tiefer. Er durchlebte eine schwierige Scheidung und trauerte zweifellos über das Scheitern seiner Ehe und den möglichen Verlust seines Sohnes. Für dieses Mal würde sie ein Auge zudrücken; es war das erste Mal, dass es ihr auffiel, aber wenn es zur Gewohnheit würde, müsste sie es ansprechen.

Trauer stellte seltsame Dinge mit Menschen an.

In diesem Moment wurde ihr klar, dass ihre Schwester dasselbe durchmachte: Sie trauerte um den Verlust ihres Vaters und durchlebte gewissermaßen den Verlust ihrer Mutter erneut, da deren Tod eine völlig neue Bedeutung bekommen hatte.

Vielleicht sollte sie, genau wie bei Devon, auch bei ihrer Schwester etwas Nachsicht walten lassen und ihr Zeit zum Trauern geben.

Sie hielt dem Sergeant die Tür auf, und er schlurfte wie ein ungezogener Teenager hinein. »Machen Sie sich frisch und kommen Sie in den nächsten fünf Minuten nach oben.«

KAPITEL **SIEBEN**

Zwanzig Minuten später blickte ein Devon mit großen Augen wieder zu ihr auf. Der Kontrast zwischen dem Mann, den sie unten getroffen hatte, und dem, der nun vor ihr stand, war verblüffend. Er wirkte beinahe frisch, als hätte er eine gute Nacht geschlafen und keine durchzechte Nacht hinter sich. Sie fragte sich, wie oft er wohl schon verkatert in dieses Gebäude getorkelt war, nur um dann im Büro wie neugeboren aufzutauchen.

Bevor sie weiter darüber nachdenken konnte, ließ sie den Blick über die Gesichter im Raum schweifen. Giles, Fiona, Olivia, Noah; alle sahen ausgeruht und bereit für den Tag aus. Ein Schuldgefühl machte sich in ihrem Magen breit, als sie bemerkte, dass Eve nicht da war. Obwohl drei Wochen vergangen waren und sie gelernt hatte, mit dem Verlust innerhalb weniger Tage zurechtzukommen, erwartete sie immer noch, die quirlige Constable durch die Doppeltür kommen zu sehen, mit ihren perfekt weißen Zähnen strahlend und dem Grübchen in der Wange.

Stattdessen blickte sie in niedergeschlagene Mienen, mit Ausnahme von Olivia, deren Gesicht immer einen Anflug von Lächeln zu tragen schien, selbst wenn sie nicht grinste.

»Guten Morgen allerseits«, begann sie. »Entschuldigung, dass ich zu spät bin. Ich musste mich um ein paar persönliche Dinge kümmern. Sollte in Zukunft kein Problem mehr sein.« Sie räusperte sich. »Was habe ich verpasst? Wer will mich auf den neuesten Stand bringen? Ich sehe hier draußen eine Menge niedergeschlagener Gesichter. Wir brauchen etwas Energie.«

Olivia antwortete als Erste. Sie hatte wieder ihre Brille vergessen und kniff die Augen zusammen, um Stephanie anzusehen. *Vielleicht sieht es deshalb immer so aus, als würde sie lächeln.*

»HOLMES ist auf dem neuesten Stand«, sagte sie. »Es sind ein paar Meldungen über eine Schlägerei eingegangen, die gestern Abend vor dem Popworld stattgefunden hat, aber die Uniformierten haben sich darum gekümmert.«

»Gibt es für uns etwas zu tun?«

Olivia schüttelte den Kopf.

»Das höre ich gern. Ein schöner, ruhiger Mittwochmorgen.«

»Nicht ganz, Chefin«, kam die Antwort von DC Giles Swinger. Der Mann mit dem unglücklichen Nachnamen war Mitte dreißig und konnte sich trotz aller Bemühungen nur auf einer Gesichtshälfte einen lückenhaften Bart wachsen lassen. Er kratzte daran, bevor er fortfuhr: »Heute Morgen kam etwas Seltsames rein, das wir uns meiner Meinung nach ansehen sollten.«

»Seltsam? Ich bin nicht sicher, ob wir ›seltsam‹ hier mögen. Davon kriegen wir von Noah mit seiner schicken Kleidung schon genug.«

Ein leises Kichern ging durch die Gruppe. Noch ein Witz. Noch eine Chance, sich ins Team einzufügen.

»Heute Morgen erhielt die Zentrale einen Anruf von einer sehr aufgebrachten Mutter, die behauptete, jemand sei mitten in der Nacht in ihr Haus eingebrochen und habe einen Luftballon im Schlafzimmer ihrer Tochter hinterlassen.«

»Einen Luftballon hinterlassen? Wie einen *Geburtstags*-Luftballon?«

»Ja.«

»Vielleicht hatte die Tochter eine Party, und die Eltern waren nicht eingeladen.«

»Wenn das der Fall ist«, sagte Noah und zupfte an den Manschetten eines auffälligen Paisley-Hemdes, »würde ich diesen Einbrecher gern engagieren, um den nächsten Geburtstag meines Kindes zu planen. Der Animateur vom letzten Jahr hat sich auf dem Weg verirrt und am Ende bei einer Trauerfeier in Woking Ballontiere gebastelt.«

Wieder ging ein Lachen durch den Raum.

Stephanie ließ sich auf der Tischkante nieder und zog eine Augenbraue hoch. »Also, wir haben einen Kriminellen, der einbricht, alle Wertsachen ignoriert und ... einen Ballon dalässt. Alles klar. Hat er dabei auch gleich den Abwasch gemacht?«

»Leider nicht«, erwiderte Giles. »Aber die Mutter war total verschreckt. Und ihre Tochter war felsenfest davon überzeugt, dass ›das Monster unter dem Bett‹ ihn ihr gegeben hat.«

Stephanie richtete sich auf.

Olivia meldete sich zu Wort. »Ich wünschte, das Monster unter meinem Bett würde mir Geschenke machen. Alles, was ich bekam, war ein Trauma. Als Nächstes erfahren wir noch, dass die Zahnfee einen Drogenring betreibt.«

Noah, der immer noch an den Manschetten seines Paisley-Hemdes nestelte, meldete sich schließlich von seinem Schreibtisch aus zu Wort. »Nun, wenn das Bettmonster freiberuflich arbeitet, ich hätte da ein Kind, das letzte Woche zwei Zähne verloren und nur ein Pfund bekommen hat. Er verlangt gewerkschaftlichen Beistand.«

»Der Ärmste«, sagte Fiona. »Das Kind, meine ich. Nicht Noahs knauseriger Geldbeutel.«

Weiteres Gelächter folgte, diesmal gelöster und lauter. Stephanie freute sich, einen Anflug von Aufregung und Freude auf ihren Gesichtern wiederzusehen. Ihr war jedoch bewusst, dass der Moment nicht lange anhalten konnte.

»Jetzt mal im Ernst«, begann sie, »was sind Ihre weiteren Maßnahmen?«

Giles warf Fiona einen schnellen Blick zu, dann wieder Stephanie. »Der Vater war ein echtes Arschloch.«

»Und?«

»Ich habe irgendwie nicht wirklich Lust, ihm zu helfen.«

Sie legte den Kopf schief. »Ich wünschte, es würde so funktionieren. Aber wir müssen trotzdem unsere Arbeit machen.«

»Er hat angeboten, dafür zu bezahlen, dass die DNA-Analyse beschleunigt wird. Hat seine Brieftasche gezückt und einfach angenommen, das sei alles, was es braucht, um die Dinge ins Rollen zu bringen.«

»So einer war er also? Hatten sie irgendwelche Überwachungskameras?«

Giles schüttelte den Kopf.

»Hilfreich. Ich würde vorschlagen, dass die Uniformierten mit den Nachbarn sprechen und Sie vielleicht die Spurensicherung bitten, Proben zu nehmen.«

»Schon dabei«, bestätigte Giles, während er sich ein Stück Kaugummi in den Mund schob.

»Ausgezeichnet«, sagte Steph. »Wenn das der Fall ist, lege ich für den Rest des Tages die Füße hoch.«

KAPITEL ACHT

Stephanie hatte ihr Versprechen gehalten: Sie hatte sich für den Rest des Tages geschont. Na ja, nicht wörtlich. Der restliche Morgen und der Nachmittag waren ohne Zwischenfälle verlaufen. Die Teammitglieder hatten ihre Aufgaben erhalten und waren ihren Aufgaben mehr als gewachsen. Sie hatte diese Zeit – diese Ruhe – genutzt, um E-Mails zu bearbeiten, Spesenabrechnungen und Budgets zu genehmigen und den Rest der Woche ohne DCI McGowan zu planen, die im Urlaub war.

Sie hatte sich auf einen gemütlichen Abend allein vor dem Fernseher mit selbst gemachtem Chili con Carne gefreut, als sie einen weiteren Anruf von dem Anwalt erhielt, der sie daran erinnerte, was sie zu tun hatte.

Nach einer zwanzigminütigen Fahrt ließ sie den Wagen vor dem Haus zum Stillstand kommen und brachte es nicht über sich, in der Einfahrt zu parken. Sie konnte das Haus kaum ansehen. Ein Teil von ihr hoffte, es wäre im Dunkeln einfacher; dass die Visionen und Bilder in ihrem Kopf nicht so lebhaft oder lähmend wären, weil sie das Haus nicht so deutlich sehen konnte wie bei Tageslicht. Als sie aus dem Wagen stieg, wurde ihr schnell klar, dass es keinen Unterschied machte.

Der Regen fiel in einem dünnen, stetigen Schleier, kalt und unnachgiebig, durchnässte schnell ihren Mantel und feuchtete den

Kragen ihres Pullovers an. Sie stand auf dem Gehweg, den Blick auf das dünne Polizeiband gerichtet, das an der Haustür klebte und schlaff in der Brise flatterte. Es galt nicht mehr als offizieller Tatort, doch das Band diente als Mahnung, dass die wahren Verbrechen lange vor seiner Anbringung geschehen waren.

Sie trat einen Schritt näher, und ihre Schuhe knirschten auf dem nassen Kies. Bei der untersten Stufe blieb sie stehen und erinnerte sich, wie sie früher, bevor sie zur Schule ging, so getan hatte, als sei es ein Drahtseil oder ein Schwebebalken.

Ein Auto *zischte* an ihr vorbei, als sie den Schlüssel hob und ins Schloss steckte. Als die Tür aufschwang, strömte ihr feuchte, abgestandene Luft entgegen und ließ sie beinahe zurückweichen. Im Haus war es stockfinster und schrie förmlich nach Licht, aber sie trat ein, schloss die Tür hinter sich und tauchte in die Dunkelheit ein. Sie war an die Dunkelheit dort gewöhnt, dazu gezwungen, sich als Kind mitten in der Nacht durch das Haus zu tasten, auf Zehenspitzen zum Kühlschrank zu schleichen, auf der Suche nach Essen für sich und ihre Schwester.

Nach ein paar Augenblicken gewöhnten sich ihre Augen schließlich an das schwache Licht und enthüllten dunkle Flecken auf dem Teppich und den Wänden. Blut. Ein Beweis für seinen Tod.

Sie durchlebte diesen Moment erneut: wie sie die Klinge in seinen Bauch stieß, wie sie zusah, wie das Leben langsam aus seinen Augen wich.

Sie griff nach dem Lichtschalter im Flur und knipste ihn an. Ein helles, gelbes Licht überflutete den Flur und das Treppenhaus. Im Licht nahm das Blut einen neuen Farbton und eine völlig neue Bedeutung an: Es wurde realer. Doch ihre Gefühle bei seinem Anblick blieben dieselben: ambivalent.

»Das muss ich wohl wegputzen, wenn das Haus hier überhaupt eine Chance haben soll, verkauft zu werden«, murmelte sie vor sich hin.

Als sie den Flur entlangging, mied sie das getrocknete Blut. In der Küche bemerkte sie den Geruch von Kälte und Feuchtigkeit. Eine kleine Pfütze aus Regenwasser hatte sich auf der Küchentheke gebildet. Ein Leck. Irgendwo.

Die Bude fiel auseinander. Sie wünschte, sie könnte sie niederbrennen, zusammen mit all den Erinnerungen, die damit verbunden waren. Sie bezweifelte, dass es irgendetwas gab, das sie behalten wollte. Sie hatte bereits alles, was sie brauchte.

Dennoch war da ein Fünkchen Neugier, das sie dort hielt.

Mum.

Vielleicht hatte Colin, der Mann, den sie sich immer noch weigerte, Dad zu nennen, einige der Sachen ihrer Mum aufbewahrt. Stephanie griff nach der Halskette ihrer Mutter und fuhr die Kette an ihrem Hals nach. Sie trat zur untersten Treppenstufe und blickte ganz nach oben, genau wie als Kind. Die Treppe ragte vor ihr auf wie ein Rückgrat. Der Teppich, einst ein verblasstes Burgunderrot, war mit der Zeit nachgedunkelt.

Sie wollte da nicht hochgehen. Sie wollte das Trauma nicht noch einmal durchleben. Selbst jetzt, Jahrzehnte später, erinnerte sich ihr Körper vor ihrem Gehirn. Ihre Muskeln spannten sich an. Ihr Magen zog sich zusammen. Ihr Atem stockte.

Aber sie überwand sich trotzdem, bewegte sich langsam und vorsichtig und setzte ihren Fuß auf die leiseste Stelle jeder Stufe, die kein Geräusch machte – so, wie sie es getan hatte, um Colin nicht zu stören.

Oben auf der Treppe hielt sie vor dem ersten Zimmer inne: ihrem und Kimberleys Schlafzimmer. Sie hielt den Atem an, als sie die Tür öffnete.

Es sah genauso aus, wie sie es in Erinnerung hatte, und doch völlig anders. Als wären alle jetzigen Möbel darin weggeschmolzen und durch das Bett, die Tapete, die Kommode aus ihrer Kindheit ersetzt worden. Das Zimmer war einst voller Farbe und Leben gewesen und hatte eindeutig einem Kind gehört. Jetzt waren die Wände in einem langweiligen, uninspirierten Cremeweiß gestrichen, und die Möbel sahen aus wie vom Flohmarkt. Ein Stapel Zeitungen lehnte betrunken an der Wand. Ein staubiger Plastikventilator lag mit dem Gesicht nach oben, seine Flügel ein Friedhof für die Ameisen und Fliegen, die sich darin verfangen hatten. Ein altes Bücherregal, das ihrem eigenen von früher ähnelte, stand in einer Ecke des Zimmers. Leer.

Der Anblick versetzte ihrem Herzen einen unerwarteten Stich.

Sie trat weiter ein, ging neben dem Bett in die Hocke, ignorierte das Knacken ihrer Knie und fuhr mit der Hand unter die Matratze. Sie suchte, betete, fragte sich, ob *es* noch da war.

Sie fand nichts.

Langsam zog sie ihre Hand zurück, atmete tief ein und wandte sich dann der Kommode auf der anderen Seite des Zimmers zu. Darin entdeckte sie eine Sammlung von Pokalen, Auszeichnungen und Urkunden, die sie in der Schule verdient hatte, bevor sie und Kimberley in die Pflegefamilie kamen. Eine davon war von ihrem ersten Sportfest. Sie erinnerte sich, wie sie am Hundert-Meter-Lauf teilgenommen hatte und sah, wie ihr Dad am Spielfeldrand stand und sie anfeuerte.

Sie schloss die Schublade, bevor die Erinnerung sich vervollständigen konnte, und öffnete eine andere.

Sie erstarrte, und ihre Augen weiteten sich, als sie auf eine Dose fielen. Klein, rechteckig und an den Rändern mit Rostflecken übersät. Sie erkannte sie sofort; sie hatte ihrer Mum gehört. Ursprünglich eine Keksdose, hatte sie sie seit Jahren nicht mehr gesehen.

Sie hielt sie in beiden Händen, als könnte sie zerspringen oder schreien.

Dann, ohne sich zu setzen, hob sie vorsichtig den Deckel ab und fand darin Fragmente. Büschel von ihrem und Kimberleys Haar von ihren ersten Haarschnitten; ein verblichenes Foto von Stephanie, die auf dem Schoß ihrer Mutter auf der hinteren Treppe im Garten saß. Ihre Mutter war mitten im Lachen, und Stephanies Hand griff nach ihrem Gesicht. Sie hatte das Foto noch nie zuvor gesehen. Ihre Mutter sah so wunderschön aus, anders, als sie sie in Erinnerung hatte. Tränen traten Stephanie in die Augen, als sie das Foto unter die Dose legte und sich dem nächsten Gegenstand zuwandte: einem Bettelarmband, alt und angelaufen, aber einige der Anhänger glänzten noch: eine Katze, ein winziges Buch, ein Herz mit einem Schlüsselloch. Stephanie erinnerte sich daran. Es war ihres gewesen. Sie hatte geglaubt, sie hätte es auf einem Schulausflug nach Dover Castle verloren. Aber da war es. Ihre Mutter musste es gefunden und sicher aufbewahrt haben.

Stephanie blinzelte die Tränen weg, schloss die Dose und

drückte sie an ihre Brust. Dann wich sie aus dem Zimmer zurück, die Treppe hinunter, aus der Tür und ins Auto. Für heute war sie fertig. Sie hatte alles, was sie brauchte: etwas von ihrer Mutter, etwas von sich selbst und die Hoffnung, dass noch mehr Relikte übrig waren.

KAPITEL **NEUN**

Das Erste, was sie tat, als sie nach Hause zurückkehrte und gegen den Wind und den heftigen Regenguss ankämpfte, war, die Dose in ihre Nachttischschublade zu legen. Es war der sicherste Ort dafür, gut versteckt und beschützt von ihrem geliebten Teddybären Bart, den sie seit ihrer Kindheit hatte und der wie ein Sicherheitsmann über sie wachte. Sein Fell war fleckig, zerrissen und zeigte Altersspuren, aber er war einer der wenigen Gegenstände in ihrem Besitz, die entweder von ihrer Mutter stammten oder ihr gehört hatten. Nun war wie durch ein Wunder etwas zu ihren Besitztümern hinzugekommen.

Sie erwog, den Fund mit ihrer Schwester zu teilen und ihr ein Foto von der Dose zu schicken, in der Hoffnung, sie zu einem Besuch zu verleiten, damit sie selbst weitere Artefakte aufspüren konnte. Doch sie war so stinksauer auf Kimberley – obwohl sie eigentlich kein Recht dazu hatte –, dass sie fand, ihre Schwester hätte es nicht verdient, davon zu erfahren. Wenn Kimberley sich wie ein Kind aufführen wollte, dann sollte es eben so sein. Nach allem, was sie für ihre Schwester getan hatte, all den Opfern, die sie gebracht hatte? Den seelischen, körperlichen und mentalen Qualen, die sie durchlitten hatte und unter denen sie noch immer litt?

Nein, die Dose würde vorerst genau dort bleiben, wo sie war.

Stephanie rückte Bart auf dem Bett zurecht, bevor sie nach

unten ging. In den letzten Wochen hatte sie es endlich geschafft, ihr Leben in den Griff zu bekommen. Im wörtlichen wie im übertragenen Sinne. Es standen keine Kartons mehr auf dem Boden, keine Kleiderstapel, die sich auftürmten. Seit dem Tod ihres Vaters war ihr eine Last von den Schultern gefallen, und auch mental hatte sie sich wieder gefangen.

Sie malte wieder, fuhr Rad, lief, kletterte – lebte ihr Leben frei, unbelastet von den Zwängen, die sie in seiner Gegenwart gespürt hatte.

Zum ersten Mal seit langer Zeit hatte sie wieder das Gefühl, die Kontrolle zu haben.

Die Kontrolle über ihre Zeit. Die Kontrolle über ihre Gedanken. Die Kontrolle über ihren Körper.

Am Ende der Treppe betrat sie die Küche und begann, Essen zuzubereiten. Etwas Gesundes, mit Kohlenhydraten, einer Prise Gewürz und einer ordentlichen Portion Protein. Ein richtiges Abendessen. Nichts, was sie zwanzig Minuten später wieder erbrechen wollte. Zum ersten Mal seit noch längerer Zeit hatte sie ihre Bulimie unter Kontrolle. Sie war immer noch präsent und zeigte in den Tiefen ihres Geistes immer noch ihre hässliche Fratze, aber Stephanie hatte sie gezähmt, sie hinter Gitter gebracht und die Tür abgeschlossen.

Den Schlüssel hielt sie noch immer fest in der Hand und sie hatte nicht vor, ihn loszulassen.

Infolgedessen hatte sie eine Veränderung an sich bemerkt. Sie schlief besser, fühlte sich besser. Wachte nicht mehr schläfrig und müde auf. Auch ihre Haut, ihre Haare und ihr Gesicht sahen heller und strahlender aus. Sicher, ihr Gesicht wirkte fülliger, aber es war weniger aufgedunsen, und die äußeren Anzeichen ihrer Essstörung verblassten. Der innere Schaden blieb, aber im Moment hatte sie die Kontrolle, und sie war fest entschlossen, das beizubehalten.

Nachdem sie eine gesunde und ausgewogene Mahlzeit gekocht hatte, verbrachte sie den Abend mit Malen. Ihr neuestes Projekt war ein Ölgemälde der Kathedrale von Guildford auf einer kleinen Leinwand, inspiriert von einem Foto, das sie mit ihrem Handy gemacht hatte. Sie war keine Picasso, keine Dalí, keine Bosch, aber sie wurde besser, lernte und entwickelte mit jedem Werk ihre

Pinseltechnik weiter. Es machte ihr nichts aus, dass es nie jemand sehen würde; es war nur für ihre Augen bestimmt, und sie genoss die kathartische Erfahrung. Die Zeit erlaubte ihr, abzuschalten und sich auf den nächsten Pinselstrich und den nächsten und den nächsten zu konzentrieren.

Ehe sie sichs versah, war es nach Mitternacht. Der Regen hatte aufgehört, doch der Wind peitschte weiterhin gegen die Hauswand und pfiff durch das Haus, während er durch einen kleinen Spalt im Badezimmerfenster im Obergeschoss drang. Das Wetter war plötzlich umgeschlagen, und sie bezweifelte, dass es in dieser Nacht irgendwelche Einbrüche geben würde. Bevor sie jedoch nach oben ins Bett ging, überprüfte sie rasch die Fenster und Türen im Erdgeschoss und vergewisserte sich, dass alles verriegelt, doppelt verriegelt und dreifach verriegelt war.

Sie war in ihrem Leben schon genug Monstern begegnet; sie brauchte nicht noch eines, das sie nachts heimsuchte.

KAPITEL
ZEHN

Das Wetter bietet die perfekte Tarnung. Die Eltern hören rein gar nichts, während ich das Schloss knacke. Sie sind zu sehr damit beschäftigt, sich Sorgen über den Regen zu machen, der gegen die Fenster prasselt, und den vorbeifegenden Wind oder das Geräusch der Bäume, die aneinanderschlagen. Sie hören nicht, wie ich die Hintertür öffne und hinter mir zuziehe, und sie bemerken auch nicht, wie ich meine Schuhe ausziehe und auf Zehenspitzen über den wunderschönen Steinboden schleiche. Sogar das Rascheln meines Mantels wird gedämpft. Die einzigen Geräusche, die ich mache, sind mein gleichmäßiger Atem und das Wasser, das auf den Boden tropft.

Das Einzige, was meine Anwesenheit verraten könnte, ist das Knarren ihres Hauses – die Dielen, das Geländer und die Stufen der Treppe, das Türscharnier.

Aber ich schaffe es. Ich bin drinnen, klatschnass und zerzaust, spüre, wie die Kälte in meine Knochen kriecht. Doch der Anblick, der sich mir bietet, erwärmt mich und macht alles wett.

Sie schläft so friedlich unter ihrer Frozen-*Bettdecke, ihr Kopf schaut unter Elsas Oberkörper hervor, als wäre sie selbst die Figur. Schönes blondes Haar umrahmt ihren blassen Teint. Das gleichmäßige, rhythmische Heben und Senken ihres Brustkorbs scheint die Welt um mich herum zu verlangsamen. Ich merke, wie ich mich beim Zusehen beruhige und mein Atem wieder einen normalen Rhythmus findet. Das erste Mal war schwierig, voller Adrenalin,*

Angst und geschärfter Sinne. Aber jetzt fühle ich mich entspannt, selbstbewusst, wohl.

Das Geräusch von tropfendem Wasser hallt auf der Fensterbank wider, aber es ist nicht so laut wie ihr Schnarchen. Sie befindet sich im Tiefschlaf. Ich frage mich, wovon sie träumt. Einhörner? Prinzessinnen? Etwas Aufregendes oder vielleicht etwas Banales wie Schularbeiten?

Ich trete näher. Der Teppich dämpft meine Schritte. Alles im Zimmer ist weich – Rosa- und Lilatöne schmücken die Wände, vor dem Fernseher steht ein Sitzsack. Eine Lavalampe blubbert neben ihrem Kopf, langsam und rhythmisch wie ihr Atem.

Sie regt sich leicht, ihre Lippen verziehen sich zu einem Lächeln.

Ihr Zimmer ist unordentlicher als das des anderen Mädchens. Aufkleber, die halb vom Kleiderschrank abgezogen sind, der aussieht, als wäre er seit Generationen im Familienbesitz. Wachsmalstifte, die auf einem winzigen Schreibtisch verstreut sind und zwischen den Buchrücken offener Malbücher liegen. An der Wand hängt ein Bild. Ihre Familie. Mama, Papa und sie in der Mitte, alle lächeln in die Kamera und genießen ihren Besuch im Dover Castle im Hintergrund.

Meine Finger zucken an meiner Seite. Ich mache noch einen Schritt, will so nah wie möglich herankommen, ohne sie zu wecken. Das ist das Spiel, das wir spielen. Sie wissen es nicht, aber sie gewinnen immer.

Deshalb bekommen sie den Luftballon.

Als ich mich ihrer Seite nähere, höre ich eine Störung vom Treppenabsatz. Eine Schlafzimmertür öffnet sich, gefolgt von Schritten. Ich erstarre, mein Herz rutscht mir in die Hose. Das Geräusch der Schritte nähert sich schnell. Doch ich kann mich nicht bewegen; jedes Geräusch könnte ihre Eltern auf meine Anwesenheit aufmerksam machen.

Ich halte den Atem an, spanne meinen Körper an und halte meinen Blick auf das Mädchen gerichtet, bereit, sie als Schutzschild zu benutzen, falls nötig.

Zum Glück gehen die Schritte am Schlafzimmer vorbei und weiter zur anderen Seite des Hauses.

Ein Licht geht an. Das Geräusch von jemandem, der laut in die

Toilette uriniert, gefolgt von Schniefen, einem Furz und dann der Spülung, dem Wasserhahn und dem Ausschalten des Lichts.

Ich bleibe vollkommen still. Ich habe in dieser Zeit keinen Atemzug getan, und erst als ich höre, wie sich die Schlafzimmertür schließt, lasse ich die Luft langsam aus meinen Lungen, gleichmäßig und sanft, um das Mädchen vor mir nicht zu stören.

Jetzt muss ich warten. Fünf Minuten. Zehn. Lange genug, damit ihr Vater wieder einschläft und ich hinausschlüpfen kann.

Das ist in Ordnung. Es macht mir nichts aus, mehr Zeit mit diesem kostbaren kleinen Wesen zu verbringen. Je länger ich habe, desto besser.

Als der Moment kommt – als ich denke, dass ich meine Gastfreundschaft überstrapaziert habe – greife ich in meine Manteltasche, ziehe den Luftballon heraus und halte ihn in meinen behandschuhten Händen. Vorsichtig beginne ich, ihn aufzublasen, und genieße den Moment, wie er sich ausdehnt und ausdehnt, bis er so groß wird, dass ich den Körper des Mädchens dahinter nicht mehr sehen kann.

Während ich den Knoten an die Schnur binde, knie ich neben ihrem Bett. Die Diele knarrt, als ich auf ein Knie gehe, und für einen Moment fürchte ich, sie könnte aufwachen. Aber sie schnaubt nur, leckt sich die Lippen und findet wieder zur Ruhe, wobei sie sich leicht auf die andere Seite dreht.

Ich warte.

Als ich weiß, dass sie wieder tief schläft, gehe ich zur Lavalampe und platziere den Luftballon in ihrer Nähe. Das Gemisch reflektiert auf dem blauen Ballon und verleiht ihm einen Hauch von Rosa.

Dann stehe ich auf.

Bevor ich gehe, werfe ich einen letzten Blick auf das süße, kostbare Lächeln auf ihrem Gesicht. Das Lächeln, das glückselig unwissend über die Schrecken und das Unrecht in der Welt ist, ein Lächeln, das nicht weiß, was echter Schmerz ist.

Natürlich ist es nicht ihre Schuld.

Es ist die von allen anderen.

KAPITEL **ELF**

Die Mülltonnen fühlten sich schwer an, als sie hastig mit jeder Hand eine durch das Seitentor und an der Hausseite entlangzog. Die grüne Recyclingtonne schepperte gegen den Zaun und warf sie zurück. Sie fluchte über den leblosen Gegenstand und rollte die Tonnen an den Rand der Einfahrt, gerade noch rechtzeitig; sie konnte hören, wie die Müllmänner die Straße herunterkamen.

Sie hasste es, zu spät dran zu sein. Das sah ihr gar nicht ähnlich; sie legte immer Wert darauf, pünktlich zu sein. Ihr alter Chef hatte sie immer daran erinnert, dass man schon zu spät war, wenn man nicht zu früh da war.

Aber die Nachtruhe hatte sich gelohnt. Irgendwie hatte sie verschlafen, immer wieder die Schlummertaste gedrückt und den Komfort ihrer Bettdecke und ihres Teddybären zu sehr genossen, um aufzustehen. Sie war auch überzeugt, dass die Blechdose ihr irgendwie geholfen hatte, als ob ihre Mutter in der Nähe wäre, über sie wachte und sie im Schlaf beschützte und die Monster unter ihrem Bett verscheuchte.

Schließlich stellte Stephanie die Tonnen am Ende der Einfahrt ab. Gerade als sie wieder hineingehen wollte, fegte ein Windstoß durchs Haus und schlug die Haustür zu.

»Scheiße!«, zischte sie und war wie angewurzelt.

Sie durchsuchte hektisch ihre Taschen, wusste aber, dass es

vergeblich war. Sie sah ihre Schlüssel vor sich auf der Küchentheke, in der Obstschale, die zusehends einstaubte.

Sie öffnete den Mund, um zu fluchen, hielt aber inne, als sie bemerkte, dass ihr Nachbar aus seinem Haus kam.

»Morgen, Stephanie!«, rief Jimmy mit einem schwarzen Müllsack in der Hand. »Schön zu sehen, dass du diese Woche an die Tonnen gedacht hast! Gerade noch so!«

Es war ihr ein Gräuel, und dass sie sich ausgesperrt hatte, machte die ganze Sache exponentiell unerfreulicher.

Jimmy hob den schwarzen Sack in seiner Hand, als enthielte er biologisch gefährlichen Abfall, und ließ ihn in die Tonne fallen. Dann drehte er sich zu ihr um. An diesem Morgen trug er einen Pyjama, Hausschuhe und eine Strickjacke und sah aus, als wäre er gerade aus dem Bett gefallen, wohin Stephanie am liebsten sofort zurückgekrochen wäre. Sie fand seine Aufmachung seltsam; normalerweise war er immer komplett angezogen, wenn sie ihm über den Weg lief.

»Was ist passiert?«, fragte er, da er ihre Bestürzung spürte.

»Hab mich verdammt noch mal ausgesperrt. Die Schlüssel sind drinnen.«

»Oh je.«

»Ja.«

Das Geräusch der nahenden Müllmänner wurde lauter, und sie war dankbar, dass nicht sie diejenige im Pyjama war.

»Ich dachte, ihr Detectives seid immer so organisiert«, neckte er sie.

Obwohl es nicht der richtige Moment war, brachte sie es nicht übers Herz, ihm gegenüber forsch zu sein. »Nur wenn wir im Dienst sind. Außer Dienst sind wir hoffnungslose Fälle. Wie du siehst ...«

Jimmy verschränkte die Arme und schlenderte auf sie zu, den Blick auf ihre Haustür gerichtet. »Hast du einen Ersatzschlüssel?«

Sie schüttelte den Kopf. Sie hatte noch nicht einmal darüber nachgedacht, was sie tun sollte. Sie musste sich noch für die Arbeit fertig machen. Ihre Tasche war drinnen. Ihre Autoschlüssel. Alles.

»Möchtest du reinkommen, damit du nicht in der Kälte stehen musst?«

»Ich habe wohl keine große Wahl«, antwortete sie. »Ich werde einen Schlüsseldienst anrufen müssen.«

Es war das erste Mal, dass sie in Jimmys Haus war. Er hatte sie schon mehrmals auf einen Tee oder Kaffee eingeladen, aber sie hatte immer abgelehnt. Nicht, weil sie ihn nicht mochte oder ihm nicht vertraute, sondern weil ihr meistens die Arbeit dazwischenkam, und bis sie nach Hause kam oder bereit war, kurz rüberzugehen, war es entweder zu spät für Koffein oder sie war fix und fertig und wollte einfach nur die Welt aussperren. Ihre Zeitpläne hatten sich bis dahin einfach nie überschnitten.

Sein Haus war bescheiden eingerichtet, aber gepflegt und gut in Schuss für jemanden seines Alters, der allein lebte. Er führte sie durch in die Küche auf der Rückseite des Hauses und schaltete den Wasserkocher an. Die Aufteilung war fast identisch mit ihrer eigenen, und sie verspürte ein seltsames Gefühl der Vertrautheit, als sie sich in der Küche bewegte. Obwohl natürlich alles spiegelverkehrt war, sodass sie, als sie auf das zuging, was sie für den Kühlschrank hielt, stattdessen den Ofen vorfand.

»Du solltest am besten sofort den Schlüsseldienst anrufen«, sagte er, seine leise Stimme war kaum über dem Geräusch des Wasserkochers zu hören. »Es könnte Stunden dauern, bis sie jemanden schicken können.«

»Kennst du jemanden? Sonst muss ich einfach mal googeln.«

Er kratzte sich am Nacken. »Ich kann mal bei meinem Sohn nachfragen. Der ist bei solchen Sachen ziemlich geschickt. Vielleicht kennt er jemanden, der jemanden kennt, und er wird dafür sorgen, dass du nicht über den Tisch gezogen wirst.«

Sie wollte ihm keine Umstände machen. »Schon gut. Ich bin sicher, ich finde jemanden. Dafür gibt es ja das Internet.«

Nachdem sie ein paar Minuten gesucht und verschiedene Schlüsseldienste angerufen hatte, fand sie schließlich einen, der innerhalb einer Stunde bei ihr sein konnte.

»Macht es dir was aus, wenn ich hier warte?«, fragte sie und nahm einen großen Schluck von ihrem Getränk. »Oder musst du irgendwohin?«

Jimmy sah auf seine Uhr. »Ich hatte eigentlich um neun ein Boule-Treffen, aber ich kann sicher noch ein bisschen hierbleiben.«

»Sicher? Ich würde ja anbieten, in meinem Auto zu warten, aber dafür habe ich ja nicht mal die Schlüssel.« Sie stellte die Tasse auf die Arbeitsplatte und stöhnte hörbar auf. »So frustrierend. Tut mir leid wegen all dem.«

»Alles geschieht aus einem bestimmten Grund.«

»Und welcher Grund soll das sein?«

Er zuckte mit den Schultern. »Vielleicht hast du einen Unfall auf der Straße vermieden, oder du hast verhindert, dass du die Treppe runterfällst. Man weiß ja nie.«

Sie kicherte. »Du hast zu viele Horrorfilme gesehen.«

Ein kleines Lächeln breitete sich auf seinem Gesicht aus. »Das Leben ist schon unheimlich genug. Manchmal ist es gut, sich daran zu erinnern, dass es immer schlimmer kommen kann.«

Wem sagte er das? Sie hatte die dunkelsten Seiten der Menschheit gesehen, und bei jeder Wendung fragte sie sich, ob es noch böser, noch tödlicher werden könnte. Und jedes Mal war sie überrascht zu erfahren, dass es das konnte.

Gerade als sie antworten wollte, vibrierte ihr Handy in ihrer Hand. Sie nahm sofort ab, in der Erwartung, es sei der Schlüsseldienst, der anrief, um zu sagen, dass er auf dem Weg sei.

Stattdessen war es Giles.

»Guten Morgen, Ma'am«, sagte er. »Ich hoffe, der Anruf stört Sie nicht.«

»Schon in Ordnung.«

»Nur, weil Sie noch nicht im Büro sind, wie sonst üblich.«

Das müssen Sie mir nicht sagen.

»Gibt es ein Problem?«, fragte sie.

»Möglicherweise.« Sie konnte ihn am anderen Ende Kaugummi kauen hören. »Wir haben heute Morgen einen weiteren Anruf erhalten, dass es wieder passiert ist.«

»Was ist passiert?«

»Es ist wieder ein Ballon aufgetaucht, Ma'am.«

KAPITEL ZWÖLF

Steph brauchte über drei Stunden, um in ihr Haus zu kommen. Den größten Teil dieser Zeit verbrachte sie damit, bei Jimmy auf den Schlüsseldienst zu warten. Als er endlich auftauchte, mit über anderthalb Stunden Verspätung, hatte er nicht einmal den Anstand, sich zu entschuldigen. Am Ende brauchte er für die Arbeit nur zwanzig Minuten: Er tauschte das Schloss aus, händigte ihr einen neuen Satz Schlüssel aus und ging, sodass sie spät dran war und ein teures Loch im Geldbeutel hatte. Trotzdem hatte sie keine Zeit gehabt, sich zu beschweren oder darüber nachzudenken; sie hatte Giles gesagt, dass sie bei den neuesten Opfern des Einbruchs dabei sein wollte. Die Tatsache, dass dies der zweite Vorfall in zwei Nächten war, gab ihr Anlass zur Sorge. Es war ein zu großer Zufall, um die Angelegenheit eines verirrten Luftballons zu sein.

Etwas Tieferes steckte dahinter.

Sie ging die Möglichkeiten durch, während sie zum Haus des zweiten Opfers fuhr. Als sie ankam, wartete Giles in seinem Wagen auf sie.

Die Eigentümer des Vier-Zimmer-Doppelhauses in Merrow waren Mr. und Mrs. Whitaker. Mrs. Whitaker, die sich als Gemma vorstellte, öffnete die Tür in einem geblümten Kleid, das ihr bis zu den Knöcheln reichte und aus der letzten Saison stammte. Ihr Haar schien frisch frisiert zu sein, und ihre Handgelenke, Ohren und ihr

Hals funkelten mit Diamantschmuck. Steph fragte sich, ob sie der Typ Frau war, der sich für jeden Tag der Woche ein neues, maßgefertigtes Schmuckstück zulegte.

»Sie haben mit mir telefoniert«, begann Giles. »Und das ist Inspector Broadbent.«

»Sie können mich Stephanie nennen.«

»Warum haben Sie so lange gebraucht?«

Die Stimme, schwer von Abscheu, kam hinter Gemma Whitaker hervor. Einen Moment später trat ein gepflegter Mann mit kurzen blonden Haaren und einem scharfen, kantigen Gesicht hervor, gekleidet in ein weißes Polohemd von Ralph Lauren. Er sah aus wie der Typ, der ein großes Anlageportfolio hatte, das er regelmäßig im Zug überprüfte und dabei subtil denen zur Schau stellte, die ihm über die Schulter sahen.

»Das ist mein Mann«, sagte Gemma.

Der Mann nannte seinen Namen nicht. Stattdessen verschränkte er die Arme vor der Brust, sein Gesicht zu einer giftigen Fratze verzogen. »Fast vier Stunden haben wir gewartet, bis ihr Leute aufgetaucht seid. Wir sind nur zwanzig Autominuten entfernt. Das ist inakzeptabel. Warum haben Sie so lange gebraucht?«

Gemma stieß ihrem Mann mit dem Handrücken in den Bauch. »Schon gut, Trent«, sagte sie. »Das reicht. Sie sind jetzt hier.«

»Ich bin damit nicht zufrieden.« Trent wandte sich an Stephanie, die ihren Gesichtsausdruck neutral hielt, obwohl Groll in ihr aufzusteigen begann. Sie merkte sofort, dass dieses spezielle, arrogante Arschloch ihr eine Menge Probleme bereiten würde. »Sind Sie die Verantwortliche?«

»Stephanie Broadbent. Freut mich, Sie kennenzulernen.«

Er nahm ihr Angebot, die Hand zu schütteln, nicht an. Mit einem Schnauben und Grunzen drehte er ihnen den Rücken zu und führte sie ins Wohnzimmer, wo sie ein kleines Mädchen, nicht älter als sechs oder sieben, vor dem Fernseher sitzen sahen. Ihre Aufmerksamkeit galt jedoch ausschließlich dem iPad in ihren Händen. Stephanie beobachtete sie einige Augenblicke lang, verblüfft, wie schnell das Kind durch ihr Spiel navigierte.

»Das ist Layla«, sagte Trent, während Gemma sich neben ihre Tochter hockte und ihr übers Haar strich.

»Hallo, Layla«, sagte Stephanie. »Wie geht es dir heute?«

Keine Antwort.

»Sie ist verstört«, verteidigte Trent sie.

Entweder das, oder sie ist zu sehr mit ihrem Spiel beschäftigt, um überhaupt zu bemerken, dass wir hier sind.

»Wer kann es ihr verdenken?«, fuhr Trent fort. »Es ist erschreckend, was ihr passiert ist. Wir mussten sie aus der Schule nehmen.«

Stephanie drehte sich zu Giles um und war erfreut zu sehen, dass der Constable bereits sein Notizbuch aus der Tasche zog. Sie begann zu sprechen, zuversichtlich, dass er alles festhielt, was zwischen ihnen gesagt wurde.

»Erzählen Sie mir, was passiert ist«, sagte sie.

Trent übernahm es, die Situation zu erklären. »Als ich heute Morgen zur Arbeit aufstand, ging ich in Laylas Zimmer und fand einen Luftballon, der einfach neben dem Bett schwebte. Ich weckte sie auf, und als ich fragte, woher sie ihn habe, hatte sie keine Ahnung. Ich habe ihn nicht dorthin gelegt. Gemma auch nicht.«

»Und Sie vermuten, dass jemand anderes das getan hat?«

»Das müssen sie ja!« Seine Stimme wurde um einige Dezibel lauter und hallte von den Wänden wider, die für eine perfekte Akustik ausgelegt waren. »Wie sonst wäre er dorthin gekommen?«

»Haben Sie den Ballon jetzt?«

Er schüttelte den Kopf. »Er ist geplatzt. Versehentlich.«

»Wo sind die Überreste?«

»Im Müll«, warf Gemma ein.

Stephanie seufzte. Falls es eine Chance gegeben hatte, DNA auf dem Ballon zu finden, war diese nun vertan.

»Um wie viel Uhr sind Sie letzte Nacht ins Bett gegangen?«

»Gegen Mitternacht«, antwortete Trent. »Ich schließe als Letzter ab.«

»Und haben Sie das getan?«

»Habe ich was?«

»Abgeschlossen.«

»Nun, ja, *selbstverständlich* habe ich das.«

Selbstverständlich. Weil es so gut gemacht war, dass jemand in ihr Haus eingebrochen, die Treppe hochgeschlichen war und einen Ballon neben dem Bett ihrer Tochter hinterlassen hatte.

»Wie viele Türen haben Sie im Erdgeschoss?«

»Küche, Vorder- und Hintertür. Das ist alles.«

»Und die waren alle geschlossen? Die Fenster auch?«

Trent nickte und hielt seinen Blick fest auf Stephanie gerichtet.

Gerade als sie etwas sagen wollte, schaltete sich Giles ein. »Letzte Nacht hat es geregnet. Wenn jemand hereingekommen wäre, hätte er Fußspuren oder Beweise hinterlassen. Haben Sie etwas gesehen?«

Trent blickte zu den hinteren Terrassentüren, dann schüttelte er den Kopf. »Nein. Aber das heißt nicht, dass es nicht passiert ist.«

»Das sagt niemand, Mr. Whitaker«, antwortete Stephanie ruhig. »Haben Sie mitten in der Nacht etwas gehört? Eine Störung vielleicht?«

»Der Wind heulte und der Regen hielt mich wach – und ich war gegen drei Uhr mal pissen – aber ansonsten habe ich nichts gehört.«

Steph wandte sich an Gemma, die weiterhin das Haar ihrer Tochter streichelte. Sie blickte zu Stephanie auf und schüttelte den Kopf.

»Um wie viel Uhr haben Sie den Ballon entdeckt?«

»Um sechs, nachdem ich aufgewacht war.«

»Also ist der Ballon irgendwann zwischen Mitternacht und sechs Uhr morgens aufgetaucht?«

Trent hob die Hand und begann, mit dem Finger auf sie zu zeigen. »Nein, nein, nein. Sagen Sie es nicht *so*. Stellen Sie es nicht so dar, als wären *wir* die Verrückten. Er ist nicht auf wundersame Weise aufgetaucht. Jemand hat ihn dorthin gelegt. Jemand ist in unser Haus eingebrochen – ich weiß nicht wie, aber er hat es getan –, ist dann ins Zimmer meiner Tochter gegangen und hat ihn dort gelassen. Das ist kein normales Verhalten. Wir sind zu Recht krank vor Sorge. Wenn unser Zuhause nicht sicher ist, wo dann?«

Stephanie versuchte, einen kühlen Kopf zu bewahren. Sie verstand Trents Beschwerden und Sorgen vollkommen; sie schätzte nur nicht die Art und Weise, wie er sie zum Ausdruck brachte. Sie richtete ihre Aufmerksamkeit auf das kleine Mädchen, das auf dem Sofa saß und immer noch von den bewegten Farben auf ihrem Bildschirm gefesselt war.

»Hey, Layla«, begann sie. »Schön, dich kennenzulernen. Erinnerst du dich an irgendetwas über den Ballon, den du heute Morgen in deinem Zimmer gefunden hast?«

Keine Antwort. Steph wandte sich an Gemma. »Dürften wir das Tablet wegnehmen?«

Gemmas Gesicht verzog sich, als wäre die Vorstellung, ihrer Tochter den Bildschirm aus der Hand zu nehmen, so absurd wie die Bitte, ihr einen ihrer Gliedmaßen abzuschneiden. Schließlich entriss sie dem kleinen Kind das Gerät.

»Antworte der netten Dame«, sagte Gemma zur Verteidigung gegen Laylas sofortige Proteste. »Sie ist gekommen, um dir zu helfen.«

Layla verschränkte die Arme, schnaufte und verzog ihr Gesicht. Sie war genauso arrogant wie ihre Eltern.

»Woran kannst du dich von letzter Nacht erinnern, Layla? Hast du irgendetwas gesehen oder gehört, wie jemand in dein Zimmer gekommen ist?«

Sie schüttelte den Kopf. »Nur als Papi reinkam, um mir einen Kuss zu geben.« Sie wandte sich an Gemma. »Kann ich das iPad jetzt zurückhaben?«

Gemma blickte zu Stephanie auf, als ob sie um Erlaubnis bitten würde. Sie gab sie mit einem leichten Nicken. Innerhalb von Sekunden war das Mädchen taub für die Welt um sie herum, auf einen anderen Planeten versetzt. Stephanie trat einen Schritt zurück und begann, die Ecken der Decke abzusuchen.

»Mir sind draußen am Haus keine Kameras aufgefallen. Haben Sie überhaupt eine Sicherheitsanlage oder Videoüberwachung?«

Trent schüttelte den Kopf. »Danach werden wir eine haben. Was passiert jetzt?« Er bewegte sich auf sie zu. Es war nur subtil – ein paar Zentimeter, begleitet von einem Vorlehnen –, aber die Absicht war klar.

Stephanie richtete ihren Rücken auf, spannte die Schultern an und wich nicht zurück. »Wir müssen die Ballonprobe zur DNA-

Analyse mitnehmen sowie die Spurensicherung hinzuziehen, um das Zimmer Ihrer Tochter zu untersuchen. Wir benötigen auch Proben von Ihnen, damit wir Sie aus der Untersuchung ausschließen können. Da Sie keine Überwachungsmaßnahmen zu Hause haben, wird es unglaublich schwierig sein, die verantwortliche Person zu finden, es sei denn, wir haben natürlich Glück mit DNA und Spuren-«

»Sie *müssen* sie finden.«

»Wie bitte?«

»Sie *müssen* die Person finden, die das getan hat. Ich werde nicht zulassen, dass jemand in das Zimmer meiner Tochter kommt und sie terrorisiert. Sie ist ein Kind!«

Stephanie hob eine Hand, um den Mann zu besänftigen. »Ich verstehe. Und wir werden unser Bestes tun, um-«

»Wie lange? Wie lange, bis Sie die Ergebnisse zurückbekommen?«

»Das kann Wochen dauern.«

»Wochen? Das ist inakzeptabel. Wieso kann ich online DNA-Tests in achtundvierzig Stunden machen lassen?«

Sie ignorierte die Frage.

»So laufen die Dinge eben.«

»Quatsch. Sie sind die Inspector. Ich bin sicher, es gibt Hebel, die Sie umlegen können. Jedes Mal, wenn ich bei der Arbeit etwas erledigt haben will, frage ich einfach und ich bekomme es. Warum funktioniert das bei Ihnen nicht genauso?«

Sie bewunderte seinen Optimismus, kämpfte aber darum, das Grinsen zu unterdrücken, das sich auf ihr Gesicht schlich. »Wie gesagt, wir werden so schnell wie möglich ein Team hierher schicken und-«

»Also kann es weitere vier Stunden dauern, bis ihr Leute ankommt?« Er warf die Hände in die Luft und wandte sich an seine Frau. »Das ist unglaublich.«

»Mr. Whitaker«, sagte Giles und trat vor. Sein Ton war sanft, abgewogen, und seine körperliche Präsenz schüchterte Trent leicht ein. »Wir nehmen diesen Vorfall sehr ernst. Aber Sie müssen verstehen, dass es Verfahren und interne Hürden gibt, die wir überwinden müssen. Ich gebe Ihnen mein Wort, dass wir alles in unserer Macht Stehende tun werden, um die verantwortliche Person zu finden.«

Trents Miene verhärtete sich. »Ich will Ihre Handynummer.«

»Wie bitte?«, erwiderte Giles plötzlich.

»Nicht Ihre. Ihre.« Er zeigte auf Stephanie. »Sie ist der höhere Rang. Ich will einen direkten Draht zwischen mir und ihr.«

KAPITEL
DREIZEHN

Stephanie schloss die Wagentür hinter sich und atmete tief aus. Sie war in ihrem abgeschlossenen, sicheren Raum. Geschützt. Umgeben von Stille, bis auf das Geräusch ihres eigenen Atems.

Einen Augenblick später wurde die Stille von Giles durchbrochen, der die Beifahrertür öffnete und einstieg. Sein schwerer Körperbau ließ den Wagen einige Zentimeter einsinken, bevor er die Tür schloss und sich ihr zuwandte.

»Was machen Sie in meinem Wagen?«, fragte sie und stieß einen Seufzer der Erleichterung aus, als sie feststellte, dass es keine Beweise für ihre Fast-Food-Besuche gab. Dennoch war der Wagen immer noch ein einziges Chaos, der Fußraum war mit leeren Wasser- und Pepsi-Flaschen übersät.

»Ich dachte, wir könnten uns unterhalten«, sagte er und steckte sich ein Stück Kaugummi in den Mund.

»Nur, wenn Sie das Ding zuerst ausspucken«, erwiderte sie. »Ich kann das Geräusch nicht ausstehen.«

Seine Miene verfinsterte sich, als wäre er gerade getadelt worden. Er riss ein Stück von der Verpackung ab, zog den weißen Klumpen von seiner Zunge und wickelte ihn ein.

»Entschuldigen Sie, Ma'am. Ich wusste nicht, dass es Sie stört.«

»Warum kauen Sie so viel Kaugummi? War Alex Ferguson in Ihrer Jugend Ihr Held?«

Giles schauderte sichtlich. »Erwähnen Sie den Namen dieses

Mannes nie wieder vor mir. Ich bin zwar ein Roter, aber nicht von der Sorte. Er hat mir in meiner Jugend das Leben zur Hölle gemacht.«

Sie hatte keine Ahnung, wovon er sprach, da sie sich wenig für Fußball oder überhaupt für irgendeine Sportart interessierte. Alex Ferguson war so ziemlich der einzige Name, den sie in dieser Welt kannte. Seiner und natürlich der von David Beckham.

»Konnte das nicht warten, bis wir wieder im Büro sind?«, fragte Steph.

Giles zuckte mit den Schultern. »Ich dachte, diesmal könnte ich die Führung übernehmen. Mehr die Kontrolle haben. Ich habe nach einer Ablenkung von Eve gesucht und ich habe das Gefühl, dass dies etwas ist, worin ich mich richtig verbeißen kann.«

Sie machte ihm keinen Vorwurf. Sie alle suchten nach einer Ablenkung.

»Damit habe ich kein Problem«, sagte sie. »Aber Sie werden nicht die totale Kontrolle haben. Ich werde Ihnen die Richtung vorgeben, aber wann immer Sie glauben, auf etwas gestoßen zu sein, sprechen Sie es bei mir an und ich werde Sie beraten.«

Seit den Ereignissen um die Schreckensherrschaft des Voodoo-Killers hatte Stephanie gelernt, wieder eine Inspector zu sein. Sie hatte gelernt, ihrem Team zu vertrauen, besser zu delegieren und daran zu glauben, dass sie wussten, was sie taten. Sie war noch nicht ganz so weit, aber sie machte Fortschritte. Und Giles' Dankbarkeit für ihre Entscheidung war an dem strahlenden Lächeln auf seinem Gesicht deutlich zu erkennen, als hätte er gerade Gold bei den Bundesjugendspielen gewonnen.

»Was denken Sie bisher?«, fragte sie. »Was sagt Ihnen Ihre professionelle Meinung?«

»Ich glaube nicht, dass das Einzelfälle sind. Ich glaube, jemand tut das aus einem bestimmten Grund, und es könnten noch viele weitere Ballons folgen. Das Einzige, womit ich zu kämpfen habe, ist das *Warum*. Er macht nichts kaputt, stiehlt nichts, fasst nichts an und versucht nicht einmal, die Mädchen zu entführen. Er lässt nur den Ballon zurück.«

»Vielleicht beobachtet er sie, während sie schlafen«, schlug sie vor.

»Wie kommen Sie darauf?«

Sie zuckte mit den Schultern. »Das ergibt am meisten Sinn. Welche Befriedigung würde man daraus ziehen, zu riskieren, erwischt zu werden, nur um einen Ballon dazulassen? Ich fürchte, wer auch immer das tut, beobachtet sie im Schlaf und übt so eine Form von Kontrolle über sie aus.«

Giles schluckte schwer. »Sie denken, es könnte etwas ... etwas Heimtückischeres dahinterstecken?«

Sie verstand, worauf er anspielte, hatte aber zu viel Angst, es auszusprechen.

»Wir werden erst wissen, ob es Ejakulat am Tatort gibt, wenn die Spurensicherung da war. Aber im Moment weiß ich nicht, was ich denken soll. Meine einzige Sorge sind die Eltern. Wie waren die Eltern des ersten Opfers?«

Ein wissendes Lächeln huschte über Giles' Gesicht. »Genauso. Aufdringlich. Verzweifelt.«

»Das werden wir im Auge behalten müssen«, sagte sie. »Das Letzte, was wir brauchen, ist, dass sie im Büro auftauchen und Antworten verlangen.«

»Ich bin derjenige, der seinen Kopf hingehalten hat, indem er ihm mein Wort gegeben hat.«

»Ja, aber wenigstens haben Sie ihm nicht Ihre Nummer gegeben.«

»Sorgen Sie nur dafür, dass er Ihnen keine Sexting-Nachrichten oder Schwanzbilder schickt, Ma'am. Oder, falls doch, lassen Sie mich wenigstens dabei sein, wenn Sie ihn festnehmen.«

Stephanie kicherte bei dem Gedanken, am Haus anzukommen, um Trent Whitaker zu verhaften. Sie stellte fest, dass ihr die Vorstellung durchaus gefiel, natürlich abgesehen von der unaufgeforderten Pornografie.

Giles öffnete die Wagentür, um auszusteigen, aber Steph hielt ihn zurück.

»Wo ich Sie gerade hier habe«, begann sie, »da war etwas, das ich Sie fragen wollte.«

»Oh?«

»DS Lafferty ... Ist Ihnen in letzter Zeit etwas Andersartiges an ihm aufgefallen?«

Giles hielt einen Moment inne, dann schüttelte er den Kopf. »Kann ich nicht behaupten, Ma'am. Er ist immer noch ein Arschloch. Warum fragen Sie?«

»Kein bestimmter Grund.«

»Ich glaube, er hat sich die ganze Sache mit Eve persönlich zu Herzen genommen. Ich weiß, dass er sich die Schuld gibt für das, was mit ihr passiert ist.«

Ich weiß, dachte Steph. Er ist nicht der Einzige.

KAPITEL **VIERZEHN**

Sie hatte in den letzten fünf Minuten nicht auf den Bildschirm geschaut. Ehrlich gesagt hatte sie schon viel länger nicht mehr aufgepasst. Sie hatte keine Ahnung, worüber sie diskutierten – irgendeine interne Politik oder Budgetangelegenheiten. Es war etwas, das sie nicht im Geringsten interessierte. Aber in Abwesenheit von DCI McGowan war sie gezwungen worden, daran teilzunehmen.

Wörter wie »Einnahmen«, »Ausgaben«, »Rücklagen« und »Prognosen« waren umhergeworfen worden, als wären es Tennisbälle, doch sie verstand nur Bahnhof. Sie hoffte, dass man nicht von ihr erwartete, Notizen zu machen, nicht nur für dieses Meeting, sondern für all die anderen, die in der kommenden Woche angesetzt waren; andernfalls hätte sie nur genug, um damit eine Geburtstagskarte zu füllen.

McGowan war erst seit drei Tagen weg, und schon wurde ihr klar, wie geisttötend und uninteressant der Job eines Chief Inspectors war. Hinter seinem Schreibtisch sitzen, die Verlängerung der Untersuchungshaft von Verdächtigen abzeichnen, Budgets und Personalengpässe überwachen. Das war ein Minenfeld, das sie nicht betreten wollte. Sie war noch jung und sah keinen Grund, weiter aufzusteigen. Sie hatte hart gearbeitet, um dorthin zu gelangen, wo sie war, hatte dabei vielen Leuten das Gegenteil bewiesen, und das wollte sie vorerst auch weiterhin tun.

Sag niemals nie, aber als sie jetzt dasaß, ihre Augen immer schwerer wurden und sie an die Dose in ihrem Nachttisch dachte und sich vorstellte, wie sie mit Bart kuschelte, erkannte sie, dass sie auf ihrer Sprosse der Karriereleiter glücklich war.

Stephanie wurde aus ihren Träumereien gerissen, als sie hörte, wie ihr Name gerufen wurde.

Aufgeschreckt bewegte sie den Cursor zum Kamerasymbol und klickte darauf. Einen Moment später starrte ihr Fahndungsfoto sie an, als wäre sie die ganze Zeit über da gewesen.

»Ja?«, fragte sie zögerlich und betete, dass dies nicht der Moment für eine unangekündigte Befragung war.

»Gibt es von Ihrer Seite, an Clives Stelle, noch etwas hinzuzufügen?«

Die Frage kam von einem Einsatzleiter. Jemand, den sie noch nie getroffen hatte und von dem sie bezweifelte, dass sie es jemals tun würde.

Unbeholfen antwortete sie: »Nein. Von meiner Seite gibt es nichts weiter hinzuzufügen«, und schaltete dann schnell ihre Kamera wieder aus. Ihr Herz hämmerte in ihrer Brust, und sie stieß einen gleichmäßigen Atemzug aus. Das war knapp gewesen; man hätte sie beinahe dabei erwischt, wie sie nicht aufpasste.

Einige Momente später verabschiedeten sich alle und verließen das Online-Meeting. Als Stephanie den Laptopdeckel schloss, vibrierte ihr Handy auf dem Tisch.

Unbekannte Nummer.

War das jemand von dem gerade beendeten Anruf, der nachhaken wollte, oder war es Spam?

So oder so, sie nahm zögerlich ab, ihre Gedanken waren immer noch bei dem Videomeeting.

»DI Broadbent am Apparat«, sagte sie.

»Ist da Stephanie?«

Sie erkannte die Stimme und wurde von Furcht erfüllt.

»Ja, das bin ich.«

»Gut. Ich bin erfreut zu sehen, dass Sie mir die richtige Nummer gegeben haben und keine falsche. Hier ist Trent Whitaker. Ich rufe an, um zu erfahren, was Sie bezüglich des

Einbruchs und des Ballons, der im Zimmer meiner Tochter zurückgelassen wurde, unternommen haben.«

Steph warf einen schnellen Blick auf die Uhr. Es waren nicht einmal zwei Stunden vergangen, seit sie und Giles das Haus der Whitakers verlassen hatten.

»Ich habe mit jemandem von der Spurensicherung gesprochen, und sie sollten bis zum Ende des Tages bei Ihnen eintreffen«, erklärte sie.

»Bis zum Ende des Tages? Das ist nicht gut. Wir brauchen jetzt jemanden hier.«

»Bei allem Respekt, Mr. Whitaker, diese Leute sind beschäftigt. Sie haben vielleicht frühere Termine. Sie werden bei Ihnen sein, sobald sie können.«

Er machte seine Unzufriedenheit am Telefon hörbar. »Was haben Sie sonst noch erreicht?«

Stephanie griff nach der Halskette ihrer Mutter und begann, sie an ihrem Hals entlang zu fahren.

»Wir haben auch den kontaminierten Ballon ins Labor geschickt. Und ja, ich habe betont, wie wichtig es ist, dass diese schnell bearbeitet werden.«

Sie konnte hören, wie er das Telefon von seinem Gesicht wegzog und das, was sie gerade gesagt hatte, im Flüsterton wiederholte. Eine weibliche Stimme, vermutlich die seiner Frau, antwortete.

»Das ist nicht gut genug«, beendete er. »Ich denke, es gibt viel mehr, was Sie tun könnten. Ich wollte es vorhin nicht sagen, aber ich bin ein Mann mit Einfluss, und ich bin es gewohnt, alles zu bekommen, was ich will.«

»Das habe ich mitbekommen«, bemerkte sie sardonisch.

»Es muss doch andere Hebel geben, die Sie in Bewegung setzen können.«

»Wir tun alles, was in unserer Macht steht. Ich habe mein Team, das daran arbeitet.«

»Nein, das tun Sie nicht. Ich habe noch nichts auf den offiziellen Social-Media-Kanälen der Surrey Police gesehen. Sie könnten die Nachricht dort verbreiten.« Er hielt inne, als wäre ihm plötzlich ein Gedanke gekommen. »Ich werde zur Presse gehen. Ich kenne den Herausgeber sehr gut, wir haben ein paar Mal zusammen Golf gespielt. Ich bin sicher, er kann die Bekanntheit dieses Falls steigern und die Nachricht verbreiten.«

»Mr. Whitaker«, begann sie so ruhig, wie sie es vermochte. »Das müssen Sie wirklich nicht tun. Bitte vertrauen Sie uns, dass wir das für Sie klären. Wie ich schon sagte, ich habe ein Team, das für Sie daran arbeitet. Wir werden unser Bestes tun, um die verantwortliche Person dafür zur Rechenschaft zu ziehen.«

»Ich weiß, dass Sie das tun werden«, sagte Trent. »Ihr Kollege hat mir sein Wort gegeben.«

Die einzige Person, die sie in diesem Moment mehr hasste als Giles, war sie selbst dafür, diesem unausstehlichen Sack ihre Handynummer gegeben zu haben.

KAPITEL FÜNFZEHN

Der Fernseher flimmerte vor ihr, verschwommene Gestalten pulsierten am Rande ihres Sichtfelds, doch Stephanie sah nicht hin. Sie hatte ihn als Hintergrundgeräusch eingeschaltet, um die Stille zu übertönen. Sie saß in ihrer üblichen Position auf dem Sofa – zu einem Ball zusammengekauert in der Ecke, die Knie an die Brust gezogen – und fühlte sich, als würde sie ihre lebenswichtigen Organe schützen, genau wie in ihrer Kindheit. Neben ihr, auf der Armlehne, stand die Blechdose, deren Inhalt säuberlich auf einem Kissen ausgebreitet war. In der Hand hielt sie ein Foto ihrer Familie, die mit einem Lächeln in die Kamera blickte. Gemischte Gefühle regten sich in ihr. Einerseits war sie verärgert über die Lüge und den Betrug, den das Foto darstellte: dass sie eine glückliche Familie waren, dass keine Dunkelheit unter der Oberfläche lauerte. Andererseits rief es *einige* glückliche Erinnerungen hervor, flüchtige frühe Momente, bevor das Schreien und die Schläge begannen. Sie war sich sicher, dass ihr Vater einst ein gütiger Mann gewesen war, aber die Erinnerungen an diese kurze, fast nicht existente Zeit, als er Teil ihres Lebens war, waren so tief vergraben worden, dass sie sich wie Nebelschwaden anfühlten, unmöglich zu fassen.

Eine Erinnerung tauchte jedoch mit einer Art gleichgültiger Zuneigung auf: die Schlafenszeit. Sie musste drei oder vier Jahre alt gewesen sein, eingekuschelt im Bett, während Mum und Dad ihr vorlasen, bevor sie in den Schlaf driftete. Alle waren glücklich, lächelten und waren voller Liebe zueinander. Eine Zeit, bevor Kimberley in ihr Leben getreten war.

Stephanie konnte nicht mit Sicherheit sagen, ob die Geburt ihrer Schwester einen Wendepunkt in ihrer Familiengeschichte markierte, aber sie glaubte nicht, dass es ein Zufall war, dass der Missbrauch etwa zur gleichen Zeit begann.

Sie blickte einen Moment länger auf das Bild ihrer Schwester, bevor sie das Foto auf das Kissen legte und das Bettelarmband aufhob. Sie ließ die Anhänger durch ihre Finger gleiten, als wäre es ein Rosenkranz, und versank in Gedanken an bessere Zeiten, an die Wärme ihrer Mutter und das Lächeln, das ihr Gesicht zierte, als sie Stephanie das Armband zum ersten Mal gegeben hatte.

Wie sehr sehnte sie sich danach, dieses Gesicht wiederzusehen.

Kurz darauf begann ihr Telefon zu klingeln, und das Bild ihrer Mutter verblasste und wurde schnell durch das Gesicht eines Schauspielers im Fernsehen ersetzt. Sie beugte sich vor, griff nach dem Telefon auf dem Couchtisch und sah auf das Display.

Louis Brown, Redakteur bei *Surrey Live*, der lokalen Nachrichtenagentur. Als sie zur Surrey Police gekommen war, hatte sie gehofft, die Kluft zwischen den beiden Organisationen zu überbrücken, da sie glaubte, ihre Beziehung sollte symbiotisch sein. Aber nach den Ereignissen ihres vorherigen Falles, bei dem es um einen sadistischen Serienmörder ging, der an jedem Tatort Voodoo-Puppen zurückließ, fühlte sie sich von Louis verraten und hielt ihn seitdem auf Abstand.

Jetzt, da Trent Whitaker ihn zweifellos kontaktiert hatte, wusste sie, dass er wieder ins Boot kommen wollte.

»Guten Abend, Louis«, sagte sie. »Gibt es bei euch eigentlich Uhren?«

»Die Welt des Journalismus schläft nie«, erwiderte er mit einem Hauch von Ego in der Stimme. »Ich habe mich gerade mit einem Freund von mir ausgetauscht.«

»Devon?«, erwiderte sie sarkastisch.

»Fast. Ein alter Golfkumpel. Er hat erwähnt, dass letzte Nacht bei ihm eingebrochen und ein seltsamer Gegenstand im Zimmer seiner Tochter zurückgelassen wurde.«

»Ein Luftballon ist kaum etwas Seltsames in einem Kinderzimmer. Wenn es eine Zange oder eine Gartenkelle wäre, dann vielleicht. Aber ein Luftballon …«

»Er wollte, dass ich der Sache mal ein wenig nachgehe«, fuhr Louis fort. »Er meinte, du und dein Team würdet nicht genug tun.«

Sie sah auf ihre Uhr. »Es sind noch keine zwölf Stunden vergangen.«

»Trent ist ein wichtiger Mann. Er ist es gewohnt, seinen Willen zu bekommen.«

Sie stieß einen schweren Seufzer aus und rieb weiter an dem Bettelarmband in ihrer Hand. »Wie ich immer wieder höre. Was willst du von mir?«

»Ein Zitat.«

»Wofür? In Häuser wird ständig eingebrochen. Nur weil Trent ein aufgeblasenes Ego hat und denkt, sein Fall wird schneller gelöst, weil er jemanden kennt, der jemanden kennt, heißt das noch lange nicht, dass es auch so sein wird.«

»Da hast du recht«, entgegnete Louis. »In Häuser *wird* ständig eingebrochen. Aber es kommt nicht jeden Tag vor, dass Leute Luftballons in den Schlafzimmern ihrer Töchter finden, oder? Komm schon, Stephanie. Ich dachte, wir helfen uns gegenseitig. Willst du mir damit sagen, dass es in der Nacht davor nicht einen ähnlichen Vorfall gab?«

Sie hörte auf, mit dem Armband zu spielen. Ihre Gedanken begannen zu kreisen. »Woher hast du das gehört?«

»Ich habe ein Team, das ziemlich schnell Dinge herausfinden kann, besonders wenn es weiß, wo es suchen muss. Soziale Medien sind heutzutage wirklich eine wunderbare Sache …«

»Ich will keine Panik auslösen«, sagte sie streng. »Wenn die Leute denken, dass ein Serieneinbrecher frei herumläuft, will ich nicht, dass jemand verletzt wird.«

»Du willst also lieber, dass er weiterhin einbricht und diese Kinder terrorisiert?«

»Das sage ich nicht. Ich möchte nur die Kontrolle darüber haben, was an die Öffentlichkeit gelangt.« Sie stieß einen weiteren tiefen Seufzer aus. »Sag wenigstens … sag wenigstens nur, dass wir die Möglichkeit einer Verbindung zwischen den Vorfällen untersuchen. Gib mir vierundzwanzig Stunden.«

»Wofür?«

»Um meinem Team genug Zeit zu geben, seine Arbeit zu machen.«

Eine Pause. »In Ordnung. Nur, weil du viel durchgemacht hast, Steph. Aber vergiss nicht, danach schuldest du mir einen.«

KAPITEL **SECHZEHN**

Trotz aller Bemühungen entfuhr ihr ein Gähnen. In der Nacht zuvor hatte sie kaum Schlaf gefunden, als sie sich hin und her gewälzt und an den Mann gedacht hatte, der in Kinderzimmer eindrang und die Kinder im Schlaf beobachtete, genau wie ihr Vater es früher getan hatte. Als sie an jenem Morgen aufwachte, erwartete sie halb, einen Luftballon am Fußende ihres Bettes angebunden zu finden, neben dem ihr Vater mit einem geifernden Grinsen im Gesicht schwebte.

Genauso, wie er es oft mitten in der Nacht getan hatte, bevor die Berührungen und das Massieren begannen ...

Steph führte ihre Kaffeetasse an die Lippen und nahm einen langen Schluck. Es war bereits ihre zweite an diesem Morgen, doch sie zeigte kaum Wirkung. Sie vermutete, dass der Kaffee aus der Maschine im Büro verdünnt war oder zumindest nur halb so stark, wie er sein sollte. Aber sie musste sich damit abfinden; sie hatte keine Lust, jeden Tag ein horrendes Vermögen für Kaffee zum Mitnehmen auszugeben.

Vor ihr saß das kleine Team, das sie zusammengestellt hatte, um Giles bei den Ermittlungen zu unterstützen: DS Devon Lafferty, der einsprang, während Stephanie aufgrund ihrer Pflichten als Chief Inspector abwesend war, und DC Fiona Griffiths. DC Olivia Willard und DS Noah Mackenzie hielten sich unterdessen in Bereitschaft, um jederzeit hinzugezogen werden zu können. Beide

Männer sahen müde aus, jedoch aus unterschiedlichen Gründen: Devons Augen waren blutunterlaufen und leicht glasig, während die Falten in Giles' Gesicht von Stress und Sorgen tief gezeichnet waren.

»Ich habe heute Morgen keinen Anruf bekommen«, begann sie, »also nehme ich an, es gab letzte Nacht keine Einbrüche?«

Giles schüttelte den Kopf. »Keine Einbrüche sind gute Einbrüche, wie es so schön heißt. Das nehme ich so hin.«

»Drücken wir die Daumen, dass das nur zwei Einzelfälle waren. Nichts weiter. Welche Fortschritte haben Sie gestern gemacht?«

Giles musste nicht in seinen Notizen nachsehen; er zählte alles aus dem Kopf auf. »Die Ballonproben sind bei der Spurensicherung. Sie sagen, es könnte etwa eine Woche dauern, bis wir etwas zurückbekommen, und das gilt für beide Proben. Die DNA-Analyse wird potenziell länger dauern. Ich habe alle Fingerabdrücke der Opfer und Eltern mit IDENT1 abgeglichen. Das einzige Problem ist, dass die Fingerabdrücke, die die Spurensicherung an den Hintertüren, Küchentüren und Fenstern gefunden hat, mit denen der Eltern übereinstimmen. Also hat der Eindringling diese Türen entweder nicht benutzt und kam wie eine Art böser Weihnachtsmann durch den Schornstein, oder er hat Handschuhe getragen. So oder so hilft uns das nicht weiter.«

»Spurenmaterial?«

»Ist bei der Spurensicherung, aber die Bearbeitung wird eine Weile dauern, und es ist erst nützlich, wenn wir einige Verdächtige haben.«

Steph warf einen schnellen Blick auf Devon, der versuchte, interessiert auszusehen, und dabei kläglich scheiterte. »Und wie kommen wir an dieser Front voran?«

Giles öffnete seine Packung weicher Pfefferminzbonbons, steckte sich eines in den Mund und kratzte sich dann am Hinterkopf. »Ehrlich gesagt, nicht gut. Ich hätte mehr Erfolg dabei gehabt, Fische in meiner Badewanne zu angeln. Ich habe den größten Teil des Nachmittags damit verbracht, mit den Nachbarn beider Opfer zu sprechen – mit etwas Hilfe von den Uniformierten, versteht sich – und niemand hat etwas gesehen. Wenig überraschend haben sie alle geschlafen. Ich dachte, es gäbe vielleicht wenigstens einen Nachtmenschen, der ein Auge auf die Dinge hat, aber es stellt sich heraus, dass sie alle langweilig sind und super früh ins Bett gehen, damit sie super früh zur Arbeit aufstehen können.«

»Das ist bei uns doch nicht anders.«

»Ich weiß, aber ich bilde mir gern ein, dass es da draußen ein paar Leute gibt, die bis in die frühen Morgenstunden wach bleiben und Videospiele spielen. Das ist eine aussterbende Kunst.«

Stephanie nahm sich einen Moment Zeit, um über das nachzudenken, was Giles gesagt hatte – über die Ermittlungen, nicht über die nächtlichen Videospieler oder Netflix-Binger.

»Haben die Nachbarn der Opfer Türklingel- oder Überwachungsaufnahmen?«

Giles schüttelte den Kopf. »Sie wiederholen alle Laura Wednesdays Meinung: Sie glaubten, in einer netten Gegend zu wohnen, also sahen sie nie einen Grund, Kameras zu installieren.«

Sie konnte sich vorstellen, dass sich das bald ändern würde.

»Haben Sie eine Verbindung zwischen den beiden Opfern überprüft?«, fragte sie. »Ob sie dieselbe Schule, denselben Verein oder Arzt besuchen?«

Giles' Augen weiteten sich vor Verlegenheit, als er den Kopf schüttelte.

»Da haben Sie es, eine Lektion für Sie. Etwas, woran Sie nächstes Mal denken sollten. Machen Sie das heute zu Ihrer Priorität. Ich werde Ihnen auch helfen. Und wenn Sie Anrufe oder Belästigungen von Trent Whitaker bekommen, schicken Sie ihn zu mir. Er hat mich bereits wegen *Surrey Live* angerufen, die um weitere Informationen bitten. Wenn wir nicht aufpassen, könnte er drohen, alles auszuplaudern.«

»Klingt ja köstlich«, sagte Giles sarkastisch.

»Für einen Moment dachte ich, Devon würde unsere Geheimnisse preisgeben. Es stellt sich heraus, dass ich falschlag.«

Bei der Erwähnung seines Namens hob der Sergeant den Kopf und sah sie verwirrt an.

»Hat nichts mit mir zu tun, Ma'am. Ich habe mich von meiner besten Seite gezeigt.«

»Haben Sie sich deshalb in den letzten Tagen so gehen lassen?«

»Wie bitte?«

Stephanie wandte sich an Giles, bestätigte, dass sie mit dem Gespräch fertig waren, und bat Devon dann, ihr in ihr Büro zu folgen. Der Mann folgte ihr schleppend, die Schultern hingen herab, als würde ihn etwas nach unten ziehen.

Sie hielt ihm die Tür auf und schloss sie dann sorgfältig. Er nahm von sich aus Platz, und sie setzte sich ihm gegenüber und verschränkte die Finger. Sie beobachtete seinen müden, erschöpften Gesichtsausdruck, den er mit aller Kraft zu verbergen versuchte.

»Reden Sie mit mir, Devon.«

»Worüber?«

»Wie die Dinge laufen. Wie es Ihnen geht.«

»Worum geht es hier?«

»Ich weiß, Eves Tod war für uns alle schwer, aber ich mache mir Sorgen um Sie. Sie sind anders geworden.«

»Können Sie es mir verdenken?« In seinem Ton lag ein Vorwurf.

»Natürlich nicht. Aber ich habe weder gesehen noch gehört, dass Sie zu den Sitzungen mit dem Therapeuten gehen.«

»Weil ich sie nicht brauche«, entgegnete er.

Stephanie beobachtete ihn genau: die Art, wie seine Finger nervös aneinander spielten, wie er auf seinen Schoß blickte, wie er sein Bestes gab, stoisch zu wirken, während seine Verteidigung eindeutig auf Halbmast war.

»Sind Sie sicher, dass Sie okay sind?«, fragte sie erneut, diesmal sanfter.

»Ich habe gesagt, mir geht es gut.«

»Haben Sie getrunken?«

Sein Blick schnellte scharf zu ihrem. Eine Mischung aus Beleidigung und Verteidigung. »Ich bin nicht dumm, Steph. Ich kenne die Regeln. Ich würde nicht besoffen zur Arbeit kommen. Neulich war eine einmalige Sache. Ich habe Ihnen gesagt, ich bin mit ein paar Kumpels in den Pub gegangen und habe ein paar zu viel getrunken. Ich habe trotzdem meine ganze Arbeit erledigt.«

Eine lange Pause dehnte sich zwischen ihnen aus, während sie darauf wartete, dass er den ersten Schritt machte.

»Es ist nur alles, was zu Hause los ist ... das macht mir zu schaffen«, fuhr er fort. »Deshalb war ich so abgelenkt. Aber das wird besser. Ich werde mich wieder fangen. Ich werde das klären.«

Sie bot ihm kein Mitleid an; sie wusste, dass er es nicht annehmen würde, wenn sie es täte.

»Wollen Sie darüber reden?«

Er schüttelte den Kopf. Das war alles, was sie vorerst von ihm bekommen würde.

»Sie sind kein Roboter, Devon. Sie dürfen zulassen, dass diese Dinge Sie belasten.«

Ein Achselzucken. »Nein, aber ich bin ein Bulle. Und wir machen einfach weiter.«

Und wenn wir es nicht können, finden wir Wege, es zu vertuschen.

Sie beugte sich vor. »Ich weiß, es sind erst ein paar Wochen, aber ich betrachte Sie, allen Umständen zum Trotz, als einen Freund. Und Sie sind mir wichtig. Nicht nur in beruflicher Hinsicht, sondern auch persönlich. Sie sind im Rang direkt unter mir, also müssen wir eine enge Beziehung haben. Wenn etwas nicht stimmt, wenn Sie etwas bedrückt, *will* ich es wissen. Nicht nur als Ihre Vorgesetzte, sondern als jemand, dem es verdammt noch mal nicht egal ist.«

Da sah er sie an und hielt ihren Blick fest in seinem. Einen Moment lang dachte sie, er würde reinen Tisch machen, ihr sein Herz ausschütten. Doch dann veränderte sich etwas in seinem Ausdruck, und er zog sich innerlich zurück.

»Mir geht es gut«, sagte er. »Ich komme damit klar.«

KAPITEL
SIEBZEHN

Mount Browne diente in den letzten siebzig Jahren als Hauptquartier der Surrey Police. In den letzten Jahren hatten das Gebäude und seine Infrastruktur eine millionenschwere Sanierung erfahren, mit dem Ziel, sowohl das Team als auch die gesamte Polizeibehörde ins einundzwanzigste Jahrhundert zu führen. Stephanie waren bereits im ganzen Gebäude Verbesserungen aufgefallen: hochmoderne Ausrüstung, eine zeitgemäße Einrichtung und erhöhte Sicherheitsvorkehrungen. Etwas, das jedoch in der zweiten Hälfte des zwanzigsten Jahrhunderts zurückgeblieben war, war die elektronische Schranke am Fuße der Zufahrt zum Gelände. Fast jeden Morgen musste sie eine Minute warten, während die Mechanismen und Zahnräder sich langsam in Bewegung setzten, um sie durchzulassen. Dasselbe galt für die Ausfahrt. Nach ihrem Treffen mit Devon erlebte sie dieselbe frustrierende Verzögerung.

Während sie darauf wartete, dass sich die Schranke hob, bemerkte sie, wie ein Auto auf der gegenüberliegenden Straßenseite anhielt.

Sie fluchte leise, als sie den Mann erkannte, der aus dem Auto stieg: Trent Whitaker. An diesem Morgen trug er ein lachsfarbenes Langarm-Polohemd unter einem marineblauen Gant-Gilet. Er eilte herüber, noch bevor sich die Schranke vollständig geöffnet hatte, wodurch er sie praktisch in der Falle sitzen ließ und ihr keine Fluchtmöglichkeit blieb.

Stephanie ließ ihr Fenster herunter und schaltete das Radio aus.

»Guten Morgen, Detective«, sagte er mit einem frustrierenden Grinsen im Gesicht. »Wie ich höre, hat sich unser gemeinsamer Freund gemeldet.«

»Ich habe mit ihm geredet, ja.«

»Und was ist seitdem passiert? Haben Sie irgendwelche Fortschritte gemacht? Was gibt's Neues?«

Frustration kochte in ihr hoch. »Dasselbe wie gestern, Mr Whitaker. Und wenn Sie mich jetzt bitte entschuldigen würden, ich muss zu einem Termin.«

Inständig wünschte sie, die Schranke würde sich schneller heben, doch sie setzte ihren langsamen Aufstieg fort, als wollte sie sie hänseln und verspotten.

»Bitte«, sagte er und schlug einen anderen Ton an. »Wir machen uns schier verrückt vor Sorge. Ich habe letzte Nacht kein Auge zugetan. Ich war zu beschäftigt damit, über Layla zu wachen, die bei uns im Bett geschlafen hat. Wissen Sie, ob es noch jemand anderem passiert ist?«

Sie biss die Zähne zusammen. »Wir haben keine weiteren Meldungen erhalten.«

»Es ist nur eine Frage der Zeit, bis wir welche bekommen, da bin ich mir sicher. Und wenn das passiert, wird es noch eine Familie geben, der Sie Rede und Antwort stehen müssen.«

Er legte eine Hand auf ihr Autodach.

»Nehmen Sie bitte Ihre Hand von meinem Fahrzeug«, sagte sie streng. »Ich habe Ihnen mehrfach gesagt, dass wir uns darum kümmern. Es ist auch ziemlich unorthodox, dass Sie hier vor der Wache auftauchen.«

»Ich versuche nur, meine Familie zu beschützen«, schoss er zurück.

»Und das ist absolut Ihr gutes Recht, aber im Moment würde ich behaupten, Sie schaden mehr, als dass Sie nützen. Ich würde sogar so weit gehen zu sagen, dass Sie im Moment diese Ermittlung behindern und unsere Arbeit erschweren. Also geben Sie uns bitte die Zeit und den Raum, um herauszufinden, wer Ihrer Tochter das angetan hat; andernfalls muss ich Sie wegen Behinderung der Justiz verwarnen.«

»Behinderung der Justiz? Das ist lächerlich. Ich behindere gar nichts. Ich versuche zu *helfen*!«

Sie seufzte, sah auf die Uhr am Armaturenbrett und sagte dann: »Tut mir leid, Mr Whitaker. Ich habe keine Zeit dafür. Einen schönen Tag noch.«

KAPITEL
ACHTZEHN

HG & Sons befand sich in einer engen Seitenstraße im Zentrum von Guildford, direkt an der gepflasterten Hauptstraße. Das Büro war klein, kaum breit genug für zwei hintereinander angeordnete Schreibtische und einen winzigen Schreibtisch im hinteren Teil. Doch trotz seiner Größe fühlte es sich seltsam heimelig an. Stephanie machten die beengten Verhältnisse nichts aus; sie war in einer ähnlichen Umgebung aufgewachsen und sie entsprachen ihrem Geschmack. Die Einrichtung gefiel ihr jedoch nicht; die gedämpften Töne schrien förmlich nach einem multinationalen Konzern. Die Schreibtische waren ebenso wenig inspirierend und nur mit dem Nötigsten ausgestattet: einem Computermonitor, einem Drucker, einem Stiftehalter und einer Aktenablage. In vielerlei Hinsicht erinnerte es sie an ihr eigenes Büro.

Sie hatte halb erwartet, Regale mit in Leder gebundenen Büchern über die neuesten Gerichtsverfahren vorzufinden, doch stattdessen schien die gesamte juristische Arbeit von HG & Sons in einem Aktenschrank in der hinteren Ecke untergebracht zu sein.

Stephanie saß auf der anderen Seite des Schreibtischs am Fenster zur Straße, für Passanten und Kunden der nahegelegenen unabhängigen Geschäfte gut sichtbar. Sie hoffte, von niemandem Bekannten entdeckt zu werden.

Schlimmer noch, sie befürchtete, Trent Whitaker oder eines der anderen Familienmitglieder könnte ihr gefolgt sein. Sie glaubte nicht, dass sie es gutheißen würden, wenn sie sich während der Arbeitszeit um private Angelegenheiten kümmerte. Wenn die Angelegenheit, die Mr Rowe besprechen wollte, jedoch so dringend war, wie er behauptete, konnte ihr Trent Whitakers Meinung herzlich egal sein.

Kieran Rowe war Anfang dreißig, hatte aber ein jugendliches Aussehen und wirkte wie jemand, der gerade sein Abitur machte, mit einem Babyface, um das ihn nur Popstars beneiden konnten, und einem Haaransatz, wie ihn sonst nur Frauen haben. Sie vermutete, dass seine Gene irgendwo durcheinandergeraten waren, war aber immer wieder überrascht, wie gut er sich ausdrücken konnte, sobald er zu sprechen begann.

Auf seinem Schreibtisch lag ein einzelner Manila-Ordner, der unter dem künstlichen Licht ein radioaktives Glühen auszustrahlen schien. Stephanie rutschte auf ihrem Stuhl hin und her, als ihr Blick darauf fiel. Plötzlich fühlte sie sich unwohl, eine Hitzewelle breitete sich von ihrem Magen bis zu ihrer Stirn aus.

Kieran beendete eine Eingabe am Computer, bevor er seine Aufmerksamkeit auf sie richtete.

»Tut mir leid«, sagte er. »Wo waren wir?«

»Sie wollten mir gerade dafür danken, dass ich so kurzfristig erschienen bin.«

Er grinste. »Ja, es ist überraschend, was der Satz ›es gibt da etwas, worüber Sie in Kenntnis gesetzt werden sollten‹ mit dem unglaublich vollen Terminkalender einer Person anstellen kann.«

Sie ertappte sich dabei, wie sie in seinem Lächeln gefangen war. Er wusste, dass er ihre Ausflüchte durchschaut hatte, und nun, da sie ihm gezeigt hatte, dass er damit durchkommen konnte, erkannte sie, dass sie keine weiteren Ausreden mehr hatte.

Sie tippte auf ihre Armbanduhr. »Der Tag ist immer noch voller Termine … also, wenn wir zur Sache kommen könnten.«

Er verschränkte die Finger und legte die Handgelenke auf den Tisch. Seine Ärmel rutschten an seinen Armen hoch und enthüllten eine dunkelblaue Rolex-Uhr, die unter den Lampen funkelte. »Wir sind mit der Durchsicht des Nachlasses Ihres Vaters fertig.«

Sie warf einen Blick auf den anderen Mitarbeiter im Büro. Jetzt war es an ihr, den Spieß umzudrehen. »Wir?«

»Na schön, *ich*. Ich bin mit der Durchsicht des Nachlasses Ihres Vaters fertig, und es gab da etwas, von dem ich dachte, Sie sollten davon erfahren.«

»Das haben Sie schon gesagt.«

»Es hat sich herausgestellt, dass er etwas Geld in Prämiensparbriefen zurückgelegt hatte, einen ziemlich ansehnlichen Betrag von rund zehntausend Pfund. In seinem Testament – von dem ich überrascht bin, dass er überhaupt eines hatte, nach allem, was ich über ihn gehört habe – hat er dieses ganze Geld direkt *Ihnen* vermacht. Er hat Sie als direkte Begünstigte für diesen speziellen Batzen Geld benannt.«

»Ich will es nicht«, sagte sie unwillkürlich, als wäre ein Reflex ausgelöst worden. »Werfen Sie es weg. Geben Sie es einer Wohltätigkeitsorganisation. Es ist mir egal. Ich will nichts damit zu tun haben.«

KAPITEL NEUNZEHN

Während der Wasserkocher in der Küche kochte, sah sich Giles kurz im Wohnzimmer um. Es war wunderschön und gemütlich, die Art von Ort, der die Seiten von Hochglanz-Immobilienmagazinen zieren oder in einer Reality-Fernsehsendung gezeigt werden könnte, in der es hohlen, narzisstischen Immobilienmaklern mehr um ihr Image auf dem Bildschirm ging als darum, die richtige Person mit dem richtigen Haus zusammenzubringen. Es war die Art von Ort, an dem Giles gleichzeitig leben, den er aber auch meiden wollte.

Gerade als sein Blick auf ein Babyfoto von Becky Wednesday fiel, kam Laura Wednesday aus der Küche, eine Tasse Tee in der Hand. Sie reichte sie ihm und schenkte ihm ein warmes Lächeln, als sie sich auf das Sofa gegenüber setzte. Ihr Haar war zu einem strengen Knoten gebunden und ihre Augen sahen müde aus, als hätte sie seit Wochen nicht geschlafen.

»Sie haben ein wunderschönes Zuhause, Mrs Wednesday«, begann Giles. »Und Sie haben auch eine wunderschöne Tochter. Sie und Ihr Mann müssen sehr stolz sein.«

Laura blickte auf das Babyfoto an der Wand. »Das sind wir, wir–«

Sie wurde vom Geräusch schwerer Schritte unterbrochen, die schnell die Treppe herunterkamen und zu laut waren, um von einem Kind zu stammen. Augenblicke später trat ihr Mann, Dean Wednesday, aus der offenen Küche und erstarrte.

»Schatz, du erinnerst dich doch an Detective Constable Giles Swinger. Er untersucht, was mit Becky passiert ist«, erklärte Laura.

Giles stand auf und schüttelte Deans Hand. Während er Höflichkeiten austauschte, spürte er, wie Dean ihn misstrauisch beobachtete, als ob er vermutete, dass er über seine Identität gelogen hatte.

»Ich habe Ihrer Frau gerade erzählt, wie reizend Ihr Zuhause und Ihre Tochter sind.«

»Reden Sie nicht so über meine Tochter«, fuhr Dean ihn an. »Lassen Sie sie in Ruhe.«

Giles zog sich auf seinen Platz zurück. »Natürlich. Verzeihen Sie mir. Ich wollte Sie nicht beleidigen.«

»Was wollen Sie hier, Detective?«, fragte Dean, der mit verschränkten Armen und schulterbreit auseinander stehenden Beinen dastand und seine Dominanz demonstrierte. »Sollten Sie nicht die Person finden, die in mein Haus eingebrochen ist?«

Giles nickte vorsichtig und hielt den Blickkontakt mit Laura, da er bei ihr eine herzlichere Reaktion als bei ihrem Mann spürte.

»Ich bin gekommen, um Ihnen den neuesten Stand mitzuteilen«, sagte er. »Ich bin der Meinung, dass Sie so gut wie möglich auf dem Laufenden gehalten werden sollten, also wollte ich Sie wissen lassen, dass wir die DNA zur Analyse geschickt haben und innerhalb einer Woche mit einem Ergebnis rechnen. Gleichwohl möchte ich Ihre Erwartungen etwas dämpfen. Angesichts der fehlenden Beweise werden wir–«

»Welche fehlenden Beweise?«, unterbrach ihn Dean.

»Sie haben keine Videoaufnahmen. Wir haben mehrere Ihrer Nachbarn befragt, und die haben auch keine. Und bei den Fingerabdrücken, die wir gefunden haben, gehen wir davon aus, dass es Ihre eigenen sind.« Giles senkte die Stimme, um seinem Punkt Nachdruck zu verleihen. Dean veränderte seine Haltung und verringerte den Abstand zwischen seinen Beinen. »Wie ich schon sagte, angesichts der fehlenden Beweise wird es schwierig für uns sein, die verantwortliche Person zu finden. Das heißt nicht, dass es unmöglich ist, aber–«

»Wollen Sie uns abwimmeln?«, erwiderte Dean. »Wollen Sie damit sagen, dass Sie die Sache einfach unter den Tisch fallen lassen?«

»Dean!«, rief Laura, ihre Stimme wurde lauter. »Würdest du jetzt bitte einfach die Klappe halten und den Mann ausreden lassen, verdammt noch mal? Er versucht nur, seine Arbeit zu machen, also hör auf zu reden und lass ihn!«

Eine drückende Stille erfüllte den Raum. Wut loderte in Deans Augen, aber er entschied sich, nicht darauf einzugehen. Stattdessen stand er mit geschlossenen Beinen da, seine Dominanz war geschwunden.

»Fahren Sie bitte fort«, sagte Laura.

»Ich will damit nur sagen, dass Sie sich darüber im Klaren sein müssen, dass es von mir und dem Team keine häufigen Updates geben wird, aber seien Sie versichert, dass wir weiterhin daran arbeiten. Die Sache bereitet uns Sorgen, und wie Sie sicher wissen, ist dies kein Einzelfall, und wir wollen das so schnell wie möglich aufklären.«

Dean öffnete den Mund, um etwas zu sagen, hielt sich aber aus Angst vor dem Zorn seiner Frau zurück.

»Wir verstehen das, nicht wahr, Dean? Wir setzen unser Vertrauen in Sie. Sie sind die Experten. Wir vertrauen darauf, dass Sie wissen, was Sie tun.«

Giles nahm einen Schluck von seinem Tee, um seine Selbstzufriedenheit zu verbergen.

»Eine Sache, die wir gerne verstehen würden, ist, ob Ihre Tochter aus irgendeinem Grund gezielt ins Visier genommen worden sein könnte. Wir sagen nicht, dass das der Fall war, aber unserer Erfahrung nach könnten wir, wenn jemand sie *gezielt* ausgewählt *hat*, die Person, die das getan hat, vielleicht eingrenzen. Wenn es Ihnen also nichts ausmacht, hätte ich ein paar Fragen zu Ihrer Tochter.«

»Natürlich«, antwortete Laura leise und rutschte auf ihrem Sitz nach vorne. »Was immer Sie brauchen.«

KAPITEL
ZWANZIG

Die Haustür war kaum ein paar Sekunden geschlossen, als es schon wieder klopfte.

Lauras erster Gedanke war, dass es vielleicht der freundliche Polizist war, der vergessen hatte, sie etwas zu fragen. Sie respektierte die Polizei und verstand die Komplexität ihrer Arbeit. Es stimmte: Ohne DNA-Beweise oder Videoaufzeichnungen war es, als wäre der Verantwortliche nie eingebrochen. Wie sollte man von ihnen erwarten, einen Geist zu fangen? Sie wünschte nur, ihr Mann würde sie genauso sehen.

»Du kannst von Glück reden, dass der weg ist«, sagte sie und zeigte auf ihn. »Sonst hätten wir jetzt ein ernstes Wörtchen miteinander geredet.«

Sein Verhalten war widerwärtig gewesen. Dean hatte DC Swinger mit Verachtung behandelt, und das war dasselbe Gefühl, das sie in diesem Moment für ihren Mann empfand. Sie hatte ihn noch nie so erlebt. Aber die Anzeichen waren da gewesen, nicht wahr? Vielleicht war sie in der Anfangszeit ihrer Beziehung so von Liebe berauscht gewesen, dass sie seine schikanöse Art nicht erkannt hatte. In diesem Augenblick konnte sie seinen Anblick nicht ertragen.

Als sie die Tür öffnete, wurde sie von einem Mann in einem lachsfarbenen Poloshirt begrüßt, der mindestens anderthalb Meter von der Haustür entfernt stand und die Hände hinter dem Rücken verschränkt hielt, um sie nicht zu beunruhigen. Heutzutage konnte man nie sicher sein, wer auf der anderen Seite der Tür stand. Sie hatte Schauergeschichten von Einbrechern gehört, die sich als Paketboten ausgaben, mit Warnwesten und allem Drum und Dran.

Dieser Mann schien eher Freund als Feind zu sein.

»Entschuldigen Sie die Störung«, sagte er deutlich. »Wir kennen uns nicht, aber ich glaube, unsere Familien sind miteinander verbunden.« Der Mann deutete auf die Stelle, wo noch vor wenigen Augenblicken das Auto von DC Swinger gestanden hatte. »War das eben die Polizei?«

Sie beäugte ihn misstrauisch. »Ja …«

»Dachte ich mir. Haben die Sie zufällig zu einem Einbruch befragt, den Sie neulich Nacht vielleicht hatten?«

Bevor sie antworten konnte, erschien Dean neben ihr. »Wer sind Sie? Und was wissen Sie über unseren Einbruch?«

Da war er wieder, dieser Ton. Der, bei dem sie sich eigentlich sicher fühlen sollte, der ihr aber alles andere als ein Gefühl der Sicherheit gab.

Der Mann trat näher und streckte die Hand aus. »Trent Whitaker. Uns ist neulich Nacht dasselbe passiert. Mitten in der Nacht. Jemand ist eingebrochen und hat einen Luftballon im Schlafzimmer unserer Tochter hinterlassen.«

Weder Laura noch Dean sagten etwas.

»Dürfte ich hereinkommen?«, fuhr Trent fort. »Ich glaube, wir drei haben eine Menge zu besprechen.«

Trents Frau war auf der anderen Straßenseite aus ihrem Land Rover Sport gesprungen und über die Einfahrt geeilt, sobald Trent grünes Licht bekommen hatte, einzutreten. Sie war ähnlich wie ihr Mann gekleidet und sah, abgesehen von einer dünnen Strickjacke, aus wie ein Mitglied der Königsfamilie. Sie stellten sich vor, tauschten Höflichkeiten aus, lernten sich in der Küche kurz kennen und gingen dann ins Esszimmer.

»Woher wissen Sie, wo wir wohnen?«, fragte Laura und nahm ihren üblichen Platz am Kopfende des Tisches ein.

»Wir sind dem Kerl gefolgt, der hergekommen ist, um mit

Ihnen zu reden«, antwortete Trent und warf seiner Frau einen kurzen Blick zu, begleitet von einem Kopfschütteln. »Können Sie sich vorstellen, die Frau, die die Ermittlungen leitet … wir sind ihr zu einer Anwaltskanzlei gefolgt! Sie soll eigentlich die Person suchen, die das getan hat, und stattdessen lässt sie wahrscheinlich ihr Testament aufsetzen. Und dann hat sie noch die Dreistigkeit, uns zu sagen, dass sie alles tun, was in ihrer Macht steht.«

»Ich musste ihn davon überzeugen, nicht reinzugehen und sie zur Rede zu stellen«, erwiderte Gemma und hakte sich bei ihrem Mann unter, wie ein glücklich verheiratetes Paar. Laura konnte sich nicht erinnern, wann sie das das letzte Mal bei ihrem Mann getan hatte, noch konnte sie sich erinnern, wann sie es das letzte Mal *gewollt* hatte.

»Stattdessen sind wir also zur Wache zurückgefahren und haben gewartet, bis wir den Kerl sahen, der mit uns gesprochen hat. Giles. Der scheint ungefähr so nutzlos zu sein wie der ganze Rest«, sagte Trent.

Laura wollte den Detective gerade verteidigen, doch Dean kam ihr zuvor. »Die haben keine Ahnung, was sie tun. Wir hätten mehr Erfolg, wenn wir die Sache selbst in die Hand nehmen.«

Trent schnippte mit den Fingern. »Ich bin froh, dass Sie das sagen. Das ist zum Teil der Grund, warum wir hier sind. Erstens natürlich, um Ihre Situation etwas besser zu verstehen und zu sehen, wie es Ihrer Tochter geht. Aber zweitens, um zu sehen, ob Sie diesen Kerl gemeinsam mit uns jagen wollen?«

»Wie?«

»Das weiß ich noch nicht. Aber ich bin sicher, wir können viel mehr tun als die Polizei, mit der offensichtlichen Ausnahme, dass wir ihn nicht verhaften können. Aber wir können Dinge tun, vor denen die zu viel Angst haben. Wir können es in den sozialen Medien posten, es bekannt machen. Ich habe bereits die Zeitungen angerufen, und sie arbeiten daran, etwas in die großen Medien zu bringen.«

»Wir wollen nicht nur Gerechtigkeit für unsere Familien«, sagte Gemma Whitaker. »Sondern auch für andere. Wir müssen sicherstellen, dass so etwas nicht noch einmal passiert. Und je mehr Leute davon wissen, desto unwahrscheinlicher wird es.«

»Ich bin so dankbar, dass keiner unserer Töchter etwas zugestoßen ist«, fuhr Trent nahtlos fort, als hätten sie es vorher geprobt. »Aber was ist, wenn diese Person sich hocharbeitet? Man hört immer wieder, dass solche Leute klein anfangen und dann zu größeren Taten übergehen. Zuerst befriedigen sie sich auf dem Spielplatz selbst, dann entblößen sie sich vor jemandem und schließlich gehen sie zu Vergewaltigungen über. Wir können nicht zulassen, dass so etwas passiert.«

Laura fühlte sich fehl am Platz. Als sie Gemma zum ersten Mal getroffen hatte, schien die andere Ehefrau genauso um das Wohlergehen ihrer Tochter besorgt zu sein wie Laura und nicht darum, Gerechtigkeit zu suchen. Aber je länger sie zuhörte und je lebhafter Gemma wurde, desto mehr merkte Laura, dass sie allein war. Alles, was Laura wollte, war, ihre Tochter zu beschützen und sicherzustellen, dass sie in Sicherheit war und niemand ihr wehtat.

Aber sie alle benahmen sich wie Cowboys, die Pläne schmiedeten und Intrigen spannen. Während sie sich um das Lagerfeuer drängte, um die Kinder zu beschützen, sprachen die Männer – und jetzt auch Gemma – davon, in die Wildnis aufzubrechen, um ihre Familien zu rächen.

Sie fühlte sich nicht wohl dabei, in das Gespräch eingeweiht zu sein. Auch gefiel ihr nicht, wie sie über die Polizei und deren Handhabung der Ermittlungen diskutierten.

»Hundertprozentig«, sagte Trent, ohne ihr in die Augen zu sehen. »Könnte nicht mehr zustimmen. Wir müssen definitiv etwas unternehmen. Was haben Sie sich vorgestellt?«

Trent und Gemma Whitaker zuckten mit den Schultern. »Deshalb sind wir hier. Sie müssen doch nirgendwohin, oder?«

Dean bestätigte, dass sie nichts vorhatten und sein Job ein paar Stunden warten könne.

»Großartig. Dann stecken wir mal die Köpfe zusammen, was?«

KAPITEL
EINUNDZWANZIG

Ich kann nicht fassen, dass es so lange gedauert hat, bis der Artikel herauskam. Ich meine, es musste ja irgendwann passieren, aber jetzt, nach so langer Wartezeit? Vielleicht habe ich der Polizei zu viel zugetraut und sie zu sehr respektiert. Sie scheinen diese Ermittlungen nicht so fest im Griff zu haben, wie ich anfangs dachte.

Auch scheinen sie keinerlei handfeste Beweise zu haben.

Keine Videoaufnahmen wurden veröffentlicht. Keine körnigen Bilder von mir, wie ich in ihre Häuser einbreche. Das liegt daran, dass es keine gibt. Obwohl ich wusste, dass ich sicher war, glaubte ein kleiner Teil von mir – eine nagende kleine Stimme des Zweifels, die in meinem Hinterkopf schrie –, dass ich irgendwo von einer Kamera erwischt werden könnte. Wir leben in einer so digitalen Welt, dass es unmöglich ist, nicht irgendwo auf Video aufgenommen zu werden. Ich bin sicher, dass ich irgendwann gefilmt wurde, aber meine Verkleidung und Handschuhe sollten ausreichen.

Dennoch kann ich es mir nicht leisten, unvorsichtig zu sein.

Die einzige Herausforderung, vor der ich jetzt stehe, ist, dass durch die Veröffentlichung der Nachricht Tausende von Menschen in der Gegend von mir wissen werden. Ich muss besonders vorsichtig und wachsam sein und mich noch leiser als zuvor bewegen.

Ich kann es mir nicht leisten, erwischt zu werden. Nicht jetzt.

Niemals.

Ich muss diese Mädchen sehen. Ich muss ihre Gegenwart einatmen, sie beobachten, während sie schlafen.

Vor mir, neben meinem Laptop, auf dem der Nachrichtenartikel zu sehen ist, liegt ein kleiner Stapel Luftballons. Ich ziehe meine Handschuhe an, nehme einen und lege ihn in eine Plastiktüte. Ich muss so wenig DNA oder Spuren wie möglich hinterlassen.

In der heutigen Zeit ist das fast unmöglich, aber ich muss jede erdenkliche Vorsichtsmaßnahme ergreifen.

Nachdem ich zwanzig Minuten lang sorgfältig meine Sachen zusammengepackt habe, verlasse ich das Haus. Es ist kurz nach zwei Uhr morgens und ich fühle mich nach all dieser Zeit belebt.

Als ich in die Dunkelheit trete, ist mein Atem ruhig, kontrolliert und gleichmäßig. Ich lächle, als der Name aus dem Artikel in meinen Gedanken widerhallt, der Name, den sie mir gegeben haben, ohne sich seiner Bedeutung bewusst zu sein.

Nehmt euch in Acht, Surrey. Der schwarze Mann kommt, um euch zu holen.

KAPITEL
ZWEIUNDZWANZIG

Heute Nacht gibt es keinen Regen, der das Geräusch überdeckt. Nur Stille. Dicht und beklemmend. Die Art von Stille, die das leise Klicken des nachgebenden Schlosses wie eine Sirene klingen lässt. Ich warte, lausche, erstarrt im Türrahmen. Das Geräusch tiefen Schnarchens wälzt sich durch das Haus.

Perfekt.

Als ich über die Schwelle trete, rücke ich meine Skimaske zurecht, damit ich besser atmen kann. Dieses Haus ist das unordentlichste, das ich je betreten habe. Spielzeug, Müll und schlammige Schuhe liegen auf dem Boden verstreut. Es ist auch das kleinste, also navigiere ich vorsichtig durch die Kisten, deplatzierten Möbel und Elektrogeräte und bahne mir meinen Weg zur Treppe. Jede Stufe klingt, als würde eine Bombe hochgehen. Nach jeder halte ich inne, halte den Atem an, warte.

Nichts.

Oben an der Treppe sehe ich durch die offene Tür das schlafende Mädchen. Schlimmer noch, die Schlafzimmertür der Eltern steht ebenfalls offen. Der Vater schläft tief, halbnackt, ein Bein hängt aus der Bettdecke und enthüllt eine Beule in seinen Boxershorts. Er kratzt sich im Schritt, immer noch tief im Schlummer. Währenddessen liegt seine Frau neben ihm, zusammengekauert in der Embryonalstellung, nur ihr Kopf ist über der Bettdecke sichtbar.

Im Takt mit dem tiefen Grollen seines Schnarchens schleiche ich auf Zehenspitzen über den Treppenabsatz in das Zimmer des Mädchens. Sie ist eindeutig die Tochter ihres Vaters, sie liegt in einer ähnlichen Position – Arme und Beine von sich gestreckt, quer über die Matratze verteilt, ihr halber Körper hängt aus der Bettdecke. Ein Teddybär schläft auf dem Bauch, von seiner Besitzerin weggestoßen.

Ich bewege mich vorsichtig auf sie zu und beobachte ihre Brust, um sicherzugehen, dass sie schläft. Ich komme ihr näher als je zuvor. Es ist ein Risiko, aber ich bin bereit, es einzugehen. Dieses Mädchen ist es wert. Sie ist so engelhaft, so unschuldig, so wunderschön. Ich will die Hand ausstrecken und sie berühren, aber ich weiß, dass ich es nicht darf.

Ich sollte es nicht.

Ich darf es nicht.

Die Risiken wiegen die Belohnung nicht auf.

Auf der anderen Seite des Treppenabsatzes prustet und hustet der Vater des Mädchens, bevor er laut schluckt. Ich fühle mich unwohl. Jede Sekunde dehnt sich auf zwanzig aus. Vielleicht liegt es am Artikel, dessen Worte mir im Kopf herumschwirren. Obwohl diese Familie nicht so aussieht, als hätte sie sich auf die Möglichkeit meines Besuchs vorbereitet, habe ich dennoch das Bedürfnis, auf der Hut zu sein, als könnten sie jeden Moment aufwachen.

Ich bin hin- und hergerissen. Hin- und hergerissen zwischen dem Wunsch, so lange wie möglich zu bleiben, und dem Risiko, erwischt zu werden.

Aber das ist es, was mich am Leben hält: das Adrenalin, der Rausch, der donnernde Puls in meinen Ohren, der wie eine Trommel hämmert, der Schweiß, der sich auf meiner Stirn und meinen Handflächen bildet.

Das Mädchen.

Ihr blondes Haar liegt wie ein Heiligenschein auf ihrem Kissen. Sie sieht so friedlich aus.

Nach weiteren fünf Minuten – mehr kann ich nicht riskieren – greife ich in meine Tasche, hole den Luftballon hervor und blase ihn auf. Das ist immer der riskanteste Teil der Operation. Nach jedem Atemzug halte ich inne und achte darauf, niemanden zu stören. Schließlich, nach einer gefühlten Ewigkeit, ist der Ballon fertig. Ich lege ihn neben das Bett des Mädchens, flüstere ein leises »Danke« und drehe mich um, um zu gehen.

Ich schleiche auf Zehenspitzen über die Dielen und versuche, demselben Weg zu folgen, den ich auf dem Hinweg genommen habe. Gerade als ich das obere Ende der Treppe erreiche, trete ich auf eine kaputte Diele. Das knarrende Geräusch durchbricht die Stille. Ich erstarre und blicke in das Schlafzimmer der Eltern. Nichts. Sie schlafen immer noch friedlich.

Doch als ich meinen Fuß auf die erste Stufe setze, höre ich eine leise, zarte Stimme.

»Papi?«

Ich halte den Atem an und hoffe, dass sie mich nicht sieht. Ich wage es nicht, mich umzudrehen.

Den Blick starr auf die Eltern gerichtet, beginne ich vorsichtig, die Treppe hinunterzugehen.

»Papi?«

Die Stimme des Mädchens ist jetzt lauter, von Panik erfüllt.

Ich steige schnell die Treppe hinab, überspringe beinahe Stufen. Jetzt hat das Hämmern in meinen Ohren alle anderen Geräusche übertönt. Als ich unten ankomme, ist das Mädchen aus dem Bett geklettert und in das Schlafzimmer ihrer Eltern gerannt. Sie sind wach, grunzen, reden, schreien sich an.

Der Schrei der Mutter geht mir durch und durch und lässt mir die Nackenhaare zu Berge stehen.

»Wer ist da?«, brüllt der Vater. »Bleiben Sie, wo Sie sind! Ich komme!«

Noch bevor ich seine Schritte über mir höre, greife ich nach der Hintertür. Sie öffnet sich nach innen und ich schwinge sie so heftig auf, dass sie gegen den hölzernen Esstisch knallt. Seine Füße tauchen am oberen Treppenabsatz auf, dick und muskulös. Kraftvoll. Genug, um mich zu erwischen. Aber ich bin im Vorteil.

Ich schlage die Hintertür zu, in dem Moment, als das Licht im Erdgeschoss die Küche und das angrenzende Esszimmer in gelbes Licht taucht. Mit hämmerndem Herzen schlüpfe ich in den Garten und ziehe mich zurück, sprinte denselben Weg, den ich gekommen bin.

Ich höre nicht auf, bis meine Lunge brennt und meine Kehle sich trocken anfühlt. Ich höre nicht auf, bis sich meine Beine wie Wackelpudding anfühlen und ich zu Boden sinke.

Das war knapp. Zu knapp. Aber ich spüre das Adrenalin durch mich pumpen. Und ich liebe es.

Ich fühle mich lebendig.

KAPITEL
DREIUNDZWANZIG

Ihr war warm, fest eingekuschelt unter ihrer alten Glücksbärchis-Bettdecke. Auf der anderen Seite des Zimmers atmete Kimberley leise, das Gesicht zur Decke gewandt, ein Arm neben dem Kopf erhoben, tief und fest schlafend. Stephanie hatte sie aufmerksam beobachtet und darauf gewartet, dass der Atem ihrer Schwester schwerer wurde, bevor sie sich endlich erlaubte einzunicken.

Als der Moment kam, war alles still, leise, perfekt.

Dann knarrte eine Diele und riss sie aus dem Schlaf.

Unbewusst spannte sie die Muskeln an, rollte sich zu einem engeren Ball zusammen und zog die Bettdecke fest an ihren Hals. Wartend. Vorbereitet.

Als Nächstes klickte das Flurlicht an und ein dünner Lichtstreifen zeichnete sich um die Zimmertür ab. Sie warf einen Blick auf Kimberley, die bis auf ihren gleichmäßigen Atem regungslos dalag. Für die Welt gestorben.

Das war das Beste. Es war immer das Beste.

Je weniger sie hörte, je weniger sie sah, desto besser.

Einen Moment später erschien ein Schatten am unteren Rand des Türrahmens. Dann öffnete sich die Tür vorsichtig, zögerlich. Als er den Kopf durch den Spalt steckte, kniff sie die Augen fest zu, wie sie es schon so oft getan hatte, und flehte innerlich, er möge nicht eintreten, er möge genau dort bleiben, wo er war.

»Stephyyyyy …«

Dieser Laut. Dieses Geräusch. Dieser *Name.* Ihr Körper begann vor Angst und Erwartung zu zittern.

»Stephhyyyy …«, wiederholte er. Als sie nicht reagierte, öffnete er die Tür ganz und betrat das Zimmer.

Sie spannte ihren Körper weiter an, doch sie wusste, dass es nichts nützen würde. Ihr Dad kam ins Schlafzimmer und trat an sie heran. Zuerst legte er seine Hand sanft auf ihre Füße und drückte sie leicht, bevor er schließlich ihren Körper hinaufwanderte, bis er ihre Schulter erreichte. Er schüttelte sie, bis sie so tat, als würde sie aufwachen.

Als sie die Augen öffnete, sah sie sein Gesicht nur wenige Zentimeter von ihrem entfernt, lüstern, während das Licht aus dem Flur Schatten auf seine Züge warf. Sein Ausdruck war ihr vertraut. Sie wusste, was kommen würde.

Sie umklammerte den Rand der Bettdecke fester. Sie würde es ihm nicht so leicht machen wie in der Vergangenheit.

»Ich weiß, du magst Geschenke«, sagte er und nahm den Arm hinter den Rücken. »Also habe ich dir etwas besorgt.«

Er bewegte sich langsam, bedächtig, als wäre jeder Schritt einstudiert.

Sie rührte sich nicht vom Fleck. Sie hielt seinen Blick fest, zwang sich, ihm standzuhalten.

Nicht hinsehen. Nicht hinsehen. Es ist eine Falle.

Ihr Herz hämmerte gegen ihre Rippen, als er seine Hand hinter dem Rücken hervorzog und ein dickes Bündel Geldscheine zum Vorschein kam. Eine große, schwere Rolle Geld begann ihm wie Konfetti durch die Finger zu gleiten. Die Scheine fielen über ihr Bett und auf den Teppich.

»Ich habe dir gesagt, dass ich dir die Welt zu Füßen legen kann«, sagte er.

Immer mehr Geld quoll aus seinen Händen. Endlos. Wie ein schreckliches Gewitter. Es regnete aus seiner Hand, seinen Taschen, seinen Ärmeln. Aus dem Nichts. Innerhalb von Augenblicken war ihr Bett bedeckt und sie war umzingelt. Sie blickte an ihrem Körper hinunter, konnte aber die Umrisse ihrer Beine unter der Bettdecke nicht mehr sehen. Das Gewicht von alldem wuchs und drückte auf sie nieder.

»Dad, hör auf-«, versuchte sie zu sagen, aber ihr Mund füllte sich mit dem Geschmack von trockenem Papier. Sie versuchte es erneut, doch ihre Worte kamen nur als Murmeln heraus.

Dann beugte er sich vor. »Ich kann dir die Welt zu Füßen legen«, sagte er. »Aber ich kann sie dir auch einfach so wieder wegnehmen.«

Er presste ihr eine Handvoll Scheine aufs Gesicht und erstickte sie, sein schwerer Atem war heiß auf ihrer Haut.

»Ich habe dir immer gegeben, was du wolltest, aber du wolltest immer mehr und mehr und mehr. Du undankbares kleines Miststück!«

Stephanie versuchte sich zu bewegen, versuchte sich aus der Bettdecke zu befreien, aber das Gewicht des Geldes war zu viel für sie. Es erdrückte sie, presste ihr die Luft aus den Lungen. Sie schrie, aber es kam nur als Keuchen heraus. Sie starb, und es gab niemanden, der sie retten konnte. Kimberley lag vollkommen still da, der Inbegriff von Ruhe und Gelassenheit.

Als die Welt um sie herum allmählich schwarz wurde und die Wände langsam über ihr einstürzten, glaubte sie, die schwächsten Umrisse von etwas im Hintergrund zu sehen, im Türrahmen.

Eine dünne Schnur, die in der Luft schwebte und sich leicht in einem Wind bewegte, den es gar nicht geben konnte, befestigt an einem hellblauen Geburtstags-Luftballon.

KAPITEL **VIERUNDZWANZIG**

Sie nahm mechanisch einen Schluck von ihrem Kaffee, fast katatonisch, und starrte in die schwarzen Pixel des Computermonitors. In dieser Dunkelheit sah sie das Gesicht ihres Vaters: die Bosheit in seinen Augen, die gelben, nikotinverfärbten Zähne in einem breiten, widerlichen Grinsen, der Geruch von Alkohol und Tabak in seinem Atem und das Feuer der Entschlossenheit in seinem Blick. Dann verblasste es und wurde durch Visionen von Geld ersetzt, von Papierscheinen, die schnell von der Decke herabfielen.

Sie blickte sich im Zimmer um und atmete erleichtert auf, als die Visionen aufhörten.

Seit dem Tod ihres Vaters war es ihr gut gegangen. Sie hatte angefangen, sich wieder menschlich zu fühlen. Wie sie selbst.

Aber nach dem Gespräch mit dem Anwalt hatte sie an nichts anderes mehr denken können. Warum hatte er ihr das Geld gegeben? *Ihr*, ausgerechnet ihr? Warum wurde ihr diese Last aufgebürdet?

War das nur eine weitere Gelegenheit für ihn, Macht über sie auszuüben, eine Art Kontrolle? Ein letzter grausamer Stich in den Rücken? Oder hatte er gehofft, es sei seine einzige Chance – eine winzige, verschwindend geringe Chance – auf Erlösung, darauf, ihr und Kimberley zu beweisen, dass er kein totales Monster war? Dass irgendwo in ihm doch noch etwas Gutes steckte?

Mit diesem speziellen Gedanken hatte Stephanie am härtesten und längsten gerungen.

Ihr ganzes Leben lang war der Mann, der sie großgezogen hatte, ein Monster gewesen. Er hatte vergewaltigt, missbraucht und gemordet. Aber jetzt das. Zehntausend Pfund waren keine unbedeutende Summe; das konnte man nicht einfach von der Hand weisen. Aber es kam von *ihm*, dem Mann, den sie verachtete, dem Mann, den sie verabscheute.

Dem Mann, den sie getötet hatte.

Nein, es war richtig von ihr, es abzulehnen. Sie wollte nichts damit zu tun haben. Er war in jeder Hinsicht aus ihrem Leben verschwunden, und das Geld anzunehmen, würde ihm nur eine weitere Gelegenheit geben, Macht über sie zu haben. Jedes Mal, wenn sie es benutzte – um ihren Autokredit abzubezahlen, ihre Studiengebühren zu begleichen oder für schlechte Zeiten zu sparen –, wäre sie gezwungen, an ihn zu denken. Sie würde sein Lachen im Hintergrund hören, sein lüsternes Grinsen würde in den Tiefen ihres Gedächtnisses auftauchen.

Sie konnte diese Qual nicht länger ertragen.

Kimberley.

Der Gedanke schoss ihr plötzlich durch den Kopf. Das Baby kam bald. Ihre Schwester und ihr Schwager könnten den Geldsegen gut gebrauchen. Sie könnten es für die notwendigen Anschaffungen verwenden, die, wie sie wusste, nicht mehr billig waren.

Die einzige Frage war, ob Kimberley es annehmen würde.

Und was noch wichtiger war: Würde sie überhaupt an Stephanies Anruf herangehen?

Bevor sie zu lange darüber nachgrübeln konnte, vibrierte ihr Handy auf dem Schreibtisch und übertönte mit seinem lauten Summen das Gespräch vor dem Fenster.

Giles.

»Morgen, Mr Swinger«, sagte sie neckisch. »Warum rufen Sie mich von Ihrem Schreibtisch aus an? Ich bin doch nur drei Meter entfernt.«

»Ich bin nicht an meinem Schreibtisch, Ma'am«, antwortete er und klang, als wäre er mitten in einem Raketenstart. »Ich bin auf dem Weg nach Burpham.«

Sie zählte eins und eins zusammen. »Es gab noch einen?«

»'Fürchte ja. Obwohl, nach allem, was ich höre, war es diesmal eine knappe Kiste. Der Typ, der es gemeldet hat, sagte, er hätte ihn fast im Garten erwischt.«

Ihr stockte der Atem.

»Brauchen Sie Unterstützung?«

»Alles gut. Ich hab das im Griff.«

»Informieren Sie mich, wenn Sie zurück sind.«

»Ja, Ma'am«, sagte Giles und legte auf.

Stephanie warf ihr Handy achtlos auf den Tisch. Noch einer. Noch ein Einbruch. Noch ein Ballon.

In diesem Moment erschien ein blauer Ballon in der Ecke ihres Büros, schwebte ein paar Zentimeter über dem Boden, die Schnur wiegte sich sanft in der leichten Luftbewegung.

Das geriet außer Kontrolle. Das Team musste seine Anstrengungen verdoppeln, wenn sie den Eindringling fassen wollten. Ein plötzlicher Schmerz schoss ihr in die Schläfe. Sie konnte bereits die Anrufe und Gespräche mit Trent Whitaker und Louis Brown hören, ihre Klagen, ihr Geschrei, den Druck, den sie unbewusst auf sie ausübten.

Sie schloss die Augen und blendete das grelle Licht aus, das ihr pochendes Kopfweh zu verschlimmern begann. Einatmen. Ausatmen. Kontrolliert. Gleichmäßig.

Dann klingelte ihr Telefon erneut und machte all die Arbeit zunichte, die sie gerade geleistet hatte.

Bitte nicht Trent. Bitte nicht Trent.

Stattdessen war sie erleichtert, als sie sah, dass DCI Clive McGowan anrief.

»Morgen, Sir«, sagte sie. »Sollten Sie sich nicht irgendwo an einem Strand auf den Bahamas amüsieren?«

Clive spottete. »Wer braucht die Bahamas, wenn man Hastings haben kann?«

»Mein Punkt bleibt trotzdem bestehen, Chef. Sie sollten sich *amüsieren*. Und nicht mich anrufen.«

»Ich weiß, ich weiß. Aber wenn man in mein Alter kommt,

macht einem der Gedanke, zur Ruhe zu kommen, eine Heidenangst, also tut man alles, was in seiner Macht steht, um genau das Gegenteil zu tun.«

»Ich könnte es tatsächlich gut gebrauchen, wenn Sie zurückkämen. Ich glaube nicht, dass ich diese Woche noch eine Budget- oder Strategiesitzung überstehe.«

Clive kicherte. »Willkommen in meiner Welt, Steph. Du hast eine Woche in meinen Schuhen gesteckt. Wie fühlt es sich an?«

»Es bringt mich dazu, mir die Augäpfel auskratzen zu wollen.«

Clive lachte wieder. »Du machst mir nicht gerade Lust, zurückzukommen.«

»Pech gehabt. Ich habe meine Meinung geändert. Sie haben keine Wahl.«

»Wie auch immer«, fuhr Clive fort, »ich rufe nur an, weil ich gestern Abend die Nachrichten gesehen habe.«

»Louis' Artikel?«

»Genau der.«

»Was ist damit? Es ist alles unter Kontrolle. Sie sollen sich um so etwas keine Sorgen machen.«

»Ich bin mir sicher, du hast es unter Kontrolle«, bestätigte er. »Daran habe ich keinen Zweifel. Aber der Nachrichtenartikel hat mich beunruhigt, und ich dachte, ich sollte dich besser informieren, falls du davon nichts weißt …«

»Was ist das, Sir?«

Eine Pause, während er sich die Lippen leckte und schluckte. »Etwas Ähnliches ist vor etwa dreißig Jahren in den Neunzigern passiert, als ich noch Detective Constable war. Es gab einen Kerl, der in Häuser einbrach, schlafende Kinder beobachtete und dann Ballons für sie zurückließ, damit sie damit aufwachten. Genau derselbe M.O. Nur dass wir ihn nie gefasst haben. Und weißt du, wie sie ihn damals nannten?«

»Nein, Sir. Wie?«, fragte sie, während ihr Körper bereits taub wurde.

»Den Butzemann.«

KAPITEL
FÜNFUNDZWANZIG

DS Devon Lafferty putzte gerade eine Brille, als sie ihn fand.

»Neue Brille?«, fragte sie.

»Nur für die Arbeit am Computer«, antwortete er und setzte sie auf seine Nase. Sie ließen ihn ein paar Jahre älter aussehen. »Anordnung vom Arzt.«

»Als Nächstes brauchst du sie zum Autofahren, zum Lesen und irgendwann, um überhaupt noch was zu sehen. Willkommen jenseits der vierzig.«

Er sah sichtlich unbeeindruckt zu ihr auf. »Wir sind im gleichen Alter.«

»Ähnlich«, konterte sie und wedelte mit dem Zeigefinger vor ihm herum. »Nicht gleich. Außerdem, hat man dir nie beigebracht, dass man allen Frauen sagen soll, sie sehen aus wie einundzwanzig?«

»Nur, wenn es stimmt«, erwiderte er mit einem dünnen, frechen Grinsen.

Sie erkannte, dass es nur Geplänkel war und er es nicht so meinte, aber das hielt sie nicht davon ab, ihn zur Vergeltung schlagen zu wollen. Ihr gefiel diese Seite an Devon. Die verspielte, aufgesetzte Seite. Die Seite, die angefangen hatte, sie zu respektieren und sie wie die ranghöhere Beamtin zu behandeln, die sie war. Es hatte ein paar Wochen gedauert, aber sie hatte das Gefühl, dass sie langsam Fortschritte machten.

»Hast du schon mal von Operation Rainmaker gehört?«, fragte sie.

»Nicht, dass ich wüsste …«

»Ich habe gerade mit McGowan telefoniert, und er meinte, das ist schon einmal passiert.«

»Was ist passiert? Er sollte doch im Urlaub sein.«

»Ich weiß, ich weiß. Aber es ist gut, dass er nicht abschalten kann«, sagte sie schnell. »Er hat erwähnt, dass jemand, den sie früher den schwarze Mann nannten, schon einmal zugeschlagen hat. Damals, Mitte der Neunziger. Erinnerst du dich an irgendwas davon?«

Sein Gesichtsausdruck wurde fassungslos, als hätte sie ihn gebeten, Pi auf tausend Stellen aufzusagen. »Da war ich ein Teenager. Ich hab mich entweder betrunken oder bekifft. Natürlich erinnere ich mich nicht. Du etwa?«

Sie schüttelte den Kopf und wandte sich seinem Computerbildschirm zu. »Ich brauche alles, was wir zu Operation Rainmaker haben. Wie schnell kannst du es besorgen?«

Er sagte nichts, während er sich dem HOLMES-2-System zuwandte und den Namen der Operation eingab. Binnen Augenblicken erschienen die Ermittlungsakten auf dem Bildschirm. Eine Litanei von Zeugenaussagen, Laboranalyse-ergebnissen, Fotos von Tatorten und Fallanalysen stand ihnen zur Verfügung. Eine Informationsflut.

Aber nichts davon interessierte Stephanie.

»Wann war der erste gemeldete Vorfall?«, fragte sie.

Er nannte ihn ihr.

»Und der letzte?«

Er bestätigte ihr das Datum.

»Warum?«, fragte Devon.

»McGowan sagte, sie hörten einfach schlagartig auf«, log sie.

Das war nicht der wahre Grund für ihr Interesse. Nach den Daten, die er ihr gegeben hatte, hatte sich der ursprüngliche schwarze Mann-Fall über drei Jahre erstreckt. Er hatte ungefähr zur gleichen Zeit begonnen, als der Missbrauch durch ihren Vater anfing. Noch beunruhigender war, dass er fast genau zu dem

Zeitpunkt aufgehört hatte, als ihr Vater verhaftet wurde, weil er ihre Mutter getötet hatte.

Stephanie starrte einen langen Moment auf den Bildschirm, die Pixel verschwammen vor ihren Augen.

Er konnte es doch nicht sein, oder?

Natürlich nicht. Er war tot. Dafür hatte sie gesorgt.

Das ist für Eve ...

Und das ist für Mum ...

»Steph?«, rief Devon neben ihr, aber seine Stimme klang fern, weit weg.

Sie war wieder in ihrem Elternhaus, lag keuchend auf dem Boden, umgeben von Geld, und starrte ihrer Schwester in die Augen. Dann erschien der Ballon.

»Steph? Bist du noch da?«

Devon fuchtelte mit der Hand vor ihrem Gesicht herum und riss sie aus ihren Träumereien.

»Lebst du noch, Kumpel? Du bist doch nicht auf einem Trip, oder?«

Sie schreckte in die Gegenwart zurück. »Ich will, dass du und Giles diese Notizen durchgeht. Fasst alles für mich zusammen. Weist auf alle Anomalien und Ähnlichkeiten hin. Findet heraus, wer die Verdächtigen waren. Und ich will, dass ihr alle ehemaligen Opfer kontaktiert, damit wir sie vernehmen und sehen können, ob sie sich seit damals an noch etwas erinnern.«

KAPITEL
SECHSUNDZWANZIG

Etwas, was Devon gesagt hatte, erinnerte sie an einen Gedanken, der ihr im Gespräch mit DCI McGowan gekommen war.

Der Artikel.

Er war in der Nacht zuvor durchgesickert. Zwölf Stunden früher als vereinbart, um genau zu sein. Stephanie hatte ihn kurz vor dem Schlafengehen in den sozialen Medien gesehen und war zu wütend gewesen, um irgendetwas dagegen zu unternehmen. Stattdessen war sie zu einem späten Lauf aufgebrochen, um sich zu beruhigen, und als sie zurückkam, war es bereits früh am Morgen. Eine inakzeptable Zeit, um Louis zu stören, egal, wie sehr sie es gewollt hatte.

Eine halbe Stunde später, nachdem sie sich durch das Minenfeld aus Baustellen, Ampeln und Staus in der Innenstadt von Guildford gekämpft hatte, kam sie in der Zentrale von *Surrey Live* an. Das Backsteingebäude lag direkt am Ufer des River Wey, und Stephanie stellte sich vor, dass an einem schönen Tag das Geräusch des sanft rauschenden Wassers, verbunden mit dem fröhlichen Gesang der Vögel in den Bäumen, ein herrlicher Anblick sein musste. Doch in diesem Moment, als eine dicke Decke aus grauen Wolken schwer und tief hing und zum Bersten mit Regen gefüllt war, erlebte sie das Gegenteil. Zu allem Übel war der Fluss angeschwollen und floss reißend, und der starke Wind peitschte Müll über den Schotterparkplatz.

Stephanie schlug ihre Autotür zu, zog sich die Kapuze über den Kopf und sprintete auf das Gebäude zu. Ihre Schuhe klatschten auf den von Pfützen übersäten, nassen Boden, und als sie den Eingang erreichte, war ihre Hose an den Knöcheln durchnässt.

In den Redaktionsräumen gab es weder einen Schirmständer noch eine Garderobe, sodass sie den Boden volltropfen musste. Sie stellte sich der Empfangsdame hinter dem Tresen vor, entschuldigte sich für ihr Erscheinungsbild und wartete, während die Frau Louis Brown anrief.

Sehr zu ihrer Überraschung war die Wartezeit kurz. Sie hatte erwartet, dass er sie so lange wie möglich würde warten lassen.

Wenige Minuten später kam Louis aus dem Aufzug. Stephanie dankte der Empfangsdame, trat auf ihn zu und schüttelte ihm widerwillig die Hand. Sein Händedruck war fester als sonst und spiegelte ihre eigene Gereiztheit wider, noch bevor sie überhaupt zu sprechen begannen.

»Hatten Sie eine gute Fahrt?«, fragte Louis schlicht, als gäbe es keine Probleme zwischen ihnen.

»Es gibt keine guten Fahrten mehr. Die Straßen sind zu voll und die Leute fahren wie die letzten Arschlöcher.«

Sie stiegen gemeinsam in den Aufzug und fuhren schweigend in den zweiten Stock. Ihr machte die Stille nichts aus; sie war damit aufgewachsen. Sie war ihre Freundin. Aber manchen Leuten fiel Schweigen schwer. Louis war einer dieser Leute; er zappelte und scharrte unbehaglich mit den Füßen. Für jemanden, der gerne seinen Einfluss zur Schau stellte, hatte er das Auftreten einer Maus, dachte sie.

Oben war das Büro schlicht und einfallslos. Eine einzelne Stuhlreihe nahm den mittleren Bereich ein, wobei jeder Schreibtisch durch Trennwände abgeteilt und von einem Raster aus Leuchtstoffröhren an der Decke beleuchtet war. Der Teppich war abgenutzt, und zwei Pflanzen, die vermutlich zur Auflockerung aufgestellt worden waren, standen tot in der Ecke. Telefone klingelten und der Lärm hektischer Gespräche durchdrang die Luft.

Stephanie schüttelte die letzten Regentropfen von ihrem Mantel und folgte Louis in sein Büro.

»Ist das neu?«, fragte sie. »Sie haben mir letztes Mal erzählt, Ihr Büro sei das Café um die Ecke.«

»Es gab vor ein paar Wochen einen Wasserschaden. Ich bin neulich wieder eingezogen.«

Steph blickte zum Fenster an der Rückseite des Raumes. »Hoffen wir mal, dass sie ihn behoben haben.«

»Es ist schade, denn ich mochte das Café eigentlich ganz gern. Außerdem war das neutraler Boden.«

»Und was ist das hier, Feindesland?«

Er grinste und ließ sich in seinen Stuhl fallen. »Sie befinden sich hinter den feindlichen Linien, Broadbent.«

So würde das also laufen. Militärisch. Taktisch.

»Sie haben unsere Abmachung gebrochen«, sagte sie unverblümt.

Er zuckte mit den Schultern. »Ich hatte jedes Recht dazu.«

»Wir hatten eine Vereinbarung.«

»Genau. Und Sie waren diejenige, die sie gebrochen hat«, erwiderte er.

»Wie kommen Sie darauf?«

»Weil Sie mitten am Tag auf dem Weg zu einer Anwaltskanzlei gesehen wurden, als Sie sich, so könnte man meinen, auf die Ermittlungen hätten konzentrieren sollen, nicht wahr? Zumindest hat unser gemeinsamer Freund das so gesehen.«

Trent.

»Und so habe ich es auch gesehen«, fuhr Louis fort.

Er muss mir gefolgt sein, nachdem er mich am Tor angehalten hat.

Wie hatte sie das übersehen können? Sie war so mit dem beschäftigt gewesen, was Kieran am Telefon gesagt hatte, dass sie völlig vergessen hatte, in den Rückspiegel zu schauen.

»Was ich in meiner Zeit tue, ist für Sie ohne Belang, noch hat es irgendeine Relevanz für das, was wir vereinbart hatten«, sagte sie, obwohl sie wusste, dass er die Schlacht so gut wie gewonnen hatte.

»Im Gegenteil«, sagte Louis betont. »Sie haben einen vierundzwanzigstündigen Waffenstillstand gefordert. In dieser Zeit, so sagten Sie, würden Sie die Ermittlungen voranbringen. Meiner Meinung nach bedeutet das, mit Zeugen zu sprechen, Videoaufnahmen zu prüfen, im Grunde einfach nur Ihren Job zu machen. Es bedeutet aber nicht, zu Anwälten zu gehen und mit jemandem zu sprechen, der aussah, als wäre er ungefähr zwölf Jahre alt.«

Sie biss die Zähne zusammen und rieb sie aneinander. »So möchte ich nicht, dass unsere Beziehung funktioniert«, sagte sie mit hartem Gesichtsausdruck.

Er wälzte die Schuld von sich. »Dann sollten Sie vielleicht Ihre Entscheidungsfindung überdenken. Nach den Gerüchten, die ich in den letzten Wochen gehört habe, scheinen Sie es ziemlich schwer gehabt zu haben–«

»Das hat hiermit nichts zu tun.«

»Sie haben es in letzter Zeit ziemlich schwer gehabt«, fuhr Louis fort. »Also bin ich bereit, Ihnen etwas Spielraum zu lassen. Aber trotzdem haben Sie direkt gegen unsere Abmachung verstoßen, also sah ich absolut nichts Falsches daran, den Artikel früher als vereinbart zu drucken.«

Stephanie öffnete den Mund, um ihm zu widersprechen, aber Louis fiel ihr ins Wort. »Wenn überhaupt, haben wir Ihnen einen Gefallen getan. Sie werden zweifellos viel mehr Leute auf die Suche bringen. Die Leute werden wachsamer sein. Die Nachbarn werden es erfahren. Und Sie werden diesen Kerl eher fangen.«

Sie richtete sich auf. Sie würde nicht nachgeben. »Es ging ums Prinzip.«

Er kicherte. »Können Sie nicht zugeben, wenn Sie im Unrecht sind? Ist es das?«

Es stimmte. Sie mochte es nicht. Aber das lag nur daran, dass es selten vorkam.

Sie fühlte sich sichtlich unwohl. Ihre Gedanken wanderten zu ihrem Vater. Wenn er ihr kein Geld in seinem Testament hinterlassen hätte, dann wäre sie nicht zu den Anwälten gegangen, und sie würden dieses Gespräch nicht führen. Letztendlich beschloss sie, ihren Stolz hinunterzuschlucken und einen Rückzieher zu machen. Zumindest innerlich. Sie wollte Louis nicht die Genugtuung geben, über sie triumphiert zu haben.

»Wussten Sie, dass das nicht das erste Mal ist, dass so etwas passiert?«, fragte sie.

»Welcher Teil? Dass Sie im Unrecht sind, oder die Einbrüche?«

»Die Einbrüche«, sagte sie und erklärte dann, was McGowan ihr erzählt hatte. »Haben Sie jemals über den ursprünglichen Vorfall in den Neunzigern berichtet? Jemand, der der ›schwarze Mann‹ genannt wurde?«

»Die Horrorgeschichte, die man Kindern erzählt, damit sie sich benehmen?«

Stephanie nickte. »Nur dass dieser hier leibhaftig und echt war. Und jetzt scheint er zurück zu sein.«

Louis dachte einen Moment darüber nach. »Das war vor meiner Zeit, aber ich kann mal nachforschen. Ich werde die Archive durchsehen müssen.«

»Das wäre großartig«, sagte sie, erhob sich vom Stuhl und ging zum Ausgang. »Danke.«

KAPITEL **SIEBENUNDZWANZIG**

Stephanie war immer noch wütend, als sie ins Büro zurückkehrte. Ihr Gespräch mit Louis Brown war so verlaufen, wie sie es erwartet hatte, aber sie hatte nicht damit gerechnet, mit einem so schweren Gefühl der Niederlage herauszukommen, wie eine Fußballmannschaft, die gerade mit acht zu null vom Platz gefegt worden war. Auf der Rückfahrt war die Versuchung, sich etwas zu gönnen, wieder aufgeflammt, als sie am Dönerladen vorbeifuhr, aber zu ihrer Überraschung hatte sie sie erstickt und mit Verachtung übergossen.

Sie *würde* keine Fressattacke haben. Sie *würde* sich *nicht* übergeben.

Sie hatte die Kontrolle.

Ihr quälender Hunger züchtigte sie für ihre Entscheidung, als sie das Büro betrat. Devon, der direkt am Eingang saß, war über seinen Computer gebeugt, die Brille auf der Nasenspitze, und las angestrengt. Sie wollte ihn gerade ansprechen, als Giles hinter seinem Monitor aufstand, sein Haar zerzaust und noch feucht.

»Sind Sie gerade zurückgekommen?«, fragte sie.

»Wortwörtlich vor zwei Minuten«, erwiderte Giles und schob sich ein Pfefferminzbonbon in den Mund.

»Wortwörtlich ...« Stephanie blickte auf den leeren Schreibtisch im Büro, auf den Platz, an dem Eve, ihre ehemalige Kollegin, die erst vor wenigen Wochen bei ihnen gewesen war, gesessen hatte. Anfangs hatte sie Eves übermäßigen Gebrauch des Wortes »wortwörtlich« als nervig empfunden – *wortwörtlich*. Aber mit der Zeit erkannte sie, dass es eine ihrer Eigenheiten gewesen war, eine, die sie jetzt sehr vermisste. »Wie ist es gelaufen? Was gibt es Neues?«

Giles sammelte seine Sachen zusammen und deutete auf den kleinen Bereich an der Seite des Büros, der als Lagezentrum diente. Es war nicht viel, aber es reichte aus, damit das Team die neuesten Entwicklungen in seinen wichtigsten Ermittlungen besprechen konnte. Stephanie zog Devon von seiner Arbeit weg und gesellte sich zu Giles. Die drei drängten sich um einen kleinen runden Tisch, der in einer Gefängniszelle nicht fehl am Platz gewirkt hätte.

»Das dritte Opfer heißt Mia Harris, sieben Jahre alt«, begann Giles und schlug sein Notizbuch auf. Für einen Mann hatte er eine ungewöhnlich saubere Handschrift. »Sie wohnt mit ihren Eltern, Mark und Tina, beide achtunddreißig, in Burpham.«

»Was ist passiert?«, fragte Devon. An diesem Morgen schien er klarer, zusammenhängender. Zum Glück konnte Stephanie keinen Alkohol an ihm riechen.

»Sie haben berichtet, dass sie in den frühen Morgenstunden ein Geräusch gehört haben. Mark und Tina sind kurz nach elf ins Bett gegangen. Gegen ein Uhr morgens ist Mia aufgewacht und hat nach Papa gerufen. In diesem Moment ist Mark aufgewacht und hat den Butzemann am oberen Ende der Treppe gesehen.«

»Er hat ihn gesehen?«

Ein Nicken.

»Gibt es ein Phantombild?«

Ein Kopfschütteln. »Mark hat gesagt, die Gestalt war ganz in Schwarz gekleidet – schwarze Turnschuhe, schwarze Hose, schwarzer Kapuzenpullover, Skimaske und sogar schwarze Handschuhe.«

»Die perfekte Tarnung, um sich im Dunkeln herumzuschleichen«, kommentierte Stephanie, während sie sich in ihrem Stuhl zurücklehnte und die Beine übereinanderschlug. »Was ist passiert, nachdem Mark den Eindringling erblickt hat?«

»Er sagte, er habe die Gestalt aus dem Haus gejagt, aber als er die Küchentür öffnete, war sie verschwunden. Im Garten untergetaucht.«

»Irgendeine Ahnung, wohin der Eindringling gegangen ist?«

Giles blickte in sein Notizbuch. »Mark sagte, er könnte überall hingegangen sein. Ihr Garten grenzt an einen öffentlichen Fußweg.«

»Der Eindringling muss das gewusst haben«, sagte sie, mehr zu sich selbst. »Er muss seinen Weg in jedes Haus und wieder hinaus kennen, bevor er dort ankommt. Das erfordert ein gewisses Maß an Planung.«

»Das kann heutzutage jeder mit Google Maps, Chefin.« Devon beugte sich vor und stützte die Ellbogen auf den Tisch. Er wandte sich an Giles. »Hatten sie irgendeine Art von Hausüberwachung?«

Giles hob einen Finger, als wäre ihm gerade ein Gedanke gekommen. »Diese Leute hier hatten tatsächlich eine, ja.« Dann fiel sein Gesichtsausdruck sofort wieder in sich zusammen. »Aber es hat keinen Unterschied gemacht. Sie hatten nur Aufnahmen von vorne, und die haben nichts gezeigt.«

Stephanie stieß einen langen, schweren Seufzer aus. »Wir können also davon ausgehen, dass sie auf dem gleichen Weg hereingekommen sind, auf dem sie gegangen sind. Was ist mit den anderen Opfern? Wie kommt er zu den Grundstücken und wieder weg?«

Der Blick auf Giles' Gesicht deutete darauf hin, dass er darauf keine Antwort hatte, aber er wollte sich davon nicht aufhalten lassen. »Ich schätze, er analysiert jedes Grundstück, bevor er reingeht, prüft die Zugangs- und Fluchtwege. Wie sollte er sonst wissen, wie er die Sicherheitssysteme umgehen kann? Die Anzahl der Leute mit Türklingelkameras oder anderen Aufnahmegeräten ist heutzutage verrückt. Er sucht sich seine Opfer sehr gezielt aus.«

»Er musste sich anpassen«, sagte Stephanie, ohne es zu merken.

»Wie bitte, Chefin?«, fragte Devon.

»Früher war das kein Problem. Nicht in den Neunzigern. Diese Dinge gab es nicht, und die, die es gab, konnte sich niemand leisten.«

Beide Männer dachten über ihre Worte nach.

»Das ist jemand, der berechnend ist, der weiß, was er tut. Jemand, der es schon einmal getan hat«, fuhr sie fort.

Innerlich fügte sie hinzu: Oder jemand, dem gesagt wurde, wie man es macht.

Egal, wie sehr die Beweise dagegen sprachen, ein Teil von Stephanie war überzeugt, dass ihr Vater irgendwie verantwortlich war. Sie wurde das Gefühl nicht los, dass die Zeitabläufe zu ähnlich waren.

»Habt ihr euch um DNA und Fingerabdrücke gekümmert?«, fragte Devon und riss sie aus ihren Gedanken.

»Alles unter Kontrolle«, antwortete Giles. »Die Eltern kommen später, um ihre Fingerabdrücke abzugeben. Wir haben den Ballon. Er war sauber. Niemand war damit in Berührung gekommen, das ist also unsere beste Chance auf einen Treffer. Aber was die anderen möglichen Fundorte angeht, fürchte ich, hat Mark bei der Verfolgung jegliche Spuren vernichtet. Und auch hier können wir nicht viel erwarten, nicht, wenn die Person von Kopf bis Fuß in Schwarz gekleidet ist.«

»Haben sie Ihnen eine Beschreibung gegeben?«, fragte Stephanie, als die Zahnräder in ihrem müden und hungrigen Gehirn wieder auf normale Geschwindigkeit kamen. »Größe? Statur? Irgendetwas in der Art?«

Er schüttelte enttäuscht den Kopf. »Auch da gibt es nicht viel, woran man sich halten kann. Es war dunkel. Und Mark war so vage wie möglich: eine dünne Statur, irgendwo zwischen eins siebzig und eins fünfundachtzig …«

Sie stieß einen kurzen Luftstoß durch die Nase aus. »Das ist wirklich hilfreich. Wie passt das zu dem ehemaligen Verdächtigen im Fall Butzemann?«

Devon sah schnell in seinen Notizen nach. »Das deckt sich mit den Augenzeugenberichten aus den Neunzigern, ja.«

»Das ist besser als nichts.« Sie drehte sich zum Whiteboard hinter sich. Darauf stand der Name der Operation, darunter die Daten der einzelnen Opfer. Stephanie schrieb die vage Beschreibung des Butzemanns in eine leere Stelle. »Wir brauchen eine Karte«, sagte sie. »Wir müssen eintragen, wo die Opfer sind.

Devon, können Sie eine ausdrucken und die Orte eintragen lassen?«

»Bin dran«, sagte er mit einem leichten Nicken.

»Besten Dank. Und wie weit sind wir mit unseren ehemaligen Opfern?«

Devon rieb sich die Hände. »Ich arbeite daran. Versuche immer noch, sie aufzuspüren. Die Leute sind in ihren Dreißigern, Vierzigern; sie haben alle ihr eigenes Leben. Das ist nicht einfach.«

Sie stieß mit dem Stift gegen das Whiteboard. »Bleiben Sie dran. Wir müssen sie hierherholen. Dasselbe gilt für potenzielle Verdächtige von damals.« Sie wandte sich an Giles, der in sein Notizbuch vertieft war. »Wachtmeister, wollen Sie noch etwas hinzufügen?«

»Ja!«, rief er mit Begeisterung. »Etwas, von dem ich dachte, es könnte Sie interessieren. Ich habe mich daran erinnert, was Sie darüber gesagt haben, die Familie zu fragen, was ihre Tochter so gemacht hat, auf welche Schule sie ging, was sie an den Wochenenden gemacht haben.«

»Gute Arbeit. Und?«

»Und es scheint, dass alle drei Mädchen dieselbe Tanzschule besuchen.«

KAPITEL
ACHTUNDZWANZIG

Die Guildford Pump & Jump Dance School befand sich im ersten Stock eines Gebäudes im Gewerbegebiet Bellfields. Die Luft war schwer vom Gestank nach Abwasser und Verwesung, der vom nahegelegenen Klärwerk Moorfield herüberwehte. Über ihnen kreisten Hunderte gefräßiger Möwen, die sich gegenseitig ankreischten, während sie im Müll nach ihrer nächsten Mahlzeit suchten. Stephanie beobachtete sie mit Besorgnis und achtete darauf, ihnen auszuweichen, als sie über sie hinwegflogen. Das Letzte, was sie wollte, war, von Vogelkot getroffen zu werden, ganz gleich, wie viel Glück das bringen sollte.

Giles schlug die Beifahrertür mit einem lauten, übertriebenen Knall zu und hob entschuldigend eine Hand.

»Ist schon gut«, erwiderte sie. »Die verdammten Schlaglöcher auf dem Weg hierher haben wahrscheinlich mehr Schaden angerichtet. Waren die schon immer so schlimm?«

Giles nickte. »Und die Öffentlichkeit hat die Dreistigkeit zu behaupten, wir würden *unseren* Job nicht machen. Es wird nur noch schlimmer werden.«

Kichernd ging Stephanie auf Pump & Jump zu. »Sei vorsichtig, was du dir wünschst.«

Wären da nicht das Schild an der Vorderseite und die metallene Feuertreppe an der Außenwand gewesen, hätte Stephanie angenommen, der erste Stock des Backsteingebäudes gehöre zu dem

Elektrofachgeschäft darunter. Draußen parkten ein großer Range Rover und ein Mercedes dicht nebeneinander. Stephanie zwängte sich zwischen ihnen hindurch und ging zum Eingang.

Drinnen waren die Wände hellblau gestrichen, und der Geruch von Schweiß, nur notdürftig von einem Hauch Veilchen-Lufterfrischer überdeckt, erfüllte den Raum – eine willkommene Abwechslung zum Scheißgestank von draußen. Der Klang von Tanzmusik drang die Treppe herunter. Stephanie stieg als Erste hinauf, ihre Füße klebten am Teppichboden fest.

Als sie die oberste Stufe erreichten, sah Stephanie die Besitzer des Unternehmens in einem kleinen Büro sitzen. Ein helles, weißes Licht drang durch die Fensterscheibe und gab den Blick auf einen kleinen Mann und eine noch kleinere Frau in den Dreißigern frei, die an einem Schreibtisch saßen. Die Frau scrollte auf ihrem Handy, während der Mann am Computer tippte.

Dort oben war der Schweißgeruch noch stärker. Das Tanzstudio erstreckte sich über die gesamte Länge des Raumes, und der Holzboden glänzte unter den Lichtern. Stephanie entfuhr ein leises Keuchen, als sie sich in dem Spiegel entdeckte, der sich an einer Wand entlangzog. Sie hasste ihr Aussehen und wandte ihre Aufmerksamkeit schnell dem Mann zu, der sich von seinem Stuhl erhob. Sein rasierter Kopf glänzte unter den Leuchtstoffröhren, und ein gepflegter, gestutzter Bart umrahmte einen Kiefer, der eindeutig jeden Morgen ein Pflegeset zu sehen bekam. Sein Gesicht trug die wettergegerbte Bräune von jemandem, der zu viel Zeit auf Sonnenbänken oder im Urlaub in Marbella verbracht hatte, und er betrachtete Stephanie mit den wachsamen Augen eines Mannes, der ständig mentale Risikobewertungen durchführte.

»Guten Tag …«, sagte er mit einem Tonfall, der von großer Vorsicht geprägt war. »Können wir Ihnen helfen?«

»Detectives Broadbent und Swinger.« Sie zückten gleichzeitig ihre Dienstausweise, als hätten sie es tausendmal geübt.

Der Mann beäugte sie mit einer Mischung aus Neugier und Misstrauen. »Gibt es ein Problem?«

»Wir hoffen nicht. Wir haben nur ein paar Fragen zu der jüngsten Einbruchsserie, von der Sie vielleicht gehört haben.«

»Diese schwarze Mann-Sache, über die alle reden?«, fragte die

Frau und trat nach vorne. Sie war einen ganzen Kopf kleiner als er und besaß die schmale, sehnige Figur einer Tänzerin, durchtrainiert an den richtigen Stellen. Ihre langen, schwarzen Braids waren zu einem festen Knoten hochgesteckt, und sie trug einen grauen Marken-Hoodie von Pump & Jump. Sie bewegte sich mit katzenhafter Leichtigkeit, ihre Glieder fließend und präzise, als sie ihr Handy wegsteckte.

Stephanie schauderte bei der Erwähnung des schwarze Mann. Alles, was sie als Antwort geben konnte, war ein Nicken.

»Ich habe das überall in den sozialen Medien gesehen. Meine intelligente Türklingel wird heute irgendwann geliefert. Man kann nie vorsichtig genug sein. Aber was hat das mit uns zu tun?«

Stephanie antwortete nicht. Stattdessen musterte sie das Studio. Eine hüfthohe Metallstange verlief entlang der Wand. An der gegenüberliegenden Wand war der Name des Unternehmens auf eine unverputzte Backsteinwand gesprüht worden.

»Das ist ein schöner Ort, den Sie hier haben. Sind Sie die Besitzer?«

»Das sind wir«, antwortete der Mann.

»Ich habe Ihre Namen nicht verstanden ...«

»Craig und Montana Robertson«, erklärte Craig. »Wir sind nicht verwandt, wir haben nur zufällig den gleichen Nachnamen.« Er kratzte sich an der Brust und entblößte eine protzige Uhr an seinem Handgelenk.

»Wie lange sind Sie schon Geschäftspartner?«, fragte Giles, während Stephanies Aufmerksamkeit woanders war.

»Wir haben den Laden seit etwa zehn Jahren. Es ist schon witzig. Einige unserer ersten Schülerinnen haben ihre eigenen Kinder hergebracht, sodass wir jetzt die zweite Generation von Tänzerinnen dabeihaben«, erklärte Montana und stemmte die Hände in die Hüften. »Aber wir machen nicht nur Kinderkurse – obwohl das der Großteil unseres Einkommens ist –, wir bieten auch Privatunterricht, Hochzeitstraining sowie Abendkurse für Erwachsene an. Und wir arbeiten mit vielen Schulen zusammen, die in den Ferien herkommen.«

»Wer hat sich den Namen ausgedacht?«, fragte Stephanie, während sie die Graffiti an der Wand bewunderte.

»Unsere Kinder«, erklärte Craig. »Anfangs waren wir nicht begeistert, aber über die Jahre haben wir uns daran gewöhnt.«

»Ich mag ihn.« Sie ging zu einem Fenster auf der anderen Seite des Studios, das auf das Gewerbegebiet hinausging. »Wie viele Kurse haben Sie pro Woche?«, rief sie, ihre Stimme hallte von der anderen Seite des Studios wider.

»Etwa dreißig. Die meisten sind abends nach der Arbeit, was für alle am besten zu funktionieren scheint. Aber wir haben auch einige Nachmittags- und Mittagskurse. Unser mit Abstand geschäftigster Tag ist der Samstag. So ziemlich von morgens bis abends«, erklärte Craig.

»Was unterrichten Sie?«

»Eine Mischung. Hip-Hop, Ballett, Contemporary. Für die Erwachsenen machen wir Gesellschaftstanz und Jazz. Einige von ihnen sind sogar ziemlich gut. Wir hatten sogar schon eine Schülerin, die an Wettbewerben teilgenommen hat.«

Draußen hielt ein grauer Skoda Fabia am gegenüberliegenden Straßenrand und blieb dort stehen. Stephanie beobachtete ihn einen Moment lang. Es gab keine unmittelbare Bewegung, kein Anzeichen dafür, dass der Fahrer oder Beifahrer das Fahrzeug verließ oder jemand darauf zuging.

»Sie sagten, Sie wären wegen der Einbrüche hier, die gerade passieren«, begann Craig langsam. »Aber was hat das mit uns zu tun?«

Die Frage riss Stephanie vom Fenster los. Sie schlenderte über die Tanzfläche und nickte Giles zu.

»Uns ist aufgefallen, dass alle Opfer Schülerinnen hier sind«, erklärte der Constable. »Becky Wednesday, Layla Whitaker und Mia Harris. Im Alter zwischen sechs und sieben. Kennen Sie sie?«

Craig und Montana wechselten einen Blick. »Nicht auf Anhieb. Wir müssen nachsehen.«

Stephanie und Giles folgten ihnen in ihr Büro, wo sie ihre Schülerdatenbank aufriefen. Jeder Eintrag in ihrem System enthielt ein Bild der Mädchen sowie die Kontaktinformationen der Eltern.

»Jetzt erinnere ich mich an sie«, sagte Montana. »Aber sie sind nicht in den gleichen Tanzgruppen. Mia macht dienstags Hip-Hop und RnB, Becky donnerstagabends Ballett und Layla mittwochs Contemporary.«

Stephanie dachte einen Moment darüber nach. »Wer unterrichtet die Kurse noch?«

»Nur wir.«

»Das ist ziemlich anstrengend.«

»Wir tun es, weil wir es lieben. Und weil wir wissen, was wir tun. Die Eltern respektieren uns und vertrauen uns. Aber ich sehe immer noch nicht, was das mit uns zu tun hat.«

»Das werden Sie, wenn mein Kollege Sie nach Ihrem Aufenthaltsort in den Nächten der Einbrüche fragt«, konterte Stephanie.

Sofort verdüsterten sich die Mienen von Craig und Montana, und die Atmosphäre im Raum veränderte sich, wurde angespannter und düsterer.

»Wovon reden Sie? Sie denken, wir könnten etwas damit zu tun haben? Wir helfen Kindern, tanzen zu lernen. Wir brechen nicht in die Schlafzimmer kleiner Mädchen ein und sehen ihnen beim Schlafen zu«, sagte Craig.

»Das haben wir nie behauptet«, erwiderte Giles und funkte dazwischen, bevor Stephanie wieder etwas sagen konnte. »Das ist nur Routine. Bisher sind Sie die einzige Verbindung, die wir zwischen den Opfern gefunden haben. Wir versuchen nur sicherzustellen, dass das niemand anderem passiert.«

Craig öffnete den Mund, um zu protestieren, aber er fing sich wieder, bevor er etwas Verständliches formulieren konnte.

»Wir haben an den verschiedenen Tatorten Fingerabdrücke und DNA gefunden«, fuhr Giles fort. »Nun, wir haben keinen Grund, Sie zu verdächtigen, aber es würde unsere Ermittlungen wirklich unterstützen, wenn Sie zur Wache kommen und freiwillig Ihre Fingerabdrücke abgeben könnten, damit wir Sie ausschließen können.«

»Nein!«, kam die erschrockene Antwort von Craig. »Ich will meine Fingerabdrücke nicht in Ihrem System haben. Nein danke. Ich ziehe es vor, meine Daten für mich zu behalten, danke.«

Giles runzelte die Stirn, als wäre er beleidigt.

»Niemand zwingt Sie«, sagte er. »Aber wie ich gerade erklärt habe, würde es uns helfen, Sie auszuschließen.«

»Wenn du nichts zu verbergen hast«, begann Montana und versuchte, ihm Vernunft einzureden.

»Habe ich nicht. Ich will nur nicht, dass meine Fingerabdrücke an die Regierung gehen. Die kriegen schon genug von mir. Obwohl mir klar ist, dass mich das wahrscheinlich ganz nach oben auf die Liste der Verdächtigen bringt«, fügte Craig schnaubend hinzu.

Stephanie beschloss, einzugreifen. Es hatte keinen Sinn, darauf zu beharren. »Keineswegs.« Ihr Grinsen war nicht überzeugend. »Wir benötigen eine vollständige Liste der Daten Ihrer Kunden, damit wir jeden von ihnen kontaktieren können.«

»Brauchen Sie dafür nicht einen Durchsuchungsbefehl?«, fragte Craig mit fester Stimme.

»Das wird kein Problem sein. Wir können problemlos einen bekommen, wenn wir Grund zu der Annahme haben, dass die Person, die das tut, es auf Ihre Schüler abgesehen haben könnte. Haben Sie in letzter Zeit etwas Seltsames bemerkt? Hat sich einer der Eltern seltsam benommen?«

Craig und Montana wechselten einen kurzen, besorgten Blick. Stephanie spürte, dass es etwas gab, das sie preisgeben wollten.

»Nichts ... fällt mir ein«, erklärte Montana. »Aber wenn uns etwas auffällt, werden wir es Ihnen natürlich mitteilen.«

Stephanie nickte Giles zu und signalisierte ihm, dass sie fertig waren und es Zeit war zu gehen. Bevor er ging, gab der Constable seine Kontaktinformationen weiter – Stephanie weigerte sich, ihre erneut herauszugeben, aus Angst vor einer weiteren Begegnung mit Trent – und ging dann zum Ausgang.

Sie erhaschte einen Blick auf sich selbst im Spiegel – die Farbe, die in ihre Haut zurückgekehrt war, das Gewicht, das sie in ihrem Gesicht stetig verloren hatte – und hielt inne, als ihr Blick auf das Fenster fiel, das auf die Straße blickte.

»Sie haben vermutlich auch *draußen* vor diesem Ort kein verdächtiges Verhalten bemerkt, oder? Irgendwelche Autos, die lange gewartet haben? Leute, die möglicherweise die Mädchen beim Gehen beobachtet haben?«

Craig und Montana schüttelten beide den Kopf. »Wir

verbringen unsere ganze Zeit hier oben«, sagte sie. »Wir haben kaum Gelegenheit, nach draußen zu schauen. Aber ich stelle mir vor, dass es schwer ist, so etwas zu bemerken, wenn beim Bringen und Abholen ständig Autos kommen und gehen.«

Das war es, was sie befürchtet hatte. Das Chaos von Dutzenden von Autos, die alle auf einmal ankommen und abfahren, ohne dass jemand weiß, wer zu welchem Kurs gehört. Es war die perfekte Umgebung für ihren Eindringling, um unterzutauchen.

Stephanie dankte ihnen für ihre Zeit und ging dann die Treppe hinunter. Giles wartete am Ausgang und hielt ihr die Tür auf. Draußen hatte der Regen nachgelassen und war zu einem feinen Sprühregen geworden.

»Was hältst du davon?«, fragte Giles, als sie zum Auto gingen.

Stephanie hörte die Frage nicht; sie war zu abgelenkt von dem grauen Skoda Fabia, der auf der anderen Straßenseite stand. Die Wolken und der graue Himmel spiegelten sich in den Scheiben, sodass sie nicht hineinsehen konnte.

»Stephanie?«, drängte Giles.

»Was ist?«

»Was denkst du?«

Sie schloss das Auto auf und legte ihre Hand auf den Griff. »Sie wissen definitiv mehr, als sie zugegeben haben«, sagte sie, als der Skoda seinen Motor startete, losfuhr und die Straße entlangraste.

KAPITEL
NEUNUNDZWANZIG

Als sie ins Büro zurückkehrten, fanden sie Devon in seinem Stuhl zurückgelehnt, einen Festnetztelefonhörer an den Kopf gepresst. Stephanie stand über seine Schulter gebeugt und wartete darauf, dass er das Gespräch beendete.

Nach einigen Augenblicken spürte er ihre Dringlichkeit und legte auf.

»Alles in Ordnung?«

Sie warf einen Blick auf den Computerbildschirm. »Wie kommst du voran?«

»Das war eines der damaligen Opfer. Ein Kerl namens Marcus Vickery. Er hat gesagt, dass er morgen vorbeikommen kann.«

»Warum nicht heute?«

»Weil er mit der Arbeit beschäftigt ist. Aber er hat erwähnt, dass er die anderen noch lebenden Opfer anrufen wird.«

»Noch lebenden?«

»Einige von ihnen sind verstorben.«

Natürlich waren sie das. Das war vor dreißig Jahren gewesen. Ein ganzes Leben. In manchen Fällen im wahrsten Sinne des Wortes.

»Marcus hat gesagt, sie sind miteinander in Kontakt geblieben. Sie treffen sich regelmäßig alle paar Jahre auf einen Drink.«

»Was ist mit den damaligen Verdächtigen? Ist von denen noch jemand am Leben?«

Devon blickte auf den Bildschirm, als stünde die Antwort genau dort. Er fuhr sich mit der Hand durch sein dichtes schwarzes Haar, das immer noch so aussah, als stamme es aus den Achtzigern.

»Ich glaube, die meisten von ihnen sind tot. Die waren alle in ihren Fünfzigern und Sechzigern, als das passierte. Obwohl ich glaube, einer könnte noch die Straße entlang kicken … oder wie sagt man?«

»Bei dir schon.«

»Jedenfalls war das irgendein junger Kerl. Er ist jetzt wahrscheinlich Mitte sechzig. Soll ich versuchen, ihn zu erreichen?«

Stephanie nickte. »Das wäre ein Anfang«, sagte sie. »Wenn du schon dabei bist, kannst du einen Durchsuchungsbefehl für die Kundendaten der ›Pump and Jump Dancing Academy‹ aufsetzen?«

»Pump and Jump? Das alte P und J?«

»Du kennst es?«

»Nein. Nie davon gehört. Klingt aber wie ein Tummelplatz für Pädophile.«

Ein Bild des grauen Skoda Fabia blitzte vor ihrem inneren Auge auf. Sie wusste nicht, warum, aber irgendetwas an dem Auto beunruhigte sie. Sie wünschte, sie hätte sich das Kennzeichen gemerkt.

»Wir werden jemanden brauchen, der in den nächsten Tagen ihre Unterlagen durchgeht und alle ihre Kunden kontaktiert«, fuhr sie fort.

Devon lehnte sich noch weiter in seinem Stuhl zurück und versuchte, sich vor der Verantwortung zu drücken. »Ich habe gehört, Giles kann wirklich gut telefonieren. Vielleicht solltest du es ihm geben.«

»Niemand hat so eine Telefonstimme wie du, Sarge«, konterte Giles von der anderen Seite der Schreibtischreihe. Er begann, Devon mit tiefer, rauer Stimme zu imitieren. »»Äh, ja, ich wollte, äh, fragen, äh, ob ich, äh, mal kurz mit Herrn John Doe sprechen könnte, weißt du? Ist wichtig. Ich bin, äh, von der Polizei, weißt du. Habe gerade einen großen Fall am Laufen, äh, und ich brauche, äh, John Doe, damit er mir hilft, den zu lösen.««

Ein Lachen ging durch das Büro. DS Noah Mackenzie, der an diesem Morgen ein orangefarbenes Satinhemd samt Hosenträgern und passenden Socken trug, kam aus der Küche zurück. »Das ist verblüffend, Giles«, spottete er. »Vorsicht, Devo, sonst läuft er dir noch den Rang ab.«

Devon schnaubte. »Kann er gerne haben. In meinem Leben gibt es im Moment nichts, was es zu behalten lohnen würde.«

»Nichts geht darüber, die Stimmung ein paar Stufen runterzuziehen, Kumpel«, sagte Noah und klopfte Devon auf den Rücken, als er zu seinem Platz zurückkehrte. »Giles, meins kannst du gerne haben, wenn du willst. Aber du kannst auch einfach nur die Kinder haben. Aber sei gewarnt, sie *werden* dich mitten in der Nacht aufwecken, und sie *werden* darauf bestehen, alles mit laufendem *Peppa Pig* zu machen.«

Die Bemerkung hob die Stimmung ein wenig. Stephanie ertappte sich dabei, wie sie lachte, aber sie behielt Devons Reaktion wachsam im Auge: gehemmt, halbherzig.

Sie tippte ihm auf die Schulter.

»Ich denke, wir sollten uns an den leitenden Ermittlungsbeamten des alten Falls wenden. Mal sehen, was er uns über die damaligen Ermittlungen erzählen kann.«

Devon deutete auf das Festnetztelefon. »Mit dem habe ich gerade telefoniert. Ich habe ihn gefunden. Er ist mehr als bereit, mit uns zu sprechen.«

KAPITEL **DREISSIG**

Sie saßen seit fünf Minuten schweigend da, abgesehen vom Geräusch des Radios und dem mechanischen Schlagen der Scheibenwischer, die von einer Seite zur anderen wischten, bis Giles fragte: »Wie schlage ich mich?«

Sie blickte vom Fahrersitz zu ihm, das Lenkrad fest im Griff. »Gut«, erwiderte sie. »Du machst das gut. Aber es ist noch zu früh, um etwas zu sagen. Es könnten noch härtere Zeiten auf uns zukommen. Wie fühlt es sich an, die Kontrolle zu haben?«

»Kontrolle?«

»Du weißt schon, was das Wort bedeutet, oder?«

Er verdrehte die Augen. »Natürlich weiß ich, was es bedeutet. Es ist nur seltsam, es von dir so zu hören, das ist alles.«

Giles' Blick fiel aus dem Fenster auf die weitläufigen Surrey Hills zu ihrer Linken. Ein Teppich aus Grün, von den Wolken leicht gedämpft, erstreckte sich, soweit das Auge reichte. Felder wurden von Hecken und dünnen Baumreihen durchzogen, wie Nähte auf einer Steppdecke.

»Ich habe dich nie nach deinem Vater gefragt«, sagte er, immer noch zum Fenster gewandt.

Stephs Hand wanderte unwillkürlich zu ihrer Halskette.

»Es gibt nicht viel zu sagen. Er war ein schlechter Mensch, ohne jegliche positive Eigenschaften.«

Ich weiß, dass du Geschenke magst.

Ich habe dir gesagt, ich kann dir die Welt zu Füßen legen.

Giles begann, mit seinen Händen zu spielen. Er griff in seine Tasche, holte eine Packung Tic Tacs hervor und steckte sich eins in den Mund, kurz darauf ein zweites.

»Ich schätze, ich hatte deswegen ein schlechtes Gewissen, das ist alles. Jedes andere Mal, wenn jemand ein Familienmitglied verliert, melde ich mich bei ihm. Das gehört sich so, weißt du. Aber bei dir fühlte ich mich wohl ...«

»Unwohl?«

»Ja. Unwohl.«

Schließlich löste er seinen Blick von der Aussicht und sah ihr in die Augen.

»Wie gesagt«, begann sie, »er war ein sehr schlechter Mann. Er hat Dinge getan, die kein Elternteil seinem Kind jemals antun sollte. Und er hat bekommen, was er verdiente.«

»Das tut mir leid zu hören ... Ich würde sagen, mein Beileid zu deinem Verlust, aber ...«

»Er tut mir nicht leid, also muss er dir auch nicht leidtun.«

Sie bremste den Wagen ab und reihte sich am Ende einer Autoschlange ein.

Giles nahm die Tic Tacs aus der Tasche und steckte sich noch eins in den Mund.

»Du liebst deine Pfefferminzbonbons, was?«, sagte sie, da sie spürte, dass er noch etwas sagen wollte.

Er kicherte leise und blickte auf die Packung in seinen Händen. »Das ist eine Angewohnheit, die ich von meiner Mutter habe«, erklärte er. »Sie hatte immer eine Packung dabei, egal ob bei einer Hochzeit, einem Spaziergang mit dem Hund oder einer Beerdigung.« Sein Gesicht wurde ausdruckslos, als er in das Plastikarmaturenbrett starrte, tief in Gedanken versunken. »Komisch, ich habe immer noch die letzte Packung, die sie je gekauft hat. Eine Tic-Tac-Schachtel, genau wie diese hier. Sie sind immer noch drin. Ich habe es nie übers Herz gebracht, sie aufzuessen. Wahrscheinlich ist das auch besser so, ich nehme an, sie sind mittlerweile längst abgelaufen.«

Stephanie grinste und machte das Radio leiser, um es der Atmosphäre anzupassen.

»Wie lange ist sie schon tot?«

Der Verkehr lockerte sich, und sie fuhr weiter.

»Ungefähr zwanzig Jahre. Manchmal verliere ich den Überblick. Sie starb, als ich ein Teenager war.«

»Das sind eine Menge Pfefferminzbonbons.«

Zuerst war Giles von diesem Kommentar überrascht. Aber als der anfängliche Schock verflogen war, erkannte er die komische Seite daran.

»Meinen Zähnen tut das nicht gerade gut.«

»Und ich dachte schon, du wärst ein Riesenfan von Alex Ferguson.«

»*Sir* Alex«, sagte er mit einem spöttischen Lächeln. »Wenn ich bitten darf.«

Sie hob kapitulierend die Hände. »Ich bitte um Verzeihung. Ich verspreche, diesen Fehler nie wieder zu machen.«

Zwanzig Minuten später knirschten die Reifen leise über den Kies, als Stephanie den Wagen die geschwungene Auffahrt hinauffuhr. Auf beiden Seiten standen Bäume, ordentlich beschnitten und sich über ihnen wölbend. Rechts rollte sich ein gepflegter Rasen wie ein Putting Green aus. Das Haus kam langsam in Sicht, trat hinter einer Kurve aus Rhododendren hervor. Ein prachtvolles Anwesen im georgianischen Stil mit hohen Schiebefenstern, hellen Steinmauern und Efeu, der wie grüne Adern an der Fassade emporrankte.

»Sieht aus wie der Altersruhesitz eines Bond-Bösewichts«, murmelte Giles vom Beifahrersitz aus und blinzelte zur symmetrischen Fassade hinauf. »Frage mich, ob er hinten einen Wassergraben hat.«

»Oder ein Amphibienfahrzeug in der Garage.«

Stephanies Augen waren auf die breite, glänzende Haustür gerichtet, die von vier weißen Säulen eingerahmt wurde. Messingbeschläge an Griff und Briefkasten glänzten. Auf der Kiesauffahrt standen ein dunkelgrüner Land Rover Discovery, der aussah, als sei er durch einen Regenwald gefahren, und ein Aston

Martin Vantage aus den 90ern. Einer fürs Geschäft. Einer fürs Vergnügen.

»Es sei denn, dieser Kerl ist 007 höchstpersönlich!«, sagte Giles aufgeregt und zeigte auf den Aston.

Stephanie kicherte, als sie klingelte. Ein langes Läuten hallte im Inneren wider, wurde aber schnell vom plötzlichen und ernsten Bellen eines Hundes von drinnen übertönt. Sofort zuckte der Polizist zusammen, sein Körper spannte sich an.

»Kein Fan?«, fragte sie.

Bevor er antworten konnte, öffnete sich die Haustür und gab den Blick auf einen Deutschen Schäferhund frei, der Wache stand, bellte und die Zähne fletschte. Giles wich einen Zentimeter zurück. Der Hund stand neben dem ehemaligen Detective Inspector Gavin Lockwood, der aussah, als hätte er sich in einem Barbour-Laden gewälzt. Gavin, jetzt in seinen Siebzigern, sah aus wie der Typ, der sieben Tage die Woche zur Fuchsjagd und Fasanenjagd ging. Aber nicht ohne die Hilfe seines vierbeinigen Begleiters, der weiterhin wütend bellte, grimassierte und seine zentimeterlangen, fähig, menschliches Fleisch zu zerreißen, Reißzähne zeigte. Der ehemalige DI machte eine Handbewegung, und der Hund verstummte sofort, leckte sich entschuldigend die Lefzen und setzte sich sanft hin.

»Zwei Personen, sehr schick gekleidet«, sagte er und beäugte sie misstrauisch. »Beide fühlen sich bei Frankie hier wohl. Ich würde sagen, Sie sind von der Polizei.«

»Mount Browne«, sagte Stephanie, streckte ihre Hand aus und stellte sich vor.

»Mein altes Revier. Kommen Sie rein, kommen Sie rein, lassen Sie uns Sie aus diesem Wetter holen. Macht einen stolz, Brite zu sein, nicht wahr?«

Stephanie sagte nichts, als sie das Haus betrat. Drinnen gab es weitere Beweise für Gavins Lebensstil: ausgestopfte Tiere hingen wie Trophäen an den Wänden neben Fotos von Gavin, der seine Jagderfolge feierte; ein Waffenkoffer lag auf dem Boden neben einer Campingausrüstung.

Der ehemalige DI führte sie in einen großen Wintergarten auf der Rückseite des Hauses, wo die Luft wärmer und dicker war. Über ihnen erfüllte das sanfte Prasseln des Regens auf das Wintergartendach den Raum. Beruhigend. Entspannend. Gavin nahm ihre Bestellung für Tee und Kaffee entgegen, dann bot er ihnen Plätze an.

Im Wintergarten war reichlich Platz, zu viel für einen Mann, der allein lebte. Während sie wartete, ging Stephanie zu dem Hundert-Liter-Aquarium, das auf einem Schrank stand, und beobachtete die Fische beim Schwimmen.

»Da drin sind Guppys, Neonsalmler, schwarze Neonsalmler, Skalare und Kirschfleckbarben. Ich schaue ihnen einfach nur gerne beim Schwimmen zu«, sagte Gavin, als er ihnen beiden die Getränke reichte. Er ließ sich in einen Stuhl sinken. »Hier, Mädchen!«

Der Hund wurde gerufen und saß sofort neben ihm, die Augen fest auf Stephanie gerichtet, bevor sie zu Giles wechselten, nachdem sie sein subtiles Unbehagen gespürt hatte.

»Also, ich glaube nicht, dass ich irgendwelche gesellschaftlichen Verpflichtungen verpasst habe«, begann Gavin. »Was führt Sie beide also hierher?«

»Wir sind hier, um Sie zu einem Fall zu befragen, bei dem Sie vor dreißig Jahren, in den Neunzigern, der leitende Ermittler waren«, erklärte sie.

»Hoffentlich kann ich mich daran erinnern!«

»Sagt Ihnen der Name Operation Rainmaker etwas?«

Das Lächeln auf Gavins Gesicht verschwand. »Der Buhmann?« In seiner Stimme lag eine Endgültigkeit, ein Hauch von Angst.

»Sie erinnern sich daran?«

»Natürlich erinnere ich mich daran. Es verfolgt mich bis heute.«

»Was können Sie uns darüber erzählen?«

»Was wollen Sie wissen?«, fragte Gavin. »Wichtiger noch, *warum* wollen Sie es wissen?«

»Weil wir glauben, dass es wieder passiert. Es gab in letzter Zeit eine Reihe von Einbrüchen, bei denen nichts angerührt, nichts gestohlen wurde, alles, was zurückgelassen wurde, ist ein Luftballon in den Zimmern von Kindern.«

Gavin hielt seine Tasse an die Lippen und senkte sie dann. »Wollen Sie mich auf den Arm nehmen?«

»Ich wünschte, wir würden scherzen«, sagte Giles und schaltete sich ein. »Wir hatten gehofft, Sie könnten uns bei unseren Ermittlungen helfen, indem Sie uns erzählen, was damals passiert ist.«

Der ehemalige DI begann, Frankies Kopf zu streicheln. Der unerschütterliche Blick des Hundes blieb auf Giles gerichtet.

»Ich war damals Inspector. Ich erinnere mich an den Tag, an dem es zum ersten Mal passierte. Es hat geschifft, war miserabel, so wie heute. Ein kleiner Junge war mit einem Luftballon neben seinem Bett aufgewacht und hatte keine Ahnung, woher er kam. Seine Mutter rief auf der Wache an und erzählte es uns. Zuerst dachten wir alle, es sei ein bisschen seltsam, ein bisschen komisch, aber machten uns keine weiteren Gedanken. Dann passierte es wieder. Und ein drittes Mal. Ein viertes. Fünftes. Es ging immer weiter, aber damals waren wir machtlos. Sie haben keine DNA-Spuren hinterlassen, oder wenn doch, hatten wir nicht die technologischen Fortschritte, die wir heute haben, um uns zu helfen. Es passierte immer mitten in der Nacht, also hat niemand etwas gesehen oder gehört. Und niemand hatte damals Sicherheitsaufnahmen. Es waren einfachere Zeiten.«

Stephanie nickte und nahm einen Schluck von ihrem Getränk. Sie ließ die warme Flüssigkeit ihre Kehle hinunterfließen, bevor sie sprach. »Wie viele Opfer gab es?«

»Etwa neun, wenn ich mich recht erinnere.«

»Und sind die Dinge jemals eskaliert?«

Gavin schüttelte den Kopf. »Das war das Seltsame daran. Er ist einfach reingegangen, hat sie beim Schlafen beobachtet und ist dann gegangen. Er hat sie nicht angefasst, keine Dummheiten versucht; er ist einfach rein und wieder gegangen.«

»Woher wissen Sie, dass es ein Mann war?«, fragte Giles.

»Weil wir einen wichtigen Zeugen hatten, der sagte, er habe jemanden von ungefähr Ihrer Größe das Haus verlassen sehen. Aber natürlich war es stockdunkel; sie wussten nicht, was gerade passiert war, also sind sie gegangen. Ehrlich, ihr Leute habt es heute so viel einfacher.«

Stephanie war anderer Meinung, entschied sich aber, nichts zu sagen. Sicher, das Aufkommen moderner Technologie und sozialer Medien hatte die Landschaft verändert, aber sie bearbeiteten mehr Fälle, hatten längere Arbeitszeiten und geringere Budgets und weniger Unterstützung. Wer war der eigentliche Gewinner?

»Die Panik in der Öffentlichkeit war das Schlimmste«, fuhr Gavin fort. »Und die Nachrichtenberichte halfen auch nicht, nannten ihn den verdammten Buhmann. Er hat einer ganzen Generation von Kindern Angst gemacht. Ich glaube nicht, dass irgendjemand in dieser Stadt ein Jahrzehnt lang geschlafen hat. Jeder hat seine Türen abgeschlossen. Und jeder, der doch geschlafen hat, schlief bei eingeschaltetem Licht. Ich habe sogar Geschichten gehört von Teenagern und Erwachsenen, die in den Zimmern ihrer Eltern schliefen. Obwohl sie nicht zur Hauptaltersgruppe des Täters gehörten!«

»Zehnjährige Jungen ...«

»Genau. Welches Alter und Geschlecht haben Ihre Opfer jetzt?«

»Zwischen sechs und sieben, weiblich.«

»Interessant«, kommentierte Gavin. »Irgendeine Ahnung, warum die Änderung?«

Stephanie schüttelte den Kopf. »Entweder hat er einen plötzlichen Sinneswandel gehabt, oder es ist jemand anderes.«

»Das würde Sinn ergeben«, antwortete Gavin.

»Inwiefern?«

»Nun, er hat ziemlich regelmäßig Häuser heimgesucht. Einmal alle paar Monate, fast auf den Tag genau. Und dann hat es plötzlich einfach aufgehört.« Er schnippte mit den Fingern, was den Hund kurz aufschrecken ließ. »Einfach so. Nichts. Mit der Zeit dachten wir, dass ihm etwas zugestoßen sein musste. Entweder hatte er es aus seinem System bekommen, er war gestorben, oder –«

»Oder er ist ins Gefängnis gekommen«, beendete Stephanie den Satz.

KAPITEL
EINUNDDREISSIG

Stephanie schob den Schlüssel ins Schloss und öffnete die Tür vorsichtig. Die Scharniere quietschten, als sie das kalte Haus betrat, das von drückender Luft erfüllt war. Sie verharrte einen Moment auf der Schwelle, nahm die Stille und die Kälte in sich auf, die sie wie ein vorbeihuschender Geist umströmte. Sie schloss die Tür hinter sich.

Der Flur war so, wie sie ihn verlassen hatte: die Blutflecken, die Schrammen an der Wand, die Erinnerungen. Unerschütterlich, genau wie der Gedanke, der sie seit ihrem Besuch bei Gavin Lockwood plagte, dass ihr Vater zur gleichen Zeit inhaftiert worden war, als die ursprünglichen Besuche des Butzemanns aufgehört hatten.

Sie wusste nicht, warum sie hier war. Sie wusste, dass sie keine Beweise finden würde, um ihre Theorie zu untermauern oder zu beweisen, dass er es getan hatte. Aber sie hatte einen Sog, eine Anziehungskraft, eine greifbare Kraft gespürt, die sie zu ihrem Elternhaus lockte.

Vielleicht war es die geheime Dose, die in ihrem Nachttisch versteckt war, und die Aussicht, ein weiteres Andenken aus ihrer Vergangenheit zu finden.

Oder vielleicht waren es die zehntausend Pfund, die ihr ein Loch in die Tasche zu brennen schienen.

Wenn sie hier noch mehr Geld fände, wäre sie geneigt, es zu

behalten. Nur weil sie es gefunden – ja, sogar *gestohlen* – hätte, anstatt es geschenkt zu bekommen. Sie hätte keine Skrupel, den Mann zu bestehlen, der sie einer Kindheit und einer liebevollen Erziehung beraubt hatte.

Stephanie ging in die Küche, riss alle Schränke auf und suchte, bis sie ein leeres Glas fand. Es musste gespült werden, also hielt sie es unter den Wasserhahn und füllte es.

Gerade als sie das Glas ein zweites Mal füllen wollte, klingelte ihr Handy.

Sie zog das Telefon aus ihrer Tasche und stieß einen schweren Seufzer der Erleichterung aus, als sie auf die Anrufer-ID blickte. Kimberley. Nicht Trent Whitaker, wie sie erwartet hatte. Seit seinem letzten Anruf waren über vierundzwanzig Stunden vergangen, und sie hatte angefangen, sich Sorgen um ihn zu machen.

»Kim«, sagte sie mit einem Hauch von Verzweiflung in der Stimme. »Ist alles in Ordnung?«

»Wann gehst du das nächste Mal zu Dad?«, fragte Kimberley, kurz und bündig.

»Ich ... ich bin jetzt hier. Willst du dazukommen?«

Sie saßen im Schneidersitz mitten in ihrem alten Schlafzimmer, wie schon so oft vor all den Jahren. Stephanie fühlte sich in eine glücklichere Zeit zurückversetzt, als Mum und Dad in der Kneipe waren und sie auf Kimberley aufpassen musste. Sie hatte das Malbuch und die Stifte herausgeholt, und sie hatten die Stunden damit verbracht, die Bilder auszumalen. Sie brauchten nichts zu sagen; sie waren zufrieden. Für diese paar Stunden waren sie glücklich, sie waren frei.

Aber jetzt, als sie dasaßen und die Dokumente ihres Vaters durchblätterten, war die Spannung im Raum zum Greifen nah. Stephanie fühlte sich unwohl. Sicher, sie war an Schweigen gewöhnt, aber nicht mit ihrer Schwester, nicht mit dem Menschen, der ihr auf der Welt am wichtigsten war.

Als Kinder hatten sie geschwiegen, weil es nichts zu sagen

gegeben hatte. Aber jetzt blieben Dinge unausgesprochen, und sie konnte es nicht ertragen.

Bislang hatten sie hauptsächlich Rechnungen und langweilige Briefe von der Bank gefunden, die ihn über Änderungen der Zinssätze und Optionen für neue Sparkonten informierten. Nichts Interessantes. Nichts, was es wert war, aufbewahrt zu werden. Stephanie hatte das Zeitgefühl verloren. Die Vorhänge waren zugezogen und schirmten die Außenwelt ab. Wind pfiff durch einen kleinen Spalt im hölzernen Fensterrahmen, dasselbe Geräusch, das der Soundtrack gewesen war, der sie endlich hatte einschlafen lassen, nachdem das Gebrüll und Geschrei aufgehört hatte.

Stephanie legte einen Brief des Rentenversicherers ihres Vaters auf den Boden und blickte auf die Uhrzeit.

»Hast du was gegessen?«

Kim schüttelte kaum merklich den Kopf, so subtil hatte Stephanie sie es noch nie tun sehen.

»Was zum Mitnehmen bestellen?«

Ein Achselzucken, nur geringfügig deutlicher als Kims erste Reaktion.

»Ich bestelle bei Domino's. Immer noch Schinken und Ananas dein Favorit?«

»Ich bin überrascht, dass du dich daran erinnerst«, sagte Kim, als sie ein Fotoalbum aus dem Stapel zog.

»Was soll das heißen?«

»Du kannst dich an meine Pizzabestellung erinnern, aber du kannst dich nicht daran erinnern, mir zu sagen, dass unser Vater unsere Mutter getötet hat und mein ganzes Leben eine Lüge war.«

Na also. Endlich.

»Das ist nicht fair. Du warst nur ein Kleinkind. Du wusstest es nicht besser. Ich wollte nicht, dass du dasselbe Trauma durchmachst wie ich.«

»Ich habe dir wirklich eine Menge zu verdanken.«

Stephanie schnaubte, öffnete den Mund, um etwas zu erwidern, schluckte es aber tief hinunter. Sie bestellte schnell das Essen und warf dann ihr Handy auf den Teppich.

»Ich wollte dich beschützen, so gut ich konnte«, fuhr Steph fort, und ihre Hand wanderte zu ihrer Halskette.

»Du hast mich angelogen.«

»Das war besser, als das durchzumachen, was ich durchmachen musste.«

Kim öffnete das Fotoalbum in der Mitte. »Was soll das heißen?«

Steph wischte die Frage mit einer Handbewegung beiseite. Ihre Schwester hatte nicht die leiseste Ahnung: der psychische Missbrauch, der körperliche Missbrauch, der sexuelle Übergriff. Die Art, wie seine Hände nach oben, in und um ihren Körper gekrochen waren. Sie schauderte bei dem Gedanken daran.

»Du wirst es verstehen, wenn du das Kleine hast«, war alles, was sie sagen konnte. »Ich habe dich wie mein Baby *und* meine Schwester behandelt. Ich habe alles getan, was ich konnte, um dich zu beschützen.«

Kim hob ihren Blick vom Album. »Hättest du es mir jemals erzählt?«

Die Frage traf Stephanie unvorbereitet. Sie löste ihren Griff von der Halskette und begann, mit ihren Händen in ihrem Schoß zu spielen. »Vielleicht. Eines Tages. Ich schätze, das werden wir nie erfahren.«

»Ich will nicht, dass es irgendwelche Geheimnisse zwischen uns gibt«, sagte Kim.

»Ich auch nicht. Wenn es irgendetwas gibt, was du wissen willst, werde ich es dir sagen.«

Kimberley setzte zum Sprechen an, aber eine Welle der Übelkeit überkam sie, und ihre Augen verdrehten sich nach hinten. Stephanie stürzte zu ihrer Schwester.

»Was ist passiert?«

»Mir geht's gut«, erwiderte Kim und stieß ihre Schwester weg. »Mir geht's gut.«

Stephanie setzte sich neben sie und warf einen Blick auf das Album in Kimberleys Schoß. Vier Fotos nahmen den Platz ein: zwei Babyfotos von Kimberley, in eine Decke gewickelt vor weißem Hintergrund; eines von Stephanie, die in einem Planschbecken spielte; und ein Foto von Stephanies Taufe. Ihre Eltern hielten sie fest im Arm und lächelten in die Kamera, flankiert auf beiden Seiten von Männern, die sie nicht erkannte.

»Wie läuft die Arbeit?«

Die Frage überraschte Stephanie. Nicht, weil sie keine Antwort hatte, sondern weil sie endlich über etwas anderes als ihren Vater sprachen. Gemeinsamer Boden. Neutraler Boden. Über die Arbeit zu reden war sicher und würde wahrscheinlich keine Streitereien verursachen.

»Stressig«, sagte sie leise. »Wie immer.«

»Ich habe in den Nachrichten gesehen, dass es ein paar Einbrüche gab. Und irgendwas mit einem Ballon?«

Flashbacks des Albtraums, den sie gehabt hatte, tauchten in Stephanies Gedanken auf.

»Erinnerst du dich, dass so etwas passiert ist, als wir Kinder waren?«, fragte Stephanie.

Kimberley schüttelte den Kopf. Ihre Augen waren glasig, und die Farbe war aus ihrem Gesicht gewichen. »Ich war zu jung. Aber es würde mich nicht wundern, wenn das die Art von Dingen war, die Dad getan hat.«

Genau das denke ich auch.

Gerade als Stephanie im Fotoalbum umblätterte, sackte Kimberleys Kopf nach vorne.

»Kim?«

Dann fiel sie nach hinten, landete auf dem Teppich, die Augen geschlossen.

Stephanie warf das Album von ihrem Schoß, eilte zu ihrer Schwester, packte sie an den Schultern und schüttelte sie sanft. Sie legte ihren Handrücken auf Kimberleys Stirn; ihre Schwester glühte.

»Kim, hörst du mich? Kim?«

Einige Augenblicke später kam Kimberley wieder zu sich und richtete sich benommen auf, ihre Arme zitterten unter ihrem eigenen Gewicht.

»Ich bringe dich ins Krankenhaus«, sagte Stephanie und griff bereits nach ihren Autoschlüsseln.

»Steph, mir geht's gut. Ich muss nicht ...«

Erbrochenes stieg in Kimberleys Kehle hoch, und sie würgte.

Stephanie verlor keine Zeit, hob ihre Schwester hoch und half ihr ins Badezimmer. Während Kimberley den Kopf über der Kloschüssel hatte, ließ Steph ein Glas Leitungswasser volllaufen und hielt es unter die Lippen ihrer Schwester.

»Wann hast du das letzte Mal was gegessen?«

»Vorhin.«

Stephanie glaubte ihr nicht.

»Und was getrunken?«

Kimberley nahm ihr das Wasser ab, aber das Glas glitt ihr in ihrem geschwächten Zustand beinahe durch die Finger.

»Wir haben gesagt, keine Geheimnisse«, sagte Steph.

Sie streckte ihren kleinen Finger aus, damit ihre Schwester ihn nehmen konnte. Überraschenderweise hatten sie nach allem, was sie durchgemacht hatten, nie eine Geste oder ein Handzeichen gebraucht, um so etwas zu besiegeln, hauptsächlich, weil Stephanie die Last ihrer Geheimnisse allein getragen hatte.

Kimberley betrachtete den kleinen Finger eine Weile und verschränkte dann ihren mit dem von Stephanie.

»Keine Geheimnisse.«

»Jason hat gesagt, du hast nichts gegessen. *Wann*?«

»Ich weiß nicht. Frühstück, vielleicht ... Ich hatte keinen Hunger.«

»Aber das Baby schon. Du musst auf dich aufpassen. Ich lasse nicht zu, dass dir irgendetwas passiert.«

Steph hielt ihrer Schwester das Wasser an die Lippen. Die Türklingel läutete. Abendessen. Sie eilte die Stufen hinunter, holte die Pizza und sprang wieder hoch. Der Geruch von Fett weckte ihren Hunger. Farbe kehrte in Kims Gesicht zurück, als sie den blauen Karton sah.

»Lass uns aus dem Badezimmer rausgehen, ja?«, sagte Steph und half ihrer Schwester auf die Beine.

Sie schlurften zurück ins Schlafzimmer, machten eine große Fläche auf dem Boden frei und begannen, die Pizza zu verschlingen. Zwischen den Bissen sprachen sie über ihre Kindheit, die seltenen glücklichen Erinnerungen, die wenigen Male, bei denen sie aus dem Pflegeheim in die wirkliche Welt durften. Sie lachten zum ersten Mal seit langer Zeit. Ihre Beziehung heilte. Langsam, aber sicher.

Währenddessen nagte im Hinterkopf von Stephanie ein brennender Gedanke an ihr.

Als sie ihr Essen aufgegessen hatte, senkte sie den Blick auf den Teppich und spielte mit ihrer Halskette.

»Was ist los?«, fragte Kim.

Stephanie sah zu ihr auf. »Wir haben gesagt, keine Geheimnisse …«

»Keine Geheimnisse.«

»Ich muss dir etwas sagen. Es geht um Colins Testament …«

KAPITEL ZWEIUNDDREISSIG

Marcus Vickery und Ethan Minter waren jetzt Anfang vierzig, verheiratet und hatten Familien mit kleinen Kindern. Sie hatten erfolgreiche Karrieren in der Finanz- bzw. Textilbranche, und Stephanie war klar, dass sie es nicht zugelassen hatten, dem Trauma ihrer Vergangenheit – dem Trauma jener Nacht mit dem Butzemann – zu gestatten, den Rest ihres Lebens zu bestimmen. Marcus, der markantere und gut aussehendere der beiden, trug eine leichte Jacke und ein Beanie, das seine Glatze schützte. Ethan hingegen war gekleidet, als wäre es Sommer, und trug Shorts und ein T-Shirt. Er sah aus, als wäre er gerade aus dem Urlaub auf den Bahamas zurückgekehrt oder als würde er sich darauf einstimmen. Beide Männer waren von ähnlicher Statur und Größe.

Sie, Devon und Giles saßen ihnen in einem der entspannteren Pausenbereiche gegenüber, die während der kürzlichen Renovierung des Gebäudes eingerichtet worden waren. Der Raum war hell und geräumig, mit farbenfrohen Wänden und Möbeln, die beruhigen und inspirieren sollten. Stephanie fand ihn scheußlich.

Die Männer saßen an den beiden Enden des Sofas, aber die Art, wie sie einander ansahen, machte deutlich, dass sie durch etwas Unsichtbares miteinander verbunden waren. Etwas, das sie in den letzten dreißig Jahren in Kontakt gehalten und ein starkes, fast unzerbrechliches Band zwischen ihnen geschaffen hatte.

Stephanie stellte ihre Tasse auf den Tisch zwischen ihnen und sagte: »Danke, dass Sie sich die Zeit genommen haben, von der Arbeit wegzukommen, um mit uns zu sprechen. Wir wissen das zu schätzen.«

»Kein Problem«, erwiderte Marcus und rückte sein Beanie zurecht. »Wir helfen gern. Tut mir leid, dass die anderen es nicht schaffen konnten.«

»Ich bin sicher, wir werden zu gegebener Zeit noch mit ihnen sprechen«, sagte Stephanie. »Warum erzählen Sie uns nicht von Ihrer Erfahrung mit dem ›Butzemann‹?« Sie machte Anführungszeichen mit den Fingern für den Namen.

»Ich mochte den Namen auch nie«, begann Ethan. »Aber er ist hängengeblieben.« Er atmete tief ein und fuhr fort, während er die Luft aus seinen Lungen entweichen ließ. »Er hat uns alle terrorisiert. Ich meine, ich hatte insofern Glück, als dass ich nicht wirklich wusste, was los war. Ich habe die meiste Zeit geschlafen. Aber ich schätze, ein Teil von mir hat immer gespürt, dass er da war. Ich glaube zum Beispiel, dass ich in dieser Nacht von ihm geträumt habe. Und als ich aufwachte, konnte ich ihn deutlich über mir stehen sehen. Ich muss wohl wach gewesen sein, und mein Unterbewusstsein hat mir gesagt, was ich sah. Es war eine seltsame Erfahrung.«

»Können Sie sich erinnern, wie er aussah?«, fragte Giles. In der Hand hielt er die Fallakten mit allen Zeugenaussagen aus der ursprünglichen Ermittlung, der Operation Rainmaker.

»Ich *sehe* ihn hin und wieder immer noch«, antwortete Ethan. »Verschwommen. Deformiert. Meistens immer dann, wenn ich zu den Geburtstagsfeiern der Freunde meiner Tochter gehe und dort Luftballons sehe, denke ich, er ist in der Nähe. Aber um Ihre Frage zu beantworten: Ich habe ihn nie *richtig* gesehen, daher könnte ich nicht definitiv sagen, wie groß er war oder welche Statur er hatte. Es war stockdunkel. Ich habe versucht, es so gut wie möglich zu vergessen. So etwas verfolgt einen. Gott weiß, wie viele Therapien ich schon gemacht habe.«

»Was ist mit Ihnen, Marcus?«, fragte Devon und schaltete sich ein. »Was ist Ihre Geschichte?«

Langsam nahm Marcus sein Beanie ab und begann, damit

zwischen seinen Fingern zu spielen. Stephanie ließ ihren Blick auf ihm ruhen; schon der flüchtige Blick zu Ethan in seinem T-Shirt und den Shorts ließ sie frieren.

»Es ist komisch ... für Ethan und all die anderen Opfer wird es nie einfacher, darüber zu sprechen. Aber ich bin wohl einzigartig. Ich hatte eine andere Erfahrung damit.« Er hob den Blick, sah jeden von ihnen einzeln an und ließ sich Zeit. »Ich hatte als Kind immer Schlafprobleme. Habe es gehasst. Dachte, ich verpasse alles. Also lag ich oft einfach nur da, lauschte, dachte nach, ließ meiner Fantasie freien Lauf. Aber wenn ich dann irgendwann einschlief, war ich weg, schlief wie ein Stein.

»In der Nacht, als der Butzemann zu uns kam, waren wir das vierte Haus, das er aufsuchte, und doch schliefen wir alle mit geschlossenen Türen. Sogar meine Mutter, mein Vater und meine Schwester auf der anderen Seite des Hauses. Ich war nie *glücklich* mit dieser Entscheidung und habe manchmal versucht, mit offener Tür zu schlafen, aber dann bekam ich Angst vor dem, was ich da draußen sehen könnte. Meine Fantasie malte mir Monster und Gestalten im Flur aus.

»Als er zu mir kam, war ich im tiefsten Schlaf. Ich erinnere mich nur daran, dass ich plötzlich aufwachte und ihn dort in meinem Zimmer sah. Er saß im Schneidersitz auf dem Boden und beobachtete mich. In Schwarz gekleidet, eine Maske tragend. Man sollte meinen, mit zehn Jahren wäre ich in Panik geraten, besonders nach all den Malen, die ich ihn mir in meinem Kopf vorgestellt hatte. Aber ich war seltsam ruhig. Ich weiß nicht warum, aber ich fühlte mich während der ganzen Situation weder ängstlich noch verängstigt. Ich glaube, irgendwann muss ich mir schon vorgestellt haben, dass es passiert, also fühlte ich mich vorbereitet.«

Stephanie hob die Tasse an die Lippen, stellte sie aber wieder auf den Tisch, ohne zu trinken; so abgelenkt war sie.

»Er saß einfach nur da. Und lange Zeit dachte ich nicht, dass er echt war. Ich wusste nicht viel darüber, aber jemand in der Schule hatte etwas über Schlafparalyse gesagt – wo man wach ist, sich aber nicht bewegen kann – also fragte ich ihn, ob er mein Schlafparalyse-Dämon sei, und er sagte, das sei er. Aber er sei da, um mich zu beschützen, nicht um mich zu verletzen. Er sei mein Schlafparalyse-Engel.«

»Das hat er gesagt?«, fragte Devon.

Alle drei hatten sich in den letzten Minuten leicht nach vorne gelehnt, gefesselt von Marcus' Version der Ereignisse.

Marcus nickte. »Er sagte nur, dass er über mich wachte, während ich schlief, und dass er dafür sorgen würde, dass mir nie etwas Schlimmes passiert. Er trug Schwarz, weil er nicht wollte, dass ich ihn erkenne.«

»Liegt das daran, dass Sie ihn vielleicht gekannt haben könnten?«, fragte Stephanie.

Marcus zuckte mit den Schultern. »Vielleicht. Ich weiß es nicht. Und wir haben es nie herausgefunden.«

»Haben Sie die Stimme erkannt?«

Marcus schüttelte den Kopf. »Ich habe sie davor oder danach nie wieder in meinem Leben gehört. Wie gesagt, er hat mich nicht angegriffen, mich nicht berührt, nichts versucht. Er hat mir nur den Luftballon gereicht und ist dann gegangen.«

»Was haben Sie danach getan?«

Marcus hörte auf, mit seiner Mütze zu spielen. »Ich bin schlafen gegangen. Hatte die beste Nachtruhe, die ich je hatte. Ich habe erst am nächsten Morgen etwas gesagt, als meine Eltern zur Arbeit aufstanden und den Luftballon sahen.«

»Zu diesem Zeitpunkt war er längst verschwunden«, fügte Stephanie hinzu.

»Es sei denn, er ist zurück«, kommentierte Ethan. »Haben Sie uns deshalb hergebeten? Glauben Sie, dass es derselbe Typ ist, der das tut?«

Stephanie blickte zu Devon, der zu Giles blickte. »Möglicherweise. Das ist etwas, das wir untersuchen.«

»Er müsste jetzt in seinen Sechzigern oder Siebzigern sein«, sagte Marcus. »Er muss im Alter meiner Eltern gewesen sein, vielleicht älter, als er hereinkam.«

Stephanie dachte an ihren Vater. Daran, wie er ungefähr im selben Alter wie der ursprüngliche Butzemann gewesen war.

»Nur dass er diesmal in die Zimmer von Mädchen geht«, sagte Giles, »während ihr ursprünglichen Opfer alle Jungen wart.«

»Wissen Sie, woran das liegen könnte?«, fragte Stephanie.

Marcus und Ethan überlegten einen Moment und sahen sich an. Schließlich, nach einiger Zeit, schüttelten sie die Köpfe.

»Er hat mir gegenüber nie etwas darüber erwähnt, wen er auswählte und warum er uns auswählte. Alles, was ich weiß, ist, was ich Ihnen erzählt habe, dass er sagte, er beschütze mich aus irgendeinem Grund.«

Ein Elternteil. Ein Schutzengel. Oder vielleicht hatte er das Marcus nur gesagt, um ihn vom Schreien abzuhalten.

»Haben Sie eine Ahnung, wer es sein könnte?« Die Frage kam von Marcus, der sein Beanie wieder aufgesetzt hatte.

»Wir verfolgen mehrere Spuren«, antwortete Devon.

»Das haben wir bei der ursprünglichen Ermittlung auch oft gehört«, fügte Ethan hinzu. »Mit dieser Person sprechen, mit jener sprechen. Hat aber nicht wirklich einen Unterschied gemacht. Er hat trotzdem weitergemacht, ist trotzdem damit durchgekommen. Und Lenny ... Ich gebe ihm die Schuld an Lenny ...«

Ein Moment der Stille senkte sich über den Raum. Stephanie stellte die Frage, die ihre Kollegen sich nicht zu stellen trauten.

»Was ist mit Lenny passiert?«

»Er kam mit den Albträumen nicht klar, also hat er dafür gesorgt, dass sie für immer aufhören.«

KAPITEL DREIUNDDREISSIG

Die Tür zu ihrem Büro war fest verschlossen, und die Jalousien am Fenster waren heruntergelassen. Während sie wartete, tippte sie nervös mit dem Fuß auf den Teppich. Schließlich, nach fast fünf Minuten, verstummte die Warteschleifenmusik, und eine Stimme meldete sich.

»JVA Sutton, Aktenarchiv«, begann die Stimme, die roboterhaft und entmutigt klang. »Hier ist Janice.«

»Hallo, hier ist DI Stephanie Broadbent von der Polizei in Surrey. Ich entschuldige mich im Voraus für die Anfrage, aber ich wollte fragen, ob Sie mir die Unterlagen über die Zellengenossen des Häftlings 7348, Colin Broadbent, schicken könnten?«

»Colin Broadbent?«, erwiderte Janice, und in ihrer Stimme schwang ein Anflug von Wiedererkennen mit.

»Kennen Sie ihn?«

»Ich hatte das zweifelhafte Vergnügen, ihn zu kennen, ja.« Eine Pause. »Schade, dass es gegen Ende so mit ihm bergab ging.«

Stephanie tippte nervös auf ihr Knie. »Wir arbeiten gerade an einer Ermittlung, und ich muss herausfinden, mit wem er während seiner Zeit im Gefängnis eine Zelle geteilt hat.«

Sie wusste nicht warum, aber sie glaubte, dass sich die Geschichte wiederholt hatte: dass Wayne Lyons, der Mann, der von ihrem Vater manipuliert worden war und für den Tod von sechs Menschen verantwortlich war, vielleicht nicht das einzige Opfer ihres Vaters gewesen war. Sie vermutete, dass ihr Vater noch jemand anderen einer Gehirnwäsche unterzogen hatte. Wenn er der ursprüngliche Butzemann gewesen war, war es möglich, dass er eine andere Person dazu gezwungen hatte, abscheuliche Taten zu begehen. Jetzt, da ihr Vater tot war, schien derjenige, den er beeinflusst hatte, ihm mit weiteren Besuchen die Ehre zu erweisen, und das widerte sie an.

Sie wusste, dass es weit hergeholt war, doch angesichts all dessen, was ihr Vater getan hatte, schien es plausibel.

»Sie wollen seine Unterlagen?«, fragte Janice.

»Bitte.«

»Haben Sie einen Durchsuchungsbefehl?«

Sie ballte die Faust. »Ich hatte gehofft, wir könnten das irgendwie umgehen.«

»Manche dieser Informationen sind vertraulich. Ich kann nicht einfach die Namen und Adressen von Leuten herausgeben, Ma'am. Das sollten Sie wissen.«

Sie stieß einen schweren Seufzer aus und versuchte, ihn am Telefon zu unterdrücken. »Ich verstehe.«

»Wenn Sie die Unterlagen brauchen, müssen Sie den offiziellen Weg gehen und einen Durchsuchungsbefehl für die Informationen erwirken. Es tut mir leid, aber da kann ich nichts für Sie tun.«

KAPITEL VIERUNDDREISSIG

Ich mache mich am Schloss zu schaffen. Es ist schwierig, problematischer als die anderen. Zweifach verriegelt. Diese Familie hat sich eindeutig von dem Hype in den sozialen Medien und den Nachrichten beeinflussen lassen. Ich wusste, dass das irgendwann passieren würde. Dass die Leute Angst bekommen und anfangen würden, zusätzliche Sicherheitsmaßnahmen zu ergreifen. Aber ich tue doch nichts. Ich tue niemandem etwas zuleide. Die Mädchen – die wunderschönen, perfekten Mädchen – sind bei mir vollkommen sicher.

Zum Glück haben sie keine Überwachungskameras installiert. Zumindest noch nicht. Es ist nur eine Frage der Zeit, bis jedes Haus im ganzen Land welche hat. Aber bis dahin, mit etwas Glück, werde ich fertig sein. Ich werde mich im Griff haben und einen Ersatz gefunden haben, auch wenn ich weiß, dass dieses Verlangen, dieser Drang, niemals ganz verschwinden wird.

Als ich durch die hintere Terrassentür im Esszimmer eintrete, bahne ich mir meinen Weg durch die Küche und entdecke eine Katzenklappe in der Tür. Ich halte inne und lausche auf das Geräusch von Pfoten, die auf dem Holzboden auf mich zutrippeln, oder das Bimmeln eines Glöckchens, wenn sie aus ihrem Schlaf aufwacht.

Nichts.

Ich muss besonders leise und wachsam sein. Katzen machen mir nichts aus – ich habe selbst eine –, aber ich weiß auch, wie launisch und beschützerisch sie sein können. Entweder sie läuft weg, um sich zu verstecken, behandelt mich wie einen Besucher, einen Freund, oder sie reagiert aggressiv. Wenigstens wird das Geräusch des Glöckchens die Familie nicht stören. Das passiert erst, wenn sie anfängt, mich anzuschreien. Oder schlimmer, wenn sie angreift.

Nichtsdestotrotz lasse ich die Stille der Küche hinter mir und gehe in den Flur. Alles ist still. Kein Surren von Geräten, kein Knarren von Rohren. Ich atme ein, halte die Luft in meiner Kehle an und lausche. Nichts als das leise Ticken einer Uhr. Der Flur wird vom Mondlicht erhellt, das von zwei riesigen Dachfenstern zwanzig Fuß höher hereinflutet und vom Kronleuchter über mir reflektiert wird.

Manche Leute haben mehr Geld als Verstand.

Den Atem anhaltend steige ich die Stufen hinauf und spähe nach unten, ob mir irgendein katzenartiger Freund folgt. Als ich oben an der Treppe ankomme, ist keiner zu sehen. Hier oben geht der Holzboden in Teppich über, was es viel leiser macht. Um mich herum sind fünf Zimmer. Alle Türen sind geschlossen. Noch eine Sicherheitsmaßnahme. Ich habe gesehen, wie das jemand in einer der Facebook-Gruppen vorgeschlagen hat. Die Idee ist, dass ich sie alle öffnen muss, um das Zimmer zu finden, das ich suche, als wäre es eine Art Roulettespiel. Was sie nicht begreifen, ist, dass das Zimmer des Mädchens von außen sichtbar ist. Das verräterischste Zeichen sind die lila Vorhänge, Aufkleber und Lichterketten, die im Fenster hängen. Ich weiß also ganz genau, welches ich suche.

Vorsichtig, meine Füße über den Teppich schiebend, bewege ich mich wie ein Geist auf das Zimmer des Mädchens zu. Ein Fuß nach dem anderen. Keine Eile.

Ein weiterer Vorteil der geschlossenen Türen – zumindest für mich – ist, dass es ein weiteres Hindernis gibt, durch das jedes Geräusch dringen muss, also kann ich es mir leisten, lauter zu sein.

Vor dem Schlafzimmer warte ich, mein Atem flach und kontrolliert. Inzwischen bin ich an die Nervosität und das Adrenalin gewöhnt.

Ich lege meine Hand behutsam auf die Klinke, drücke sie

hinunter und öffne dann die Tür. Immer noch keine Spur von der Katze. Die Tür schrammt über den Teppich, aber durch den Spalt kann ich das Mädchen sehen, das in tiefster Dunkelheit ruht, ungestört.

Sie liegt vollkommen still, tief im Griff des Schlafes, eingekuschelt unter ihrer mit Einhörnern bedeckten Decke, eine Hand schlaff über ihre Stirn gelegt, als würde sie sich in einem Traum sonnen. Ihre Wangen sind gerötet, ein winziger Sabberfaden an ihrem Mundwinkel. Das sanfte Geräusch ihres Atems erfüllt den Raum wie Musik. Ich halte inne und koste es aus. Präge es mir ein.

Ich stehe am Fußende ihres Bettes und beobachte sie. In diesen Momenten ist alles perfekt. Mein Herz ist zufrieden. Ich fühle mich lebendig, ich fühle mich ganz. Ich fühle mich rein.

Der Moment währt nicht lange. Ich höre ein Geräusch, ein leises Scharren auf dem Teppich. Ich wirble herum und bekomme den Schreck meines Lebens. Ein Paar gelbe Augen, die im schwachen Licht glänzen, starren mich vom Schlafzimmerboden direkt unter dem Fensterbrett an. Sie beobachten mich wie ein Beschützer. Der Schwanz der Katze zuckt langsam, kontrolliert. Sie muss auf dem Fensterbrett geschlafen haben und ist heruntergesprungen. Doch sie bewegt sich nicht. Sie gibt keinen Laut von sich. Sie beobachtet nur. In einer Pattsituation.

Wenn sie Angst hätte, wäre sie weggelaufen und hätte sich versteckt.

Wenn sie sich bedroht fühlen würde, hätte sie einen Katzenbuckel gemacht.

Stattdessen sieht sie ruhig und entspannt aus. Ich beginne, gleichmäßig zu atmen und lasse meinen Herzschlag auf ein normales Niveau sinken. Ich gehe in die Hocke und strecke meine Hand aus. Zuerst ist sie vorsichtig, zögerlich – wie eine Katze eben ist –, doch dann, nach ein paar Sekunden, beginnt sie, mir zu vertrauen und schlendert herüber. Sie beschnüffelt meine Hand und lässt sich dann von mir streicheln. Von einem völlig Fremden.

Sie muss es gewohnt sein.

Mein Handschuh ist voller Haare von ihr. Ich höre auf und erinnere mich: Ich bin wegen des Mädchens hier, nicht wegen der

Katze. Aber das Haustier reibt sich weiter an meinem Knöchel. Dann, ohne Vorwarnung, klammert es sich an mein Bein und gräbt seine Krallen durch meine Hose in meine Haut. Verdammtes Biest!

Ich spanne meinen Körper vor Schmerz an und presse die Lippen zusammen, um zu verhindern, dass ein Quieken entweicht. Sie krallt sich fest und fest, lässt nicht los, beißt aus verschiedenen Winkeln, bis sie einen guten Halt an meinem Bein findet.

Ich versuche, sie zu packen, aber aus Erfahrung weiß ich, dass das nicht funktionieren wird. Ich spüre, wie sie mein Fleisch aufreißt.

Ich warte. Unterdrücke den Schmerz. Warte.

Bis ihr Killerinstinkt schließlich nachlässt und sie das Interesse verliert und aus dem Zimmer schlendert.

Ich fasse mich wieder und kontrolliere meine Atmung.

Der Schmerz pocht in meinem Bein, aber ich kann nichts dagegen tun. Stattdessen konzentriere ich mich auf das Mädchen, und innerhalb weniger Augenblicke lässt das Gefühl nach.

Was mich daran erinnert – der Luftballon.

Ich ziehe ihn vorsichtig aus meiner Tasche und beginne, ihn aufzublasen. Sanft. Langsam. Kein Geräusch, außer dem sich dehnenden Gummi. Als er voll ist, knote ich ihn zu, beuge mich vor und lege ihn direkt neben sie.

Und genau in dem Moment höre ich das Geräusch.

Ein Kratzen. Dann ein leises, hässliches Jaulen.

Die Katze.

Scheiße.

Noch ein Schrei am Türrahmen. Dann betritt sie das Zimmer. Aber sie interessiert sich nicht für mich. Sie geht direkt auf den Luftballon zu. Bevor ich sie aufhalten kann, springt sie und schickt den Luftballon in die Luft, der in die Mitte des Raumes schwebt. Die Katze schlägt mit den Pfoten und Tatzen danach, ihre scharfen Krallen glänzen im schwachen Licht wie Messer.

KNALL.

Das Geräusch ist obszön. Es schneidet wie ein Schrei durch die Stille. Die Katze gerät in Panik und krabbelt aus dem Schlafzimmer, wobei sie durch die Tür kracht. Das Mädchen schreckt hoch, aber ich bin schon in Bewegung. Ich sprinte aus der Tür, die Treppe in

Zweiersprüngen hinunter und durch die Küche. Ich höre, wie das Mädchen zu weinen anfängt. Hinter mir gehen Lichter an. Die Stimme eines Mannes. Schwere Schritte.

Mir rutscht das Herz in die Hose, als ich der Katze aus dem Haus und in die Dunkelheit folge.

KAPITEL FÜNFUNDDREISSIG

Stephanie schaltete den Motor aus und spürte, wie sich ihr Oberkörper anspannte, als sie auf das weitläufige Haus mit vier Schlafzimmern auf der anderen Seite der Windschutzscheibe starrte. Schon wieder eines. Das vierte innerhalb einer Woche.

Das lief aus dem Ruder. Bei diesem Tempo würde der Butzemann bis Ende des Jahres ganz Guildford heimgesucht haben. Sie musste die Kontrolle über diese Ermittlung übernehmen, und zwar schnell. An beiden Enden der Straße waren eine Handvoll Streifenwagen postiert, um die Zufahrt zu kontrollieren, aber das hatte Passanten und Nachbarn nicht davon abgehalten, zu Fuß zur äußeren Absperrung zu gelangen.

Als sie aus dem Auto stieg, entdeckte sie Trent Whitaker in der Menge, gekleidet in eine dunkelblaue Chinohose, die wenig der Fantasie überließ, und eine leichte Barbour-Jacke. Er bemerkte sie und eilte zu ihr herüber.

»Detective«, sagte er in einem emotionslosen Ton.

»Was machen Sie hier?«

»Sogar vor Ihnen. Das macht keinen guten Eindruck, oder?«

»Woher wussten Sie so schnell davon?«, fragte sie. Er entpuppte sich als eine ziemlich beunruhigende Person, obwohl sie bemerkt hatte, dass er sie in letzter Zeit nicht mehr so sehr belästigt hatte.

Ein selbstgefälliges Lächeln breitete sich auf seinem Gesicht aus.

»Ich habe da meine Mittel und Wege. Die Familie hat heute Morgen etwas gepostet und sich als Erstes an mich gewandt. Natürlich habe ich gesagt, dass ich runterkommen und meine Unterstützung zeigen würde.«

»Ihre *Unterstützung*?« Sie hielt seinen Blick fest. »Was soll das heißen?«

»Diese Leute werden in ihren eigenen vier Wänden terrorisiert. Meine Frau und ich gründen eine Gruppe, um uns darum zu kümmern. Das ist alles, was Sie wissen müssen.«

Nur dass sie jetzt mehr wissen wollte.

»Habe ich deshalb keine weiteren Anrufe oder spontanen Besuche mehr von Ihnen bekommen?«

»Aw, Detective. Vermissen Sie mich?«

»Bilden Sie sich bloß nichts ein.« Ihre Miene verhärtete sich. »Sie haben keinen Grund, hier zu sein. Das ist ein Tatort. Ich würde es begrüßen, wenn Sie bitte gehen könnten.«

Er schüttelte den Kopf. »Wir leben in einer freien Welt. Ich darf tun, was ich will.«

Stephanie beschloss schnell, keine weitere ihrer kostbaren Zeit mit dem unausstehlichen Mann zu verschwenden, also ließ sie ihn stehen und ging auf das Haus zu. Als sie sich näherte, trat DC Giles Swinger aus der Haustür.

»Ich hab dich vorfahren sehen«, sagte er, als er nach draußen trat.

»Wie lange bist du schon hier?«

»Seit vier Uhr morgens.«

Stephanie stutzte und sah auf ihre Uhr.

»Seit drei Stunden? Ich dachte, Devon hätte Bereitschaftsdienst?«

Giles sagte nichts und blickte zu Boden wie ein Kind, das die Wahrheit verheimlicht.

»Giles ... Wo ist Devon?«

»Ich weiß es nicht«, antwortete der Constable. »Die Zentrale konnte ihn nicht erreichen. Na ja, sie haben ihn erreicht, aber sie sagten, er klang, als hätte er keine Ahnung, auf welchem Planeten er war, also haben sie stattdessen mich angerufen.«

Stephanie ließ sich Zeit, bevor sie antwortete.

»Danke, dass du mir Bescheid gesagt hast.« Sie steckte die Hände in die Manteltaschen und deutete auf das Haus. »Wieder das Gleiche?«

»Fast«, sagte Giles aufgeregt. »Nur dass diesmal die Katze sie gestört hat. Soweit ich das mitbekommen habe, ist der Eindringling wieder durch die Terrassentüren eingebrochen und dann nach oben gegangen. Die Familie hat mir erzählt, dass sie mit geschlossenen Türen geschlafen haben, gemäß dem Ratschlag, der in den sozialen Medien kursiert ...«

Stephanie blickte in Trents Richtung. Der Mann war aus ihrem Blickfeld verschwunden.

»Wir können also entweder annehmen, dass er wie Goldlöckchen jedes Zimmer geöffnet hat, bis er das richtige gefunden hat«, fuhr Giles fort, »oder er hatte Glück und hat das Zimmer der Tochter auf Anhieb gefunden, denn die Eltern haben nichts gehört.«

»Wie sind sie dann aufgewacht und haben Alarm geschlagen?«

Giles erklärte, was passiert war. »Der Knall war laut genug, um sie zu wecken, aber die Eltern haben zu langsam reagiert. Die Spurensicherung ist jetzt im Schlafzimmer und sichert etwas, was ihrer Meinung nach Faserspuren von der Kleidung des Eindringlings sind. Die Theorie ist, dass die Katze den Eindringling angegriffen und dabei einige seiner Fasern und möglicherweise auch Haut mitgenommen hat.«

»Wo ist die Katze?«

Giles wackelte mit dem Finger, die Aufregung wich so schnell aus seinem Gesicht wie Wasser aus einem Abguss. »Ich hatte gehofft, dass du das nicht fragen würdest. Sie ist irgendwo draußen. Versteckt sich. Die Familie schätzt, dass sie die ganze Nacht dort war.«

»Also selbst wenn DNA an ihr war, wäre sie jetzt weg?«

»Ja, es sei denn, sie finden Blut auf dem Boden oder in den Fasern.«

Stephanie stieß einen Stoß heißer Luft durch die Nase aus.

»Und das Mädchen?«

»Geht ihr gut. Verstört. Ihr Name ist Helen Lynas. Acht Jahre alt. Sieht den anderen Opfern verdammt ähnlich. Sagte, sie sei vom Geräusch des Ballons aufgewacht.«

»Hat sie etwas gesehen?«

»Nur die Gestalt von jemandem, der das Zimmer verließ. Mehr nicht.«

»Die Eltern?«

Giles schüttelte den Kopf. »Niemand hat viel gesehen. Was seltsam ist, denn sie haben dieses riesige Dachfenster. Als ich hier ankam, war es natürlich dunkel draußen, aber im Mondlicht konnte ich ziemlich viel sehen.«

»Vielleicht waren sie im Halbschlaf«, sagte Steph. »Gibt es eine Videoüberwachung?«

Wieder ein Kopfschütteln, diesmal langsamer. Es war die Antwort, die Stephanie erwartet hatte. Es war, als wüsste der Eindringling, bei welchen Häusern er ungestraft davonkommen konnte. Vier Häuser und vier Opfer waren eine zu große Zahl, als dass es Zufall sein konnte.

»Du kannst hier Schluss machen«, sagte sie zu ihm. »Du bist lange genug hier gewesen. Und sieh zu, dass du es heute ruhig angehen lässt. Du hast hart gearbeitet, und ich will nicht, dass du ein Burn-out kriegst.«

Er schenkte ihr ein erleichtertes Lächeln. »Danke, Chefin. Wir sehen uns dann im Büro.«

»Wenn du dort ankommst, trommle alle zusammen.«

»Alle?«

Ein Nicken.

»Wo gehst du hin?«

»Nur ein kurzer Zwischenstopp.«

»Wie lange brauchst du? Haben wir genug Zeit, um eine Runde Kaffee zu holen?«

Sie grinste. »Für mich einen Mokka, bitte. Groß. Doppelter Espresso. Und mach ihn extra heiß.«

KAPITEL
SECHSUNDDREISSIG

Die Gegensprechanlage knisterte leise unter Stephanies Daumen, als sie auf den Klingelknopf für Wohnung 33B drückte. Sie trat einen Schritt zurück und blickte zu der glatten, glasverkleideten Fassade des Wohnblocks hinauf. Es war einer dieser schicken Neubauten, die von außen ansprechend aussahen, sich im Inneren aber übertrieben steril anfühlten. So billig wie möglich für maximalen Profit gebaut, veränderten sie rapide die Skyline historischer Städte. Er thronte wie ein Schandfleck im Zentrum von Guildford, und obwohl er erst vor wenigen Monaten errichtet worden war, zogen sich Regenwasserflecken an den Seiten des Gebäudes entlang und weiter unten fehlten kleine Ziegelbrocken, vermutlich aus verlorenen Kämpfen gegen entgegenkommende Autos und rücksichtslose Radfahrer.

Sie war sich nicht sicher, ob dies schon immer Devons Zuhause gewesen war oder ob es eine vorübergehende Bleibe war, während er seine Scheidung durchstand, aber das würde sie gleich herausfinden.

Vorausgesetzt, er ließ sie herein.

Ein Moment verging. Dann knisterte der Lautsprecher.

»Ja?«

»Ich bin's. Lass mich rein.«

Eine drückende Stille folgte, dann ein leises Klicken, als das Türschloss entriegelte. Sie zog die Tür auf und trat ein, wobei ihr eine Wand aus kalter, gefilterter Luft ins Gesicht schlug. Den Aufzug ignorierend, machte sie sich auf den Weg die Treppe hinauf, während das Geräusch ihrer Schuhe im Treppenhaus auf und ab hallte.

Als sie den dritten Stock erreichte, stand Devons Wohnungstür halb offen. Sie näherte sich zögerlich, dann stieß sie die Tür auf, als sie ihn drinnen umhergehen hörte.

Die Wohnung war klein, ein einzelnes Schlafzimmer, Wohnzimmer und eine Kochnische. Die Möbel bestätigten ihre früheren Gedanken: alles vom Bauträger gestellt, brandneu, makellos, immer noch mit dem ursprünglichen Glanz. Die Küche sah unberührt aus, als wäre sie gerade erst vom Fließband gelaufen, und Devon schien sein Bestes zu tun, sie in diesem Zustand zu erhalten, indem er von Fertiggerichten und Snacks lebte. Der Boden war mit Müll übersät. Leere Bierdosen und Schnapsflaschen lagen neben dem Sofa, und die Luft roch dick und modrig nach Alkohol.

Einen Moment später trat Devon aus dem Schlafzimmer, legte sich seine halb gebundene Krawatte um den Hals und zog sie lustlos fest.

»Was meinst du?«, fragte er.

»Ich meine, du brauchst etwas Wasser«, erwiderte sie.

»Und was ist mit der Wohnung?«

»Wie lange bist du schon hier?«

Devon blickte sich mit der Anhänglichkeit von jemandem um, der sich fehl am Platz fühlte. »Das ist meine zweite Woche.«

Sie betrachtete ihn wie eine besorgte Mutter. »Weiß das jemand?«

»Ich glaube nicht.«

»Warum hast du nichts gesagt? Wir hätten dir beim Umzug helfen können.«

Er zuckte mit den Schultern und ließ seine Krawatte einige Zentimeter unter dem Kragenknopf hängen. »Wie du siehst, habe ich nicht mehr viel übrig. Sowas macht eine Scheidung mit einem.«

Stephanies Blick wanderte zu etwas auf dem Fernsehschrank, von dem sie annahm, es sei ein Foto von Devon und seiner Familie, erkannte dann aber, dass es ein Standardbild eines Blumenstraußes war.

»Wie lange wart ihr zusammen?«

»Fünfzehn Jahre. Die meisten davon glücklich. Viele davon nicht.« Er richtete seine Krawatte. »Tut mir leid, dass ich spät dran bin.«

»Du bist mehr als nur spät dran. Du hattest eigentlich Bereitschaftsdienst. Giles ist für dich eingesprungen.«

Er kratzte sich an der Wange, seine Nägel raschelten durch seinen Bart. »Das bin ich ihm schuldig.«

»Mehr als nur das«, bemerkte sie und sah auf die Beweise der Verwahrlosung auf dem Boden. »Rede mit mir.«

»Mir geht's gut.«

»Du riechst aber nicht danach.«

Seine Augen weiteten sich vor Angst. Er murmelte etwas Unverständliches und rang nach Worten.

»Ich mache mir Sorgen um dich«, sagte sie.

»Ich hab dir doch gesagt, dass es mir gut geht.«

Sie ging zum Sofa, sammelte die leeren Flaschen und Dosen auf und ging dann in die Küche. Devons halbherzige Proteste ignorierend, füllte sie einen schwarzen Müllsack und sortierte die Glasflaschen in eine Sainsbury's-Tüte.

»Ich finde, du solltest dir den Tag freinehmen«, sagte sie. »Einen Krankheitstag vielleicht. Zeit für dich, dich zu erholen, den Kopf freizukriegen.«

»Das brauche ich nicht. Wie ich dir gesagt habe, mir geht's gut.«

»Bist du fahrtüchtig?«

»Was?«

»Hinter dem Steuer sitzen. Kannst du das?«

Er zögerte. »Ja …«

»Großartig. Dann komm. Machen wir eine Spritztour, nur wir beide. Wir müssen mit einem Verdächtigen unten in Southampton sprechen«, log sie. »Wir müssen über die A3 fahren, aber ich kann dich lotsen.«

Sie griff nach seinen Autoschlüsseln auf dem Couchtisch und hielt sie ihm hin.

»Wenn du meinst, du bist fit genug, um uns mit hundertzehn Sachen zu fahren, dann los. Tun wir's.«

Devon starrte einen langen Moment auf die Schlüssel, während sich Bestürzung auf seinem Gesicht abzeichnete. Schließlich nahm er ihr die Schlüssel ab, legte sie dann aber wieder auf den Couchtisch.

»Dir geht es nicht gut«, sagte Stephanie. »Und das ist okay. Ich habe das auch durchgemacht. Ich weiß, wie das ist.«

Devon sank auf das Sofa. »Woher willst du das wissen? Wie kannst du das denn wissen?«

Stephanie hielt inne, dann erzählte sie ihm von ihrer Essstörung, wie sie angefangen hatte, wie sie anfangs jeden Aspekt ihres Lebens verschlungen hatte, wie sie dachte, sie würde sie nie unter Kontrolle bekommen, und wie sie in den letzten Monaten begonnen hatte, sie wieder in den Griff zu bekommen. Währenddessen überzog sich Devons Gesicht mit einem Ausdruck von Schuld und Verlegenheit, als er zuhörte.

»Ich hatte keine Ahnung«, sagte er sanft.

»Jetzt weißt du es. Ich sage nicht, dass ich eine Ahnung habe, was *du* durchmachst, aber ich weiß, dass du Bewältigungsstrategien finden musst, bessere Wege, damit umzugehen. Es ist nicht einfach, aber wenn überhaupt, habe ich dir bewiesen, dass es möglich ist.«

Devon stand vom Sofa auf.

»Was machst du da?«

»Du fährst mich zur Arbeit«, antwortete er.

»Auf gar keinen Fall. Du bleibst hier. Du musst dich ausruhen und erholen. Und ich gehe nicht, bis du wieder im Bett bist.«

»Bett? Was bist du, meine–?«

Sie hob eine Hand. »Beende diesen Satz nicht. So fangen Gerüchte an. Ich passe nur auf dich auf. In der Zwischenzeit stelle ich den Kontakt zum betriebsärztlichen Dienst für dich her.«

Und damit war die Sache erledigt. Er hatte kein Mitspracherecht; ihre Entscheidung war endgültig. Sie füllte ihm ein Glas Wasser und schickte ihn ins Bett, wobei sie ihm sagte, dass sie für den Rest des Tages nichts von ihm zu hören erwarte. Bevor sie etwa zwanzig Minuten später seine Wohnung verließ, als er endlich begriff, dass sie ihm half, anstatt ihn zu blamieren, schnappte sie sich seine Müllsäcke und ging nach unten zum gemeinschaftlichen Müllcontainer.

Unten warf sie den schwarzen Müllsack in die große Mülltonne und begann dann, die leeren Glasflaschen eine nach der anderen in die Altglascontainer zu werfen.

Erst als sie fertig war und zu ihrem Auto zurückging, glaubte sie, einen grauen Skoda Fabia von der gegenüberliegenden Straßenseite wegfahren zu sehen.

KAPITEL SIEBENUNDDREISSIG

Als sie ins Büro zurückkehrte, saß das gesamte Team an seinen Schreibtischen.

»Was ist das hier?«, fragte sie und wandte sich mit ausgebreiteten Armen an Giles. »Ich dachte, alle wären abfahrbereit?«

Giles blickte sie stirnrunzelnd an und musterte dann die verwirrten Gesichter seiner Kollegen.

»Das war vor einer Stunde, Ma'am. Sie haben gesagt, wir hätten gerade genug Zeit, um uns einen Kaffee zu kochen.«

Sie warf einen Blick auf die leere Tasse auf seinem Schreibtisch. »Und ihn auszutrinken, so wie es aussieht. Na gut, erwischt. Mein Fehler.« Sie schaute auf ihre Uhr. »Fünf Minuten? Füllen Sie Ihre Tassen und treffen Sie mich im Lagezentrum.«

Es gab ein einstimmiges »Ja, Ma'am«, bevor das Team von seinen Plätzen aufstand und in Richtung Küche ging. Sie fühlte sich wie eine Küchenchefin, die gerade die Küche angewiesen hatte, mit dem Tagesservice zu beginnen.

Ein paar Minuten später waren sie bereit.

»Erstens«, begann sie, »wird Devon die nächsten paar Tage ausfallen. Er ist angeschlagen. Die Aufgaben und Zuständigkeiten, die er übernommen hat, werden also auf einige von Ihnen übergehen. Ich bin sicher, Sie wissen es alle bereits, aber heute

Morgen gab es einen weiteren Einbruch, bei dem es um ein junges Mädchen und einen blauen Partyballon ging. Anfangs dachte ich, das wäre unbedeutend genug, damit nur Devon und Giles unter meiner Aufsicht daran arbeiten; jetzt ist mir jedoch klar, dass das nicht mehr machbar ist.«

»Besser spät als nie, Ma'am«, sagte Fiona scherzhaft und kaute an ihren Nägeln.

Stephanie schenkte ihr ein wissendes Lächeln. »Das ist unser viertes Opfer in einer Woche und ich weiß nicht, wie oft das noch passieren wird. Bei den letzten beiden Malen hat der Butzemann jedoch Fehler gemacht; er wäre beinahe gefasst worden. Entweder wird er nachlässig oder seine Opfer sind besser vorbereitet. Ich neige dazu, zu sagen, dass es eine Mischung aus beidem ist.«

»Wir wissen nicht, wer diese Person ist. Wir wissen nicht, wie sie aussieht, da Zeugen berichten, dass der Butzemann komplett schwarz gekleidet ist und eine Sturmhaube trägt. Wir wissen nicht, wie er reinkommt, und auch nicht, wie er entkommt. Niemand, mit dem wir gesprochen haben, hat Videoaufzeichnungen von einer Überwachungskamera, noch hat jemand die Einbrüche live miterlebt. Sie finden immer mitten in der Nacht statt. Wie Sie also sehen können, haben wir nicht viel in der Hand.«

Stephanie hielt inne, um Luft zu holen und die Reaktion des Teams einzuschätzen. Ein Haufen aufmerksamer Blicke starrte sie an.

»Das sind keine Einzelfälle«, fuhr sie fort. »Vor dreißig Jahren ist etwas Ähnliches passiert, nur dass der Butzemann von damals auf Jungen statt auf Mädchen abzielte.«

»Warum der Wechsel?«, fragte Olivia und nippte an einer Dose Cola Light, als Einzige ohne ein Heißgetränk in der Hand.

»Das müssen wir noch herausfinden. Wir müssen auch herausfinden, *warum* er das überhaupt tut. Es scheint bei keinem der Opfer Anzeichen für einen sexuellen Übergriff zu geben, obwohl das die Möglichkeit nicht ausschließt, dass derjenige, der das tut, eine Form von Erregung erfährt, während er in ihren Zimmern ist.«

»Gibt es irgendwelche DNA-Beweise, die darauf hindeuten?«,

fragte DS Noah Mackenzie. An diesem Morgen trug er einen dunkelgelben Blazer und eine ähnliche Cordhose, als wären sie von Oberst von Gatow aus dem Spiel Cluedo inspiriert.

»Nein«, war die unverblümte Antwort von Giles.

»Was ist mit den Opfern von damals?«

»Ich werde mir vornehmen, das zu fragen«, fuhr der Constable fort. »In ihren ursprünglichen Opferbefragungen wurde die Frage jedoch gestellt und alle Opfer antworteten, dass sie nichts dergleichen gesehen hatten. Die Jungen waren damals zehn, also waren sie vielleicht verwirrt oder haben gelogen. Sie wussten sehr wahrscheinlich nicht, was es war, falls so etwas stattgefunden hat. Ich werde mir notieren, bei ihnen nachzuhaken und die Frage noch einmal zu stellen.«

Steph nickte ihm unterstützend zu.

»Wir haben es also mit einem Spanner zu tun, dessen Modus Operandi sich ändert, der gerne in die Zimmer kleiner Kinder einbricht und sie beim Schlafen beobachtet. Klingt das ungefähr richtig?«, fragte Fiona.

»Ja.«

»Klingt einfach. Was ist mit dem alten Butzemann passiert?«

»Nie gefasst. Nie gefunden.«

»Könnte es also dieselbe Person sein, die einfach beschlossen hat, dass sie einen Sinneswandel hatte und stattdessen junge Mädchen wollte?«

Das Gefühl der Verzweiflung wuchs. »Meine Hypothese, auch wenn es keine richtige Hypothese ist, lautet, dass es eine von zwei Möglichkeiten sein könnte. Die erste ist, dass es dieselbe Person von damals ist, die, wie Sie sagen, einen plötzlichen Sinneswandel hatte. Das würde erklären, warum sie ohne Zwischenfälle in diese Häuser ein- und aussteigen kann, weil sie es schon einmal getan hat und bereits weiß, wie es geht. Das einzige Problem dabei ist, dass sie, wenn sie diese Verbrechen in ihren Dreißigern oder Vierzigern begangen hat, jetzt in ihren Sechzigern oder Siebzigern wäre, sodass die Mobilität ein Problem sein könnte. Die zweite Möglichkeit ist, dass es jemand Neues ist. Jemand, der vielleicht vor all den Jahren über den ursprünglichen Butzemann-Fall gelesen hat und nach dreißig Jahren beschlossen hat, ihn zu kopieren.«

»Was ist mit einem der ehemaligen Opfer?«, fragte Olivia. »Könnten sie ihn kopieren? Nur so ein Gedanke, ansonsten ziehe ich mich wieder zurück.«

Marcus Vickery.

Der Name platzte aus Giles' Lippen, im selben Moment, in dem er in ihren Gedanken auftauchte.

»Er und der Butzemann haben sich an dem Abend unterhalten, als er zu Besuch war«, erklärte Giles. »Anscheinend ein richtiges kleines Pläuschchen. Es besteht also die Möglichkeit, dass sie in Kontakt geblieben sind und dass er jetzt sozusagen das Vermächtnis fortsetzt.«

»Ich hoffe, meine Kinder führen mein Vermächtnis fort, wenn ich mal nicht mehr bin«, sagte Noah.

»Welches Vermächtnis denn?«

»Mein rattenscharfer Stil.«

Fiona schnaubte. »Der ist nur scharf, wenn jemand anderes das sagt. Ansonsten ist es einfach nur peinlich.«

»Wie auch immer«, rief Stephanie und hob die Hand, »um für den Moment wieder zur Sache zu kommen. Ich habe noch eine dritte Hypothese.«

Eine Welle des Schweigens fegte wie ein Tsunami durch das Team.

»Dass der ursprüngliche Butzemann für etwas ins Gefängnis ging und dass jemand, den er während seiner Haft kennengelernt hat, das für ihn fortsetzt.«

Niemand sagte etwas. Olivia trank weiter ihre Cola Light, Giles schob sich ein paar Tic Tacs in den Mund und Noah rutschte unbehaglich auf seinem Stuhl hin und her. Fiona war die Einzige, die still blieb.

Sie war auch die Einzige mit der Dreistigkeit, sie zu hinterfragen.

»Das hat nicht zufällig irgendetwas mit Ihrem Vater zu tun, oder?«

Stephanie griff nach ihrer Halskette. »Nicht unbedingt. Ich sage nur, dass wir darüber nachdenken sollten. Ein bisschen unkonventionell.«

Sie spürte an ihren beklommenen Mienen, dass ihr keiner von

ihnen glaubte, aber nun war es raus. Sie hatte es in die Welt gesetzt, also konnte das Team sie nicht infrage stellen oder verurteilen, sollte es ein Weg sein, den sie weiterverfolgen wollte.

Stephanie räusperte sich. »Jetzt, da wir Sie drei dabeihaben, können wir in diesem Chaos endlich deutliche Fortschritte machen. Wir wissen, dass die ersten drei Opfer eine örtliche Tanzschule namens Pump and Jump besuchen. Giles, gibt es Neuigkeiten zum letzten Opfer?«

Der Constable nickte und hielt ihren Blick fest. »Das letzte Opfer ist *ebenfalls* Mitglied.«

»Perfekt.« Sie warf Fiona einen Blick zu. »Devon sollte eigentlich bei allen Eltern anrufen und sie warnen, aber er hat vielleicht auf den Durchsuchungsbefehl gewartet. Finden Sie den neuesten Stand heraus, informieren Sie die Eltern über die notwendigen Maßnahmen und sagen Sie ihnen, dass wir morgen Abend ein Treffen abhalten werden, um sie über das Risiko für die Sicherheit ihrer Kinder zu unterrichten.«

Fiona nickte. »Ja, Ma'am. Sonst noch etwas?«

»Die Besitzer haben sich verdächtig verhalten, als wir mit ihnen gesprochen haben. Ich hatte das Gefühl, dass sie etwas über jemanden verheimlichten, der möglicherweise dort gearbeitet hat, oder über einen der Elternteile. Nehmen Sie sie in die Mangel und sehen Sie zu, ob Sie etwas aus ihnen herausbekommen, dann bringen Sie es mir.«

»Wird gemacht.«

Als Nächstes war Wellard dran. »Olivia, stellen Sie eine kleine Armee von uniformierten Beamten zusammen und führen Sie bei jedem Opfer eine Haus-zu-Haus-Befragung durch. Veröffentlichen Sie einen Aufruf in den sozialen Medien nach Filmmaterial und jeglichen Informationen, die die Öffentlichkeit haben könnte. Irgendjemand irgendwo muss doch Aufnahmen von *irgendetwas* haben.«

»Sicher«, antwortete Wellard mit einem kleinen Salut.

Zuletzt Noah. »Mackenzie, können Sie da weiter machen, wo Devon aufgehört hat, und die Beweise des ursprünglichen Falls durchforsten und die ehemaligen Opfer kontaktieren? Klären Sie ab, ob wir sie hierherbekommen und ob sie uns zu irgendetwas beraten können, was wir heute Morgen besprochen haben?«

Noah richtete eine Fingerpistole auf sie. »Aye, aye, Captain.«

»In der Zwischenzeit, Giles, denke ich, gibt es einen ehemaligen Verdächtigen, dem längst ein Besuch überfällig ist.«

Giles' Gesicht hellte sich auf. »Das klingt köstlich!«

KAPITEL ACHTUNDDREISSIG

Für diese Fahrt ließ Stephanie Giles fahren. Sie war müde, erschöpft und hatte es satt, sich durch den Verkehr von Guildford zu quälen. Das war nichts für ihre Nerven.

Kaum hatte sie sich angeschnallt, fuhr Giles auch schon los. Sofort krallte sie sich am Türgriff fest und fürchtete um ihr Leben.

»Fährst du schon immer, als wärst du siebzehn?«

Er zuckte mit den Schultern. »An meiner Fahrweise ist nichts auszusetzen«, erwiderte er und bog mit kaum genug Platz aus einer Kreuzung ab.

»Ich nehme an, du denkst, alle anderen auf der Straße fahren schlecht?«

Er warf ihr einen Blick zu und zog eine Augenbraue hoch. »Du bist hier doch schon gefahren, oder? Heutzutage fühlen sich alle so furchtbar im Recht. Und ich liebe es, wenn sie vergessen, die kleinen Hebel am Lenkrad zu benutzen. Ich glaube wirklich, manche Leute denken, die Straße gehört ihnen. Ich finde auch, dass einige ihre Fahrprüfung alle fünf Jahre oder so wiederholen sollten. Das würde alle auf Trab halten.«

Ehe sie antworten konnte, näherten sie sich einer grünen Ampel, die auf Gelb umsprang. Stephanie spürte, wie der Wagen nach vorne schnellte, als sie losrasten, um die Ampel noch zu erwischen. Sie presste sich in den Sitz. Kein verbotenes Manöver. Nur ein dummes.

Die zwei Sekunden, die Giles zu gewinnen gehofft hatte, verloren sie wieder, als sie an der nächsten Ampel zum Stehen kamen. Sie saßen schweigend da. Draußen hatten sich die Wolken verzogen und kleine Flecken blauen Himmels lugten hindurch.

Giles gähnte.

»Du kannst früher Schluss machen«, sagte sie zu ihm. »Du hast heute Morgen genug getan.«

»Kann ich nicht.«

»Du musst keinen auf Held machen. Ich sage dir, du sollst dir freinehmen.«

»Wir sind einen Mann unterbesetzt«, sagte Giles bestimmt. »Und Sie haben mir diese Ermittlung anvertraut. Ich will Sie nicht enttäuschen.«

»Wirst du nicht. Außerdem sind wir nicht einen Mann unterbesetzt. Wir sind um zwei Frauen stärker.«

Eine unangenehme Stille breitete sich im Auto aus.

»Devon ist nicht krank, oder?«

Obwohl sie wusste, dass die Frage kommen würde, traf sie sie dennoch unvorbereitet.

»Es geht ihm nicht gut«, erwiderte sie unverbindlich.

»Wie war er so, als du mit ihm gesprochen hast?«

»Er hat schon mal besser ausgesehen.«

»Sehr diplomatisch. Du hättest Politikerin werden sollen. Wird er wieder gesund?«

Sie richtete ihren Blick auf das Auto vor ihnen und ließ sich Zeit mit der Antwort. »Ich hoffe, es geht ihm bald besser.«

»Das habe ich nicht gemeint. Sie werden ihn doch nicht loswerden, oder?«

»Ich kann ihn nicht loswerden, weil er krank ist. Die Personalabteilung würde mir aufs Dach steigen.«

»Das ist immer noch nicht das, was ich meinte. Die Trinkerei. Das wird ihm doch nicht das Genick brechen, oder?«

Ihr wurde klar, dass es keinen Sinn mehr hatte, es vor Giles zu verbergen. »Ich hoffe nicht«, antwortete sie ernst. »Was er jetzt braucht, sind seine engen Freunde, Kollegen und etwas Unterstützung. Er macht eine Menge durch. Aber du kennst ihn besser als ich. Glaubst du, er schafft das?«

Giles kaute auf seiner Lippe. »Ja, das glaube ich … Irgendwann.«

»Dann ist es das, woran wir alle glauben müssen.«

KAPITEL NEUNUNDDREISSIG

Myles Delaware hatte sein ganzes Leben lang als Bauarbeiter in Guildford gearbeitet. Die Spuren der Jahre, die er bei Sonne und Regen im Freien verbracht hatte, waren noch immer sichtbar: seine lederartige Haut hing schlaff an seinem Körper wie ein zu weites Surfshirt; die definierten Muskeln an Schultern, Armen und Brust; die Tattoos, die durch die jahrelange Sonneneinstrahlung verblasst waren. Jetzt, mit Ende sechzig, sah er für sein Alter bemerkenswert fit aus – flink und agil –, ein Zeugnis eines Lebens, das er im Freien und ständig in Bewegung verbracht hatte. Er bewegte sich genauso gewandt wie Stephanie und Giles, als sie weiter in sein Haus vordrangen.

Der schmale Flur seiner Zweizimmer-Erdgeschosswohnung war mit Fotos von kürzlichen Reisen mit Freunden und Familie nach Benidorm und Mallorca geschmückt. Im Wohnzimmer stand ein Zweisitzer-Sofa gegenüber einem Fernseher, der wie ein Relikt aus den Neunzigern wirkte und dessen Staubschicht darauf hindeutete, dass er seit seinem ursprünglichen Kauf nicht mehr benutzt worden war.

»Nehmen Se Platz«, sagte Myles und deutete auf das Sofa. Er sprach mit einem Cockney-Akzent.

Giles und Stephanie lehnten das Angebot ab und zogen es vor, stehen zu bleiben. »Wir verbringen eine Menge Zeit im Sitzen«, erklärte sie.

»Is nich gut für einen. Kommen Se, wir können draußen sitzen.«

Myles ging zu den Terrassentüren auf der Rückseite, schloss sie mit einem Schlüssel auf und trat dann in den Garten. Eine Gartenbank im Pub-Stil nahm die Mitte des Bereichs ein. Am Ende des Gartens stand ein selbstgebauter Schuppen, der aus verschiedenfarbigen Hölzern gezimmert war. Stephanie bemerkte Fitnessgeräte hinter der Fensterscheibe.

»Hier draußen is es eh viel besser«, sagte er, als er sich auf der Bank niederließ.

Stephanie blickte zum Himmel; eine dunkelgraue Wolke drohte mit einsetzendem Regen.

»'n bisschen Regen hat noch keinem geschadet«, sagte er. »Manchmal lad' ich meine Kumpels ein und wir machen 'ne kleine Sause im Garten, wie in den guten alten Zeiten. Billiger als in der Kneipe, so viel weiß ich.«

Stephanies Blick fiel auf die leeren Bierflaschen in der Recyclingkiste, die in der Ecke am Haus stand. In Devons Kiste waren es nur ein paar Flaschen weniger gewesen.

»Wir entschuldigen die Störung«, begann Stephanie.

»Is schon gut. Hab heut eh nich' viel vor. Einer der Vorteile, wenn man Rentner is, ne.«

»Sicher. Wir untersuchen derzeit die Einbruchserie, die in der Gegend stattfindet, und wir wollten mit Ihnen über Ihre Beteiligung an einer ähnlichen Untersuchung in den Neunzigerjahren sprechen.«

Sein Gesicht verhärtete sich und er schüttelte den Kopf. »Das war doch alles völliger Bullshit, klar? Das kapieren Sie doch, oder?«

Stephanie glaubte zu sehen, wie sich seine Muskeln anspannten. »Das war vor unserer Zeit«, sagte sie in einem sofortigen Versuch, den aufkeimenden Zorn des Mannes zu besänftigen. »Warum erzählen Sie uns nicht, was passiert ist?«

»Soll das heißen, ich muss den ganzen Scheiß noch mal durchkauen? Den ganzen Ärger? Haben Sie die Infos nich' irgendwo auf 'm Computer? Ich fass es nich', dass wir dieses Gespräch *schon wieder* führen werden!« Seine Stimme scheuchte die Vögel in einem nahen Baum auf. Er stieß einen tiefen Seufzer aus. »Ich weiß nich', warum mein Name überhaupt erst in den Dreck gezogen wurde. Hat mein Geschäft ruiniert, das hat es.«

»Wie das?«, fragte Stephanie.

»Na ja, ich hatte für die Leute, bei denen immer wieder eingebrochen wurde, 'n paar Dachausbauten und Anbauten und so'n Kram gemacht. Und dann, nachdem jemand meinte, ich könnte was damit zu tun haben, haben alle meinen Namen auf die schwarze Liste gesetzt und dafür gesorgt, dass ich keine Arbeit mehr bekam, nachdem sich alles wieder beruhigt hatte. Also musste ich für jemand anderen arbeiten, und am Ende meines Arbeitslebens hab ich an verfluchten Neubaugebieten und neuen Siedlungen mitgebaut. Hab's gehasst. Alles, weil sich jemand ausgedacht hatte, ich würde in die Zimmer von kleinen Jungs einbrechen und ihnen beim Schlafen zusehen.«

»Und, haben Sie?«

Stephanie zuckte zusammen, als Giles zu Ende gesprochen hatte. Von allen Fragen, die er hätte stellen können, war das wahrscheinlich die dümmste.

Myles stimmte zu. »Natürlich nich'. Haben Sie nich' grad gehört, was ich gesagt hab? Ich hatte mit den Einbrüchen nix zu tun. Ich hatte nur für 'n paar der Opfer gearbeitet.«

»Wissen Sie, wer der Polizei Ihren Namen genannt hat?«, fragte Stephanie.

Myles schüttelte den Kopf. »Hab's nie rausgefunden. Aber falls Sie das jemals tun, könnten Sie's mich wissen lassen? Ich würde denen gern 'nen Besuch abstatten.«

Die Muskeln an den Unterarmen des Mannes spannten und entspannten sich wie die Saiten eines Klaviers.

»Nein«, erwiderte Stephanie bestimmt und beendete diese Gesprächslinie. »Das können wir nicht tun. Fällt Ihnen jemand ein, der Ihnen so etwas hätte antun wollen?«

»Was? Sie denken, jemand hat versucht, es mir in die Schuhe zu schieben?«

Ihre Miene verriet nichts. »Das ist etwas, das wir untersuchen könnten.«

»Könnte jeder gewesen sein. Vielleicht sogar einer der Kunden, für die ich gearbeitet hab. Vielleicht dachten sie, ich seh so aus.«

Stephanies Blick fiel auf die angespannten Muskeln des Mannes und sie fragte sich, ob er die Geschicklichkeit besaß, in Häuser einzubrechen, ohne ein Geräusch zu machen. Vielleicht hatte er das Know-how und die Werkzeuge, um es zu tun, aber sie bezweifelte, dass er die ruhige, fließende Art hatte, die erforderlich war, um sich lautlos zu bewegen.

»Dieser Typ, der damals an der Untersuchung gearbeitet hat, wie hieß der noch?«, fragte Myles.

»Welcher Typ? Es waren wahrscheinlich mehrere«, erwiderte sie.

»Der Kollege Inspektor.«

»DI Lockwood?«

Myles schnippte aufgeregt mit den Fingern, als er den Namen erkannte. »Genau der!«

»Was ist mit ihm?«

»Was macht er jetzt? Lebt er immer noch in dieser riesigen Villa da unten bei Blackheath?«

Stephanie bestätigte dies mit einem leichten Nicken.

»Ich hab damals ein paar Arbeiten für ihn daran gemacht. Komischer Kauz.«

»Was lässt Sie das sagen?«

»Weiß nich'. Er war einfach ein bisschen seltsam, wissen Sie. Sagte, er und ich könnten eine Art Abmachung treffen, wenn ich heimlich was für ihn machen würde, wissen's schon. Dass er meinen Namen verschwinden lassen könnte, solange ich mich erkenntlich zeigte.« Myles' Aufmerksamkeit fiel auf die Bank. »Sechs Wochen hab ich gebraucht, um ihm diese Garage zu bauen. Und das für nix. Hätte mich fast bankrott gemacht.«

»Immerhin hat es Ihren Namen aus der Untersuchung genommen«, sagte Stephanie, während ihr Gehirn begann, die Informationen schnell zu verarbeiten. »Hat er gesagt, *warum* er das für Sie tun würde?«

Myles zuckte mit den Schultern. »Nur, dass er sehen konnte, dass ich damit nix zu tun hatte, also dachte er, er könnte in der Zwischenzeit genauso gut was dabei rausschlagen. Ziemlich sicher, dass die damals alle bestechlich waren. Schmiergelder und so was alles.« Er schnippte erneut mit den Fingern, sein Gesicht erhellte sich bei der Erinnerung an eine längst vergessene Geschichte. »Da war noch dieser andere Kerl. Clive McGowan. Ein Typ mit 'nem schottischen Namen, aber soweit ich das beurteilen konnte, mit keinem einzigen schottischen Knochen im Leib.«

Ein eiskalter Schauer durchfuhr Stephanie. Aus dem Augenwinkel sah sie, wie Giles sich unbehaglich bewegte. »Was ist mit ihm?«

»Er wollte auch 'ne kleine Hilfe.«

»Wobei?«

Myles zögerte und begann, am Holz zu kratzen. »Sagen wir einfach, ich hatte noch ein anderes Problem, das er mir vom Hals geschafft hat.«

KAPITEL VIERZIG

Stephanie zitterte, als sie auf den Beifahrersitz stieg und die Tür hinter sich schloss.

Sie konnte es nicht fassen. DCI McGowan, ein Mann, den sie erst seit gut einem Monat kannte, war in ihrer Achtung gesunken. Und wie abgebrüht und stoisch Myles deswegen gewesen war, als wäre es so alltäglich, wie die Allgemeinheit glaubte.

Sie war verstört und beunruhigt.

Warum hatten sich alle Vaterfiguren in ihrem Leben und die Männer, denen sie in Machtpositionen begegnet war, als Arschlöcher entpuppt? Es fiel ihr zunehmend schwerer, Menschen zu vertrauen.

»Alles in Ordnung bei Ihnen?«, fragte Giles, als sie sich schwer in den Sitz fallen ließ, was die Federung des Wagens auf die Probe stellte.

»Ich lasse es nur gerade sacken.«

»Was genau?«

Da wurde ihr klar, dass Giles die Tragweite nicht begriff. Sie hatte ihr ganzes Leben, ihre gesamte Karriere, nach Vorschrift gelebt. Das hatte sie geformt, geprägt und geleitet. Sie war unerschütterlich in ihrer Herangehensweise an die Polizeiarbeit und verabscheute jeden, der davon abwich. Bei Giles jedoch spürte sie, dass er dem Ganzen gegenüber naiv geblieben war.

»Sie haben ihn doch gehört. Er hat gesagt, dass McGowan korrupt ist.«

»Das behauptet er. Das heißt nicht, dass es wahr ist. Genauso wie er behauptet hat, nichts mit diesen Jungs zu tun zu haben.«

So hatte sie es nicht betrachtet. Vielleicht war sie diejenige, die naiv war.

»Was mich daran erinnert«, fuhr Giles fort. »Ich schulde Ihnen eine Entschuldigung.«

»Wofür?«

»Leute in den Sechzigern und Siebzigern kommen mit weit mehr durch, als ich dachte.«

Sie grinste selbstgefällig. »Hab ich Ihnen doch gesagt. Lassen Sie sich von denen nicht täuschen.«

Eine vielsagende Stille füllte den Wagen.

»Ihr Vater?«

Sie nickte, während sie sich anschnallte.

»Wollen Sie darüber reden?«

»Es gibt nicht viel zu sagen. Nur, dass Sie ... Sie sollten niemanden unterschätzen. Egal wie groß oder klein er ist.«

KAPITEL
EINUNDVIERZIG

Das Haus war still. Unheimlich still. Schlimmer als beim letzten Mal, als sie allein dort gewesen war. Kein Regen, der ans Fenster prasselte, kein Wind, der am Mauerwerk vorbeipfiff, und nicht einmal das Knarren von Dielen oder das Ächzen von Abflussrohren. Nur sie und das Fotoalbum, dessen Gesichter vom gelben Licht von oben und dem grellen weißen Schein der Taschenlampe ihres Handys beleuchtet wurden.

Stephanie saß mit gekreuzten Beinen in ihrem alten Zimmer, den Rücken gegen die Bettkante gelehnt. Sie hatte das Fotoalbum in der untersten Schublade einer Kommode gefunden, vergraben unter einem Stapel DVDs und CDs. Sie griff danach und schlug die erste Doppelseite auf. Sie war in vier Felder unterteilt, von denen jedes ein Foto enthielt: Stephanie, wie sie im Schlamm spielte; ihr dritter Geburtstagskuchen mit brennenden Kerzen; eine beliebige Landschaftsaufnahme aus einem sonnigen Urlaub; und ein Foto von ihrem Vater, der eine Zigarette rauchte und auf dem Sofa lümmelte. Über seinem Kopf hing ein Schild mit der Aufschrift: Willkommen zu Hause, kleine Maus!

Stephanie zog das letzte Foto aus seiner Hülle und drehte es um. Auf der Rückseite stand, in schwarzer Tinte so klar geschrieben, als wäre es erst am Vortag geschehen, das Datum 19.03.1990.

Kimberleys Geburtsdatum.

Ein dünnes Lächeln schlich sich auf ihr Gesicht. Als sie das Foto wieder in die Hülle schob, verschwand ihr Lächeln schnell, als ihr Blick auf den Mann fiel, der dafür verantwortlich war, ihr das Leben geschenkt zu haben. So schnell hatte sie noch nie eine Seite umgeblättert.

Beim nächsten Feld kehrte ihr Lächeln zurück. Dieses war gefüllt mit Babyfotos ihrer Schwester, fest in ihre Decken gewickelt, die Augen geschlossen und doch die Kamera mit demselben fotogenen Lächeln anstrahlend, das sie schon immer hatte.

Stephanie entsperrte ihr Handy, machte ein Foto von der Doppelseite und schickte es mit einer Nachricht an Kimberley: *Du warst ja ein ganz schöner kleiner Wonneproppen.*

Nachdem sie auf Senden gedrückt hatte, blätterte sie erneut um und erstarrte.

Das Foto, das sie hierher zurückgebracht hatte – das von Kimberley –, blitzte vor ihrem inneren Auge auf. Wieder mit dem Mann, den sie nicht erkannte. Nur dass er dieses Mal ihre Babyschwester auf dem einen Arm hielt, während sein anderer Arm um ihren Vater gelegt war.

Wer war er? Und warum erinnerte sie sich nicht an ihn?

Bevor sie weiter darüber nachdenken konnte, klingelte ihr Handy und vibrierte an ihrem Bein.

»Du hast nicht gesagt, dass du noch mal hinfährst«, sagte Kimberley.

»Ich wollte nur etwas für die Arbeit nachsehen«, erwiderte sie.

Kimberley sagte nichts, aber Stephanie spürte, dass ihre Schwester etwas auf dem Herzen hatte.

»Wer hätte gedacht, dass du so ein süßes Baby warst?«, fuhr sie fort. »Wo ist das nur alles schiefgegangen?«

»Das sagst gerade du«, entgegnete Kim.

Wieder eine schwere Pause.

»Ich will es nicht«, sagte sie, ihre Stimme angespannt. »Das Geld. Wir wollen es nicht. Wir brauchen es nicht. Wir wollen nichts von ihm.«

»Ich verstehe das. Ich dachte, ich biete es euch an.«

»Und das wissen wir zu schätzen, aber nein. Wir können nicht.

Was machst du damit? Kannst du es einer Wohltätigkeitsorganisation oder einem Frauenhaus oder so spenden?«

Stephanie warf einen Blick auf das Fotoalbum. »Ich spreche morgen mit dem Anwalt, aber ich bin sicher, es gibt eine Wohltätigkeitsorganisation für Opfer häuslicher Gewalt, der wir es anbieten könnten. Das wäre der letzte Ort, an den er es gehen sehen wollen würde.«

KAPITEL
ZWEIUNDVIERZIG

Stephanie blickte auf ihre Uhr, ihre Ungeduld wuchs. Kieran Rowe hatte sie etwas mehr als fünf Minuten warten lassen, und als er schließlich aus dem Büro kam, schien er es überhaupt nicht eilig zu haben.

»Entschuldige bitte«, sagte er, während er sich hinter seinen Schreibtisch setzte und seine brandneue Ledertasche neben sich auf den Boden fallen ließ. »Ein Anruf in letzter Minute, den ich nicht vermeiden konnte.«

»Spielt keine Rolle, wenn du alle sechs Minuten abrechnest. Du kannst so spät kommen, wie du willst, du bekommst am Ende trotzdem dein Geld.«

Er hob die Hände, als wollte er damit sagen, dass er nichts tun könne.

»Wie geht es deiner Schwester?«, fragte Kieran.

Stephanie war von der Frage überrascht. »Ihr geht es gut. Sie ist schwanger. Also hat sie mit allem zu tun, was damit einhergeht.«

Das Gesicht des Mittzwanzigers wurde ausdruckslos, als hätte er keine Ahnung, wovon sie sprach.

»Ich habe gesehen, dass sie mir heute Morgen geschrieben hat, aber ich habe noch keine Gelegenheit gehabt, es mir richtig anzusehen.«

»Wahrscheinlich geht es um das, was ich mit dir besprechen will«, sagte sie. »Das Geld.«

Er faltete die Hände auf dem Schreibtisch. »Das habe ich mir schon gedacht.«

»*Wir* wollen es nicht. Wir würden es lieber für einen guten Zweck spenden.«

Kierans Gesicht verzog sich, als hätte er Schmerzen. Er hob einen Finger und tippte damit auf den Schreibtisch. »In dem Punkt gibt es einen kleinen Haken.«

Ohne etwas hinzuzufügen, schaltete er seinen Computer ein und loggte sich ein, wobei seine Finger wiederholt auf der Maus klickten.

»Was ist das Problem?«, fragte sie.

Er antwortete nicht, sondern tippte und klickte weiter.

»Kieran? Was meinst du damit, es gibt einen Haken?«

Schließlich hielt er inne und stützte die Unterarme auf dem Schreibtisch ab, sein Gesichtsausdruck war besorgt.

»Mein Team und ich haben uns das Testament und den Erbschein deines Vaters noch einmal genauer angesehen, und es scheint, als hätten wir anfangs etwas übersehen.«

»Etwas übersehen?«

»Ja.«

»Wie konntet ihr das übersehen? Wofür bezahlen wir dir einen absurden Haufen Geld?«

Sie hielt inne, um zu atmen und zu versuchen, sich zu beruhigen.

»Es ist uns einfach durch die Lappen gegangen. So etwas kann passieren. Natürlich versuchen wir, das so weit wie möglich zu minimieren, aber wir sind auch nur Menschen, und manchmal passieren Fehler.«

Den Spruch muss ich mir merken.

»Kieran, bitte, rück schon damit raus. Was ist es? Ich will nie wieder böse Überraschungen von diesem Mann erleben. Meine Schwester und ich wollen das so schnell wie möglich hinter uns bringen.«

»Das verstehe ich vollkommen, es ist nur ...« Er räusperte sich. »Was das Geld angeht. Dein Vater hat festgelegt, dass es, falls es nicht an seine Nachkommen weitergegeben werden kann – sei es durch Tod oder eigene Entscheidung –, an jemand anderen gehen würde.«

»Jemand anderen? Wen? Er hat doch niemanden sonst.«

Kieran warf einen schnellen Blick auf den Bildschirm.

»Das ist nicht ganz richtig.« Seine Stimme stockte. »Sagt dir der Name Elliot Broadbent etwas?«

Stephanie blinzelte, ihr Atem stockte, als würde er an etwas Scharfem hängen bleiben. Für einen Moment schienen Kieran und sein ganzes Büro zur Seite zu kippen. Ihr Magen zog sich zusammen.

»Elliot Broadbent?«, wiederholte sie mit einer Stimme, die kaum mehr als ein Flüstern war.

»Ja.«

Dann machte es klick. Der Mann auf den Fotos. Der Mann, der Kimberley im Arm hielt. Der Mann, der den Arm um die Schulter ihres Vaters gelegt hatte.

»Kennst du ihn?«

Sie konnte nicht antworten. Alles, woran sie denken konnte, waren die Fotos in dem Album, die längst begrabene Erinnerungen wieder an die Oberfläche gebracht hatten.

»Wir glauben, dass er der Bruder deines Vaters sein könnte«, erklärte Kieran. »Das würde ihn zu deinem Onkel machen. Und für den Fall, dass weder du noch deine Schwester etwas von dem Erbe oder dem Geld behalten wollt, geht alles an ihn.«

KAPITEL DREIUNDVIERZIG

Kierans Worte hallten in ihrem Kopf wider.

Dann wäre er also dein Onkel.

Der Mann auf dem Foto, der Mann, über den sie nichts wusste und von dem sie doch überzeugt war, dass er in einer Zeit, die sie verdrängt und beinahe vollständig vergessen hatte, ein Teil ihres Lebens gewesen war.

Nach einigen ernsten Worten mit dem Anwalt hatte sie ihn überredet, ihr die Privatadresse von Elliot Broadbent zu geben. Vorausgesetzt, er wohnte noch dort, war sein Zuhause ein kleiner Bungalow, der zwischen vielen anderen an einer belebten Straße im Zentrum von Guildford eingekeilt lag. Ein paar Häuser weiter befand sich ein Spirituosenladen, in dem ein Kommen und Gehen herrschte wie in einer Drogenhölle. Das Gebäude war aus Backstein, und ein schmaler Pfad führte durch den Vorgarten.

Stephanie schlurfte vorwärts, ihr Körper zitterte, die Hände bebten, der Puls raste. An der Tür hob sie die Hand und klopfte einmal.

Einmal war wenig genug, um als Versehen durchzugehen, und würde ihr reichlich Zeit geben, wegzulaufen, das Weite zu suchen und niemals zurückzukehren.

Doch so sehr sie auch fliehen wollte, sie konnte nicht. Ihre Beine gehorchten ihr nicht. Etwas hielt sie fest an Ort und Stelle verwurzelt.

Mum.

Sobald sie die Identität ihres Onkels herausgefunden hatte, hatte eine Frage am meisten an ihr genagt. Es war ihr egal, in welchem Zustand er war oder was er mit seinem Leben anstellte. Sie wollte keine Verbindung oder Bindung zu diesem Mann aufbauen. Nein. Sie wollte die Wahrheit wissen: ob er Mitschuld trug und in ihren Missbrauch verwickelt war. Ob er gewusst hatte, was sein Bruder ihr antat.

Einige Augenblicke später hörte sie eine Bewegung. Schlurfende Füße auf Teppich, ein Krachen, etwas, das an der Wand entlangschrammte, lautes, schweres Atmen.

Dann öffnete sich die Tür. Sie erstarrte und starrte den Mann vor ihr an. Sie wusste, dass es unmöglich war, dass es niemals so sein konnte. Aber in dem Moment, als sie ihn zum ersten Mal erblickte, dachte sie, sie würde ihren Vater anstarren – eine ältere, unterernährte, schwerkranke Version. Sie hatten die gleichen Wangenknochen, die gleichen stechenden braunen Augen, den gleichen Mund, das gleiche hämische Grinsen. Nur dass diesmal keine Bosheit oder Niedertracht in seinem Ausdruck lag. Nur Schmerz und Leid. Es war, als hätte jemand ihren Vater genommen, alles Böse aus ihm herausgesaugt und nur die Hülle zurückgelassen.

Mit zitternden Fingern umklammerte er einen Rollator, der mit einem Sauerstoffkonzentrator verbunden war, der neben ihm rollte. Die Nasenkanüle, die hinter seinen Ohren verlief, verschwand in seinen Nasenlöchern und grub schwache rote Rillen in eine Haut, die papierdünn und fahl aussah, übersät mit gelblichen Blutergüssen und geplatzten Äderchen. Der Mann war in seinen Siebzigern und sah doch zwanzig Jahre älter aus. Sein Körperbau, einst breit wie der ihres Vaters, war zu einer gebeugten Ansammlung von Knochen und straffer Haut verkümmert; sein Schlafanzugoberteil hing von seinen Schultern, als gehörte es jemand anderem – einer jüngeren Version. Seine Atmung war selbst mit dem Sauerstoff mühsam. Seine Augen hatten einen wässrigen Glanz, von der Art, die andeutete, dass Tränen nicht weit waren, obwohl keine kamen, und die Schatten darunter waren tief und unerbittlich.

»Ja?« Seine Stimme war kaum lauter als ein Flüstern und wurde vom Lärm der Maschine, die ihn am Leben hielt, übertönt.

»Elliot? Elliot Broadbent?«

Das Stehen schien ihm schwerzufallen, als er antwortete: »Ja, der bin ich.«

Stephanies Finger krampften sich um den Riemen ihrer Handtasche. »Colins Bruder?«

»Colin?« Ein wenig Leben kehrte in seine Stimme zurück. »Ja. Ich kenne Colin. Was ist passiert?«

Sie stotterte. »Mein Name ist Stephanie. Stephanie Broadbent. Ich bin Ihre Nichte.«

Und dann erhellte sich sein Gesicht in dem Wunder des Wiedererkennens. Seine Augen weiteten sich, und der Glanz in seinen Augen bekam nun eine neue Bedeutung: Tränen des Glücks statt Tränen des Schmerzes.

»Stephy?« Er musterte sie von oben bis unten. »Meine Güte, sind Sie groß geworden. Ich habe ... Wie lange ist das her?«

Sie brachte es nicht über sich, zu antworten. Sie schauderte bei dem Spitznamen. Bis jetzt hatte nur ihr Dad sie Stephy genannt.

»Kommen Sie besser rein.«

Elliot drehte sich ohne ein weiteres Wort um und schlurfte langsam den Flur entlang, den Sauerstofftank hinter sich herziehend. Stephanie zögerte, bevor sie eintrat und die Tür leise hinter sich schloss. Die Luft im Inneren war dick, als hätte sie seit Langem keine frische Luft oder keinen Lufterfrischer mehr gesehen.

»Hier entlang«, sagte Elliot über seine Schulter, seine Stimme brüchig.

Sie folgte ihm und trat vorsichtig auf den unordentlichen Teppich. Jede Oberfläche, an der sie vorbeikamen, schien als Lagerfläche zweckentfremdet worden zu sein. Pappkartons, die unter ihrem eigenen Gewicht zusammengebrochen waren, Stapel ungeöffneter Briefe, ein Gehstock, der unbeholfen auf einem zerbrochenen Schirmständer lehnte.

Im Wohnzimmer war es nicht besser. Schwach beleuchtet von schweren Vorhängen, die vor dem Fenster zugezogen waren, wirkte der Raum eher wie ein Bunker als wie ein Zuhause. Ein großer

Ruhesessel nahm den zentralen Platz ein, umgeben von lebensnotwendigen Dingen in Reichweite: ein Klapptisch mit Pillenfläschchen, die in Reih und Glied aufgereiht waren, ein tragbares Heizgerät, das direkt auf den Sessel gerichtet war, und eine abgenutzte Fernbedienung, die mit Klebeband überzogen war. In der Nähe stand ein zweiter, unberührter Sessel, der aussah, als hätte lange niemand mehr darin gesessen.

Elliot deutete vage auf das Sofa. »Setzen Sie sich, wenn Sie mögen. Ich kann Ihnen leider nicht viel anbieten. Keinen Tee. Den Wasserkocher benutze ich seit letztem Jahr nicht mehr. Zu schwer.«

Stephanie setzte sich steif auf die Kante des Sofas und wischte eine verblichene Ausgabe der *Radio Times* beiseite. »Ich habe schon Schlimmeres erlebt.«

Er ließ sich mit einem leisen Stöhnen in seinen Sessel sinken, dann fummelte er, um den Anschluss seines Sauerstoffschlauchs zu überprüfen, bevor er sich zurechtsetzte. Seine Atmung war flach, aber regelmäßig.

»Sie waren so klein, als ich Sie das letzte Mal gesehen habe.«

Sie sagte nichts. Wusste nicht, was sie sagen sollte.

»Sie sind zu einer stattlichen Frau herangewachsen.« Er musterte ihr Gesicht. »Sie haben die Augen Ihrer Mutter, wissen Sie das? Sie sehen ihr schrecklich ähnlich. Ich fand immer, sie hatte die schönsten Augen, die ich je gesehen hatte.«

Sie presste die Knie zusammen und strich sich unbehaglich über die Beine, unfähig, ihn anzusehen.

»Wie gut kannten Sie sie?«, fragte sie. »Ich habe Sie auf einigen Fotos gesehen, wie Sie meine Schwester nach ihrer Geburt im Arm hielten.«

»Kimberley? Oh, wie geht es ihr?«

»Gut.«

»Das ist gut zu hören.«

»Standen Sie sich nahe?«

Sein Blick fiel auf eine Stelle des Teppichs vor ihm. »Das taten wir, eine Zeit lang. Und dann ... nun, wir haben uns auseinandergelebt und den Kontakt verloren, nach dem ... nachdem, was passiert ist mit ... nun, Sie wissen schon.«

Er brachte es nicht über sich, es auszusprechen. Stephanie fragte sich, ob es aus Schuld oder aus Traurigkeit war.

»Wussten Sie, was er ihr angetan hat?«

Er atmete tief ein und hielt die Luft an. Die Maschine schnarrte und klickte. Für eine Sekunde dachte sie, er wäre direkt vor ihren Augen gestorben, aber als er die ganze Luft wieder ausstieß, sagte er: »Natürlich nicht. Ich habe nie etwas gesehen. Ich habe nie etwas gehört. Was zwischen Ihrer Mutter und Ihrem Vater passiert ist, war eine Sache zwischen den beiden. Ich wurde nie in ihre Angelegenheiten hineingezogen. Sie haben ihre Beziehung für sich behalten.« Elliots wässrige Augen hielten für einen Moment ihren Blick stand, bevor er wegschaute. Er schluckte. »Ich wusste nichts, Stephanie. Das schwöre ich Ihnen.«

Seine Antwort war zu schnell, zu glatt, zu einstudiert.

Stephanies Magen zog sich zusammen. »Sie haben die verdammte Straße runter gewohnt.« Ihre Stimme wurde lauter. »Sie waren die ganze Zeit in unserem Haus. Es gibt Fotos von Ihnen mit mir, mit meiner Schwester. Wollen Sie damit sagen, Sie haben nie ihre blauen Flecken gesehen? Sie nie weinen gehört? Nie-«

»Ich wusste es nicht«, sagte er erneut, diesmal schärfer. »Colin und Ihre Mutter haben mich nicht in ihre Ehe einbezogen. Daran war ich nicht beteiligt.«

»Sie lügen.«

»Das tue ich nicht.«

»Doch, das tun Sie.« Sie stand auf, zu unruhig, um zu sitzen. Ihr ganzer Körper vibrierte vor Wut. »Sie wussten es. Sie wussten genau, was vor sich ging, und Sie haben sich entschieden, wegzusehen. Sitzen Sie jetzt nicht da, keuchend und erbärmlich, und tun Sie so, als ob Sie es nicht gewusst hätten.«

Elliot schüttelte den Kopf, seine Brust hob und senkte sich schwer. Seine Atmung beschleunigte sich, jeder Atemzug klang schwächer, angestrengter.

»Glauben Sie, ich hätte nichts unternommen, wenn ich es gewusst hätte? Glauben Sie, ich hätte ihn nicht aufgehalten? Ich lebe mit diesem Fehler jeden Tag meines Lebens. Ich wünschte, ich hätte früher etwas tun können. Ich wünschte, ich hätte die

Warnzeichen frühzeitig bemerkt oder gesehen, aber das habe ich nicht. Ich habe seitdem immer über das ›Was wäre, wenn?‹ nachgedacht. Ich habe mit der Scham und der Schuld gelebt, nichts getan zu haben. Aber die gute Nachricht ist, dass ich nicht mehr lange damit leben muss.«

Sie sah ihn eindringlich an. Ihre Augen musterten seinen unterernährten Körper, sein schütteres Haar. Das Leben sickerte langsam aus seinem Körper.

»Was fehlt Ihnen?«

Er begann unkontrolliert zu husten, zu prusten, zu keuchen. Stephanie wollte ihm helfen, aber er hielt sie auf Armlänge ab, griff dann nach einer Gesichtsmaske, die mit dem Sauerstofftank verbunden war, presste sie auf seinen Mund und sah sie an, während er tief einatmete. »Chronisch obstruktive Lungenerkrankung im Endstadium«, sagte er so schnell er konnte. »Meine Lunge ist hinüber. Völlig kaputt, nachdem ich vierzig Jahre lang Asbest und Gott weiß was sonst noch eingeatmet habe.«

»Wie lange schon?«

»Seit ein paar Jahren jetzt.«

»Nein. Wie lange haben Sie noch?«

Stephanie war sich nicht sicher, ob er mit den Schultern zuckte oder einfach nur vor Kälte schauderte. »Wochen. Monate. Jahre. Ich werde bald genug bei Ihrer Mutter sein.«

»Nein, werden Sie nicht«, erwiderte sie scharf und erhob sich von ihrem Platz. »Sie werden da unten sein, bei *ihm*, wo Sie beide hingehören.«

KAPITEL **VIERUNDVIERZIG**

Heillos durcheinander waren ihre Gedanken, als sie vor der Haustür stand. Es fühlte sich an, als wäre eine Bombe in ihrem Kopf explodiert, sodass nur noch zehn Prozent ihres Gehirns funktionierten. Sie bemerkte nicht einmal, wie die Sonne durch eine große Wolkenlücke brach und ihren Rücken wärmte. Noch bevor das jedoch ihre geistige Klarheit hätte beeinflussen können, öffnete sich die Haustür und enthüllte eine umwerfende Frau Mitte dreißig. Mit langem, elegantem blondem Haar, einer schlanken Figur und meerblauen Augen, die im Sonnenlicht funkelten, überrumpelte die Frau Stephanie und gab ihr das Gefühl, leicht unterlegen zu sein.

»Ja?«, fragte sie.

»Mami, komm schnell! Mr Beast hat ein neues Video hochgeladen!«, rief eine kindliche Stimme aus dem Haus.

»Mrs Lafferty?«, erkundigte sich Stephanie.

»Ja ...« Die anfängliche Verwirrung in ihrer Stimme wich Besorgnis. »Kennen wir uns?«

»Nicht direkt. Ich arbeite mit Ihrem Mann ... *Ex*-Mann.«

»Er ist immer noch mein Mann, bis alles abgeschlossen ist. Wer sind Sie? Ist ihm etwas zugestoßen?«

»Ja und nein. Mein Name ist Stephanie. Ich bin seine Chefin. Darf ich hereinkommen?«

Karen Lafferty öffnete schnell die Tür und führte Stephanie durch den Flur. Stephanie entdeckte Devons Sohn, der auf dem Sofa kauerte und in das iPad kicherte, das er nur wenige Zentimeter vor seinen Augen hielt, ohne ihre Anwesenheit zu bemerken. Karen führte sie in die Küche.

Es war offensichtlich, dass beide über die Jahre hinweg hart für das Heim gearbeitet hatten. Eine beträchtliche Menge an Zeit, Geld, Energie und Mühe hatte das Haus in ein wunderschönes Zuhause verwandelt.

Stephanie machte Karen ein Kompliment dafür.

»Das war hauptsächlich ich«, erwiderte Karen. »Die Dinge, bei denen Devon geholfen hat, kann ich wahrscheinlich an einer Hand abzählen.«

In nur wenigen Sekunden des Gesprächs hatte sich Stephanie bereits einen unglücklichen ersten Eindruck gebildet.

»Sie haben mir immer noch nicht gesagt, was Sie hier tun, Stephanie.«

Stephanie steckte die Hände in die Taschen, um sich davon abzuhalten, an ihren Fingernägeln zu pulen. »Es geht um Ihren Mann«, sagte sie schlicht. »Er schwebt nicht in unmittelbarer Gefahr, es ist nur ...« Sie atmete tief ein, unsicher, wie sie das Thema angehen sollte. »Hören Sie, ich weiß nicht, was zwischen Ihnen beiden los ist, und es steht mir nicht zu, mich einzumischen, aber es ging ihm in den letzten Tagen nicht gut. Er ... er hat getrunken. Nicht *extrem* viel, aber genug, um seine Arbeit zu beeinträchtigen. So sehr, dass ich ihn für ein paar Tage nach Hause schicken musste.«

Karen stand da, lehnte an der Kücheninsel in der Mitte des Raumes, mit verschränkten Armen und verhärtetem Gesicht. Hinter ihrer harten Schale spürte Stephanie ein Flackern von Fürsorge und Sorge um den Mann, den sie einst geliebt hatte. Es war nicht vollständig erloschen.

»Ich meine, danke, dass Sie mich darauf aufmerksam machen. Aber das ist auch für mich schwer. Für mich ist das alles kein Zuckerschlecken. Ich muss einen Job bewältigen und mich um Finn kümmern. Was erwarten Sie von mir? Wir haben den Punkt überschritten, an dem es kein Zurück mehr gibt. Wir können nicht wieder zusammenkommen. Nicht nach allem, was passiert ist.«

»Ich verstehe.«

»Ich habe um nichts davon gebeten.«

»Aber es war doch Ihre Entscheidung, sich scheiden zu lassen, oder?«

Karens Miene verhärtete sich noch mehr. Besorgnis schlug in Bestürzung um.

»Sie sind es vielleicht gewohnt, dass die Leute tun, was Sie ihnen sagen, Detective, aber bei mir wird das leider nicht funktionieren. Ich kenne meinen Mann. Ich weiß, dass er sich nicht ändern wird. Gott weiß, ich habe ihm so viele Chancen und Gelegenheiten gegeben, es zu versuchen. Und ich weiß, dass das das Beste ist. Für ihn, für mich und für Finn. Devon mag das vielleicht noch nicht erkennen, aber es ist so.«

»Nicht, wenn er weiter trinkt.«

Ein Anflug von Mitgefühl huschte über Karens blaue Augen, bevor er wieder verblasste. »Haben Sie einen Mann, Detective?«

Stephanie schüttelte den Kopf.

»Einen Partner?«

Noch ein Kopfschütteln. »Ich lebe allein und habe niemanden, also bin ich nicht in der besten Position, um zu verstehen, was Sie mir gleich sagen werden.«

»Das bedeutet auch, dass Sie nicht in der Position sind, Ratschläge zu erteilen«, entgegnete Karen.

»Ich versuche nicht, Ratschläge zu geben. Wie Sie schon sagten, ich habe keine Ahnung, wovon ich rede. Ich bitte Sie nur, sich bei ihm zu melden. Ihn zu unterstützen. Sie mögen ihn im Moment vielleicht nicht; vielleicht hassen Sie ihn aus tiefster Seele ... glauben Sie mir, ich kenne ihn erst seit ein paar Wochen und war auch schon an diesem Punkt, aber ich bin sicher, ein Teil von Ihnen liebt ihn noch. Selbst wenn es ein so kleiner und vergrabener Teil ist, dass Sie ihn nicht einmal sehen können, es gibt immer noch einen Teil von Ihnen, der sich um ihn sorgt. Und im Moment braucht er Unterstützung. Ich bitte Sie nicht, die Scheidung abzublasen und wieder mit ihm zusammenzukommen. Das ist Ihr gutes Recht, Ihre Entscheidung. In Ordnung. Aber er leidet, und wenn sich die Dinge nicht schnell ändern, könnte Ihr Sohn ohne Vater aufwachsen. Ich bin ohne meine Eltern aufgewachsen und würde das meinem schlimmsten Feind nicht wünschen.«

KAPITEL
FÜNFUNDVIERZIG

Der Motor verstummte, und bald erfüllte Stille den Wagen. Einen langen Moment saß Stephanie einfach nur da, die Finger um das Lenkrad gekrallt, die Fingerknöchel weiß vor Adrenalin und Frustration.

Sie ließ den Kopf auf das Lenkrad sinken und brach dann in Tränen aus, eine plötzliche, unkontrollierbare, kathartische Entladung ihrer Gefühle. Das Treffen mit ihrem Onkel, das Unbehagen, das sie bei dem Gespräch mit ihm empfunden hatte, und die peinliche Unterhaltung mit Karen – all das hatte sie überfordert. Es war zu viel.

Sie schluchzte in ihre Hände und ließ der Anspannung und der Frustration freien Lauf.

Als sie sich beruhigt hatte, wischte sie sich mit dem Handrücken die Augen, schniefte ein paarmal und stieg aus dem Wagen. Als sie auf die Einfahrt trat, begann ihr Magen zu schmerzen, und die vertrauten Hunger- und Schuldgefühle stellten sich ein.

Sie ging auf die Haustür zu, warf sich die Tasche über die Schulter, ihre Beine schwer vom Stress eines langen Tages.

Als sie sich ihrem Haus näherte, bemerkte sie ein gelbes Aufblitzen in den Vorhängen ihres Nachbarn. Einen Augenblick später erschien er draußen, bekleidet mit Jeans und einem schicken Hemd, als wäre er ausgehfertig.

»Hey, Jimmy«, sagte sie und steckte den Schlüssel ins Schloss.

»Abend, Stephanie«, erwiderte er. »Oder sollte ich Detective sagen? Ich weiß es nie!«

»Stephanie ist in Ordnung, weil das mein Name ist.« Sie gab sich alle Mühe, nicht unhöflich oder abweisend zu klingen.

»Stimmt. Stephanie also. Langer Tag?«

»Ich hatte schon längere.«

»Ich hoffe, es macht dir nichts aus, dass ich das sage, aber mir ist schon wieder etwas Seltsames vor deinem Haus aufgefallen.«

»Du bist unsere Nachbarschaftswache. Daran ist nichts Seltsames. Wir brauchen mehr Leute, die aufeinander aufpassen.«

Jimmy lächelte höflich, beinahe schüchtern.

»Was ist dir aufgefallen?«

»Ein grauer Skoda«, sagte er. »Hat einfach auf der anderen Straßenseite geparkt. Normalerweise würde mir so etwas nicht auffallen, aber wenn man so lange hier wohnt wie ich, bekommt man mit, wer was fährt. Und diesen hier hatte ich noch nie zuvor gesehen.«

»Ein grauer Skoda?«

Er nickte aufgeregt. »Und das Seltsame ist, dass jemand darin saß. Ein Mann, glaube ich. Aber ich konnte ihn nicht richtig erkennen.«

»Nummernschild?«

Jimmy schüttelte den Kopf. »Meine Augen sind nicht mehr das, was sie mal waren.«

»Wie lange stand er da?«

»Ungefähr eine Stunde. Saß einfach nur da. Ich glaube nicht, dass die Person ausgestiegen ist, und ich habe auch niemanden einsteigen sehen. Es sah so aus, als würden sie drinnen an etwas herumfummeln. Ich dachte nur, das wäre ein bisschen seltsam, und vielleicht wolltest du es wissen.«

Sie schloss die Haustür auf. »Merkwürdig«, sagte sie. »Aber ich bin sicher, das ist nichts, worüber man sich Sorgen machen müsste.«

»Natürlich. Ich dachte nur, du solltest es wissen.«

Stephanie dankte ihm, wünschte ihm eine gute Nacht, eilte dann hinein und ging direkt zum Kühlschrank, wo eine große

Auswahl an Schokoladenriegeln und Snacks auf sie wartete. Sie verschlang sie auf einen Sitz und schob sich einen nach dem anderen in den Mund, kaum dass der letzte heruntergeschluckt war. Nach etwa zwanzig Minuten fand der endlose Strom von Schokolade schließlich ein Ende, und sie sprintete die Treppe hoch, wobei sie zwei Stufen auf einmal nahm.

Als sie das Badezimmer betrat, steckten ihre Finger bereits in ihrem Hals, um alles wieder hochzuwürgen. Kurz bevor der Inhalt ihres Magens ins Wasser klatschte, erhaschte sie einen flüchtigen Blick auf ihren Onkel und ihren Vater, Arm in Arm, deren Spiegelbild auf dem Wasser zitterte. Im Hintergrund verharrte ein grauer Skoda.

KAPITEL
SECHSUNDVIERZIG

Ich kann den Blick nicht von ihr wenden. Ich weiß nicht, was es ist, aber dieses Mädchen ist so wunderschön, so vertraut. Die Ähnlichkeit ist unheimlich. In der Dunkelheit, unter ihrer Bettdecke eingekuschelt, sieht sie gelassen und friedlich aus, wie ein schlafender Engel.

Dieses Haus ist anders als alle anderen. Es ist kleiner und kompakter, ganz zu schweigen von der Unordnung. Ich muss bei jedem Schritt vorsichtig sein; ich kann es mir nicht leisten, einen falschen Schritt zu tun. Aber das erhöhte Risiko und der rasende Puls haben sich gelohnt.

Ich kann den Blick nicht von ihr wenden.

Ich verliere das Gefühl dafür, wie lange ich schon hier bin; zehn Minuten, zwanzig, vielleicht sogar länger. Es ist mit Sicherheit die längste Zeit, die ich je im Zimmer eines Kindes verbracht habe. Aber ich will nicht gehen. Ich will so viel von ihrem Wesen aufsaugen wie möglich. Ich würde sie mitnehmen, wenn ich könnte, sie aus dem Haus schmuggeln. Aber das würde niemals funktionieren. Könnte niemals funktionieren. Meine Tarnung würde auffliegen, und die Welt würde die Identität des schwarze Mann entdecken.

Das Zimmer des Mädchens ist eng, aber ich habe einen Platz in der Ecke gefunden, der passt. Es ist nicht der bequemste Platz, aber es lohnt sich.

Sie ist es wert.

Ihr lockiges Haar, die Struktur ihres Gesichts, der Schwung ihrer Wimpern, alles an ihr ist makellos. Ich atme tief ein und beherrsche mich.

Um mich herum herrscht ein Durcheinander von Spielzeug auf dem Teppich. Play-Doh-Dosen, Krimskrams und eine Kiste mit Spielzeug. Zeugnisse ihrer künstlerischen Fähigkeiten hängen stolz an den Wänden. Im Dämmerlicht entdecke ich eine Zeichnung des Mädchens und ihrer Familie. Strichmännchen, die sich unter der Sonne an den Händen halten, mit einem Haus im Hintergrund. Vermutlich ihres, obwohl es dem überhaupt nicht ähnlich sieht. Trotzdem nicht schlecht für eine Achtjährige.

Besser als alles, was ich je zustande bringen würde.

Weitere fünf Minuten vergehen, begleitet von dem gleichmäßigen Geräusch ihres Atems und dem Schlaf ihrer Eltern in einem anderen Zimmer.

Alles ist perfekt. Ich könnte die ganze Nacht hier verbringen. Aber ich weiß, dass ihre Eltern irgendwann aufwachen, die Sonne am Horizont aufgehen und ich erwischt werden würde.

Widerstrebend ziehe ich den Ballon aus meiner Tasche und beginne, ihn aufzublasen. Als das Geräusch den Raum erfüllt, bewegt sie sich.

Nur eine Regung. Ein Zucken ihrer Finger.

Ich rühre mich nicht.

Noch eine Sekunde. Noch ein Atemzug zum Aufblasen.

Sie regt sich wieder, diesmal langsamer. Und dann, ohne Vorwarnung, schnellen ihre Augen auf.

Glasig. Verwirrt.

Sie starrt mich direkt an.

Einen Herzschlag lang frage ich mich, ob ich es mir eingebildet habe. Aber nein, sie sieht mich. Nicht ganz. Nicht deutlich.

Sie setzt sich auf.

Mein Herz beginnt zu hämmern.

»Mami?«, flüstert sie, ihre Stimme rau vom Schlaf.

Ich weiche einen halben Schritt zurück. Ich stehe im Schatten, aber ihre Augen gewöhnen sich an die Dunkelheit. Sie sieht meine Gestalt. Meinen Umriss.

Dann verändert sich ihr Ausdruck. Angst überzieht ihr Gesicht. Ihr Mund öffnet sich.

Sie wird schreien.

Ich gerate in Panik. Ich springe vor, bevor ich es zu Ende gedacht habe. Eine Hand bedeckt ihren Mund, während die andere nach dem Kissen tastet. Sie strampelt, stärker, als ich erwartet hatte. Ihre Beine treten, Fäuste hämmern auf meine Arme, Nägel kratzen an meinem Handgelenk.

Aber sie ist wehrlos, hilflos. Der Kampf ist für sie vorbei, kaum dass er begonnen hat.

»Es tut mir leid«, flüstere ich. »Es tut mir so leid. Schsch, bitte, sei einfach still …«

Gedämpfte Schreie dringen durch die Fasern, flehen um Hilfe, betteln, dass ich aufhören soll. Ich stelle mir ihr Gesicht unter dem Kissen vor, zerquetscht, erstickend, nach Luft ringend.

Ich drücke fester zu. Entweder sie oder ich.

Und dann ist sie still.

Völlig still.

Meine Hände zittern.

Das war nicht der Plan. Das war niemals der Plan.

Ich starre auf sie hinab, auf den weichen Umriss ihres Gesichts unter dem Kissen.

Es war ein Fehler. Alles ein schrecklicher Fehler.

Ich lasse den Ballon fallen und sinke zu Boden. Tränen steigen mir in die Augen. Ich blinzle sie weg, die Hand vor dem Mund.

Ich muss hier raus. Ich muss rennen. Ich muss fliehen.

Ich kann niemals zurückkommen.

KAPITEL SIEBENUNDVIERZIG

Stephanie stand im Türrahmen, eine behandschuhte Hand gegen den Rahmen gepresst, während die andere unter ihrem Spurensicherungsanzug an ihrer Halskette spielte.

Es war geschehen. Eine Leiche war entdeckt worden. Ein Kind, nicht älter als sieben Jahre, das sein ganzes Leben noch vor sich hatte, war in seinem Schlafzimmer erstickt worden.

Der Butzemann hatte sein Vorgehen eskaliert. Er beobachtete nicht mehr nur, wartete und schlich sich leise durch die Hintertür davon. Er tötete jetzt und nahm sich, was er für sein Eigentum hielt.

Sie betrat das Schlafzimmer allein. Nur sie beide: sie und das Opfer. Die kleine Yasmin. Sie umklammerte ihre Halskette fester, als sie durch das Zimmer des Mädchens ging, das in Rosa dekoriert und mit Regalen voller Teddybären gesäumt war. Ein Haufen Plüschtiere lag schlaff in der Ecke. Die grellen Lichter der Spurensicherung warfen einen fast gespenstischen Schein auf das rosa Kissen, das sanft über ihrem Kopf lag.

Stephanie wurde an den Albtraum erinnert, den sie neulich Nacht gehabt hatte. Die verblüffende Ähnlichkeit zwischen dem Mädchen vor ihr und dem Bild, das sie von ihrer Schwester hatte, wie sie in dem Bett gegenüber lag, während Stephanie unter Geld ertrank.

Stephanie blickte auf den Boden. Ein Ballon lag weggeworfen auf dem Teppich, die Luft war raus. Keine Spur von einer

Schnur, kein Anzeichen dafür, dass er jemals aufgeblasen gewesen war.

Seltsam, dachte Stephanie.

Bevor sie weiter darüber nachdenken konnte, klopfte es an der Tür. Noah, der kurz vor ihr als diensthabender Sergeant in Devons fortwährender Abwesenheit eingetroffen war, füllte mit seiner breiten Statur den größten Teil des Türrahmens aus, seine weinrote Hose unter dem Anzug sichtbar.

»Darf ich reinkommen?«

»Selbstverständlich.«

Noah betrat die Schwelle mit Vorsicht und Respekt und trat an ihre Seite.

»Habe gerade mit ihren Eltern gesprochen«, begann er. »Sie haben berichtet, dass sie ihre Leiche gefunden haben, als sie um halb sieben aufgewacht sind. Ihr Vater wollte sich gerade fertig machen, als er sie dort liegen sah. Das Erste, was ihm auffiel, war das Kissen und dann der Ballon auf dem Boden.«

Stephanie blickte auf das blaue Gummi vor sich und die Rädchen in ihrem Kopf begannen, sich zu drehen.

»Sie haben nichts gehört?«

Noah schüttelte den Kopf. »Haben anscheinend alles verschlafen. Der Mörder muss dafür gesorgt haben, dass sie keinen Mucks von sich gab.«

Stephanies Blick wanderte zum Kissen. Das arme Mädchen hätte sich gegen den Mann, der auf ihr Gesicht drückte, kaum gewehrt. Sie hatte keine Chance gehabt.

»Wie ist er reingekommen?«

»Die Theorie ist, dass es wieder durch die Hintertür war. Diesmal hat er die Küchentür aufgeschlossen und ist reingeschlichen.«

»Kameras?«

Erneutes Kopfschütteln.

»Das ist der fünfte Fall von fünf, ohne dass jemand etwas gesehen oder gehört hat. Er muss sich wie eine Katze bewegen«, sagte sie, mehr zu sich selbst als zu Noah. »Er muss wissen, welche Häuser Sicherheitskameras haben und welche nicht. Ich verstehe nicht, wie er sonst damit durchkommt.«

Sie ging in die Hocke, um den Ballon zu untersuchen, ihre Gedanken rasten. Einen langen Moment lang blieb sie still, während sie versuchte, sich die Szene vorzustellen und sie vor ihrem inneren Auge zu visualisieren. Sie spürte, wie Noah unbehaglich hinter ihr stand.

»Was denken Sie, Ma'am?«

»Sie war wach, als sie getötet wurde.«

»Wie kommen Sie darauf?«

»Der Ballon. Er wurde nicht fertig aufgeblasen. Das sagt mir, dass etwas schiefgelaufen ist.«

»Aber bei den letzten beiden Malen davor ist auch etwas schiefgelaufen. Er wurde aus dem Haus gejagt und die Katze hat den Ballon platzen lassen.«

»Ich weiß, aber das waren äußere Faktoren. Etwas, das außerhalb des Zimmers stattfand. Diesmal ...« Sie griff erneut nach ihrer Halskette und stellte sich das Gesicht ihrer Mutter unter dem Kissen vor. »Diesmal geschah es *hier drinnen*. Bei keinem der früheren Einbrüche hat der Butzemann das Opfer getötet, genauso wenig wie bei denen vor dreißig Jahren. Der Modus Operandi war immer: reinkommen, zusehen, einen Ballon hinterlassen und dann auf demselben Weg wieder verschwinden. Es ergibt keinen Sinn, dass er ihn plötzlich ändert.«

Sie erhob sich, schloss die Augen und tat so, als wäre sie der Butzemann, der wie ein Monster in der Nacht über dem Mädchen schwebte, es beobachtete, den Anblick in sich aufsog. Sie griff nach dem Ballon und begann, ihn aufzublasen. Dann wachte das Mädchen auf.

»Er muss in Panik geraten sein«, sagte sie laut. »Vielleicht hat das Mädchen ihn erkannt. Vielleicht fing sie an, um Hilfe zu schreien. Aber das Ritual war nicht vollendet – er hatte den Ballon nicht aufgeblasen –, also erstickte er ihr Gesicht mit dem Kissen und tötete sie, um zu verhindern, dass sie schrie und seine Position verriet.«

»Warum hat er das Ritual nicht beendet und den Ballon danach aufgeblasen?«

Sie dachte einen Moment nach. »Panik. Angst. Ich glaube, ein Teil davon, ein Teil dieses Rituals, ist es, sie zu verehren, aus welchem Grund auch immer. Und sie zu töten, eines ihrer Leben zu nehmen, hätte ihn ziemlich fertiggemacht, sodass er die Sache nicht zu Ende bringen konnte. Ich glaube nicht, dass er die Absicht hatte zu töten. Ich glaube, es war alles ein Fehler.«

»Es ist alles gewaltig schiefgelaufen«, wiederholte Noah.

Sie wandte sich ihm zu. »Was bedeutet, dass unsere Arbeit um ein Vielfaches schwieriger werden wird.«

»Inwiefern?«

»Weil ich glaube, dass er untertauchen wird. Nach dieser Sache glaube ich nicht, dass er wieder auftauchen und weitere Besuche abstatten wird. Was bedeutet, dass wir ihn vielleicht nie fassen werden.«

Noah dachte über diesen Gedanken nach, bevor er auf die Leiche vor ihnen hinabblickte.

»Der Butzemann ist für immer weg. Schon wieder.«

»Zumindest für die nächsten dreißig Jahre. Bis seine nächste Reinkarnation erscheint«, erwiderte Stephanie.

KAPITEL ACHTUNDVIERZIG

Sie hielt auf dem langen Weg zurück zum Auto, das am anderen Ende der Straße gegenüber geparkt war, den Kopf gesenkt. Sie versuchte nach Kräften, den neugierigen und verängstigten Blicken der Nachbarn des Opfers auszuweichen, doch mehr noch sorgte sie sich darum, dass ihr Gesicht von den unzähligen auf sie gerichteten Kameras erfasst werden könnte.

Ihre Bemühungen waren, wie sich herausstellte, vergeblich gewesen.

Gerade als sie ins Auto schlüpfen wollte, näherte sich ihr eine Gestalt. Eine Frau Mitte fünfzig in einem langen schwarzen Mantel und hochhackigen Schuhen joggte auf sie zu, als wäre sie aus den Schatten aufgetaucht. Im schwachen Licht des frühen Morgens wirkten ihre Züge verzerrt.

»Detective Broadbent?«

Sie drehte sich um und sah das Handy in der Hand der Frau.

»Wer sind Sie?«, fragte Stephanie.

»Warum die erhöhte Polizeipräsenz?«, erwiderte die Frau. »Ist etwas Ernstes passiert? War der schwarze Mann wieder da?«

Stephanie erkannte sofort, mit wem sie es zu tun hatte. Etwas an dem Tonfall der Frau stimmte nicht. Es waren nicht nur die Fragen, die sie stellte – obwohl diese ein deutliches Indiz waren –, sondern die Art und Weise, wie sie gestellt wurden. Die Betonung deutete darauf hin, dass sie jemand war, der kein Nein als Antwort akzeptieren würde, jemand, der sich an jedes Wort klammern würde wie ein Kaugummi an einer Schuhsohle.

»Sie haben meine Frage nicht beantwortet«, wiederholte Stephanie. »Wer sind Sie?«

Die Frau zeigte ein wissendes, kompromissloses Grinsen. Stephanie glaubte, die Frisur wiederzuerkennen.

»Sind Sie eine von Louis' Reportern?«

»Amelia Shaw.« Sie streckte ihre Hand aus.

Stephanie ignorierte sie und öffnete die Autotür. Als sie hineinschlüpfte, packte Amelia die Tür und hinderte sie daran, sie zu schließen.

»Was tun Sie da?«, fuhr Stephanie sie an.

»Ich habe nur ein paar Fragen zum neuesten Fall.«

»Und ich muss woanders hin. Es sieht so aus, als würde nur eine von uns bekommen, was sie will.«

Stephanie versuchte, die Tür zuzuziehen, aber Amelias Kraft überraschte sie.

»Nur ein paar Fragen. Dann können Sie gehen.«

»Sie müssen neu in diesem Job sein«, sagte Stephanie und stieß einen schweren Seufzer aus. »So funktioniert das nicht. Und jetzt nehmen Sie bitte Ihre Hände von meinem Auto.«

Amelia rührte sich nicht vom Fleck; ihr Griff wurde fester. »Die Öffentlichkeit hat ein Recht zu erfahren, ob ihre Kinder weiterhin in Gefahr sind.«

»Natürlich sind sie in Gefahr«, erwiderte Stephanie. »Sie sind jeden verdammten Tag in Gefahr: dass sie stolpern und sich an einem Messer aufspießen, dass sie auf dem Schulweg überfahren werden, dass sie aus großer Höhe stürzen und sich das Genick brechen. Sie sind jede Minute eines jeden Tages in Gefahr, genau wie Sie und ich.«

»Aber nicht durch den schwarze Mann, wir nicht.«

»Wenn Sie das gemeint haben, hätten Sie sich klarer ausdrücken sollen. Lehrt man Ihnen das nicht an der Journalistenschule? Das Einmaleins des Journalismus.«

Amelias Fingerknöchel wurden vor Frustration und Verlegenheit weiß. Stephanie erwiderte ihren Blick und hielt ihm stand.

»Warum die verstärkte Polizeipräsenz? Ist etwas passiert? Ist der schwarze Mann eskaliert?«

Stephanie wusste, dass die Frau nach Antworten fischte, nach einem verräterischen Zeichen suchte, einem Hinweis, dass sie auf der richtigen Spur war. Sie achtete darauf, sich nichts anmerken zu lassen.

»Wie sind Sie so schnell hierhergekommen?«, fragte Stephanie.

»Die Gemeinschaft«, antwortete sie.

»Welche Gemeinschaft?«

Amelia deutete mit ihrer freien Hand auf die Straße. »Sie ist überall. Diese Leute passen aufeinander auf – online, persönlich, bei Veranstaltungen. Sie machen sich Sorgen um die Sicherheit ihrer Kinder, und doch haben wir von Ihnen noch nichts Offizielles gehört. Es scheint, als ob Sie in unterschiedlichen Mannschaften spielen.«

Stephanie verdrehte die Augen. »Wir haben eine Aufgabe zu erledigen.« Sie ergriff den Griff und zog leicht daran. »Und das können wir nicht, wenn wir alle zwei Minuten belästigt werden. Ich weiß, dass Louis Sie darauf angesetzt hat. Aber Sie werden einfach warten müssen, bis wir die Lage eingeschätzt haben. Die offizielle Pressemitteilung wird Ihnen bald zugehen. Und Sie können Louis ausrichten, dass er der Erste sein wird, der es erfährt. Er kann sich später bei mir bedanken.«

Stephanie zog erneut an der Tür, diesmal kräftiger. Amelia spürte, dass sie den Kampf verloren hatte, und ließ los. Die Tür fiel mit einem befriedigenden Geräusch ins Schloss. Stephanie startete den Motor und fuhr los, wobei sie Amelias Füßen, die nur Zentimeter von ihren Reifen entfernt waren, kaum Beachtung schenkte.

KAPITEL **NEUNUNDVIERZIG**

In Stephanie kochte das Blut noch die nächsten Stunden weiter. Amelia, und damit auch Louis, hatten kein Recht gehabt, sie so zur Rede zu stellen. Das war nicht ihre bevorzugte Art, mit Dingen umzugehen. Sie hatte sich in die Enge getrieben gefühlt und sich wie ein verängstigter Hund verteidigt. War ihr Verhalten unprofessionell gewesen? Sicher, aber man hatte ihr keine andere Wahl gelassen.

Je länger sie bei der Polizei von Surrey arbeitete, desto mehr begann sich Louis' wahres Gesicht zu zeigen. Vorerst hatte sie seine Telefonnummer blockiert, da sie davon ausging, dass er mehrmals versuchen würde, sie anzurufen.

Sie musste nur daran denken, sie wieder zu entsperren.

Es war früher Nachmittag, und das Team hatte unermüdlich am neuesten Stand des Falles gearbeitet. Viele von ihnen, sie selbst eingeschlossen, hatten die Mittagspause durchgearbeitet, obwohl es bei ihr andere Gründe hatte. Während sie allein mit ihren Gedanken in ihrem Büro saß, dachte sie weiter über ihren Vater und ihren Onkel nach, über ihre Beziehung und den Missbrauch, von dem Elliot angeblich nichts gewusst hatte. In ihren Augen war das völliger Unsinn. Er musste die Beweise gesehen haben. Er musste die blauen Flecken gesehen haben. Und doch hatte er nichts dagegen unternommen. Er hatte sie angelogen.

Aber zuerst musste sie es beweisen.

Sie lud HOLMES 2 auf ihrem Computer und klickte in das Suchfeld. Der Cursor blinkte rhythmisch auf dem Bildschirm. Sie starrte ihn einen langen Moment an, ihr Geist von einem plötzlichen Hungergefühl beschäftigt.

Nach ein paar Minuten gab sie den Namen ihres Vaters in die Suchleiste ein. Sofort erschien eine Flut von Berichten. Ganz oben stand der, der sich auf den Mord an ihrer Mutter bezog; die restlichen waren nicht zusammenhängende Zeugen und Verdächtige im Laufe der Jahre namens Colin Broadbent.

Zögerlich klickte sie auf das erste Ergebnis. Die gesamten Ermittlungen zum Tod ihrer Mutter lagen nun zum Greifen nah vor ihr. Jahrelang hatte sie gegen die Versuchung angekämpft, nachzusehen, die Schrecken jener Nacht wieder auszugraben, die Erinnerungen wieder aufleben zu lassen, die sie so lange weggeschlossen hatte.

Und jahrelang hatte sie den Schlüssel versteckt gehalten.

Bis jetzt.

Doch bevor sie mit dem Lesen beginnen konnte, klopfte es an ihrer Tür.

»Herein«, sagte sie.

Einen Moment später erschien Giles. »Alle sind bereit für Sie, Ma'am.«

Schon? Wohin war die Zeit verschwunden? Sie dankte ihm, schaltete ihren Bildschirm aus und folgte ihm in den Einsatzraum, wo das Team auf sie wartete. Der Raum fühlte sich leer an ohne Eve, Devon und sogar DCI McGowan.

»Danke, Leute«, begann sie. »Ich will das kurz und bündig halten, da ich weiß, dass wir eine Menge zu tun haben. Also ... wer will anfangen?«

Eine gehobene Hand. Wellard. »Ich habe alles an *Surrey Live* weitergegeben, und wir haben es in den sozialen Medien gepostet. Bisher haben wir Dutzende von Kommentaren von Leuten erhalten, die ihre Unterstützung bekunden. Ein paar Scherzkekse, aber nichts Ernstes. Wir haben auch die Maßnahmen geteilt, die die Leute ergreifen können, um ihre Familien zu schützen.«

Stephanie nickte. »Was hat *Surrey Live* gesagt?«

»Nichts.«

Natürlich hatten sie das nicht.

»Haben sie ihren Artikel schon veröffentlicht?«

»Innerhalb von zehn Minuten, nachdem ich ihnen alles geschickt habe«, bestätigte Olivia.

»Das sollte sie vorerst bei Laune halten. Gibt es was Neues von Trent Whitaker und seiner Facebook-Gruppe?«

Olivia schüttelte den Kopf. »Sie ist öffentlich, also bin ich beigetreten, aber meistens tauschen die Leute nur ihre Theorien aus und Bilder, die sie für nützlich halten. Es gibt einige Bilder von Überwachungskameras, die ich mir ansehen werde, aber keine scheint aus den Gegenden zu stammen, in denen die Einbrüche stattgefunden haben.«

Stephanie stöhnte. »Seien Sie vorsichtig, seien Sie gewissenhaft und verschwenden Sie nicht zu viel Zeit mit unnötigen Spuren.«

»Natürlich. Ich verkrieche mich dann mal wieder in meiner Ecke.«

»Wo wir gerade von Überwachungskameras sprechen«, sagte Stephanie und wandte sich an DS Mackenzie. »Noah, wie sieht es mit den Tür-zu-Tür-Befragungen aus?«

Der Sergeant schlug ein Bein über das andere und enthüllte ein Paar Socken mit blauen Dinosauriern darauf. »Die sind alle erledigt, Ma'am. Obwohl ich wünschte, es wären gute Nachrichten. Die Straße ist nur klein, und von den fünfzehn Häusern die Straße runter haben alle geschlafen. Sie sagen, sie hätten nichts gesehen oder gehört. Wir haben ein paar Aufnahmen von privaten Sicherheitskameras, die Olivia und ich uns ansehen müssen, aber ansonsten nichts Konkreteres.«

Stephanie stieß einen leisen Seufzer aus und wandte sich der Ermittlungstafel hinter sich zu. Wie gewünscht hatte DC Willard in Devons Abwesenheit eine großformatige Karte von Guildford ausgedruckt und die Häuser der Opfer mit unterschiedlich farbigen Markierungen versehen. Aus der Vogelperspektive war deutlich zu erkennen, dass sie eines gemeinsam hatten: Sie lagen alle in der Nähe von großen Feldern oder Waldgebieten, was dem schwarze Mann eine schnelle und einfache Flucht ermöglichte. Es war ein vager Versuch unternommen worden, die Fluchtwege des schwarze

Mann zu erraten, die mit einer andersfarbigen Markierung gekennzeichnet waren.

»Gibt es Fortschritte, wie er rein- und rauskommt?«

Stille. Stephanie sah zu Olivia, die schüchtern den Kopf schüttelte.

»Was ist mit Verdächtigen?«, fragte sie. »Giles? Irgendwelche Neuigkeiten?«

»Pump and Jump, Ma'am. Yasmin East war dort auch Schülerin.«

»Gute Arbeit. Dann können wir wohl mit Sicherheit sagen, dass wir uns dort so schnell wie möglich umsehen müssen. Ich weiß, Sie haben die Verantwortung unter sich aufgeteilt, aber wie sieht es damit aus, die Eltern heute Abend zu einem Treffen herzubekommen?«

»Die meisten sind dabei«, bestätigte Giles.

»Fantastisch. Fiona?«

Die Constable zuckte unerwartet zusammen. Sie blickte auf ihren Schoß, dann zurück zu Stephanie.

»Noah und ich haben die früheren Opfer kontaktiert, und ich treffe mich später heute mit ihnen, nur um ihren Aufenthaltsort zu überprüfen –«

»Haben sie irgendeine Verbindung zur Tanzschule?«

Verwirrung machte sich auf ihren Lippen breit. Schließlich schüttelte Fiona den Kopf. »Nicht, dass ich hätte feststellen können.«

»Dann lassen Sie es. Ich kann mir nicht vorstellen, dass sie etwas damit zu tun haben. Diese Person hat es aus einem ganz bestimmten Grund auf Mädchen von dieser Tanzschule abgesehen. Unsere Antwort liegt dort. Außerdem haben wir ihre Fingerabdrücke und DNA in den Akten, also wenn etwas auftaucht, wissen wir, wo wir sie finden können.«

»Ja, Ma'am. Soll ich trotzdem zur Obduktion gehen?«

Das erinnerte sie. Stephanie war von Leanna Moore, der Pathologin, gebeten worden, teilzunehmen, aber sie hatte es an DC Singleton weitergegeben.

»Bitte, Constable. Berichten Sie Ihre Ergebnisse, sobald Sie können. Hoffen wir lieber, dass der Mörder einen Fehler gemacht und Fingerabdrücke oder DNA hinterlassen hat.«

Stephanie kehrte in ihr Büro zurück, um ihre Autoschlüssel zu holen. Als sie über den Schreibtisch nach ihnen griff, fiel ihr Blick auf den Computermonitor. Sie dachte an die Informationen, die nur wenige Klicks mit Maus und Tastatur entfernt darunter lagen.

Es war keine Zeit, sie jetzt zu lesen, also entsperrte sie schnell den Computer und begann, alles auszudrucken. Der Drucker in ihrem Büro surrte los, und sie spürte einen Adrenalinstoß, als ob sie etwas täte, was sie nicht tun sollte. Als ob sie irgendwie gegen das Gesetz verstieße. Obwohl sie Zugang zu allen Beweisen im Fall ihrer Mutter hatte, fühlte sie sich, als würde sie jemand beobachten und als würde McGowan bald durch die Tür stürmen und sie suspendieren.

Als die Seiten zu drucken begannen, vibrierte ihr Telefon an ihrem Bein.

»Louis, wenn du irgendwas zu –«

»Wer ist Louis?«, fragte Kimberley.

Stephanie atmete tief aus und löste die plötzliche Anspannung, die ihren Körper erfasst hatte. »Nur jemand, den ich immer weniger mag.«

»Wem sagst du das.«

»Warum habe ich das Gefühl, dass das ein Seitenhieb gegen mich ist?«

»Ist es nicht. Das sind nur deine Unsicherheiten, die durchkommen«, sagte Kimberley scharf.

»Immer wieder eine Freude, mit dir zu reden, Schwesterherz. Gab es etwas Wichtiges, das du mir sagen wolltest? Ich habe nicht viel Zeit.«

»Wir haben gesagt, keine Geheimnisse, richtig?«

Aus dem Augenwinkel sah Stephanie die Lichter des Druckers blinken.

»Was ist das für ein Geräusch?«, fragte Kim, bevor sie antworten konnte.

»Nur mein Bürodrucker.«

»Was druckst du, ein Buch?«

Sie kicherte. »Fast. Wie auch immer, du sagtest, keine Geheimnisse?«

»Ja. Keine Geheimnisse. Nun, ich dachte, ich sollte dich wissen lassen, da du mir neulich nicht Bescheid gesagt hast, dass ich auf dem Weg zum Haus bin.«

»Oh. Verstehe.«

Sie wusste nicht warum, aber plötzlich fühlte sie sich beschützerisch dem Ort gegenüber, als gehöre er ihr und niemand sonst dürfe sich ihm nähern. Als müsste Kimberley um Erlaubnis fragen, bevor sie überhaupt daran dachte, dorthin zu fahren.

»Wenn ich etwas finde, das dich meiner Meinung nach interessieren könnte, sage ich dir Bescheid.«

Der Drucker hatte einen Papierstau und machte ein schrecklich kreischendes Geräusch. Stephanie starrte ihn einen Moment lang gedankenverloren an.

»Wo wir gerade von keinen Geheimnissen sprechen«, sagte sie. »Das erinnert mich an etwas. Es gibt da etwas, das ich dir über den Mann auf dem Foto erzählen muss ...«

KAPITEL
FÜNFZIG

Die Luft im Leichenschauhaus war kalt, steril und roch schwach nach Formaldehyd. Es erinnerte Fiona an das Pflegeheim von Stephanies Vater, als sie dort am Tatort angekommen war. Es war das erste Mal gewesen, dass sie ein Pflegeheim betreten hatte, und der Geruch von Tod hatte an diesem Ort gehangen, an dem seine Bewohner langsam dahinsiechten.

Jetzt befand sie sich an einem Ort des tatsächlichen Todes, wo die Menschen bereits gestorben waren und nun dazu verdammt schienen, durch die Gänge zu spuken und in den Spalten zwischen Fenstern und Türen Geheimnisse zu flüstern.

Fiona legte die entsprechende Schutzkleidung an und stieß dann die Doppeltür auf. Der beißende Geruch der Chemikalien stieg ihr hinter der Maske in den Hals und verursachte einen Würgereiz. In der Mitte des Leichenschauhauses stand Leanna Moore, eine alte Freundin. Eine *alte* Freundin, in jeder Hinsicht. Fiona und Leanna hatten dieselbe Schule in der Gegend besucht und sich in ähnlichen sozialen Kreisen bewegt, obwohl Leanna ein paar Jahre älter war. Seitdem hatten sie sporadisch Kontakt gehalten, und nachdem Fiona zur Polizei gegangen war, waren sie gute Freundinnen geworden; von der Sorte, die sich auch privat trafen, wann immer ihre Terminkalender es zuließen.

»Was ist das denn für eine Zeit?«, fragte Leanna und rückte

ihre Handschuhe zurecht. »Das sieht dir gar nicht ähnlich, zu spät zu kommen.«

»Ist doch immer noch schick, oder?«

»So ziemlich das Einzige an dir.«

Kichernd ging Fiona auf den kleinen Körper zu, der auf dem Metalltisch lag und unter dem Scheinwerferlicht weiß leuchtete. Sie hielt einen Moment inne und nahm den Anblick in sich auf. Egal, wie viele Leichen sie schon gesehen hatte oder in welchem Stadium der Verwesung, es wurde nie einfacher, besonders nicht bei Kindern.

Sie würde niemals welche haben, das stand fest. Aber das hielt sie nicht davon ab, sie zu lieben. Sie war an ihre Nichte und ihren Neffen in kleinen Dosen gewöhnt, wenn sie sich von ihrer besten Seite zeigten und wenn sie am ungezogensten waren. Aber sie vergötterte sie trotzdem. Sie waren süß, unschuldig und gaben ihr oft ein wohlig-warmes Gefühl. Doch sie hatte das Grauen in der Welt gesehen, und das machte ihr Angst.

»Bereit?«, fragte Leanna.

»Nicht wirklich, aber jetzt bin ich ja hier.«

Leanna zog das Laken mit einer Sorgfalt zurück, die an mütterlich grenzte. Die Gesichtszüge des Mädchens waren blass, unter den Deckenleuchten fast durchscheinend, umrahmt von zerzaustem Haar, ihre Lippen leicht geöffnet, als könnte sie ausatmen, zu atmen beginnen und plötzlich aufwachen.

Fiona starrte auf die Lücke in ihrer oberen Zahnreihe. Laut den Zeugenaussagen der Eltern hatte Yasmin in der Nacht zuvor einen Milchzahn verloren, und die Zahnfee hatte ihr ein Pfundstück unter das Kissen gelegt. Es war später am Tatort sichergestellt und als Beweismittel eingetütet worden.

»Vielleicht dachte sie, der Mörder wäre die Zahnfee«, flüsterte Fiona vor sich hin.

»Die schlimmste Zahnfee aller Zeiten«, erwiderte Leanna. »Obwohl ich glaube, meine kommt gleich an zweiter Stelle. Immer wenn mir ein Zahn ausgefallen ist, habe ich einen Stein aus dem Garten bekommen. Ich meine, was soll eine Siebenjährige mit einem Stein anfangen?«

Viel mehr als jemand, der von jemandem umgebracht wurde, den er für die Zahnfee hielt.

Fiona atmete tief ein, riss sich zusammen und ignorierte den dumpfen Schmerz der Trauer in ihrem Magen. »Was kannst du mir sagen?«

»Nicht viel, um ehrlich zu sein«, erklärte Leanna. »Sie hatte eine ordentliche Mahlzeit im Magen. Wahrscheinlich hat sie gegen acht Uhr gegessen, was, wie man mir sagte, für ein Kind in diesem Alter spät ist. Sie war gut hydriert, vollkommen gesund. Und sie wurde mit ihrem Kissen erstickt.«

»Ist das alles? Ich dachte, du hättest mich für etwas Handfesteres herbestellt.«

Leanna hob mahnend den Finger. »Da *war* etwas.« Sie trat zum Kopf des Mädchens und fuhr mit einem Finger die Kontur ihres Profils nach. »Es gibt keinerlei Blutergüsse«, fügte sie hinzu. »Normalerweise, wenn jemand einem ein Kissen aufs Gesicht drückt, drückt er auf das eigentliche Gesicht, um die Atmung zu unterbinden, was zu Blutergüssen oder einer Schwellung einiger Muskeln führen oder sogar die Nase brechen könnte. Aber hier ... dieses Mal kann ich nichts davon sehen. Ich habe so viele davon gesehen, dass ich ein Gefühl dafür bekomme, wie sie gestorben sind, wie entsetzlich oder schmerzhaft es für sie gewesen sein mag. Aber bei ihr habe ich das Gefühl, es war sanft ...«

»Als ob der Mörder sich zurückgehalten hätte?«

»Als ob er es nicht wirklich tun wollte. Als wäre es ein Versehen gewesen.«

KAPITEL
EINUNDFÜNFZIG

Keine Geheimnisse. Das war ihre Abmachung gewesen. Keine Geheimnisse. Aber Stephanie hatte sich bereits nicht daran gehalten und den Waffenstillstand gebrochen, indem sie die Identität ihres Onkels einen Tag lang für sich behalten hatte. Er hatte sich bei ihr vergewissert, dass sie ihn allein besucht hatte, und trotzdem hatte sie nichts gesagt. Sie hatte ein Geheimnis für sich behalten.

Jetzt war also Kimberley an der Reihe.

Die Luft auf dem Dachboden war trocken und stickig, schwer vom Geruch nach altem Isoliermaterial und Feuchtigkeit. Staub kratzte in Kimberleys Hals, während sie vorsichtig an den niedrigen Balken vorbeimanövrierte, eine Hand zum Gleichgewicht-Halten gegen die Deckenschräge gestemmt, die andere schützend auf ihren Bauch gelegt. Bisher hatte sie im Rest des Hauses kaum mehr gefunden als einen Berg Rechnungen, Briefe von der Stadtverwaltung und Werbepost von Papa John's, Domino's und den örtlichen Immobilienmaklern. Also hatte sie ihre Taktik geändert. Eigentlich hatte sie nichts dabei zu suchen, Leitern hochzusteigen und durch Schichten von Dämmmaterial zu klettern, aber davon ließ sie sich nicht aufhalten. Sie war sich sicher, dass in ihrer Familie noch mehr Geheimnisse verborgen lagen. Etwas, das Elliot Broadbent gesagt hatte, etwas, das er angedeutet, aber nicht weiter ausgeführt hatte.

Etwas, das ihr Vater gewusst oder getan hatte.

Kimberleys Blick fiel auf eine Plastikwanne mit altem Weihnachtsschmuck und einen ramponierten braunen Koffer, der neben einer platten Isomatte eingeklemmt war; von der Sorte, die seit drei Generationen im Familienbesitz war, es aber nie weiter als bis zu den Britischen Inseln geschafft hatte.

Sie ließ sich auf die Knie sinken und zerrte den Koffer unter einem Teppich aus Weihnachtsgeschenkpapier hervor.

In dem Moment, als sie aufstand, drehte sich der Dachboden seitwärts. Ihre Sicht verschwamm an den Rändern und ihre Hand schoss nach Halt suchend zum nächsten Balken. Eine Welle der Übelkeit überspülte sie wie eine Flut, die sie nach unten zog. Sie zwang sich, ruhig zu atmen. Sie hatte seit Stunden nichts gegessen oder getrunken. Das war alles.

Sie setzte sich auf die Stufe und kam wieder zu Atem. Bevor sie den Koffer öffnete, wartete und lauschte sie. Sie glaubte, ein Geräusch gehört zu haben. Eine Bewegung.

Der Ort jagte ihr eine Gänsehaut über den Rücken. Sie fühlte sich, als würde sie nicht hierhergehören. Für Stephanie war das alles in Ordnung; sie kannte den Ort, bevor sie ausgezogen waren. Sie hatte Erinnerungen, sowohl schöne als auch schreckliche. Kimberley hingegen erinnerte sich an nichts davon. Es gab nichts in ihrer Psyche oder ihrem Unterbewusstsein, woran sie sich hätte klammern können. Keine Bilder von ihrer Mutter, die sie im Arm hielt. Keines von ihrem Vater, der spät in der Nacht ins Schlafzimmer kam. Sie konnte sich nur ausmalen, was Stephanie ihr aus zweiter Hand erzählt hatte, und versuchen, es als ihr Eigen zu beanspruchen.

Sie fühlte sich wie eine Fremde in ihrem eigenen Zuhause.

Nach einer Minute verlangsamte sich ihr Herzschlag. Mit steifen Fingern öffnete sie die Schnallen des Koffers und klappte ihn auf. Obenauf lag eine dünne Decke mit Schottenmuster, die sie von einem der Fotos wiedererkannte. Sie stammte von ihrem alten Sofa im Wohnzimmer. Sie schlug sie zurück.

Darunter lagen Stapel von Papier: Ordner, Quittungen, vergilbte Umschläge und weitere Fotos. Der Modergeruch war stark.

Ihr Blick fiel auf einen Ordner, der dicker war als die anderen. Sie zögerte, ihre Finger schwebten darüber. Dann öffnete sie ihn. Ihr stockte der Atem. Doch bevor sie verarbeiten konnte, was sie sah – bevor sich die Puzzleteile vollständig zusammensetzen konnten – vibrierte ihr Handy scharf an ihrem Oberschenkel. Das plötzliche Geräusch riss sie zurück in die Realität des Dachbodens.

Sie griff danach: Stephanie.

Kimberley drückte den Anruf weg und starrte wieder auf den Ordner, während sich ihr Magen zu einem Knoten zusammenzog.

Ein Moment verging. Dann noch einer.

Sie schloss den Koffer.

Keine Geheimnisse. Das war ihre Abmachung gewesen. Nur hatte Stephanie diese Abmachung gebrochen. Jetzt war Kimberley an der Reihe, dasselbe zu tun.

KAPITEL **ZWEIUNDFÜNFZIG**

Eine Windböe traf Stephanie, als sie aus dem Auto stieg und zum Tanzstudio »Pump & Jump« im ersten Stock hinaufsah. Über ihr schwebte ein Schwarm Möwen, die neugierig ihre nächste Mahlzeit unter sich beäugten, während der Gestank der Kläranlage, die ein paar hundert Meter um die Ecke lag, ihr in die Nase stieg.

»Lass uns reingehen, bevor uns die Möwen noch für einen Leckerbissen halten oder wir von dem Gestank umkippen«, sagte Giles von der anderen Seite des Wagens.

»Einverstanden. Aber wenn die Möwen uns angreifen, opfere ich dich zuerst.«

»*Mich*?«

»Du bist jünger und siehst leckerer aus. Mehr Fleisch auf den Rippen.«

Giles blickte an seinem Bauch hinunter. »Nennst du mich gerade fett?«

Stephanie geriet plötzlich in Panik. »Nein, natürlich nicht. Ich wollte nur ...«

»Schon gut«, erwiderte Giles mit einem Kichern, das sie sofort beruhigte. »War nur ein Scherz. Es braucht schon weitaus mehr, um mich zu beleidigen. Ich bin mit zwei älteren Brüdern aufgewachsen und war auf einer reinen Jungenschule.«

Stephanie atmete erleichtert auf. Das Letzte, was sie wollte, war, jemanden wegen seines Gewichts zu beleidigen; sie wusste aus erster Hand, welche psychologischen und physiologischen Auswirkungen das haben konnte.

Sobald Giles ihr die Tür aufhielt, dröhnte Musik durch die Wände, und sie spürte die Vibrationen in ihren Füßen.

»Wusstest du, dass hier gerade ein Kurs läuft?«, fragte Stephanie.

Giles schüttelte den Kopf. »Was meinst du, was es ist? Standardtanz?«

Sie hielt inne und lauschte dem schweren, repetitiven Wummern des Basses, der durch die Luft vibrierte. »Irgendetwas sagt mir, dass es Ballett ist«, sagte sie sarkastisch.

Als sie das obere Ende der Treppe erreichten, drang ihnen die Drum-and-Bass-Musik in die Ohren. Im Tanzstudio tanzte eine Gruppe von dreißig Zehnjährigen und warf dabei ihre Arme und Beine in synchronisiertem Chaos herum. Die Jungen trugen Shorts und T-Shirts (einige zeigten sich in Muskelshirts), während die Mädchen passende schwarze Leggings und Sporttops trugen. Neonfarbene Wasserflaschen und achtlos weggeworfene Kapuzenpullover säumten die Ränder des Studios. Vorne im Raum stand Montana Robertson in einem schwarzen Kapuzenpullover, auf dessen Rückseite in Pailletten *P&J CREW* prangte. Sie klatschte zweimal in die Hände und machte dann eine schneidende Bewegung durch die Luft, woraufhin die Musik mitten im Takt verstummte.

»Okay, das reicht für den Moment, Leute. Trinkpause – los, los, los!«

Die Kinder stoben zu den Rändern des Raumes, schnappten sich ihre Sachen, setzten sich auf den Boden und beobachteten sie mit ihren sechzig wachsamen Augen.

Montana näherte sich ihnen vorsichtig und versuchte, ihr Unbehagen zu verbergen. »Ich nehme an, Sie sind nicht wegen des Stepptanzkurses für Erwachsene hier, den wir heute Abend haben?«

»Vielleicht hat Giles ja später Lust darauf«, sagte Stephanie. »Aber im Moment wollten wir fragen, ob wir uns kurz im Büro unterhalten könnten.« Sie blickte zu dem leeren Bürobereich am Ende des Raumes. »Wo ist Craig?«

»Unterwegs«, antwortete Montana. »Er ist für den Tag nach London gefahren.«

»Ach wirklich? Wann ist er dorthin gefahren?«

»Könnten wir das in etwa zehn Minuten machen? Der Kurs endet zur vollen Stunde, und dann können wir reden, nachdem alle abgeholt worden sind.«

Stephanie sah auf ihre Uhr. Sie hatte keine unmittelbaren Verpflichtungen. Vielleicht konnte sie versuchen, ihre Schwester noch einmal anzurufen. »Dürfen wir zusehen?«, fragte sie. »Keine Sorge, wir haben beide ein erweitertes Führungszeugnis.«

Montana lachte unbeholfen und stimmte dann zu.

Stephanie und Giles schlenderten zum Fenster am anderen Ende des Studios. Sofort sprangen die Kinder auf und eilten in die Mitte des Raumes, wobei jeder in gleichem Abstand zum Nächsten stand, gut einstudiert und geübt. Sobald die Musik einsetzte, begannen sie mit Athletik und Professionalität zu tanzen, ihre Bewegungen scharf, präzise und synchron. Stephanie schaute voller Ehrfurcht zu und fühlte sich wie eine Jurorin bei *Das Supertalent*. Dann lenkte sie etwas aus dem Augenwinkel ab, ein grauer Skoda Fabia, der auf der anderen Straßenseite geparkt war, sein Fahrer verborgen hinter der Spiegelung der Wolken.

Stephanie drehte sich auf der Stelle um und eilte hinaus. Giles rief ihr nach, aber sie schenkte ihm kaum Beachtung. Sie merkte, wie sie tanzte, als sie sich durch die Kinder und die Treppe hinunter manövrierte. Als sie nach draußen stürmte, beschleunigte sie ihre Schritte zu einem leichten Lauf.

Aber es war zu spät. Sobald sie ins Freie trat, fuhr der Skoda los. Sie konzentrierte sich nicht auf den Fahrer, sondern richtete ihre Aufmerksamkeit auf das Nummernschild, das sie in den letzten Tagen zu entziffern versucht hatte.

Bevor es außer Sichtweite verschwand, konnte sie nur die ersten beiden Buchstaben und möglicherweise die erste Zahl erkennen.

LF4.

Es war nicht viel, aber es war ein Anfang. Als sie das

Kennzeichen in eine Nachricht an Fiona tippte, trat Giles aus dem Gebäude.

»Ich dachte schon, du lässt mich zum Büro zurücklaufen«, sagte er.

»Dafür ist immer noch Zeit«, erwiderte sie über die Schulter.

»Was war das?«

»Ein Auto, das mich verfolgt hat.«

»Heimlicher Verehrer?«

»Oder ein sadistischer Freak, der gerne Kinder beim Schlafen beobachtet.«

Giles grinste. »Ich hab gehört, die Dating-Szene ist gerade echt übel. Da kratzt man wohl den Bodensatz vom Fass zusammen.«

Als sie wieder hineingingen, hielt eine Reihe von Autos entlang der Straße, bereit zum Abholen. Stephanie blieb an der Tür stehen und wartete, bis der Kurs zu Ende war. Als die Kinder herauskamen, lud sie die Eltern persönlich zu dem Gespräch ein, das sie später am Abend halten würde, und beobachtete sie dann, wie sie zu ihren Autos zurückkehrten. Die Wahrscheinlichkeit war sehr hoch, dass einer der Eltern aus den Kursen der Butzemann war, dass sie zu den Kursen gekommen waren, ihre Opfer beim Verlassen des Geländes ausgesucht, sie dann nach Hause verfolgt und so den Grundstein für ihre Nächte des Terrors gelegt hatten.

Sobald das Studio leer war, kehrten sie in den ersten Stock zurück, wo sie Montana vor dem nächsten Kurs beim Fegen antrafen.

»Wir werden Ihr Büro nicht mehr brauchen«, sagte Stephanie.

Montana stellte den Wischmopp in die Ecke des Raumes neben die Lautsprecher und klopfte sich ab. »Ist etwas passiert?«

»Wie kommen Sie darauf?«

»Warum sonst sollten Sie hier sein?«

»Tatsächlich ist etwas passiert«, erklärte Giles. »Yasmin East. Sagt Ihnen der Name etwas?«

Montana nickte fast sofort.

»In ihr Haus wurde von derselben Person eingebrochen, von der wir glauben, dass sie für all die anderen Einbrüche verantwortlich ist«, fuhr Giles fort. »Sie wurde mitten in der Nacht getötet.«

Montana schlug sich eine Hand vor den Mund und unterdrückte das Keuchen, das bereits über ihre Lippen gekommen war. »Er hat sie getötet?«

»Wir haben die Nachricht öffentlich und in den sozialen Medien bekannt gegeben; wir wollten jedoch die Eltern der Kursteilnehmer hier ansprechen, also haben wir ein Treffen für heute Abend in diesem Studio arrangiert.«

»*Heute Abend*?«

»Ich hoffe, das stellt kein Problem dar«, erwiderte Stephanie, machte aber unmissverständlich klar, dass das Treffen auf jeden Fall stattfinden würde. »Mein Kollege sollte Sie eigentlich benachrichtigen.«

»Nein ... niemand hat angerufen. Aber ... ich muss dann wohl den Stepptanzkurs absagen«, sagte Montana.

»Und ich hatte mich schon so darauf gefreut«, entgegnete Steph und versuchte, etwas Leichtigkeit in das Gespräch zu bringen.

Es funktionierte nicht. Montana schlang die Arme um sich und starrte auf den Boden. »Ich kann nicht glauben, dass sie ermordet wurde. Die Kinder werden am Boden zerstört sein. Ich muss es ihnen doch nicht sagen, oder? Ich meine, ich würde es tun. Aber es war schon schwer genug, ihnen das mit Maddie zu erzählen, dass ...«

»Wir werden es den Eltern heute Abend sagen, und dann liegt es an ihnen, wie sie ihre Kinder informieren«, antwortete Giles.

»Wer ist Maddie?« Stephanies Neugier siegte.

»Maddie Vickery. Eine unserer besten Schülerinnen«, antwortete Montana voller Bewunderung und Begeisterung. »Ehrlich, die Beste, die ich je gesehen habe. Und sie war auch noch so jung. Sie hatte Potenzial. Hat viele wöchentliche Kurse belegt, aber sie ist vor ein paar Wochen plötzlich verstorben. Und das auch noch an ihrem Geburtstag. Das hat alle überrascht.«

Stephanie gönnte der Frau einen Moment des Innehaltens.

»Vickery? Sagten Sie, ihr Nachname war Vickery?«

Montana nickte. »Ihre arme Familie. Ich habe versucht, ihre Mutter zu erreichen, aber verständlicherweise hat sie nicht geantwortet.«

»Verwandt mit Marcus Vickery?« Stephanie blickte zu Giles, dessen Augen sich bei dem Anflug von Wiedererkennung weiteten, als die Zahnräder in seinem Kopf zu rattern begannen.

»Ich bin mir nicht sicher. Ich weiß nicht, wer das ist.«

Aber Stephanie wusste es. Der Name stand ihr klar vor Augen. Marcus Vickery, eines der Opfer des ursprünglichen Butzemanns.

Es dauerte ein paar Augenblicke, bis Stephanie ihre Gedanken gesammelt hatte. Als sie sich schließlich wieder gefangen hatte, sagte sie: »Ich weiß, das ist eine Menge für Sie zu verarbeiten, aber der Zweck unseres Besuchs war es, zu sehen, ob Sie oder Craig Zeit hatten, darüber nachzudenken, wer für diese Einbrüche verantwortlich sein könnte, oder ob Sie bei jemandem ein seltsames oder verändertes Verhalten bemerkt haben.«

Montana musste nicht lange nachdenken. Sie kaute auf ihrer Lippe und sah beide eindringlich an.

»Wir wollten neulich schon etwas sagen«, begann sie mit heiserer und schwacher Stimme, »aber wir wussten nicht, ob es das Richtige wäre. Wir dachten uns, dass Sie es sowieso selbst herausfinden würden, nachdem Sie unsere Unterlagen durchgesehen hätten, aber ...«

Sie hielt inne.

»Wir haben eine Handvoll Beschwerden über einen der Väter erhalten, dessen Tochter hierherkommt.«

Stephanies Neugier war geweckt. »Beschwerden über ...?«

Montana schluckte, und ihr Kehlkopf bewegte sich. »Seine Tochter kommt dienstags zum Contemporary-Unterricht hierher. Aber einige der Eltern, deren Töchter in der Woche andere Kurse besuchen, haben ihn angefangen außerhalb des Gebäudes zu sehen.«

»Obwohl er nicht da sein sollte?«, fragte Giles.

»Er hat keinen Grund, dort zu sein«, bestätigte sie. »Wir haben versucht, mit ihm darüber zu reden, aber er behauptet immer, er hätte im Industriegebiet zu tun und würde hier parken, weil es kostenlos ist. Keiner von uns kauft ihm das ab, aber wir haben auch nicht gesehen, dass er etwas Anstößiges oder Außergewöhnliches getan hätte, das uns anders denken ließe.«

»Manchmal ist das nicht nötig. Die Tatsache, dass Sie denken, dass etwas nicht stimmt, reicht aus, um zu handeln. Warum haben Sie uns vorher nichts gesagt?«

Montana zögerte. »Wir wollten ihm keinen unnötigen Ärger machen.«

In diesem Moment kam Stephanie eine Idee. »Wir wären Ihnen dankbar, wenn Sie diesen Ort für das Treffen später vorbereiten könnten. In der Zwischenzeit benötigen wir so schnell wie möglich seinen Namen und seine Adresse.«

KAPITEL **DREIUNDFÜNFZIG**

Adam Keegan wohnte in dem kleinen Dorf Worplesdon, nördlich von Guildford. Er arbeitete als weltweiter Leiter der Kreditkontrolle für einen großen Konzern und war im Londoner Büro gewesen, als Stephanie und Giles versucht hatten, ihn zu erreichen. Deshalb mussten sie bis sieben Uhr abends warten, bis Adam nach Hause kam, nur eine Stunde vor ihrem geplanten Treffen im Tanzstudio.

Sie standen in der Einfahrt und warteten, als Adam in einem großen BMW X5 vorfuhr, der den gesamten Platz für sich beanspruchte. Sein Gesicht verzog sich vor Besorgnis, als er Stephanie erblickte.

»Danke, dass Sie gewartet haben«, sagte er, stieg aus dem Wagen und holte eine Tasche vom Rücksitz.

»Gern geschehen«, erwiderte Stephanie mit einem sarkastischen Grinsen und stellte sich und Giles vor.

Adam ging langsam zum Haus und steckte den Schlüssel mit offensichtlicher Furcht ins Schloss. Stephanie beobachtete jede seiner Handlungen, als er eintrat und seine Tasche abstellte. Sie folgte seinem Blick und erwartete halb, seine Tochter die Treppe herunterstürzen zu sehen, um ihn zu begrüßen. Stattdessen blieb das Haus leer und still.

»Wo ist Ihre Tochter?«

»Bei ihrer Mutter. Wir haben uns vor ein paar Monaten getrennt.«

Stephanie nahm den makellosen Zustand des Hauses zur Kenntnis. Allem Anschein nach kam er gut damit zurecht.

»Wie oft sehen Sie sie?«

»Jedes zweite Wochenende.«

»Und während des Tanztrainings?«

Adam hielt plötzlich inne und drehte sich zu ihnen um. »*Tanz*training? Ich meine ... ja. Tut mir leid, das wollte ich auch erwähnen. Tanztraining, ja.«

In Stephanies Kopf begannen die Alarmglocken zu schrillen, als er sie in die opulente Küche führte. Die Sauberkeit des Raumes deutete darauf hin, dass er nur von einer Person genutzt wurde: ein einziges Messer, eine einzige Gabel, ein Löffel, eine Tasse und ein Teller auf dem Abtropfgestell waren alles, was er brauchte.

Sowohl Stephanie als auch Giles lehnten sein Angebot eines Getränks ab und sahen schweigend zu, wie Adam sich ein Glas Wasser einschenkte und es in einem Zug leerte. Stephanie spürte, dass er sich nach etwas Stärkerem sehnte.

»Wie heißt Ihre Tochter?«, fragte Stephanie.

»Michaela.«

»Wie alt ist sie?«

»Sieben. Nächstes Jahr wird sie acht.«

»Wie lange geht sie schon zu Pump and Jump?«

Adam zögerte. »Ein paar Monate. Wir haben uns erst vor Kurzem darauf geeinigt, sie anzumelden. Es macht ihr wirklich Spaß. Das macht sie glücklich, und das macht mich glücklich.«

Seine Antworten wirkten kalt und ausweichend. Seine Augen schossen zwischen Giles und Stephanie hin und her, als würde er eine Partie Pong spielen.

»Ist Ihnen die jüngste Einbruchsserie in der Gegend bekannt?«, fragte Giles und knüpfte dort an, wo Stephanie aufgehört hatte.

Adam stellte das Glas ab. »Ich habe davon gehört, ja.«

»Wir haben erfahren, dass die verantwortliche Person es auf Mitglieder der Tanzgruppen von Pump and Jump abgesehen hat.«

»Das gibt's doch nicht.«

»Ist Ihnen in letzter Zeit etwas Verdächtiges aufgefallen? Jemand, der sich vielleicht um Ihr Haus oder das Ihrer Ex-Partnerin herumgetrieben hat?«

Adam schüttelte langsam den Kopf. »Nichts. Glauben Sie, er könnte es auf Michaela abgesehen haben?«

»Wir machen nur unsere Runde«, erklärte Stephanie. »Um die Leute zu sensibilisieren und aufmerksam zu machen. Sie sind einer der Ersten, mit denen wir gesprochen haben. Wir haben mit der Gruppe Ihrer Tochter angefangen und werden uns nach und nach durch die restlichen Kurse arbeiten.«

»Da haben Sie sich ja eine Menge Arbeit vorgenommen.« Adams Schultern schienen sich ein wenig zu entspannen, als wäre er erleichtert.

»Wenn es bedeutet, dass wir diese jungen Mädchen schützen können, tun wir alles.«

»Natürlich«, sagte er und nickte höflich. »Also, ich danke Ihnen, dass Sie mir Bescheid gesagt haben. Ich werde die Information auf jeden Fall an meine Ex-Frau weitergeben und ihr sagen, dass sie auf der Hut sein muss.«

Stephanie zwang sich zu einem Lächeln. »Das wäre sehr nett von Ihnen. Erleichtert uns die Arbeit ungemein.«

Eine unangenehme Stille breitete sich zwischen ihnen aus. Draußen frischte der Wind auf und ließ die Blätter eines Baumes im Garten rascheln, und Adam begann, unbehaglich herumzuzappeln.

»Wenn es sonst nichts gibt, dann ...«

Stephanie hob einen Finger. »Tatsächlich gab es da eine Sache, eine Sache, die uns aufgefallen ist.« Sie machte eine kurze Pause. »An welchen Tagen geht Ihre Tochter zur Tanzschule?«

»Dienstags«, antwortete er, und ein Anflug von Nervosität schlich sich in seine Stimme.

»Richtig. Warum haben dann ein paar Eltern berichtet, Sie an anderen Wochentagen in Ihrem Auto gesehen zu haben, an denen Ihre Tochter keinen Unterricht hat?«

Adam schnaubte, Unglaube zeichnete sich auf seinem Gesicht ab. Sein Versuch, überrascht auszusehen, war nicht überzeugend. »Was? Wovon reden Sie? Welche Eltern? Wer hat das gesagt?«

»Uns wurde berichtet, dass Sie eine beunruhigende Menge Zeit außerhalb der Pump-and-Jump-Schule verbracht haben. Sie wüssten nicht zufällig etwas darüber, oder?«

»Beweisen Sie es. Beweisen Sie, dass ich das war.«

»Es gibt mehrere Augenzeugenaussagen.«

»Was sagen sie denn, was ich getan haben soll?«

»Sie sind sich nicht sicher. Deshalb sind sie besorgt. Wir hatten gehofft, Sie könnten es uns vielleicht sagen. Geben Sie zu, an anderen Tagen als denen dort gewesen zu sein, an denen Sie Ihre Tochter abholen müssen?«

Adam öffnete den Mund, schloss ihn aber wieder, gefangen in einem inneren Kampf.

»Es ist besser für Sie, wenn Sie es jetzt zugeben«, fügte Giles hinzu. »Wir wollen nicht wiederkommen, aber wir werden es tun, wenn wir glauben, dass es einen Grund dafür gibt.«

Nach ein paar weiteren Momenten des Zögerns gab Adam schließlich nach. »Ich war vielleicht ein paarmal dort«, sagte er. »In den letzten Wochen.«

»Warum?«

»Aus ... aus ein paar Gründen. Meine Ex-Frau war eines Tages dort, nur um mit Montana und Craig über die Leistungen unserer Tochter und die Bezahlung für die Kurse zu sprechen. Und dann ...« Schnell dachte er sich eine Ausrede aus. »Und die anderen Male habe ich zugesehen.«

»Wem zugesehen?«, fragte Stephanie, und ihre Besorgnis wuchs.

»Einer der Mütter«, erklärte Adam mit brüchiger Stimme. »Ich habe sie einmal gesehen. Ich kann mich nicht erinnern, wann oder wie, aber ich fand sie attraktiv. Das einzige Problem ist, dass ich sie seitdem nicht mehr gesehen habe. Und ... und deshalb bin ich zu ein paar Tanzstunden ihrer Tochter gegangen. Ich wollte aussteigen und mit ihr reden, aber jedes Mal bekam ich Panik und bin gegangen.«

Stephanie nahm sich einen Moment Zeit, um seine Worte auf sich wirken zu lassen. Es war plausibel, ja, aber war es auch glaubwürdig? Sie war sich nicht so sicher. Da war etwas Beunruhigendes in der Art, wie er sprach – mal beherrscht, mal panisch –, als ob er verzweifelt versuchte, eine überzeugende Lüge zu erfinden, um sie zum Gehen zu bewegen.

»Also hat es nichts damit zu tun, dass Sie minderjährige Mädchen beobachten?«, bohrte Stephanie nach.

Wieder klappte sein Mund auf, und auf seiner Stirn bildete sich ein Schweißfilm.

»Wie können Sie es wagen? Absolut nicht. Ich ... ich finde diese Unterstellung absolut abscheulich.«

Sie ignorierte seine Proteste. »Sagen Ihnen die Namen Becky Wednesday, Layla Whitaker, Mia Harris, Helen Lynas und Yasmin East etwas?«

Adam schüttelte den Kopf.

Stephanie zählte die Daten der Einbrüche auf. »Was haben Sie an diesen Tagen getan?«

»Ich war hier. Habe geschlafen.«

»Allein?«

»Ja, allein. Sie sehen doch, dass hier sonst niemand wohnt, oder?«

Er rückte näher, die Bewegung war subtil, aber die Absicht klar.

Stephanie blieb standhaft und behauptete ihre Position.

»Können Sie beweisen, dass Sie in den fraglichen Nächten hier waren?«

»Beschuldigen Sie mich ernsthaft, der schwarze Mann zu sein?«

»Woher wussten Sie, dass wir uns auf den schwarze Mann beziehen?«

»Weil ich eins und eins zusammenzählen kann.« Eine weitere Bewegung, einen weiteren Zentimeter näher.

Giles trat vor und verringerte den Abstand zwischen ihnen, aber Stephanie fühlte sich mehr als fähig, die Situation selbst zu meistern.

»Dann verstehen Sie vielleicht, warum wir Sie diese Dinge fragen. Sie sind ein intelligenter Mann – das haben Sie gerade selbst gesagt –, also können Sie sich vorstellen, warum wir besorgt sein könnten, dass ein Mann, der allein lebt, sich bei der Tanzschule herumtreibt, in der mehrere Mädchen traumatisiert und eines getötet wurde. Oder ist das für Ihren Intellekt zu schwierig?«

Das schien zu wirken. Adam zog sich zurück, ließ seine Hände sinken und lehnte sich gegen die Küchentheke. Er hob das Glas auf und begann, es auf der Oberfläche kreisen zu lassen. Einen kurzen Moment lang dachte Stephanie, er könnte es nach ihr werfen.

»Ich verstehe, wie das aussieht, aber ehrlich, ich habe mit diesen Einbrüchen nichts zu tun. Es gibt nichts, was ich sagen oder tun kann, um das zu beweisen. Aber wenn Sie keine Beweise haben, dann sind unsere Optionen klar: Ich werde meinen Abend fortsetzen, und Sie werden mein Haus verlassen. Und zwar sofort.«

KAPITEL VIERUNDFÜNFZIG

Um acht Uhr abends waren die Eltern der Mädchen im Alter von sechs bis elf Jahren im Tanzstudio Pump & Jump versammelt. Einige wenige hatten ihre Kinder mitgebracht, während die meisten allein gekommen waren. Der Raum war erfüllt von einer Mischung aus Vorsicht und Angst, und das Stimmengewirr Dutzender Gespräche war lauter als alles, was aus den Lautsprechern kam. Stephanie, Giles, Montana und Craig – der kurz zuvor aus London zurückgekehrt war – standen mit dem Rücken zu den Spiegeln.

Stephanie hob die Hand, und sofort wurde die Gruppe von Erwachsenen, deren Alter von Ende zwanzig bis Ende vierzig reichte, still, und ihre Gespräche verstummten zu einem Flüstern.

Ihr Herz raste und ein dünner Schweißfilm überzog ihren Körper. Sie hasste es, öffentlich zu sprechen, und war nie gut darin gewesen, vor Menschenmengen zu reden. Erst Wochen zuvor war sie beauftragt worden, vor Hunderten von Studenten zu sprechen, und ihre Nerven hatten blank gelegen. Sie war sich nicht sicher, ob dies einfacher oder schwieriger sein würde.

So oder so, sie hatte keine andere Wahl.

»Danke, dass Sie heute Abend gekommen sind«, begann sie mit heiserer und trockener Stimme. »Ich entschuldige mich dafür, dass wir dies nicht früher angesprochen haben; es ist uns jedoch erst vor Kurzem aufgefallen, dass alle Opfer dieser Besuche des schwarze

Mann aus der Pump-and-Jump-Akademie stammen.« Sie hielt inne, um die Erwachsenen im Raum zu mustern. Trotz der Einladung sah sie keine Anzeichen von Eltern der jüngsten Opfer. »Wir verstehen, dass dies eine besorgniserregende Zeit für Sie ist, insbesondere nach der jüngsten Entwicklung im Fall Yasmin, von der zu hören uns alle zutiefst betrübt. Der Zweck des heutigen Abends ist es, Ihnen zu versichern, dass wir aktiv daran arbeiten, diese Person aufzuspüren. Wir tun alles, was in unserer Macht steht.

»Wir bitten Sie auch, alles zu melden, was Sie sehen oder vermuten, egal wie belanglos oder unbedeutend es Ihnen erscheinen mag. Zu diesem Zweck fordern wir alle Anwohner in der Gegend und Mitglieder der Gruppe dringend auf, abends zusätzliche Vorsichtsmaßnahmen zu treffen. Der schwarze Mann hat ein klares Muster: Er schlägt mitten in der Nacht zu, während alle schlafen. Wir empfehlen, vor dem Schlafengehen sicherzustellen, dass alle Türen abgeschlossen und, wenn möglich, präpariert sind. Wenn Sie Überwachungskameras haben, stellen Sie bitte sicher, dass sie eingeschaltet, aufgeladen und auf die Rückseite des Hauses gerichtet sind. Sollte der unglückliche Fall eintreten, dass der schwarze Mann Sie doch heimsucht, bitten wir Sie eindringlich, nichts anzufassen, was Sie am nächsten Morgen vorfinden. DNA-Spuren sind an Tatorten entscheidend, und jede, die wir sammeln können, ist willkommen.«

»Was ist, wenn er unsere Töchter tötet, so wie er Yasmin getötet hat?«, rief eine tiefe, schroffe Stimme aus der Menge. Stephanie suchte nach der Quelle, konnte den Sprecher im Gedränge aber nicht ausmachen.

»Ich verstehe Ihre Sorge«, erwiderte sie, jetzt zuversichtlicher. »Es ist jedoch unsere professionelle Einschätzung, dass ihr Tod, so tragisch er auch war, ein Einzelfall war. Wir gehen nicht davon aus, dass diese Person wieder töten wird. Nichtsdestotrotz tun wir alles, was wir können, um sie zu finden, und sie wird mit der vollen Härte des Gesetzes zur Rechenschaft gezogen werden.«

»Woher wissen Sie, dass dies nicht dieselbe Person ist, die vor dreißig Jahren damit davongekommen ist? Was ist, wenn sie wieder damit davonkommt?«

Stephanie schluckte schwer, bevor sie antwortete, wobei sie sich auf die Frau konzentrierte, die die Frage gestellt hatte, und ihren Blick hielt.

»Ich kann Ihnen versichern, dass die Person *nicht* ein zweites Mal damit davonkommen wird. Darauf haben Sie mein Wort.«

KAPITEL FÜNFUNDFÜNFZIG

Es war kurz nach zehn Uhr, als Stephanie endlich nach Hause kam. Sie hatte noch eine weitere Stunde über sich ergehen lassen müssen, in der sie die Fragen der besorgten Eltern beantwortete. Am Ende war sie zuversichtlich, genug getan zu haben, um ihre Ängste zu zerstreuen und sie über die besten Maßnahmen aufzuklären, wie sie ihr Zuhause und ihre Familien vor Eindringlingen schützen konnten. Das einzige Problem war jetzt, dass sie müde war. Und hungrig.

Sie hatte nichts gegessen, und ihr Magen erinnerte sie alle paar Sekunden an diese Tatsache, knurrte und tadelte sie dafür, keine Mahlzeit zu sich genommen zu haben. Sie blickte auf ihr Handy hinab, ihr Spiegelbild auf dem schwarzen Bildschirm rief ihr zu.

Tu es nicht.

Tu es nicht.

Aber sie tat es; sie entsperrte ihr Gerät, suchte die Uber-Eats-App und bestellte eine fettige Pizza bei dem unabhängigen Laden an der Hauptstraße. Sie hatte ihr Essen ein paar Wochen zuvor probiert und war beeindruckt gewesen, wie lecker es war. Und preiswert noch dazu.

Während sie wartete, lief sie durch das Haus, räumte auf und putzte, um sich von den Ausdrucken in ihrer Tasche abzulenken. Die Ermittlungsakte zum Mord an ihrer Mutter lag in einem sauberen Ordner, schrie sie förmlich an und flehte darum, gelesen zu werden.

Decke die Wahrheit auf.

Finde heraus, wie sehr du deinem Onkel vertrauen kannst.

Finde heraus, was er wusste.

Sie stand am Eingang zu ihrem Wohnzimmer und starrte auf die Tasche, als wäre es ein Schwangerschaftstest. Das Essen war zehn Minuten entfernt. Genug Zeit für sie, um anzufangen. Genug Zeit, um etwas von dem Essen zu sich zu nehmen, bevor sie sich einreden würde, es wieder hochwürgen zu müssen.

Sie wusste, welche Dämonen das Lesen an die Oberfläche bringen würde. Sie wusste, welches Biest es in ihr wecken würde, eines, das seine hässliche Fratze zeigen würde. Aber es war ein notwendiges Übel, wenn sie die Wahrheit hinter der Beteiligung ihres Onkels am Missbrauch und Mord ihrer Mutter aufdecken wollte.

Während ihrer gesamten Polizeikarriere hatte sie sich noch nie zuvor gezwungen gefühlt, in die Vergangenheit einzutauchen und die Erinnerungen wiederzuerleben, die sie so lange verborgen hatte.

Tief ausatmend ging sie zur Tasche und zog den Ordner heraus. Er fühlte sich schwer in ihrer Hand an, als würde sie einen Ziegelstein tragen. Fast zweihundert Seiten.

Sie trug ihn zum Sofa, setzte sich im Schneidersitz hin und legte ihn vorsichtig auf ihren Schoß. Ihr Handy summte. Die Pizza war fünf Minuten entfernt. Sie ignorierte es.

Sie öffnete die Akte.

Die ersten paar Seiten waren administrativ: Namen von Mitarbeitern, Berichtsnummern, getippte Ereignisprotokolle. Dann kamen die Fotos vom Tatort – verschwommen durch digitale Scans von schlechter Qualität und noch schlechtere Kameralinsen –, die das Innere des Hauses zeigten, das sie nur zu gut kannte: Küche, Flur, Badezimmer und das Wohnzimmer. Ein Foto zeigte eine Frau, die auf dem Sofa zusammengesackt war, die Haare über das Kissen verteilt, ein Arm hing schlaff an ihrer Seite herab.

Ein Kloß bildete sich in ihrer Kehle, als sie das Bild so lange betrachtete, wie sie es ertragen konnte. Selbst im Tod war ihre Mutter noch eine schöne Frau.

Langsam schlug sie die Seite um und erwies ihrer Mutter eine letzte Ehre.

Dann kamen die Zeugenaussagen.

Gerade als sie sie lesen wollte, klingelte es an der Tür und jagte einen Schreckensschauer durch ihren Körper. Sie zuckte zusammen und hätte den Ordner beinahe auf den Boden fallen lassen. Sie legte ihn beiseite, eilte zur Tür, riss dem Lieferanten den Pizzakarton ohne ein Dankeschön aus der Hand und kehrte zum Sofa zurück, wo sie das Essen auf dem Kissen neben sich ablegte. Sie war jetzt zu konzentriert. Ihr Verstand war in einen professionellen Zustand übergegangen. Sie hatte ihre persönlichen Gefühle beiseitegeschoben und behandelte es, als wäre es ein Fall, an dem sie arbeitete.

Nach einem tiefen Atemzug widmete sie ihre Aufmerksamkeit wieder den Zeugenaussagen. Viele stammten von Familie und Freunden, aber die aufschlussreichsten waren die von den Nachbarn. Sie hatte lange geglaubt, dass ihre Nachbarn nichts gegen den Missbrauch durch ihren Vater unternommen hatten, dass sie tatenlos zugesehen hatten und so zu Komplizen am Mord ihrer Mutter geworden waren. Aber als sie ihre Aussagen durchlas, wurde ihr klar, wie falsch sie gelegen hatte. Bei mehreren Gelegenheiten hatten sie ihre Bedenken bei der Polizei geäußert, aber nach ein paar Routinebesuchen – an die sich Stephanie nicht mehr erinnerte – waren sie abgewiesen worden. In allen Fällen hatte ihre Mutter jegliche Gewalt von Colin bestritten. Sie hatte ihn bis zum Ende verteidigt.

Nachdem sie das gelesen hatte, begann sie, sich ein paar Pizzastücke in den Mund zu schaufeln.

Alles kam zum Stillstand, als sie umblätterte und die Zeugenaussage ihres Onkels fand. Das Dokument war auf zwei Tage nach dem Tod ihrer Mutter datiert.

Sie begann, es Zeile für Zeile zu lesen.

Ich hatte sie am Wochenende davor bei einer Grillparty bei ihnen zu Hause gesehen. Alles schien in Ordnung zu sein, obwohl mir auffiel, dass sie leiser als sonst war. Sie hat kaum mit Colin gesprochen. Es gab Spannungen, aber ich dachte, das wäre nur so eine Eheleute-Sache, und ich wollte mich nicht einmischen, wissen Sie? Ob ich blaue Flecken an ihr bemerkt habe? Nein. Das kann ich nicht sagen, dass ich das jemals getan hätte.

Ihr Atem stockte. Ihre Finger krallten sich in das Papier.

Sie las weiter. Ein paar Minuten später hatte der Kriminalbeamte, der an dem Fall arbeitete, Elliot auf die blauen Flecken angesprochen.

Ob mein Bruder jemals ein Temperament hatte? Ich meine, ja. Das hatten wir beide. Meine Mutter nannte ihn immer den Joker und mich Batman, weil das damals unser Lieblingscomic war und wir uns ständig gestritten haben. Er hat immer angefangen und auch immer gewonnen, weil er viel größer war als ich, und er hat mich immer daran erinnert, dass ich nie groß genug für Batman sein würde. Ich konnte mich immer verstecken und in enge Räume quetschen, wenn ich fliehen musste. Aber im Laufe der Jahre sind wir aus den Streitereien herausgewachsen, wie Kinder das eben tun. Und nachdem die Kinder geboren waren, habe ich nie gesehen, dass er auch nur einen Finger gegen diese Mädchen oder seine Frau erhoben hat. Ich weiß nicht, wo das alles herkommt.

Stephanies Mund wurde trocken. Er hatte nichts von dem Missbrauch gewusst. Er war genauso ahnungslos gewesen wie die Polizei bei ihrer Reaktion auf die Bedenken der Nachbarn.

Dann las sie einen weiteren Teil: eine Zeugenaussage einer Freundin der Familie, einer Frau, die behauptete, die beste Freundin ihrer Mutter zu sein. Darin erwähnte sie, dass sie und Elliot bei einem kleinen Treffen, bei dem sie beide anwesend waren, gesehen hatten, wie Colin ihrer Mutter gegenüber gewalttätig wurde und blaue Flecken an ihrer linken Schulter und ihrem Oberschenkel hinterließ. Nach dem Vorfall, so der Bericht der Freundin, habe ihre Mutter Colins Handlungen verteidigt und erklärt, sie müsse sich keine Sorgen machen; und Elliot habe den Vorfall abgetan, als sei es ein gewöhnlicher Vorgang, als sei es einfach die Art, wie ihre Ehe funktionierte.

Das machen sie immer so, hatte Elliot gesagt. *Aber sie lieben sich trotzdem. Und manchmal schlägt sie ihn genauso hart zurück.*

Als er in einer späteren Niederschrift dazu befragt wurde, hatte Elliot jegliches Wissen abgestritten und seinen Bruder weiterhin verteidigt, ihn vor den Ermittlungen der Polizei geschützt. Das bedeutete, er hatte die Polizei angelogen. Elliot hatte gewusst, wozu Colin ihrer Mutter gegenüber fähig war. Er hatte gelogen, um seinen Bruder zu schützen.

Und er tat es weiterhin, log weiterhin, schützte seinen Bruder weiterhin, obwohl dieser tot war.

Stephanie griff nach dem Pizzakarton und schob sich ein weiteres Stück Fett und Kohlenhydrate in den Mund. Als alles aufgegessen war, rannte sie nach oben und übergab sich.

KAPITEL SECHSUNDFÜNFZIG

Fest eingewickelt, wie in einen Kokon in ihre Bettdecke gehüllt, fühlte sie sich sicher und warm – warm gegen die bittere Winterkälte draußen, warm gegen die kalte Luft, die im Zimmer hing. Neben ihr schlief Kimberley, kaum zwei Jahre alt, tief und fest, den Daumen im Mund, und bekam von der Welt nichts mehr mit.

Friedlich inmitten der Dunkelheit.

So leise, dass Stephanie das sanfte Pfeifen aus der Nase ihrer Schwester hören konnte, während diese tiefer in den Schlaf sank. Jetzt, da Kimberley schlief, erlaubte sie sich, die Augen zu schließen.

Bis sie die Geräusche hörte. Schritte, die auf die Schlafzimmertür zuknarrten, Schatten, die unter dem Lichtspalt der Tür entlangflackerten.

Stephanie spannte sich an, im Bewusstsein dessen, was kommen könnte. Das Geld. Das Ertränken.

Dann ging die Tür mit einem langen, langsamen Ächzen auf, weniger subtil, als ihr Dad es je gewesen war. Vielleicht hatte er heute Abend mehr getrunken, oder es war ihm einfach egal geworden, wen er störte, während er sie quälte.

Stephanie starrte auf das Bild, das an der Wand hing. Ein Foto von ihr, Kimberley und ihrer Mum beim Klettern in den Bergen, weit, weit weg.

Ihr Dad trat ein. Sie zog die Bettdecke fester an ihr Gesicht und kniff die Augen fest zusammen, um die Welt auszublenden, um ihren gewalttätigen Vater auszublenden.

Aber da waren Stille, Schweigen. Keine Bewegung.

Hatte sie es sich eingebildet? Oder stand er nur da?

Vorsichtig öffnete sie die Augen und rückte im Bett zurecht, um besser sehen zu können. Die Erwartung war der schlimmste Teil. Die psychische Folter, der er sie aussetzte, während sie wartete. Würde er? Würde er nicht? In manchen Nächten ließ er sie völlig in Ruhe, stand nur da und schaute zu und machte dabei ungewöhnliche und beunruhigende Geräusche. In anderen ... sie versuchte, nicht daran zu denken.

Aber das hier fühlte sich anders an. Der Schatten, den er warf, war kleiner, schmaler, und das Gewicht seiner Füße auf dem Teppich war gedämpfter, sanfter, leiser. Im Laufe der Jahre hatte sie gelernt, auf solche Details zu achten.

Langsam öffnete sie ein Auge. Erstarrte.

Das Licht von der Straße erhellte seine Züge gerade so weit, dass sie sehen konnte, dass es nicht ihr Dad war.

Es war ihr Onkel. Der Mann, dem sie nur ein paar Mal begegnet war und in dessen Gegenwart sie sich immer unwohl gefühlt hatte.

Er stand da, die Arme an den Seiten, die Schultern nach vorne gesunken. Sah nur zu. Starrte. *Lächelte.* Ein sanftes, hintergründiges, lüsternes Grinsen, wie das eines Mannes, der gerade in ein dunkles Geheimnis eingeweiht worden war.

Seine Augen glänzten im schwachen Licht, als er auf sie herabblickte.

Stephanie konnte sich nicht bewegen. Ihre Finger krallten sich in die Bettdecke, aber sie fühlten sich nutzlos an, schlaff. Ihre Beine weigerten sich zu treten.

Warum war er hier? Wo war ihr Dad?

Dann bemerkte sie sie. Die Schnur.

An seiner rechten Hand, direkt neben seinem Oberschenkel, baumelte ein dünnes, weißes Band, das in der stillen Luft leicht tanzte. Und an seinem Ende, knapp über dem Handgelenk des Mannes schwebend, befand sich ein Ballon. Blau. Weich und rund, beinahe leuchtend.

Er machte einen weiteren Schritt auf sie zu.

Stephanies Brustkorb zog sich zusammen, als wäre der Raum plötzlich geschrumpft und aller Sauerstoff daraus gesaugt worden. Sie versuchte, nach Kimberley zu rufen, aber ihr Mund öffnete sich und kein Ton kam heraus.

Ihr Onkel stand jetzt am Fußende ihres Bettes, den Kopf geneigt wie ein neugieriges Kind. Dann bewegte er sich auf sie zu, schlich beinahe lautlos, bis auf das Rascheln seiner Füße auf dem Teppich.

Stephanies Augen weiteten sich, als sich ihre Blicke trafen. Doch er zeigte kein Anzeichen von Besorgnis oder Angst, gesehen zu werden. Stattdessen hielt er neben ihrem Kopf an und ließ den Ballon an ihrer Seite fallen.

Ohne ein Wort zu sagen, verweilte er einen Moment, bevor er ihr den Rücken zukehrte und aus dem Zimmer ging. Sobald die Tür sich schloss, wachte sie auf, innerlich schreiend, ihr Brustkorb hob und senkte sich keuchend.

KAPITEL SIEBENUNDFÜNFZIG

Es war nur ein Traum, hatte sie sich gesagt, und sie sagte sich das immer wieder, seit sie in ihrem eigenen Schweiß gebadet aufgewacht war. Nur ein Traum. Ein Hirngespinst.

Ihr Unterbewusstsein hatte ihren Onkel und ihren Vater verwechselt und sie zu einer einzigen düsteren Gestalt verschmolzen, demselben Raubtier. Das musste in der Familie liegen.

Stundenlang lag sie da und starrte auf ihre Schlafzimmertür, erwartete, dass sie sich öffnete. Sie hatte Bart, ihren geliebten Teddybären, an sich gedrückt, und gemeinsam hatten sie den Butzemann abgewehrt.

Jetzt jedoch zahlte sie den Preis dafür. Sie war müde, eigentlich mehr als das. Sie kämpfte darum, die Augen offenzuhalten, rollte sich aus dem Bett und schlurfte zur Toilette. Das Badezimmerlicht war grell und blendete sie fast. Drinnen hing immer noch der Geruch von Galle in der Luft. Sie würde mehr Lufterfrischer brauchen, um den Gestank zu überdecken.

Als sie die Treppe hinunterschlurfte, fühlten sich ihre Füße auf den Stufen schwer an, als wären ihre Muskeln noch nicht vollständig erwacht. Auf halbem Weg hielt sie inne, eine Hand glitt am Geländer entlang, die andere presste sie flach auf ihren Mund, um ein Gähnen zu unterdrücken.

Dort, auf der Fußmatte, lag ein dicker, wattierter Umschlag.

Keine Briefmarke. Kein Name. Keine Adresse. Kein Hinweis darauf, dass er über einen Zustelldienst geliefert worden war.

Er war von Hand zugestellt worden, irgendwann in der Nacht durch den Briefkastenschlitz geworfen. Wann? Hatte sie es gehört?

Langsam ging sie die Treppe hinunter, ein Auge auf den Umschlag gerichtet, das andere auf den Flur. Sie spannte ihren Körper an, griff nach einem Schuh, ignorierte den Umschlag für den Moment und durchsuchte den Rest des Hauses: Küche, Wohnzimmer, das untere Badezimmer. Auf der Suche nach einem Eindringling, auf der Suche nach dem Butzemann.

Nachdem sie das Haus überprüft hatte, ging sie zur Haustür, bückte sich und hob den Umschlag auf. Er war braun, von der Sorte, die man in Büroschränken für Schreibwaren findet. Schwer, als wäre ein dicker Stapel Papier darin. Einen Moment lang fragte sie sich, ob er die zehntausend Pfund enthielt, die ihr im Testament ihres Vaters zugesprochen worden waren, verwarf den Gedanken aber schnell wieder.

Eiskalte Furcht kroch ihr den Nacken hoch. Sie drehte den Umschlag um und begann, die Lasche vom Klebstoff zu lösen, wobei sie darauf achtete, sie nicht abzureißen. Als er offen war, spähte sie hinein. Da sie den Inhalt nicht erkennen konnte, griff sie hinein und begann, die Dokumente herauszuziehen.

Dann sah sie sie. Fotografien. Fast ein Dutzend, gedruckt auf dickem, glänzendem Papier, was darauf hindeutete, dass keine Kosten und Mühen gescheut worden waren, um sie ihr zu schicken.

Es waren Fotos von ihr.

In ihrem Auto. Wie sie vom Bahnhof wegfuhr. Wie sie in die Anwaltskanzlei ging. Wie sie in Devons Wohnung ging. Wie sie wieder herauskam, diesmal mit leeren Wodka- und Bierflaschen – mehrere Aufnahmen von diesem Moment, als hätte sich der Fotograf bewusst auf diesen speziellen Vorfall konzentriert.

Sie starrte sie eindringlich an und nahm die Bedeutung jedes einzelnen auf. In ihrem Hinterkopf begannen die Zahnräder zu arbeiten. Wer hatte sie geschickt? Warum? Und was bedeuteten sie?

Sie hatte eine vage Ahnung – der Skoda Fabia –, aber was hatten sie mit dem Butzemann zu tun?

Doch drängendere Gedanken traten in den Vordergrund.

Devon. Er war jetzt seit ein paar Tagen nicht bei der Arbeit, und sie hatte weder etwas von ihm gehört noch ihn gesehen.

Auf der Fahrt dorthin hatte sich Stephanie darauf vorbereitet, Devon in einer Lache seines eigenen Erbrochenen liegend vorzufinden, ein Vorfall, dem sie in ihrer Karriere nur einmal begegnet war. Sie stieß einen tiefen Seufzer der Erleichterung aus, als seine Stimme endlich über die Gegensprechanlage antwortete.

»Hallo?«

»Ich dachte schon, du wärst tot«, sagte sie.

»Du klingst enttäuscht«, antwortete er, seine Stimme hallte, als wäre er im Weltraum.

Sie blickte zum Gebäude hoch. »Lässt du mich jetzt rein oder was?«

»Nur, wenn du versprichst, aufzuhören, dich um mich zu kümmern.«

Einen Moment später, als ihr eine Windböe um die Knöchel peitschte, ertönte der Summer, und sie riss die Tür auf, gejagt von einer Handvoll Blättern, die versuchten, den bitteren Herbstbedingungen zu entkommen.

Als sie die Treppe hinaufging, waren ihre Beine aufgewacht, und sie stieg mit Leichtigkeit hinauf.

Die Haustür zu Devons Wohnung stand bereits für sie offen. Auf dem Weg hinein kam sie an einem seiner Nachbarn vorbei, grüßte ihn mit einem höflichen Nicken und schloss die Tür hinter sich.

Als sie sich umdrehte, erwartete sie, die Wohnung im gleichen Zustand vorzufinden wie damals, als sie ihn gefunden hatte: überall Elend und Unordnung. Stattdessen traf sie auf das Gegenteil. Wie Tag und Nacht. Sauber, ordentlich. Kein Anzeichen dafür, dass hier jemand gelebt hatte, geschweige denn ein Mann am Anfang einer üblen Trunksucht.

Devon stand neben dem Sofa. »Was meinst du?«

»Ich meine, du hast an der Sockelleiste beim Fernseher eine Stelle übersehen.« Sie zeigte auf die Ecke des Zimmers, um ihren Punkt zu untermauern.

Devon warf einen kurzen Blick dorthin, dann bemerkte er, dass sie scherzte. »Sei kein Arschloch.«

»Ich bitte um Entschuldigung. Du hast gute Arbeit geleistet. Du hast dich ja ganz schön beschäftigt.«

Er schnaubte. »Was sollte ich denn sonst tun? Ich brauchte etwas, um meine Zeit zu füllen. Ich weiß nicht, wie manche Leute den ganzen Tag nur zu Hause rumsitzen können.«

»Hattest du ein Gespräch mit dem Betriebsarzt?«

Devon steckte seine Hände in die Hosentaschen und senkte den Blick zu Boden. »Wir hatten einen Videoanruf, ja.«

»Und?«

»Und sie haben mir ein paar Ratschläge gegeben, ein paar Unterlagen. Sie wollen, dass ich für eine Untersuchung und einige Tests vorbeikomme.«

»Tests?«

»Um zu sehen, ob ich arbeitsfähig bin.«

Sie musterte ihn in seiner Arbeitskleidung. »Wann hast du das letzte Mal was getrunken?«

»Nicht mehr, seit du mich auf Vordermann gebracht hast.«

Das hörte sie gern. »Wann wolltest du wiederkommen?«

»Heute, wenn du mich lässt.«

»Meinst du, du bist so weit?«

Er atmete tief ein und nickte. »Mir geht's gut. Nicht perfekt, aber gut genug.«

Sie lächelte. »Das ist alles, was ich hören musste. Aber bevor wir gehen ...« Sie griff in ihre Tasche und holte die Fotos hervor. »Du weißt nicht zufällig etwas darüber, dass die gemacht wurden, oder?«

Devon nahm die Fotos vorsichtig von ihr entgegen, als enthielten sie etwas Gefährliches. Dann begann er, sie zu überfliegen, und ließ sich Zeit. Sein Gesichtsausdruck verriet nichts.

»Ist das von vor meiner Wohnung?«, fragte er und bezog sich auf das Bild, auf dem sie die Flaschen hielt.

»Leider ja.«

»Woher hast du die?«

»Habe sie heute Morgen in meinem Briefkasten gefunden. Ohne Kennzeichnung. Keine Briefmarke, keine Adresse.«

»Also wurden sie von Hand zugestellt«, sagte Devon nachdenklich. »Glaubst du, sie sind vom Butzemann? Glaubst du, er versucht, dir Angst zu machen?«

Sie zuckte mit den Schultern. »Möglich. Hast du nicht zufällig einen grauen Skoda Fabia hier in der Gegend herumfahren sehen?«

Devon musste nicht lange überlegen. »Kann nicht behaupten, dass ich groß darauf geachtet habe, was da draußen vor sich geht. Ich habe mich mehr auf das konzentriert, was hier oben passiert.« Er tippte sich an die Seite seines Kopfes. »Außerdem habe ich keine Ahnung von Autos. Alles, was ich weiß, ist: Solange es vier Räder, einen Motor und ein paar Türen hat, kann man damit fahren.«

Er gab ihr die Fotos zurück. Stephanie nahm sie mit ernster Miene entgegen.

»Hast du Angst?«

Sie grinste. »Wovor sollte ich Angst haben? Ich bin kein siebenjähriges Mädchen. Und glaub mir, ich habe in der Vergangenheit schon schlimmere Monster als diese Person getroffen.«

KAPITEL ACHTUNDFÜNFZIG

Stephanie war stinksauer auf Giles. Eigentlich hätte er heute frei haben sollen, doch er hatte sich entschieden, trotzdem zur Arbeit zu kommen. Nicht, weil er viel zu tun hatte, sondern weil er das Gefühl hatte, es den Opfern und den Ermittlungen schuldig zu sein. Sie hatte ihn beiseitegenommen und erklärt, dass sie mehr als genug Hilfe hätten und größtenteils alles unter Kontrolle sei, aber er hatte sich ihr widersetzt.

»Die gute Nachricht«, begann er und lächelte von seinem Platz im Lagezentrum zu ihr auf, »ist, da werden Sie mir sicher alle zustimmen, dass es seit dem Tod von Yasmin East keine Meldungen über weitere Einbrüche gegeben hat.«

Ein leiser Jubel ging durch das Team. Halbherzig, aber aufrichtig. Ja, es gab etwas zu feiern. Aber das Team war sich schmerzlich bewusst, dass ein Mädchen durch die Hand des schwarze Mann sein Leben verloren hatte.

»Ich weiß nicht, ob das gut oder schlecht ist«, sagte Stephanie.

»Inwiefern, Ma'am?«, fragte Giles.

»Nun, es ist großartig, weil es bedeutet, dass diese Person, wie ich vermutet habe, niemanden mehr terrorisieren wird. Aber es ist auch schlecht, weil er ... nun ja, weil er untergetaucht ist, sich versteckt. Jetzt laufen wir Gefahr, dass sich die Geschichte wiederholt und er sich einfach in Luft auflöst.«

Giles nickte nachdenklich. »Das hört sich nicht so gut an.«

»Ganz und gar nicht. Also müssen wir alles in unserer Macht Stehende tun, um sicherzustellen, dass das nicht passiert.« Sie musterte den Rest des Teams und freute sich, Devon wieder dabeizuhaben. Sie waren wieder ein vollständiges Team. »Obwohl ich mich schon frage: Was ist hier das *Motiv*? *Warum* tut diese Person das? Es scheint, zumindest was die jüngsten Ereignisse angeht, dass der schwarze Mann sich nur darauf konzentriert, diese Mädchen zu beobachten. Doch jetzt, wo etwas schiefgegangen ist, ist er untergetaucht. Ich bin überzeugt, dass der Tod von Yasmin East ein Versehen war. Warum tut er das also? Was hat er davon? Und warum hört er nach dem Mord auf? Wenn es eine Eskalation des Verhaltens wäre, ähnlich wie wir es bei einem Serienmörder sehen würden, würde ich erwarten, dass mehr Leichen auftauchen. Aber bisher ist das nicht passiert.«

»Wollen wir mal hoffen, dass das so bleibt«, warf Giles ein und senkte schnell den Blick, als das Team sich ihm zuwandte.

Gerade als Stephanie antworten wollte, hob Fiona die Hand, während sie an den Fingernägeln der anderen kaute. An diesem Morgen hatte sie ihre Haare zu einem Pferdeschwanz gebunden, was sie jünger aussehen ließ. »Entschuldigen Sie, Ma'am«, begann sie, »und ich hoffe, es macht Ihnen nichts aus, dass ich das sage, aber erinnern Sie sich an die forensische Psychologin, die vor ein paar Wochen hier war?«

Stephanie grunzte bestätigend.

»Nun, ich habe mich gestern mit ihr in Verbindung gesetzt, um zu hören, was sie zu all dem zu sagen hat. Und ... nun ja, sie meint, dass diese Person eine Art Trauma wiedererlebt.«

»Inwiefern?«

Fiona hörte auf, an ihren Nägeln zu kauen, und blickte in die Runde. »Sie sagte, dass der Täter es vielleicht als eine Form der Trauerbewältigung nutzt. Sie wies darauf hin, dass es seltsam ist, dass es kein sexuelles Element, keine schmutzige Natur dahinter gibt, und dass der Ballon eine Verbindung zu einem Kind darstellt, um das er möglicherweise trauert.«

»Marcus Vickery«, sagte sie, ohne nachzudenken. »Seine Nichte ist vorletzte Woche gestorben.«

»Oder Adam Keegan«, fügte Giles hinzu, ein Kaugummi hing

ihm aus dem Mundwinkel. »Er sieht sein Kind nicht so oft, wie er es wahrscheinlich gerne würde. Das ist auch eine *Form* von Trauma, schätze ich.«

»Das kann ich bestätigen«, ergänzte Devon mit einem Nicken.

Eine unangenehme Stille senkte sich über das Team.

»Du bist ja ein echter Stimmungskiller«, kommentierte Noah und schlug Devon spielerisch auf den Arm. »Danke dafür.«

Stephanie ignorierte die Atmosphäre und fragte: »Was ist mit einer Verbindung zum früheren schwarze Mann? Was hatte sie dazu zu sagen?«

»Sie sagte, es könnte entweder dieselbe Person oder jemand Neues sein«, erklärte Fiona, »solange ein Element von Trauma oder Trauer im Spiel ist. Wenn es jemand Neues ist, müsste er mit dem Fall aus der Vergangenheit vertraut sein oder jemand, der daraus gelernt hat.«

Oder jemand, dem es *beigebracht* wurde, dachte Stephanie und ihre Gedanken wanderten wieder zu ihrem Vater. Das Trauma wäre hier sein Tod gewesen. Vielleicht benutzte die Person, die er möglicherweise im Gefängnis manipuliert hatte, kleine Mädchen als Ventil für die Trauer anstelle von Jungen.

»Ausgezeichnete Arbeit, Fiona«, antwortete Stephanie. »Wirklich gut. Sie haben über den Tellerrand geschaut. Ich bin beeindruckt. Aber die Arbeit ist noch nicht getan. Wo stehen wir bei allem anderen?«

Einer nach dem anderen informierte das Team sie über den neuesten Stand. Das einzige Problem war, dass es nichts Neues zu berichten gab. Immer noch hatte niemand etwas gesehen oder gehört. Die Aufnahmen von Überwachungs- und anderen Kameras versiegten und führten ins Leere. Fiona und Noah hatten mit den verbliebenen Opfern aus den Neunzigern gesprochen und deren Alibis überprüft; alle waren als potenzielle Verdächtige ausgeschlossen worden. Alles, was sie hatten, waren die DNA- und Fingerabdruckergebnisse, die sowohl von den früheren als auch von den aktuellen Opfern stammten und jederzeit eintreffen sollten.

Stephanie zeigte auf Fiona, die deren Fortschritt überwacht hatte.

»Haken Sie da dringend nach«, sagte sie. »Das Labor hat mir

gesagt, wir würden sie in einer Woche haben, und wir haben sie immer noch nicht.«

»Ja, Ma'am«, antwortete Fiona mürrisch und mit leiserer Stimme.

Stephanie klatschte in die Hände und beendete die Besprechung.

»Gute Arbeit, Team. Hat noch jemand etwas, das er mitteilen möchte?«

Keine Antwort. Auf einmal erhoben sich die Teammitglieder von ihren Stühlen und gingen zurück zu ihren Schreibtischen. Alle außer einer: DC Olivia Willard, die zurückblieb und wartete, bis Stephanie auf sie zukam.

»Ma'am«, begann sie mit leiser, zögerlicher Stimme. »Da war ... da war etwas, das ich Ihnen zeigen wollte. Aber ich wollte es nicht vor dem Team tun, und ich war mir nicht sicher, ob Sie es schon wussten, aber ...«

»Rücken Sie schon raus mit der Sprache, Wellard«, fuhr Stephanie sie an und dachte dann daran, hinzuzufügen: »Bitte.«

Olivia holte ihren Laptop vom Stuhl neben sich, klappte ihn auf und meldete sich an. Auf dem Bildschirm war das unverkennbare Blau des Facebook-Logos und des oberen Banners zu sehen. Darunter befand sich ein Titelbild mit Fotos der jüngsten Opfer des schwarze Mann. Stephanie erkannte die Fotos von denen wieder, die an der Pinnwand hinter ihr hingen. Unter dem Titelbild stand der Name der Facebook-Gruppe: *Gerechtigkeit für die Opfer des schwarze Mann von Guildford*.

Ohne etwas zu sagen, scrollte Olivia ein Stück nach unten und enthüllte eine Reihe von Bildern.

Stephanie schnappte nach Luft und ihr Puls schnellte in die Höhe.

Dort, zu mehreren kleineren Vorschaubildern zusammengefasst, waren die Bilder, die an diesem Morgen durch ihren Briefkastenschlitz gesteckt worden waren, von denen das größte sie mit den Wodkaflaschen in der Hand zeigte.

»Wer hat die gepostet?«, fragte sie.

»Es war ein anonymer Poster«, antwortete Olivia.

»Was steht da?«

Olivia brachte es nicht über sich, es vorzulesen, also reichte sie Stephanie den Computer.

Das ist die Person, die die Ermittlungen gegen den schwarze Mann leitet. Eine Säuferin! Können wir einer solchen Person zutrauen, unsere Kinder vor diesem kranken Individuum zu schützen? DI Stephanie Broadbent hat sich als unfähig erwiesen, und das Blut von Yasmin East klebt an ihren Händen. Wir müssen etwas tun. Das darf und wird nicht so weitergehen.

Stephanie wurde eiskalt. Eine Vielzahl von Gefühlen explodierte in ihr: Wut, Rachsucht, Schuld, Frustration, Bedauern.

Sie warf einen Blick auf die Interaktionsraten des Posts: Über fünftausend Leute hatten den Beitrag gelikt.

Über fünftausend hatten die Bilder von ihr mit den Flaschen in der Hand gesehen. Über fünftausend Leute hielten sie jetzt für ungeeignet für den Job.

Über fünftausend Leute hatten sich zusammengetan, um die Sache selbst in die Hand zu nehmen.

KAPITEL
NEUNUNDFÜNFZIG

Die Tür schloss sich sanft mit einem leisen Klicken und dämpfte die Geräusche aus dem Büro, doch das half kaum gegen die Kakofonie, die in ihrem Kopf tobte. Die Fotos, die Posts, die Kommentare und die schiere Anzahl der Leute, die deren Stimmung teilten. Alles war von einer anonymen Quelle aufgebauscht worden.

Dennoch war sie überzeugt, dass es sich keineswegs um eine anonyme Quelle handelte. Sie glaubte, es gab nur eine verantwortliche Person, ein einziges Individuum, das darauf aus war, ihr das Leben schwer zu machen, seit der schwarze Mann in sein Leben getreten war: Trent Whitaker.

Dieser kleine Mistkerl.

Gerade als sie nach ihrem Handy greifen wollte, begann es in ihrer Tasche zu klingeln. Sie zog das Gerät heraus und blickte auf das Display.

Louis Brown.

Sie starrte einen langen Moment auf seinen Namen und wog ab, ob sie rangehen sollte.

Am Ende, kurz bevor der Anruf auf die Mailbox umgeleitet wurde, drückte sie auf den großen grünen Knopf am unteren Bildschirmrand.

»Guten Morgen, Stephanie«, sagte er.

»Louis …«

»Wie läuft's?«

Lass dich nicht unterkriegen. Lass ihn nicht wissen, dass du es gesehen hast.

Sie knirschte mit den Zähnen. »Wir haben keine Meldungen über weitere Besuche des schwarze Mann erhalten, das verbuchen wir also als Erfolg.«

»Und das zu Recht. Sind Sie der Sache nähergekommen, herauszufinden, wer er ist und wo er ist?«

Stephanie zögerte, bevor sie antwortete. Louis war viel netter als sonst, umgänglicher.

»Wir verfolgen weiterhin alle aktiven Ermittlungsansätze. Leider habe ich Ihnen nichts Neues zu berichten.«

»Das liegt daran, dass jetzt ich an der Reihe bin, *Ihnen* etwas zu geben.«

Sie schwieg und wartete darauf, dass er fortfuhr.

»Ich bin nicht sicher, ob Sie es wissen, aber es kursieren da ein paar Bilder ...«

Noch immer sagte sie nichts.

»Fotos von Ihnen, die in den sozialen Medien die Runde machen ... wie Sie mit Wodkaflaschen aus einem Gebäude kommen, in eine Anwaltskanzlei gehen ...«

»Ich weiß, ich habe sie gesehen.«

»Das gibt natürlich kein gutes Bild ab.«

»Das müssen Sie mir не sagen.«

»Was ich Sie aber wissen lassen wollte, ist, dass wir dieselben Fotos erhalten haben und gebeten wurden, eine Story über Sie zu bringen.«

Stephanie leckte sich über die Lippen und hielt den Atem an, während sie sich auf seine nächsten Worte gefasst machte.

»Aber wir werden es nicht tun«, sagte er.

Stephanies Herz begann wieder zu hämmern und ihr entfuhr ein kurzes, scharfes Keuchen. »Sagen Sie das noch mal?«

»Das ist Rufmord«, erklärte Louis, »und so was machen wir nicht. Das mag zwar der Stil mancher Zeitungen sein, aber ganz sicher nicht unserer. Ich weiß, dass Sie und Ihr Team gute Arbeit leisten, und ich möchte das nicht gefährden. Aber das heißt nicht, dass dieselben Fotos nicht auch an andere Journalisten geschickt wurden …«

»Glauben Sie, dass sie aufgegriffen werden?«

Louis seufzte am anderen Ende der Leitung. »Möglicherweise. Ich kann ein paar Anrufe tätigen, aber das könnte die Sache verraten.«

Stephanie lief in ihrem Büro auf und ab, ihre Gedanken rasten, während sie sich die schwierigen Gespräche ausmalte, die sie würde führen müssen. Alles wegen eines einzigen Mannes.

»Wissen Sie, wer sie geschickt hat?«, fragte sie und lehnte sich gegen ihren Schreibtisch, während das Adrenalin durch ihren Körper schoss.

»Ja …«

»Werden Sie es mir bestätigen? Denn wir wissen beide, wer es ist. Aber Sie sind der Einzige, der es mit Sicherheit weiß.«

Eine Pause.

»Trent«, sagte er mit fester Stimme.

»Bingo. Zehn Goldsternchen für mich«, erwiderte sie sarkastisch.

Natürlich war er es. Das erklärte, warum sie seit Tagen nichts von ihm gehört hatte, warum sie ihn nicht vor der Wache hatte herumlungern sehen, wo er auf sie oder jemand anderen aus dem Ermittlungsteam wartete.

»Da gibt es noch etwas, das Sie wissen müssen.«

Louis' Tonfall raubte ihr den Atem.

»Was?«

»Man hat mir gesagt, ich solle es Ihnen nicht sagen, aber ich finde, Sie haben ein Recht darauf, es zu erfahren.«

»Schießen Sie los.«

»Nicht Trent hat die Bilder gemacht. Sie kamen von jemand anderem. Er finanziert sie nur.«

Stephanie ließ sich das durch den Kopf gehen. »Was wollen Sie damit sagen?«

»Ich sage, dass er einen Privatdetektiv angeheuert hat.«

Stephanie erstarrte.

»Der Privatdetektiv hat die Fotos gemacht, aber Trent war

derjenige, der sie mir geschickt hat, und ich bin ziemlich sicher, dass er sie auch online gestellt hat.«

»Ein Privatdetektiv?«, wiederholte sie, während ihr Verstand Mühe hatte, mitzukommen.

»Ja.«

»Wer?«

»Das weiß ich nicht. Das ist ja der Sinn eines Privatdetektivs. Man weiß nicht, wer er ist.«

Ein Bild des alten Skoda Fabia tauchte in ihren Gedanken auf. Hatte der Privatdetektiv am Steuer gesessen und die Fotos gemacht, oder war es der schwarze Mann gewesen?

»Warum hat er einen Privatdetektiv angeheuert? Nur um mich zu sabotieren?«, fragte sie. Ihr Kopf begann zu schmerzen, also setzte sie sich an ihren Schreibtisch.

»Trent und die Familien der anderen Opfer haben ihn angeheuert, um den schwarze Mann zu fassen.«

»Wissen Sie, wie sie vorankommen?«

»Nein. Aber Sie wissen ja, wie Trent ist. Er ist ein Mann mit guten Verbindungen.«

»Was soll das heißen?«

»Dass er, wohin Sie auch gehen, nicht weit hinter Ihnen sein wird.«

KAPITEL
SECHZIG

Noch ein verpasster Anruf.

Der dritte in den letzten zehn Minuten: Jason machte sich Sorgen, wo sie war, fragte sich, wo sie hingegangen war. Lächerlich. Wo war diese Besorgnis gewesen, als sie im Wohnzimmer gesessen und langsam verkümmert war, während sie versuchte, damit klarzukommen, dass ihr Leben auf den Kopf gestellt worden war? Ach ja, richtig: Er war oben in seinem Büro gewesen und hatte gearbeitet. *Um ihr Zeit und Raum zum Alleinsein zu geben.* Das war das Letzte gewesen, was sie gebraucht hatte. Stattdessen hatte sie Trost und Unterstützung gebraucht emotional, körperlich, seelisch. Und doch hatte er sie komplett ignoriert. Sie machte die schlimmste Zeit ihres Lebens durch und er war zu sehr mit seiner Arbeit beschäftigt, machte sich Sorgen um den neuesten Deal, der gerade über die Bühne ging, oder darum, dass an jenem Tag alle Märkte im Keller waren. Das reichte einfach nicht, und jetzt spielte er das Opfer und warf ihr vor, ihn zu vernachlässigen und auszusperren.

Dafür habe ich einen verdammt guten Grund, Jason!, wollte sie ihm entgegenschreien. Und nicht nur einen.

Schlimmer noch, sie wollte ihn erwürgen. Im Moment benahm er sich nicht wie der Mann, in den sie sich verliebt hatte. Er war gütig, sanft und rücksichtsvoll gewesen. Er war für sie da gewesen, wann immer sie einen harten Tag in der Schule gehabt hatte oder wenn die Kinder Arschlöcher gewesen waren und ihr das Gefühl gegeben hatten, wertlos zu sein. Er war da gewesen, als sie wirklich schlimme Krämpfe hatte und einfach nur den ganzen Tag mit mehreren Tafeln Schokolade im Bett verbringen wollte. Er war sogar derjenige gewesen, der sie ihr besorgt hatte.

Aber jetzt ... jetzt war er distanziert, anders. Woanders. Mental, körperlich und buchstäblich. Manchmal, wenn sie mit ihm sprach, fühlte es sich an, als würde sie mit einem Hund reden. Er sah sie nur an, nickte, lächelte an den richtigen Stellen, aber hinter diesen schönen Augen von ihm ging absolut nichts vor. Ganz zu schweigen davon, dass er nie zu Hause war. Immer bei der Arbeit, bei After-Work-Drinks, verbrachte so viel Zeit wie möglich fern von ihr.

Sie saßen in einem Erste-Klasse-Wagen auf dem Weg in die Scheidungsallee; sie konnte es fühlen.

Aber zum Glück hatte es eine Ablenkung gegeben. Etwas, das sie von den Gedanken an ihren mordenden Vater, ihre verlogene Schwester und ihren nutzlosen Ehemann wegriss.

Sie sah auf die Uhr. Er war fünf Minuten zu spät.

Verständlich, angesichts der Situation. Sie hatte ihn online gefunden, ihm geschrieben, und nach einigem Hin und Her hatten sie ein Treffen vereinbart.

Sie spürte, wie sich ein Knoten in ihrem Magen bildete. Die aufregende Art von Knoten, die man als Teenager bei der ersten Verabredung spürt.

Sie trommelte rastlos mit den Fingern auf das Lenkrad, während der Regen gleichmäßig gegen die Windschutzscheibe prasselte und die Straße dahinter zu einem Schleier aus grauen Dächern verschwimmen ließ. Ein Mann ging auf dem Bürgersteig vorbei. Ihr Herz sprang ihr in den Hals und fiel dann wieder hinab.

Er war es nicht.

Eine Frau mit einem Kinderwagen folgte. Sie auch nicht.

Ihr Griff um das Lenkrad verstärkte sich.

Aus fünf Minuten wurden zehn. Aus zehn wurden fünfzehn. Der Knoten zog sich immer weiter zu.

Endlich eine Nachricht von ihm: *Sorry, bin spät dran. Der Verkehr ist die Hölle. Kann es kaum erwarten, dich zu treffen.*

Dann, als hätte er die Nachricht absichtlich in genau diesem Moment geschickt, tauchte er hinter dem Spirituosenladen auf und kam auf sie zu, aufgeregt winkend, als er sich näherte.

Sobald sie ihn sah, löste sich der Knoten in ihrem Magen auf, und alle Gedanken an ihre Schwester, ihren Vater und ihren Ehemann wurden mit dem Regen weggespült.

KAPITEL **EINUNDSECHZIG**

Stephanie zwang sich, die Gedanken an Trent, die Bilder und den Privatdetektiv in den Hintergrund zu drängen. Sie hatte eine Aufgabe zu erledigen, doch es wurde zunehmend schwieriger.

Alles, woran sie denken konnte, war, wie schlimm sie auf den Fotos aussah. Wie ihr Gesicht aufgedunsener als sonst wirkte. Hatte sie sich in der Nacht, bevor die Fotos gemacht worden waren, übergeben? Sie konnte sich nicht erinnern. Aber sich selbst so zu sehen, weckte in ihr den Wunsch, es wieder zu tun.

Trent. Was bildete er sich eigentlich ein? Ihr so zu drohen. Denn genau das waren die Bilder – eine Drohung. Eine Drohung, dass weitere Geheimnisse über ihr Leben enthüllt würden, wenn sie den Butzemann nicht fasste. Was die Frage aufwarf: Wie viel mehr wusste er? Sie erinnerte sich daran, wie ihr Nachbar ihr erzählt hatte, er habe neulich ein seltsames Auto die Straße entlanglungern sehen. Was, wenn der Privatdetektiv in ihr Haus eingebrochen war? Was, wenn er die Schmuckschatulle gefunden hatte, ihren Teddybären? Was, wenn er von ihrem Dad erfuhr?

Und dann kam ihr ein anderer Gedanke: Was, wenn das der Grund war, warum er sie überhaupt verfolgt hatte? Was, wenn es eine Verbindung gab, zwischen ihrem Vater und Trent? War das möglich? Konnte Trent der Butzemann sein, der Rache für den Tod seines Mentors suchte?

Ihre Gedanken begannen sich zu überschlagen. Drastisch.

Doch bevor sie noch weiter außer Kontrolle geraten konnten, hielten sie vor Marcus Vickerys Zweizimmerhaus in Shalford.

Stephanie drehte sich zu Devon um. Sie waren die ganze Strecke über schweigend gefahren, und an seinem müden und abgekämpften Gesichtsausdruck war deutlich zu erkennen, dass er auf der Fahrt seine eigenen Kämpfe ausgefochten hatte.

»Bereit?«

»Bereit.«

Der Geruch von bratendem Fleisch strömte aus der Haustür, sobald Marcus Vickery sie öffnete. Er trug Jeans und ein T-Shirt, und eine Schürze hing ihm um den Hals.

»Was machen Sie denn hier?«, fragte er überrascht.

»Wir müssen noch einige weitere Dinge mit Ihnen besprechen«, erklärte Stephanie und stellte dann Devon vor. »Ich hoffe, wir stören nicht.«

Als sie ins Haus traten, antwortete Marcus: »Meine Schwester ist für ein frühes Abendessen da. Ich habe gerade Burger und Würstchen fertig gemacht, falls Sie einen wollen?«

Sie atmete tief ein, der Duft des gebratenen Essens reizte ihre Sinne. Nichts wünschte sie sich sehnlicher, als zu essen, aber sie konnte sich nicht vor diesen Leuten vollstopfen, besonders nicht, wenn einer von ihnen ein potenzieller Verdächtiger in einer Mordermittlung war.

»Wir bleiben auf einen Kaffee.«

Einen Moment später betraten sie die Küche. In der Mitte stand eine Kücheninsel, auf der die Früchte von Marcus' Kochkünsten zum Mittagessen präsentiert wurden: mehrere Teller mit Hähnchenbrüsten, Würstchen und Burgern, Schüsseln voller Salat und Grünzeug, eine kleine Tüte Burgerbrötchen und so viele Soßen, wie man sie in einem Supermarktregal finden würde. Es war genug Essen, um eine zehnköpfige Familie zu ernähren.

Auf der anderen Seite der Küche stand Marcus' Schwester, Connie. Sie blickte auf, als sie eintraten, eine Hand um ein Glas trüber Limonade geschlungen, die andere lässig am Rand der Kücheninsel abgestützt. Mitte dreißig, vielleicht ein wenig älter, mit dunkel kastanienbraunem Haar, das zu einem dicken Zopf zurückgekämmt war, der ihr bis zum unteren Ende der Wirbelsäule reichte. Sie trug alles in Schwarz – Jeans, Pullover, Stiefel – die einzige Farbe an ihr war ein Hauch kirschroter Lippenstift und das Blitzen eines silbernen Steckers in ihrer Nase.

»Connie, das sind die Detectives, die am neuen Fall des Butzemanns arbeiten«, erklärte Marcus.

Sie blickte mit ihren mandelfarbenen Augen zwischen Stephanie und Devon hin und her. »Weil Sie beim letzten ja *so* erfolgreich waren. Marcus hat mir erzählt, dass er wieder da ist.«

Marcus umrundete die Kücheninsel und stieß seine Schwester in den Arm. »Sei nett«, sagte er.

Stephanie ignorierte die Bemerkung und deutete auf das Essen. »Sieht aus, als hätten Sie ein Festmahl vor sich.«

»Mein Bruder weiß nicht, wie man für weniger als acht Leute kocht«, erwiderte Connie und nippte an ihrem Getränk.

»Wenigstens gibt es morgen Reste«, bemerkte Devon. »Nichts Besseres als einen kalten Burger oder eine kalte Wurst am Morgen danach.«

»Eigentlich hätten wir noch jemanden zu verköstigen gehabt«, sagte Marcus. »Aber...«

Er wandte sich seiner Schwester zu und rieb ihr mitfühlend über den Arm.

»Mein Beileid zu Ihrem Verlust«, sagte Stephanie zu Connie.

Marcus' Schwester stellte ihr Getränk ab, legte die Hand auf ihre Brust und neigte den Kopf. »Danke. Ich weiß das zu schätzen. Es ist schwer. Ich vermisse sie wahnsinnig. Aber ich komme da durch.«

»*Wir* kommen da durch«, erinnerte Marcus sie. »Schritt für Schritt.«

»Schritt für Schritt.« Sie sah zu Stephanie auf. »Entschuldigen Sie, Sie wollten mit ihm sprechen. Ich lasse Sie dann mal allein.«

Mit der Limonade in der Hand nahm Connie ihren Teller mit Essen und ging ins Wohnzimmer. In der Küche wurde es still, als ob eine unangenehme Stimmung im Raum lag. Stephanie wartete, bis die Tür geschlossen war, bevor sie begann.

»Ich habe Ihr Gesicht gestern im Tanzstudio wiedererkannt.«

»Ja. Und?«

»Warum waren Sie dort?«

»Ich bin hingegangen, weil Connie es nicht über sich bringen konnte, und ich fühlte mich den anderen Eltern gegenüber verpflichtet.«

»Wie haben Sie davon erfahren? Mein Team hat Sie nicht kontaktiert.«

»Ich habe von einigen der anderen Eltern davon gehört, und ein paar Leute haben es auch in der Facebook-Gruppe gepostet.«

Ihr Magen knurrte. Ihr Blick wanderte zum Essen auf der Theke.

»Was ist Ihre Verbindung zu dem Ort?«

»Außer der Tatsache, dass meine Nichte dorthin ging, meinen Sie?«

Stephanies Kiefer spannte sich an, als sie nickte.

»Ich sehe nicht, was das Problem ist«, sagte er. »Ein paar der Eltern haben sich seit Beginn der ganzen Sache bei mir gemeldet, haben um Unterstützung gebeten, um meine Version der Ereignisse. Also dachte ich, ich gehe mal hin, nur für den Fall, dass jemand eine Frage stellt, bei der ich vielleicht hätte helfen können.«

»Aber das haben Sie nicht. Sie sind unter dem Radar geflogen.«

»Das liegt daran, dass Sie alles beantwortet haben, was Ihnen gestellt wurde.« Marcus schnaubte verächtlich, warf einen Burger in ein Brötchen, ertränkte ihn in Ketchup und schob ihn sich in den Mund. »Ich hatte nicht vor, mich in den Mittelpunkt zu stellen. Wenn ich ehrlich bin, bin ich froh, wenn die Leute meine Verbindung zum Butzemann nicht kennen.«

Und warum könnte das so sein?, fragte sie sich. Weil Sie insgeheim er sind und keine Aufmerksamkeit auf sich ziehen wollen?

»Erzählen Sie mir von der Beziehung zu Ihrer Nichte«, sagte Stephanie und änderte die Taktik.

Marcus kaute gerade auf seinem Essen herum, aber das würde ihn nicht aufhalten. »Sie hatte übrigens einen Namen. Emma. Und sie war die wunderbarste kleine Seele, die ich je getroffen habe. Ich habe sie geliebt wie mein eigenes Kind. Connie und Emma waren ständig hier. Wir haben immer im Garten gespielt oder sind spazieren gegangen. Es hat uns umgebracht, als Emma starb. Aber ich sehe immer noch nicht, was das mit irgendetwas zu tun hat.«

»Nur meine eigene Neugier«, antwortete Stephanie. »Ich kann mir den Schmerz, den Sie durchmachen müssen, gar nicht vorstellen. Es ist... es ist schwer.«

Marcus grunzte, schluckte einen Bissen Essen hinunter und spülte ihn mit einem Schluck Bier nach.

»Sind Sie nur hierhergekommen, um mich nach meiner Nichte zu fragen?«

»Nicht ganz«, antwortete Devon. »Wir waren neugierig auf Ihre Beziehung zum alten Butzemann.«

»Welche Beziehung?«

»Nun, Sie waren der Einzige der Opfer, mit dem er gesprochen hat. Haben Sie jemals Kontakt gehalten?«

Marcus wischte sich den Mund mit dem Handrücken ab. »Kontakt gehalten? Was denken Sie denn, was wir waren? Brieffreunde? Ich meine, wir haben ein paar Wochen, nachdem es passiert war, einen seltsamen Brief per Post bekommen, aber –«

»Was stand darin?«

Marcus zuckte mit den Schultern. »Ich habe ihn nie gesehen. Mom und Dad haben ihn vor mir abgefangen, und sie haben mir nie erzählt, was drinstand.«

»Können sie sich erinnern, was darin stand?«

»Wahrscheinlich nicht. Sie sind vor etwa fünfzehn Jahren gestorben.«

Stephanie stieß einen kleinen, resignierten Luftstoß durch die Nase aus. »Das tut mir leid zu hören.«

»Mir auch. Und wenn das alles ist, würden meine Schwester und ich jetzt gerne zu unserem Abendessen zurückkehren.«

Stephanie hob einen Finger. Marcus erstarrte. »Wir wollten uns auch nach Ihrem Aufenthaltsort in der Nacht erkundigen, in der Yasmin East getötet wurde.«

»Wie bitte?«

»Sie haben mich gehört«, erwiderte Stephanie mit einem scharfen Unterton.

»Meinen Sie das ernst? Warum wollen Sie das wissen?«

»Routinebefragungen«, antwortete Devon.

»›Routinebefragungen‹. Ja, Routinebefragungen, von wegen. Ich war hier. Am Schlafen. Und wenn Sie mir nicht glauben, dann können Sie meine Fingerabdrücke und meine DNA einfach durchs System laufen lassen. Ich dachte, das machen Sie bereits?«

»Die Tests laufen noch.« Der scharfe Unterton in ihrer Stimme war verschwunden, als hätte sie gerade alle ihre Karten auf den Tisch gelegt und verloren.

Marcus schob sich noch mehr Essen in den Mund. »Nun, wenn Ihre Tests zurückkommen und beweisen, dass ich nicht dort war, dann können Sie gerne wiederkommen und sich dafür entschuldigen, dass Sie meinen Nachmittag gestört haben. Wissen Sie, ich hatte früher viel Respekt vor dem, was Sie tun, aber das geht jetzt seit dreißig Jahren so, und zwischen dieser Sache und den Dingen, die ich auf Facebook sehe, verstehe ich allmählich, warum die Leute Ihnen nicht mehr so vertrauen wie früher.«

KAPITEL ZWEIUNDSECHZIG

Sie fuhren die letzten fünf Minuten schweigend dahin, und keiner von beiden wollte die Stille durchbrechen.

Schließlich sagte Devon: »Ich habe mich übrigens nie bei dir bedankt.«

»Wofür?«, fragte Stephanie.

»Dass du mit Karen gesprochen hast.«

»Ach ja?«

»Sie ist gestern Abend vorbeigekommen und hat erwähnt, dass du da warst, um sie auf meinen Zustand aufmerksam zu machen.«

»Und wie ist es gelaufen?«

Devon zuckte mit den Schultern. »Wir haben geredet. Viel. Über uns. Die Ehe. Finn.«

»Es war nicht meine Absicht, die Dinge zwischen euch zu kitten ...«

»Hast du auch nicht. Ich meine, ich glaube, ich habe gestern endlich begriffen, dass es vorbei ist. Ein Abschluss, weißt du? Als ob ich es vorher verleugnet hätte. Ich glaube, das hat das Saufen ausgelöst.«

Stephanie schwieg, während sie an einer Ampel langsamer wurde. »Also gibt es kein Zurück mehr?«

Devon schüttelte den Kopf. »Es ist wahrscheinlich das Beste so. Wir hatten aufgehört zu kommunizieren, und wenn wir es taten, endete es immer in einem Streit. Da war keine Verbindung mehr, keine Emotion. Nichts. Am Ende war da keine Liebe mehr. Die Ehe war tot, und keine Wiederbelebungsmaßnahme der Welt hätte sie zurückbringen können.«

»Das tut mir leid.« Mehr fiel ihr nicht ein, was sie sagen konnte.

»Das muss dir nicht leidtun. Das ist gut …«

»Solange du diese Entscheidung selbst getroffen hast und nicht dazu gedrängt wurdest.«

Devon kicherte. »Keine Sorge, ich bin ein großer Junge. Ich kann für mich selbst denken. Aber es überrascht mich, dass du dir so viele Sorgen um mich machst.«

»Wie meinst du das?«

»Hättest du nicht mit Karen gesprochen, wüsste ich nicht, wo ich gelandet wäre.«

Der Verkehr rollte an, und Stephanie trat sachte aufs Gaspedal. »Du bist ein geschätztes Mitglied des Teams«, erwiderte sie. »Ich weiß, Giles und Noah wären am Boden zerstört gewesen, wenn dir irgendetwas zugestoßen wäre.«

Er schnaubte. »Aber du nicht?«

Sie antwortete nicht.

»So oder so, ich schulde dir was, Chefin.«

»Das werde ich mir merken«, sagte sie.

Sie fuhren eine Weile schweigend weiter, bis sie an einer weiteren Ampel halten mussten.

»Was denkst du über diese schwarze Mann-Sache?«, fragte er und durchbrach erneut die Stille.

Stephanie stieß einen langen Seufzer aus und straffte ihren Pferdeschwanz. »Ehrlich gesagt, ich habe keine Ahnung. Meine Gedanken dazu schießen in alle Richtungen. Ich weiß immer noch nicht mit Sicherheit, ob der alte schwarze Mann zurückgekehrt ist oder ob es eine neue Person ist. Ich kann nicht sagen, ob es eines der früheren Opfer ist oder jemand völlig Unbeteiligtes. Einen Moment lang dachte ich sogar, mein Dad könnte damit zu tun haben.«

Ihr Herz blieb stehen, als sie begriff, was sie gerade gesagt hatte. Angst packte sie. Was, wenn er sie verurteilte?

»Dein Dad?«, fragte er. »Warum?«

In seinem Ton lag kein Urteil, was ihr den Mut gab, ehrlich und offen – verletzlich – mit ihm zu sein.

»Es ist dumm, aber ... nun ja, er ist nachts manchmal einfach verschwunden und nicht zurückgekommen. Bis heute weiß ich nicht, wo er hinging. Und neulich Nacht hatte ich einen Albtraum, in dem er und ein Luftballon vorkamen. Und was die Sache noch beunruhigender macht: Die Besuche des schwarze Mann in den Neunzigern hörten fast genau dann auf, als er für das, was er meiner Mum angetan hat, ins Gefängnis kam.«

Devon nickte nachdenklich. Aus dem Augenwinkel sah sie, wie er auf seiner Lippe kaute.

»Aber, Steph ... das klingt alles wirklich seltsam ... aber dein Dad ist tot.«

Sie brach in Gelächter aus, als ihr plötzlich klar wurde, wie seltsam es klang.

»Dieser Tatsache bin ich mir durchaus bewusst«, erwiderte sie. »Das Lustige ist, ich war so überzeugt davon, dass er es war, dass ich versucht habe, sein Gefängnis zu kontaktieren, um Informationen über einige der Leute zu bekommen, mit denen er sich eine Zelle geteilt hatte, für den Fall, dass er sie zu dieser neueren Inkarnation gemacht hatte, aber sie haben meine Anfrage nicht genehmigt.«

»Das kann ich für dich erledigen«, antwortete Devon sofort.

»Wie bitte?«

»Ja, ich habe einen Kumpel im Strafvollzug. Er schuldet mir ein paar Gefallen und könnte die Informationen für uns wahrscheinlich besorgen, wenn ich nett genug frage.«

»Du würdest ... du würdest das tun?«

Er stieß sie mit dem Ellbogen in die Seite. »Wie gesagt, ich schulde dir was.«

Ein Lächeln breitete sich auf ihrem Gesicht aus. »Wenn du das für mich tust, sind wir quitt.«

KAPITEL DREIUNDSECHZIG

Wenn es eine Sache gab, in der sie nicht besonders gut war – und ihrer eigenen, nutzlosen Meinung nach gab es einiges, worin sie nicht gut war, aber diese eine Sache setzte allem die Krone auf –, dann war es das Warten. Die langen Pausen, die sich zwischen den Aufgaben einer Ermittlung oft endlos hinzogen. Wie die DNA- und Fingerabdruckanalyse, auf die sie noch immer warteten. Und jetzt, ganz aktuell, war es das Warten auf die Namen derer, mit denen ihr Vater während seiner Zeit im Gefängnis eine Zelle geteilt hatte. Devon hatte gesagt, es würde dauern. Er hatte nicht gesagt, wie lange. Nur – *Zeit.* Sie verstand, dass sein Kontakt bestimmte Prozeduren und Protokolle durchlaufen musste, aber sie war einfach nicht gut im Warten.

Normalerweise wäre sie, um die Leere zu füllen, eine Runde laufen gegangen, auf ihr Mountainbike gesprungen oder hätte sich eine Mauer oder einen Baum zum Klettern gesucht. Doch stattdessen scrollte sie durch die sozialen Medien, ein Zeitvertreib, dem sie seit Monaten nicht mehr nachgegangen war. Es war ein sinnloser Zeitfresser, der sie für gewöhnlich noch deprimierter zurückließ als zuvor. Doomscrolling, so nannte man das.

Und sobald sie Facebook öffnete, wusste sie auch, warum.

Ganz oben auf dem Bildschirm prangten die Bilder, die sie verfolgten, seit sie sie zum ersten Mal gesehen hatte: die leeren

Flaschen, der Zustand, in dem sie gewesen war, und die Andeutung hinter den Anschuldigungen.

Einen langen Moment lang schwebte ihr Finger über dem Kommentarbereich. Sie wusste, dass sie es nicht tun sollte – wusste, dass es eine schreckliche Idee war –, aber etwas zwang sie dazu.

Sie fühlte sich wertlos. Alles, was gegen sie gesagt wurde, schien gerechtfertigt, denn es war ein Echo dessen, was sie ihr ganzes Leben lang gehört hatte.

Du bist nichts.

Du bist wertlos.

Du verdienst es nicht einmal, hier zu sein.

Nicht nur von ihrem Vater, sondern auch von den Betreuern und Pflegeeltern, die in einem kaputten System versucht hatten – und gescheitert waren –, sich um sie und ihre Schwester zu kümmern.

Sie bestrafte sich täglich selbst. Was also machten da schon ein paar hasserfüllte Nachrichten aus?

Wie erwartet, war keiner der Kommentare freundlich. Sie beschwerten sich über die Untätigkeit der Polizei und führten ihre eigenen Beispiele dafür an, wie wenig diese sich kümmerte. Jemand erzählte sogar, wie ihm nach einem kürzlichen Raub gesagt worden war: »Was erwarten Sie, was wir da tun sollen?«

Sie schüttelte bestürzt den Kopf. Nicht gut. Überhaupt nicht gut.

Sie mussten etwas unternehmen. Und zwar schnell. Das Vertrauen der Öffentlichkeit war auf einem historischen Tiefstand, und ihre Handhabung der Ermittlungen machte alles nur noch schlimmer.

Es gab jedoch auch eine Handvoll freundlicherer Kommentare. Aber eben nur eine Handvoll. Nicht genug, um die wachsende Flut von Schuldgefühlen zu verdrängen, die sie in sich aufsteigen spürte.

Sie verließ die Guildford-Community-Gruppe und scrollte weiter durch ihren Newsfeed. Sie hielt inne, als sie die Fotos wiedersah, diesmal in einer anderen Guildford-Gruppe gepostet.

Sie gingen viral, wurden auf breiter Front geteilt. Alles nur, weil ein Mann es sich zur Aufgabe gemacht hatte, ihr das Leben zur Hölle zu machen.

Trent Whitaker.

Sie sperrte den Bildschirm und warf ihr Handy auf das Kissen neben sich, wobei sie die Beine enger an die Brust zog. In diesem Moment konnte sie nur an ihren Peiniger denken. Ihren jetzigen Peiniger.

Den Škoda Fabia.

Was, wenn er draußen geparkt war und sie beobachtete?

Sie warf einen Blick auf die Vorhänge und Fenster und vergewisserte sich, dass alle geschlossen waren und es keine Lücken gab. Sie sprang vom Sofa auf, ging zu den vorderen Vorhängen und spähte hindurch. Im schwachen Licht der Straßenlaternen konnte sie den Škoda nirgends sehen.

Sie atmete erleichtert auf, zog die Vorhänge sorgfältig zu und kehrte zum Sofa zurück. Sie brauchte etwas, das sie von all dem ablenkte. Dann ging sie nach oben in ihr Schlafzimmer. Aus der Nachttischschublade zog sie die Blechdose, die sie aus ihrem Elternhaus mitgenommen hatte, und begann, mit dem Armband darin zu spielen, während sie sich an glücklichere Zeiten erinnerte.

Bald begann die Paranoia nachzulassen und der Lärm in ihrem Kopf zu verblassen. Bis ihr Blick auf den lila Ordner mit den Ermittlungsnotizen zum Mord an ihrer Mutter fiel. Sie hatte ihn neulich Abend als Bettlektüre mit nach oben gebracht und ihn dann vergessen.

Sie legte die Dose behutsam auf das Bett und wandte sich dem Ordner zu. Es war eine weitere Form der Bestrafung, eine weitere Methode, ihren mentalen Zustand zu entgleisen.

Mit einem tiefen Atemzug hob sie den Ordner an und las dort weiter, wo sie aufgehört hatte: bei ihrer eigenen Zeugenaussage, geschrieben im Alter von zehn Jahren. Sie erinnerte sich lebhaft daran. Wie sie in dem kleinen Raum saß, umgeben von Erwachsenen, die freundlich mit ihr sprachen, wie sie weinte und an einem Becher Saft nippte, der seltsam und metallisch schmeckte. Und dann hatte sie erklärt, was sie gesehen hatte, wie sie wehrlos dagesessen hatte, während ihr Vater ihre Mutter zu Tode gewürgt hatte.

Sie schluckte eine Träne hinunter, während sie weiterlas. Als

Nächstes stieß sie auf einen Namen, der ihr ins Auge sprang: Gavin Lockwood.

Der Mann, der die ursprünglichen Ermittlungen zum schwarze Mann geleitet hatte. Er war auch der Inspector gewesen, der die Mordermittlungen im Fall ihrer Mutter geführt hatte, und hatte beide Fälle gleichzeitig bearbeitet, mit einer Überschneidung von einigen Monaten.

Hatte es mehr als nur eine Überschneidung gegeben? War ihr Vater der ursprüngliche schwarze Mann gewesen, aber nur für den Tod ihrer Mutter angeklagt worden? Steckte mehr dahinter? Oder war es einfach nur ein Zufall?

Es war völlig normal, dass er an mehreren Ermittlungen gleichzeitig arbeitete – sie war für dasselbe verantwortlich –, aber etwas in ihrem Bauch spürte, dass mehr dahintersteckte, dass er irgendwie damit zusammenhing. Sie konnte das Gefühl nicht abschütteln, dass ihr Vater und der schwarze Mann auf irgendeine Weise miteinander verbunden waren.

Dass DI Lockwood und sein Team mehrere Anzeigen wegen des Missbrauchs ihrer Mutter ignoriert hatten. Dass sie ihren Vater gewissermaßen vor weiteren Ermittlungen geschützt hatten.

Dass sie ihn möglicherweise auch vor der schwarze Mann-Operation abgeschirmt hatten.

KAPITEL
VIERUNDSECHZIG

Die Sonne war zu hell. Der Himmel zu blau. Das Gras zu grün. Alles leuchtete im weichen, gefilterten Licht alter Kinderfotos. Sie war wieder zehn, barfuß auf dem Rasen hinter dem Haus, kreischte vor Lachen, als sie sich hinter dem Plastikspielhaus duckte und eine neongrüne Wasserpistole in ihren kleinen Händen umklammerte. Die Sonne brannte auf sie herab und verbrannte ihr den Nacken und die Arme. Inzwischen war die Sonnencreme längst abgewaschen, aber das war ihr egal. Sie hatte zu viel Spaß.

Die Stimme ihrer Mutter klang wie Musik.

»Du kannst dich nicht ewig verstecken! Ob du bereit bist oder nicht, ich komme …«

Ein Wasserstrahl schoss auf sie zu, prallte am Plastikhaus ab und besprühte sie mit einem feinen Nebel. Beinahe ein Volltreffer.

Stephanie umklammerte ihre Wasserpistole fest, ihr Finger lag perfekt über dem Abzug.

Sie hielt den Atem an, als Stille den Garten erfüllte, und lauschte auf das leise Geräusch sich nähernder Schritte auf dem Gras. Mum war nah, aber Stephanie war auf sie vorbereitet.

Und dann – tauchte sie auf!

»Erwischt!«

Stephanie quietschte aufgeregt und drückte schnell hintereinander den Abzug ihrer Wasserpistole. Ihre Mutter schrie auf, als jeder Schuss ihr Gesicht und ihre Arme traf. Dann kam der vergeltende Wasserstrahl, der Stephanie an der Schulter traf, als sie mit Freudenschreien aus der Deckung schnellte und zurückfeuerte.

Sie tanzten durch den Garten und bespritzten sich gegenseitig, bis sie klatschnass waren. Die Haare ihrer Mutter waren zu einem unordentlichen Dutt hochgesteckt, der stellenweise durchnässt war, ihr Kleid klebte an ihren Knien. Sie sah wunderschön aus. Lebendig. Und Stephanie konnte sich nicht erinnern, wann sie sie das letzte Mal so gesehen hatte – nicht in der wachen Welt.

Alles in dem Traum war warm. Hell. Sicher.

Bis die Hintertür mit einem Ächzen aufging. Stephanie erstarrte mitten im Lachen, ihre Wasserpistole baumelte an ihrer Hand.

Sie standen beide da, die Arme an den Seiten, regungslos. Wie die Zwillinge aus *Shining*.

Colin und Elliot Broadbent.

»Hallo, Mädels«, sagte Elliot mit seiner kalten, dünnen Stimme.

Die Sonne schien sich zu verdunkeln. Die Wärme wich aus der Luft. Stephanie spürte, wie das Gras unter ihren Füßen kalt wurde.

Der Arm ihrer Mutter senkte sich langsam, die Wasserpistole an ihrer Seite war vergessen.

»Ich wusste nicht, dass Sie kommen, Elliot«, sagte sie, ihr Tonfall höflich, aber steif.

»Ich hab ihn eingeladen«, erwiderte ihr Vater. »Das ist doch hoffentlich kein Problem, oder?«

Etwas im Tonfall ihres Vaters sagte ihr, dass ihr Onkel bleiben würde, selbst wenn es ein Problem wäre.

Stephanie starrte ihn an. Er lächelte immer noch, aber es war eher beunruhigend. Es verunsicherte sie, gab ihr ein unangenehmes Gefühl.

»Überhaupt nicht«, antwortete ihre Mutter und zwang sich zu einem dünnen Lächeln. »Willkommen. Je mehr, desto besser. Ich fange schon mal mit dem Essen an. Steph, willst du mit mir in die Küche kommen?«

»Nein«, unterbrach Colin sie, bevor sie antworten konnte.

»Sie kann bei uns im Garten bleiben. Wir haben eine Überraschung für sie.«

»Ja«, fuhr Elliot fort. »Eine kleine Geburtstagsüberraschung.«

»Du kannst jetzt gehen«, sagte Colin zu ihrer Mutter.

Zögernd, als würde sie ihre Tochter bei einem Rudel Löwen zurücklassen, ging ihre Mutter in die Küche, senkte den Kopf, als sie an den beiden in der Tür vorbeihuschte.

Stephanie erstarrte mitten im Garten, ihr Finger schwebte über dem Abzug. Sie wusste nicht warum, aber sie spürte das Bedürfnis, sich zu verteidigen.

»Wie alt wirst du heute, Stephy?«, fragte Elliot und betrat den Garten.

»Neun …«

»Das ist ein schönes Alter. Du wirst jetzt ein großes Mädchen. Hast du einen schönen Geburtstag?«

»Ja.«

»Möchtest du dein Geschenk sehen?«

Ihr Griff um die Pistole verfestigte sich. Sie nickte.

Elliot kam näher und griff hinter seinen Rücken.

Er zog etwas hervor.

Einen Ballon, bereits aufgeblasen.

Blau. Glänzend. Gebunden an eine lange weiße Schnur, die sich wie eine Schlange kräuselte.

»Das ist für dich, Liebling«, sagte er und reichte ihn ihr.

Stephanie rührte ihn nicht an.

»Gefällt er dir nicht?«

Sie blieb erstarrt stehen.

»Warum bist du so undankbar?«, zischte Colin. Er stürzte sich auf sie, packte ihren Arm und stieß sie gegen ihren Onkel, zwang sie, ihm den Ballon abzunehmen. »Du undankbare kleine Schlampe. Deshalb schenken wir dir nichts, du dumme Kuh.«

Aber Stephanie wehrte sich, schlug mit den Armen um sich und verteidigte sich, so gut sie konnte. In dem Handgemenge ließ sie die Pistole auf den Boden fallen, ihre Beine zitterten.

Sie riss sich los und versuchte, zu ihrer Mutter zu rennen.

Aber dann zerplatzte der Ballon, und alles, woran sie sich vor dem Aufwachen erinnerte, war, wie sie in die Arme ihres Onkels gerissen wurde.

Ihr Handy summte auf dem Schreibtisch und riss sie zurück in die Gegenwart. Sie war weggedriftet und hatte unscharf auf den Computer gestarrt. Der Albtraum hatte sie wieder um den Schlaf gebracht, und sie spürte die Auswirkungen.

Sie blickte auf das Display. Es dauerte einen Moment, bis der Name in ihrem Kopf ankam.

»Sir ...«, sagte sie müde, gerade als sie anfing zu gähnen.

»Guten Morgen, Stephanie«, sagte DCI McGowan. »Wo sind Sie?«

»An meinem Schreibtisch.«

»Sie klingen, als würden Sie im Halbschlaf reden.«

Sie beendete ihr Gähnen. »Beschissen geschlafen. Sie kontrollieren mich doch nicht etwa, oder? Sie sollten eigentlich noch im Urlaub sein.«

»Tatsächlich bin ich das. Leider ist mir zu Ohren gekommen, dass gewisse Fotos im Umlauf sind, und ich wollte dem zuvorkommen, bevor ich zurückkomme.«

Sie spürte, wie sich ein Knoten in ihrer Kehle zuzog.

»Ich kann das erklären«, sagte sie.

»Das hatte ich gehofft. Muss ich meinen Urlaub abbrechen?«

Stephanie sprang von ihrem Stuhl auf und ging zum Fenster. Sie blickte auf das Feld hinter der Glasscheibe und hielt sich an ihrer Halskette fest.

»Es ist der Vater eines der Opfer, Sir. Er hat einen Privatdetektiv engagiert, der darauf aus ist, diese Ermittlung auseinanderzunehmen.«

»Wer?«

»Ein Kerl namens Trent Whitaker. Er hat die Bilder anonym gepostet, das haben uns die Moderatoren der Facebook-Gruppe bestätigt.«

»Was wird dagegen unternommen? Er kann damit nicht durchkommen.«

»Ich kümmere mich darum, Sir.«

»Gut.« Er hielt inne. »Aber … ich muss zugeben, die Fotos sehen nicht gut aus, Steph.«

»Ich weiß.«

»Gibt es irgendetwas, das Sie mir sagen müssen?«

Er meinte die Wodkaflaschen. Natürlich meinte er die. Sie rief sich das Bild ins Gedächtnis.

»Ich kann es erklären, aber nicht jetzt. Alles, was Sie wissen müssen, ist, dass es geregelt wird. Es ist unter Kontrolle.«

»Steph, wenn es etwas gibt, das ich wissen muss –«

»Vertrauen Sie mir«, beharrte sie. »Es wird sich darum gekümmert. Sie müssen sich keine Sorgen machen. Ich werde Ihnen nicht den Rest Ihres Wochenendes verderben. Sie müssen mal abschalten.«

»Gleichfalls, Steph. Scheuen Sie sich nicht, dasselbe zu tun.«

KAPITEL FÜNFUNDSECHZIG

Nach einer gefühlten Ewigkeit öffnete sich die Tür. Auf der anderen Seite stand Gemma Whitaker, gekleidet in einen marineblauen Pullover und Jeans, das Haar locker im Nacken zusammengebunden. Ihre Miene war ein Ausdruck fassungslosen Schweigens.

»Detective Broadbent«, sagte sie, ohne zu blinzeln. »Was machen Sie hier?«

Stephanie richtete sich ein wenig auf. »Ich wollte Ihnen und Ihrem Mann ein Update geben. Ist Trent zu Hause?«

Wie auf ein Stichwort hin erschien der Mann, den sie allmählich zu verabscheuen begann, am anderen Ende des Flurs. Er trug ein ähnliches Outfit wie bei ihren vorherigen Begegnungen, und sein Gesichtsausdruck spiegelte den seiner Frau, sobald sein Blick auf Stephanie fiel.

Vielleicht dachten sie wirklich, ihre Taten würden ohne Konsequenzen bleiben.

»Detective ...«, begann Trent mit angespannter Stimme, »das ist eine ... Überraschung.«

Stephanie wartete nicht auf eine Erlaubnis. Sie trat über die Schwelle in die Wärme des Hauses der Whitakers.

Gemma schloss leise die Tür hinter ihr. Eine peinliche Atmosphäre umgab sie.

Stephanie lächelte spöttisch. »Sollen wir?«

Die Whitakers sahen sich an. »Wo wäre es Ihnen lieber? Küche oder Wohnzimmer?«, fragte Gemma.

»Wo immer es für Sie am bequemsten ist.«

Stephanie spürte die Anspannung im Haus und genoss sie. Allein dadurch fühlte sie sich schon besser.

Gemma bedeutete ihr, in die Küche zu gehen. Der Raum war seit ihrem letzten Besuch aufgeräumt worden, doch Reste von Laylas Spielzeug lagen noch immer auf den Oberflächen verstreut.

»Wo ist Ihre Tochter?«

»In der Schule«, antwortete Gemma.

»Wie geht es ihr denn so?«

»Besser. Sie ... sie schläft wieder. Und auch in ihrem eigenen Zimmer, was gut ist.«

Stephanie bediente sich selbst und nahm auf einem der Barhocker am Tresen Platz. »Das sind gute Nachrichten. Sie müssen erleichtert sein.«

Gemma warf ihrem Mann einen schnellen Blick zu, dann wieder Stephanie. »Ja, sehr sogar.«

Stephanie schenkte ihr ein schwaches Lächeln. »Möchten Sie noch mehr gute Nachrichten hören?«

Noch ein hastiger, besorgter Blick. »Natürlich ...«

»Es wurden keine weiteren Besuche vom schwarze Mann gemeldet.«

Gemma grinste. »Das sind ausgezeichnete Neuigkeiten. Heißt das, Sie haben ihn gefunden?«

Stephanie schüttelte den Kopf. »Wir arbeiten da–«

»Dafür musste erst ein Kind *sterben*«, warf Trent ein. »Das ist kaum ein Grund zum Feiern, oder? Er ist immer noch da draußen.«

»Dessen bin ich mir durchaus bewusst. Aber größtenteils sieht es so aus, als würde niemand mehr verletzt oder traumatisiert werden. Vielleicht sollten Sie das auf Ihren Social-Media-Kanälen teilen.«

Trents Augen weiteten sich. »Wie bitte?«

»Oh, war Ihnen das nicht bekannt? Oder tun Sie nur so, als wüssten Sie von nichts?«

Stephanie drehte sich auf dem Hocker, um sich Trent zuzuwenden. Gemma bewegte sich auf die andere Seite der Küche, aus Stephanies Blickfeld. Die Bewegung war bezeichnend; dies war eine Frau, die sich von ihrem Mann distanzierte und die Aussicht genoss, dass er mit den Konsequenzen konfrontiert wurde.

»Mir ist zu Ohren gekommen, dass im Internet einige Fotos von mir kursieren, insbesondere in diversen Facebook-Gruppen«, erklärte Stephanie.

»Oh, wirklich? Das ist interessant.«

»Sie wüssten nicht zufällig etwas darüber, oder?«

Trent schürzte die Lippen und zuckte mit den Schultern. »Kann nicht behaupten, dass ich davon gehört hätte.«

Stephanie lachte laut auf. »Kommen Sie schon, Trent. Sie haben sich während dieser gesamten Ermittlung als Plage erwiesen; Sie waren der Lauteste von allen. Ich dachte, gerade Sie wären der Erste, der es zugibt. Schließlich sind Sie ein Mann, der bekommt, was er will.«

Er verschränkte die Arme vor der Brust, als würde er sich wappnen. Ein wenig zu spät.

»Ich habe Ihnen gesagt, ich weiß nicht, wovon Sie reden.«

Stephanie griff nach ihrem Handy, zog es heraus und lud ein Foto aus ihrer Galerie. Es war ein Screenshot vom Administrator der Guildford-Community-Seite, der das echte Konto hinter den anonymen Beiträgen enthüllte. Sie zeigte ihm das Handy.

»Das ist Ihr Name oben auf dem Bildschirm, nicht wahr? Trent ... Whitaker.« Sie begann, es ihm zu buchstabieren.

»Ich ... ich ...«, begann er zu stammeln.

»Oha, das haben Sie nicht erwartet, was? Dass jemand herausfindet, was Sie getan haben, und Sie zur Rede stellt. Dachten Sie ernsthaft, Sie könnten den Ruf von jemandem ruinieren und damit durchkommen? Dachten Sie, Sie könnten sich hinter Ihrer Tastatur verstecken? So funktioniert das nicht.«

»Wie ... wie ...?«

»Weil wir die Polizei sind. Wir finden es immer heraus. Außerdem sind anonyme Beiträge auf Facebook überhaupt nicht anonym. Vielleicht überlegen Sie es sich zweimal, bevor Sie so etwas noch einmal posten. Haben Sie wenigstens die Eier, mit Ihrem Namen dahinterzustehen. Feigling.«

Trents Mund klappte auf. Stephanie wandte sich seiner Frau zu, die angewidert den Kopf schüttelte. Sie ließ die Bemerkung für einen Moment in der Luft hängen.

»Was war das Endziel, Trent? Was wollten Sie damit erreichen, dass Sie diese Fotos von mir machen ließen? Wollten Sie versuchen, mich feuern zu lassen?«

Er antwortete nicht. Konnte nicht.

»Denn es hat nicht funktioniert und wird es auch nicht. Es ist eigentlich nur traurig. Ich weiß, Sie sind verärgert über das, was Ihrer Tochter passiert ist – das bin ich auch –, aber im Moment stören Sie nur und stehen uns im Weg. Sie halten uns aktiv davon ab, diese Person zu verfolgen.«

»Wie denn?«

»Weil wir unsere Zeit damit verbringen müssen, herauszufinden, welcher Feigling diese Fotos gepostet hat.«

»Aber zu den Anwälten zu gehen, wenn Sie eigentlich arbeiten sollten, ist keine Verschwendung von Polizeigeldern?«

»Das ist privat.«

»Ich weiß. Ich weiß von Ihrem Vater, und ich weiß, was er getan hat.«

Stephanie stockte der Atem.

»Oha, das haben Sie nicht erwartet, *was*?«, entgegnete er, und die Tapferkeit kehrte in seine Stimme zurück.

»Wie?«

»Ich habe es Ihnen schon einmal gesagt: Ich bekomme, was ich will.«

»Sie haben kein Recht, irgendetwas davon zu tun, Trent. Sie bewegen sich auf einem sehr schmalen Grat. Sie behindern die Justiz und, ehrlich gesagt, was Sie tun, gilt als Belästigung. Ich gebe Ihnen diese letzte Warnung, damit aufzuhören und Ihren Privatdetektiv zurückzupfeifen; andernfalls, wenn ich das nächste Mal hierherkomme, werde ich Sie verhaften, und Sie werden Ihre Tochter für eine sehr lange Zeit nicht sehen. Denken Sie nur eine Sekunde darüber nach. Ihre Handlungen werden Konsequenzen haben, Trent, genau wie die des schwarze Mann. Und wenn ich mit ihm fertig bin, komme ich direkt zu Ihnen.«

KAPITEL
SECHSUNDSECHZIG

Stephanie hatte gerade den Wagen erreicht, als sie hörte, wie jemand sie zurückrief.

»Detective, warten Sie!«

Sie hielt inne und drehte sich um, als Gemma auf sie zugeeilt kam. Die Sonne begann über ihnen durch die Wolken zu brechen und wärmte ihr den Nacken.

»Detective ...«, sagte Gemma außer Atem, als sie zum Stehen kam. »Es ... es tut mir leid wegen ihm. Sein Verhalten tut mir leid. Ich habe ihm gesagt, er soll die Fotos nicht posten. Ich habe ihm gesagt, er soll den Ermittler nicht engagieren. Ich habe ihn gewarnt, dass das nicht gut enden würde, dass es nichts ändern würde, aber ... wenn Trent sich etwas in den Kopf gesetzt hat, dann versteift er sich darauf. Er ... er lässt einfach nicht locker.«

»Danke, dass Sie mir das sagen«, erwiderte Stephanie und wurde für einen Augenblick von der Sonne geblendet, die sich in einem nahen Autofenster spiegelte.

»Ich weiß, das ändert nichts an dem, was er getan hat, aber ich wollte, dass Sie verstehen, wie leid es mir tut.«

»War es das jetzt?«, fragte Stephanie.

Gemma Whitaker murmelte etwas Unverständliches. »Ich ... ich weiß es nicht.«

Stephanie spürte sofort, dass sie log.

»Ich weiß nicht, was er vorhat. Er lässt mich im Dunkeln

tappen, seit ich wegen der Fotos einen Aufstand gemacht habe. Ich weiß nicht, was er und die anderen planen.«

»*Andere*?«

»Die anderen Eltern«, sagte Gemma und merkte plötzlich, dass sie zu viel verraten hatte. »Sie sind …«

»Gemma, wenn Sie etwas wissen, egal, für wie klein oder unbedeutend Sie es halten, müssen Sie es mir sagen. Ich muss davon wissen. Das Letzte, was ich will, ist, dass bei dieser Sache jemand zu Schaden kommt. Machen Sie sich keine Sorgen um mich, ich habe ein dickes Fell und kann mit dieser Art von Druck umgehen, aber ich will nicht, dass eine unschuldige Person der verdrehten Rachevorstellung Ihres Mannes zum Opfer fällt.«

Gemmas Gesichtsausdruck war zwiegespalten. Sie wich Stephanies Blick aus und schaute zu Boden. »Es tut mir leid«, sagte sie. »Ich wünschte, ich könnte helfen. Ich … ich weiß von nichts.«

Stephanie schnaubte, drehte sich um und ging zur Fahrerseite. Als sie die Tür öffnete, sagte sie: »Sie haben meine Kontaktdaten, falls Ihnen etwas einfällt. Egal zu welcher Tageszeit.«

Sie stieg in den Wagen und schlug die Tür hinter sich zu. Jetzt war sie in ihrem sicheren Bereich. Ihr pochendes Herz, das im Haus der Trents zu rasen begonnen hatte, beruhigte sich schnell, und sie stieß einen langen Seufzer der Erleichterung aus. Sie hob die Hand, ihre Finger zitterten vom Adrenalin.

Sie saß eine Weile da und dachte nach. Gerade als sie losfahren wollte, klingelte ihr Handy.

Devon.

Sie schaltete den Lautsprecher ein.

»SB!«, rief er aus. »Hab ich gute Nachrichten für dich, oder hab ich gute Nachrichten für dich?«

»So wie sich das anhört, sollten das besser die besten Nachrichten aller Zeiten sein.«

Devon hielt inne und kicherte. »Du wolltest einen Namen. Ich hab einen Namen für dich.«

»Wie bitte?«

»Mein Kontakt bei der Gefängnisverwaltung hat sich früher als erwartet gemeldet. Und er hat einen Namen für dich gefunden.«

KAPITEL SIEBENUNDSECHZIG

Perry Watson wohnte in einer kleinen Sozialwohnung in Woking, einer aufstrebenden Stadt wenige Meilen nördlich von Guildford. In den letzten Jahren hatte sich die Skyline durch mehrere Neubauprojekte verändert, und Hochhäuser waren nun von überall in Surrey aus zu sehen.

Laut Devons Gefängniskontakt hatte Perry sich fünf Jahre lang eine Zelle mit Colin Broadbent geteilt, bevor er wegen schlechter Führung in ein anderes Gefängnis verlegt wurde. Ursprünglich wegen mehrerer Drogendelikte inhaftiert, landete er schnell im HMP Belmarsh, wo er bald merkte, dass er nicht der dickste Fisch im Teich war, und sich bedeckt hielt. Als er sich im Alter von sechzig Jahren dem Ende seiner Strafe näherte, bat er wegen guter Führung um vorzeitige Entlassung, und da das Gefängnis immer überfüllter wurde, blieb keine andere Wahl, als ihn freizulassen. Das war vor vier Jahren gewesen, und seither lebte er in Woking und versuchte, ein normales Leben zu führen, soweit seine Bewährungshelfer und Sozialarbeiter das feststellen konnten.

Von den sieben Häftlingen, die Colin Broadbent während seiner lebenslangen Haftstrafe für den Mord an ihrer Mutter als seine Knastnachbarn betrachtet hatte, war Perry der Einzige auf freiem Fuß. Die anderen waren entweder tot, noch inhaftiert oder lebten im Ausland, Perry hingegen stammte aus der Gegend, er war ein ehemaliger Krimineller, der wusste, wie man mit Dingen wie

Videoüberwachung und DNA umging, und er hatte übermäßig viel Zeit mit einem der verabscheuungswürdigsten Menschen der Welt verbracht. In Stephanies Augen machte ihn das zum Hauptkandidaten, der möglicherweise die Maske des Butzemanns trug.

Ihr Körper zitterte vor Adrenalin, als sie vor seiner Haustür stand. Ihr Herz pochte in ihren Ohren und ihre Finger bebten. Sie atmete schwer und versuchte, sich zu fassen. Durch die Nase ein, durch den Mund aus. Autos rasten an ihr vorbei und Kinder, die in der Schule hätten sein sollen, spielten auf der Straße, aber sie schenkte ihnen keine Beachtung. Sie blendete den Lärm aus, konzentrierte sich auf die Kamera der intelligenten Türklingel und starrte in die Linse.

Dann klopfte sie.

Das Warten dauerte eine Ewigkeit. Sie stand vollkommen still, mit geradem Rücken, zurückgenommenen Schultern und die Arme an den Seiten.

Schließlich öffnete sich die Tür, und sie wurde von Perry Watson begrüßt.

Ihre erste Reaktion war eine unmittelbare Enttäuschung. Ebenso ihre zweite und dritte: Der Mann war gebrechlich, in sich zusammengesunken. Seine Haltung war vom Alter oder von Krankheit gebeugt, vielleicht von beidem, und über seine Schulter hinweg war ein Elektromobil zu sehen, das den Flur hinter ihm blockierte. Sein Gesicht war scharf und verwittert, mit hohlen Wangen und schlaffer Haut am Hals, die gräulich-gelbe Färbung deutete auf langjährigen Nikotinkonsum oder vielleicht Schlimmeres hin. Seine Augen waren durchdringend und hell und ließen ein ereignisreiches Leben erahnen. Sie spürte, dass er die Art von Person war, die früher eine bösartige Seite hatte und jeden Moment umschalten konnte. Jetzt jedoch wirkten diese Augen verloren, und Leid lag hinter ihnen.

»Perry Watson?«

»Ja«, erwiderte er und sah sie misstrauisch an. »Wer sind Sie?«

»Mein Name ist Stephanie Broadbent. Ich glaube, Sie kannten meinen Vater.«

Perry hob den Kopf. »Das ist ein Name, den ich schon eine Weile nicht mehr gehört habe.«

»Darf ich hereinkommen? Ich wollte ein paar Dinge mit Ihnen besprechen. Haben Sie Zeit?«

»Für die Familie eines alten Freundes habe ich alle Zeit der Welt.«

Die Bemerkung lag Stephanie schwer im Magen, als sie ihm ins Wohnzimmer folgte, das langsam zerfiel. Der Teppich war fleckig und wellte sich an den Fußleisten. Neben dem elektrischen Kamin stand eine Packung ungeöffneter Windeln für Erwachsene an einer Wand mit aufsteigender Feuchtigkeit. Die Tapete, einst mit Streifenmuster, warf in einer Ecke Blasen, wo der Schimmel sie heimgesucht hatte. Darüber war die Decke rissig wie eine Straßenkarte. Aber der Geruch war das Schlimmste: eine Mischung aus altem Tabak, billigem Bleichmittel und Schweiß.

Stephanie ließ sich auf der Kante des Couchtisches nieder, dessen hölzerne Oberfläche sich in ihre Knochen bohrte, während sie alles in sich aufnahm.

»Es ist nicht viel«, keuchte Perry, atemlos vom Weg zur Tür und zurück. »Aber für mich reicht es. Und das ist gut genug.«

»Ich nehme an, wenn man eine Gefängniszelle von innen gesehen hat, ist alles besser, oder?«

Perry grinste, und ein Hauch von Jugend durchbrach seinen Gesichtsausdruck.

»Das können Sie laut sagen. Obwohl ich es schon vermisse, dass sich alle um einen gekümmert haben. Ich musste meine Mahlzeiten nicht kochen. Ich musste keine Miete zahlen. Es war wie ein Hotel – kein schönes, zugegeben; wahrscheinlich eines der schlimmsten, in das man gehen konnte –, aber es gab dort ein bizarres Gefühl von Gastfreundschaft. Außerdem waren einige der Leute ganz in Ordnung, schätze ich.« Perry hustete und griff nach einem Taschentuch auf der Armlehne seines Sessels, um sich die Nase zu putzen. »Nun, was führt Sie den ganzen Weg hierher, meine Liebe?«

»Ich hatte einige Fragen zu meinem Dad«, antwortete sie.

Perry nickte und senkte den Blick. »Guter Mann. Na ja, nicht *gut*, natürlich. Aber ich bin gut mit ihm ausgekommen. Wir haben uns gegenseitig respektiert.«

»Sie wissen, was er getan hat, nicht wahr?«

»Das wusste jeder. Und er hat eine Menge Ärger dafür bekommen. Frauenschläger und Kinderschänder kommen an Orten wie diesem nicht gut an. Er hat definitiv das bekommen, was manche Leute für die gerechte Strafe für seine Taten hielten.«

»Er ist vor ein paar Wochen gestorben«, sagte Stephanie unverblümt.

Perrys Miene veränderte sich nicht, als ob der Tod, in welcher Form auch immer, für ihn nichts Ungewöhnliches war.

»Das tut mir leid zu hören«, antwortete er.

»Seien Sie es nicht. Es ist gut, dass er weg ist. Die Welt ist ein besserer Ort ohne ihn. Meine Welt ist ein besserer Ort ohne ihn, aber er findet immer noch einen Weg, sich hineinzuschlängeln.«

»Das ist so seine Art. Er hat sich immer in die Angelegenheiten anderer Leute eingemischt. Normalerweise halten die Leute den Kopf unten, aber dein Dad wollte alles über jeden wissen. Er hat mir mal erzählt, er sei wie ein Schwamm, er hat gerne Teile von den Verbrechen anderer Leute aufgesaugt und auf eine Art davon gelernt. Und glauben Sie mir, es gab da drinnen ein paar wirklich üble Bastarde.«

Das überraschte Stephanie nicht. Ihr Vater hatte während der Morde des Voodoo-Killers, bei denen mehrere Universitätsstudenten ums Leben gekommen waren, gezeigt, wozu er fähig war.

»Da war dieser eine Junge, ein dürres Ding, musste so zweiundzwanzig gewesen sein. Hat eines Tages auf dem Hof eine große Klappe gehabt. Colin hat nicht mal mit der Wimper gezuckt. Hat einfach gewartet. In dieser Nacht hat er dem Kerl eine Packung Kekse durch die Gitter geschoben. Chocolate Hobnobs. Gespickt mit zerstoßenen Abführmitteln und Bleichmittel. Der arme Teufel hat eine Woche lang Blut geschissen.«

Stephanie sträubte sich unbehaglich bei der Geschichte. Sie war nicht hier, um zu hören, wie schrecklich ihr Vater war. Was sie jedoch am meisten beunruhigte, war die Art, wie Perry über ihn sprach: als ob er ihren Vater verehrte, ihn respektierte.

»Wie ich schon sagte, es ist gut, dass er weg ist. Jetzt kann er niemandem mehr wehtun.«

»Er hat oft über dich geredet, wissen Sie?«, fuhr Perry fort. »Saß nachts auf seiner Pritsche und murmelte über seine Mädchen. Manchmal nette Sachen, manchmal nicht. Er sagte, er sähe viel von sich selbst in dir.«

Stephanies Magen drehte sich um.

»Er sagte, er habe eine dunklere Seite gesehen. Dass du dich immer um deine Schwester gekümmert und dich zwischen ihn und sie gestellt hast, und er sagte, du hast es getan, weil es dir gefallen hat. Dass du eine Art Masochistin wärst.«

»Ich war ein Kind. Ich habe meine Schwester beschützt. Ich bin überhaupt nicht wie er.«

»Er hat gesagt, dass Sie zur Polizei gegangen sind?«

Stephanie nickte.

Perry grinste wissend. »Colin hat gesagt, dass Sie das tun würden. Dass es wirklich poetisch sei. Dass Sie vom Opfer zur Beschützerin der Opfer werden würden. Dass Sie sich vor jeden bösen Menschen stellen würden, dem Sie je begegnen.«

»Das ist nicht der Grund, warum ich beigetreten bin.«

»Er hat es nicht als etwas Schlechtes gemeint. Er hat es gesagt, als ob er stolz wäre. Dass Sie endlich akzeptiert hätten, was Sie sind.«

»Ich war ein Kind, Perry.«

»Er sagte, dass er, wenn er dich ansah, jemanden sah, der Schmerz verstand. Ihn nicht nur ertrug, sondern ihn verstand. Er sagte, er habe dich so gemacht, damit du werden konntest, wer du heute bist.«

Stephanie schluckte schwer. »Er hat Menschen verletzt, weil es ihm gefallen hat. Ich beschütze Menschen vor Leuten wie ihm.«

»Aber Sie entscheiden sich immer noch dafür, in seiner Nähe zu sein. Die meisten Bullen, die wir drinnen getroffen haben, haben keine fünf Jahre durchgehalten, bevor sie das Handtuch geworfen haben oder ausgebrannt waren. Aber Sie sind immer noch davon umgeben, mitten im Feuer.« Perry griff nach einem Glas Saftschorle auf einem Tisch neben sich und nahm einen langen Schluck. »Dein Dad hat immer gesagt, dass du in den Schmerz hineingeboren wurdest, genau wie er. Aber du bist in ihn hineingewachsen. Und jetzt lebst du darin. Genauso wie er früher. Du nennst es am Ende des Tages nur anders.«

Stephanie sagte nichts. Ihr Kopf war leer, gefüllt mit statischem Rauschen und weißem Lärm, der sich zu verstärken und zu widerhallen schien.

»Warum sind Sie hierhergekommen, Stephanie? Ich nehme an, es war nicht, um etwas über Ihren alten Herrn zu erfahren.«

»Der Butzemann«, war alles, was sie sagen konnte.

»Ich habe von ihm gehört. Sie denken, das war Ihr alter Herr?«

Sie nickte, unfähig, ihre Gedanken in Worte zu fassen.

»Nun, wenn er tot ist, dann glaube ich nicht, dass er es gewesen sein kann.«

»Vorher. Es ... Es geschah in den Neunzigern, bevor mein Vater ins Gefängnis kam. Hat ... hat er ...?«

»Ob er jemals etwas darüber erwähnt hat? Nein. Er hat mir nie so etwas erzählt. Ich meine, er hat eine Menge Zeug gestanden, während er da drinnen war – Zeug, das er Ihrer Mutter angetan hat, Zeug, das er Ihnen angetan hat –, aber nie etwas davon, in Kinderzimmer einzubrechen und ihnen beim Schlafen zuzusehen.«

Stephanies Schultern sackten in sich zusammen. »Gar nichts?«

Perry schüttelte den Kopf. »Das heißt nicht, dass er nicht involviert war. Es bedeutet nur, dass er es mir nie erzahlt hat.«

Stephanie spürte, wie sich die Muskeln in ihrem Körper zu entspannen begannen. Alles, was sie hatte, war sein Wort, aber in Perrys jetzigem Zustand war er keinesfalls der wiedergeborene Butzemann. Vielleicht hatte sie sich die ganze Zeit über die Beteiligung ihres Vaters geirrt.

»Ich bin mir nicht sicher, ob es hilft«, fuhr er fort. »Aber Ihr alter Herr war bei vielen Dingen sehr offen, außer bei einer Sache.« Er hob den Finger, um seinen Punkt zu verdeutlichen. »Er hat eine Menge Briefe geschrieben.«

»Briefe?«

»An seinen Bruder und an einige andere Leute. Ich wusste nie, worum es ging, aber er hat Kontakt zu Leuten von draußen gehalten.«

»Was hat er damit gemacht? Wissen Sie, ob er Kopien davon oder von denen, die er erhalten hat, aufbewahrt hat?«

»Darauf können Sie wetten. Aber niemand, und ich meine wirklich niemand, durfte sie sehen oder lesen, sonst hätte es für ihn einen Abführmittel-Bleichmittel-Milchshake zum Frühstück gegeben.«

KAPITEL
ACHTUNDSECHZIG

Stephanie stolperte ins Haus und rannte die Treppe hinauf, wobei sie zwei Stufen auf einmal nahm.

Oben kam sie abrupt zum Stehen, erstarrte, um wieder zu Atem zu kommen, und ihr Blick fixierte sich auf das Schlafzimmer ihrer Eltern. Das, das sie gemieden hatte. Das, dem sie sich nicht hatte stellen können, seit sie in ihr Elternhaus zurückgekehrt war.

Die Erinnerungen. Die Visionen. Der Missbrauch.

Sie konnte die leisen Schreie ihrer Mutter hinter der Tür hören. Ein Schauer durchfuhr ihren Körper und ein Kloß bildete sich in ihrem Hals. Sie hatte den Rest des Hauses durchsucht und keine Spur von Briefen aus seiner Zeit im Gefängnis gefunden. Wenn es sie irgendwo gab, dann hinter dieser Tür.

Das einzige Problem war, ob sie den Mut hatte, sie zu öffnen?

Stephanie streckte die Hand aus und umschloss mit den Fingern den Türknauf, denselben Knauf, den er berührt hatte. Zitternd drehte sie ihn, zögerte einen Augenblick und drückte dann die Tür auf.

Die Tür quietschte in den protestierenden Angeln auf und sie trat ein. Das Zimmer war fast perfekt erhalten. Das Doppelbett sah frisch gemacht aus, die Kissen waren aufgeschüttelt. Auf der nahen Seite saß unter einer staubbedeckten Lampe der alte Wecker ihrer Mutter, dessen Zifferblatt bei 3:12 eingefroren war.

Sie drehte sich langsam um und nahm alles in sich auf.

Zu ihrer Linken stand der Kleiderschrank, dessen Türen geschlossen waren. Sie wusste, dass darin keine Kleider ihrer Mutter mehr sein würden – sie waren alle weggeworfen worden, als sie starb –, aber trotzdem stellte sie sich vor, wie sie darin hingen und darauf warteten, von ihr ausgewählt zu werden, wann immer sie sich verkleideten. Stephanie hatte die Kleider ihrer Mutter beneidet und oft ihre Schuhe und Oberteile anprobiert, bevor sie häufig hinfiel und sich verletzte. Jetzt war der Platz mit den Sachen ihres Vaters gefüllt.

Daneben stand ein kleiner Schreibtisch, dessen Holzoberfläche sich mit der Zeit verzogen hatte. Oft hatte sie ihre Mutter dort beim Schminken angetroffen, und sie hatten es gemeinsam getan, während Stephanie auf ihrem Schoß saß. Sie beschloss, es dort zuerst zu versuchen.

Ihre Schritte waren schwer, fast ohrenbetäubend, als sie sich näherte. Sie strich mit den Fingern über die Oberfläche, Staub blieb an ihrer Haut haften. Sie griff nach der obersten Schublade und zog sie langsam auf.

Darin befand sich eine Handvoll Dokumente. Sie hob die oberste Schicht an und fand darunter einen kleinen Stapel Briefe. Dutzende davon. Gekritzel aus getrockneter Tinte auf liniertem Schulheftpapier. In der oberen linken Ecke standen der Name ihres Vaters und die Adresse des Gefängnisses. Auf der gegenüberliegenden Seite der Absender: E. Broadbent.

Ihr gefror das Blut in den Adern.

Sie warf einen Blick auf den obersten Brief und sah das Datum: zwei Wochen, nachdem Colin in Untersuchungshaft gekommen war.

Der Raum schien sich um sie herum zu verengen. Die Wände neigten sich nach innen. Die Luft wurde kälter.

Langsam, die Briefe in den Händen haltend, setzte sie sich auf die Bettkante und begann zu lesen.

Liebster Bruder,

ich habe jeden Tag an dich gedacht.

Es fühlt sich immer noch seltsam an, dass du nicht mehr hier bist. Ich kann nicht glauben, dass du weg bist. Ich hätte nicht gedacht, dass das möglich ist, aber ich bin sicher, dein Anwaltsteam wird alles tun, um dich aus dieser Situation herauszuholen.

Wie ist das Gefängnis? Wie ist es so? Sind die Leute so schlimm, wie sie im Fernsehen dargestellt werden?

Wenigstens hast du beim Wetter nicht viel verpasst. Seit du weg bist, ist es furchtbar. Regen, Regen, Regen und noch mehr Regen.

Ich weiß, du machst dir wahrscheinlich Sorgen um mich, aber das musst du nicht. Uns geht es wirklich gut. Und ich fühle mich viel besser. Es wird dich auch freuen zu hören, dass es keine Besuche mehr gab, seit du weg bist. Ich verspüre nicht mehr das Bedürfnis danach. Ich glaube, ich bin geheilt, und das alles dank dir, Bruder. Du hast mein Leben auf eine Weise verändert, die ich nicht in Worte fassen kann. Ich bin dir ewig dankbar.

Pass auf dich auf da drin.

Batman.

Stephanie bemerkte erst, dass sie aufgehört hatte zu atmen, als ihre Sicht an den Rändern zu verschwimmen begann. Der Brief zitterte zwischen ihren Fingern, das Papier war plötzlich zu leicht und zu schwer zugleich.

Sie las ihn noch einmal, diesmal langsamer.

Die Besuche haben aufgehört.

Er verspürt nicht mehr das Bedürfnis danach.

Er ist geheilt worden.

Dank ihres Vaters.

Sie starrte auf den Spitznamen am Ende.

Batman. Der schwarze Mann.

Es war Elliot.

Ihr Onkel.

Noch ein Monster in der Familie.

KAPITEL NEUNUNDSECHZIG

Sobald sich die Tür öffnete, drängte sie sich an ihrem Onkel vorbei und trat ins Haus.

»Steph ...? Was ...?«

Ohne ihn zu beachten, stürmte sie ins Wohnzimmer und begann, auf und ab zu gehen. Adrenalin schoss ihr durch den ganzen Körper, und ihre Gedanken überschlugen sich. Schließlich, nach einer gefühlten Ewigkeit, schleppte sich Elliot Broadbent durch die Tür, zog seine Sauerstoffflasche hinter sich her und keuchte in das Mundstück, als stünde sein letzter Atemzug bevor.

»Stephanie«, sagte er. »Du hättest anrufen sollen. Ich hätte-«

»Hör auf«, fauchte sie und zeigte mit dem Finger auf ihn. »Sag kein einziges Wort mehr, bis ich fertig bin.«

Er blinzelte sie ausdruckslos an.

»Ich *weiß* es.«

»Was weißt du?«

»Ich weiß alles, kapiert? Ich weiß von den Briefen. Ich weiß von deinem *Geheimnis*. Und ich weiß, dass mein Dad dir geholfen hat, es zu vertuschen.«

Elliot öffnete den Mund, um etwas zu sagen, doch stattdessen setzte er die Maske auf, da er nach Luft rang.

»Woher?« Seine Stimme war nur ein Flüstern.

»Ich habe die Briefe gefunden, die du ihm ins Gefängnis geschrieben hast, in denen du sagst, dass die Besuche aufgehört haben, seit er in Untersuchungshaft saß. Sie fallen mit den ursprünglichen Besuchen des Butzemanns zusammen.« Sie biss die Zähne zusammen und kämpfte gegen die Tränen an. »Du warst es. *Du* warst der Butzemann.«

Elliot senkte langsam das Mundstück und deutete auf das Sofa. »Darf ich mich setzen?«

Sie erkannte, dass sie keine Wahl hatte, und bedeutete ihm, sich zu bewegen. Vorsichtig ließ er sich auf das Polster sinken und klammerte sich an sein Gerät.

»Stimmt es?«, fragte sie. »Warst du der Butzemann von damals?«

»Steph ...«

»Elliot, stimmt es?«

»Steph ...«

»Antworte mir!« Ihre Stimme hallte durch den Raum.

Elliot zuckte zusammen, seine Augen glänzten feucht. Er sprach nicht sofort. Stattdessen schloss er die Augen, als suchte er die Antwort hinter seinen Lidern.

Dann nickte er langsam und qualvoll.

Stephanie taumelte zurück, als hätte man ihr in den Magen geschlagen. Die Luft war ihr aus den Lungen gepresst worden. Ihre Finger ballten sich zu Fäusten, und für einen Moment war sie sich nicht sicher, was sie tun würde: schreien, weinen, etwas nach ihm oder durch den Raum werfen oder weglaufen.

»Ich kann es erklären ...«, fing er an.

Sie atmete tief ein, plusterte die Brust auf und lockerte ihre geballte Faust. »Das solltest du besser.«

»Ich ... ich ... ich hatte einen Sohn«, sagte er. »Er ... er war meine ganze Welt. Er war mein Ein und Alles. Und dann wurde er mir eines Tages genommen. Er starb an seinem zehnten Geburtstag. Er ist unter eine Hüpfburg gekrochen und stecken geblieben. Ein bescheuerter Unfall. Das hätte nie passieren dürfen. Ich war am Boden zerstört. Ich war danach lange Zeit verloren. Ich wollte mich umbringen; ich wollte, dass alles ein Ende hat. Und dann habe ich einen Ausweg gefunden, eine Art Ventil, eine Möglichkeit für mich zu trauern ...«

»Indem du in die Zimmer kleiner Jungen eingebrochen bist

und ihnen beim Schlafen zugesehen hast«, sagte sie mit einem Kloß im Hals.

Elliot nickte. »Für diesen kurzen Moment, während ich in den Zimmern dieser Jungen war, hatte ich das Gefühl, bei ihm zu sein; ich habe mich ihm nahe gefühlt. Du kannst das nicht verstehen, aber ...« Er nahm einen weiteren langen Zug Luft aus seinem Gerät. »Ich wollte das nicht tun. Ich wollte diese Jungen und ihre Familien nicht terrorisieren, aber es war der einzige Weg.«

»Und mein Dad wusste davon?«

»Ja. Weil ... weil ich es bei dir und Kimberley versucht habe. Er hat mich ein paarmal hereingelassen, aber es war einfach nicht dasselbe.«

Stephanie stockte der Atem. Die Albträume. Die Träume. Es war nicht ihre Einbildung gewesen; sie waren keine Fiktion. Sie waren real gewesen.

»Du bist in unser Zimmer gekommen?«

Elliot nickte.

»Aber ich habe euch nie angefasst, genauso wenig wie ich diese Jungen angefasst habe. Es ging nie um *so etwas*. Es ging nie um irgendetwas Perverses. Ich musste ihnen nur nah sein, meinem Jungen nah sein.«

»Habt du und mein Dad das zusammen gemacht?«

»Nein, niemals. Das war nur ich. Dein Dad, er ... er hat mir nur geholfen. Er wusste davon, hat mich angeleitet, dafür gesorgt, dass ich der Polizei aus dem Weg ging.«

Stephanie war wie erstarrt. Ihr Herzschlag donnerte in ihren Ohren.

»In deinen Briefen hast du geschrieben, dass er dir geholfen hat, aufzuhören. *Wie*?«

Elliot hielt inne, bevor er sprach. »Das ist für dich schwer zu verstehen.« Er war für einen Moment in Gedanken versunken, sein Gesicht war ausdruckslos. »Die Verhaftung deines Dads hat mich gezwungen aufzuhören. Das ist alles. So einfach war das. Ich habe gesehen, was passieren würde, wenn ich erwischt würde, also beschloss ich, einen Schlussstrich zu ziehen.«

Stephanie glaubte ihm nicht. Da steckte mehr dahinter, aber aus irgendeinem Grund schwieg er darüber. Sie würde dieser Spur später nachgehen, wenn er unter den richtigen Bedingungen in einem Verhörraum saß. Aber im Moment gab es dringendere Fragen, auf die sie Antworten brauchte.

»Weißt du, wer das jetzt macht?«

Die Farbe wich aus seinem Gesicht, und er schüttelte den Kopf. Noch eine Lüge.

»Wer ist es, Elliot?«

Ihr Onkel nahm einen weiteren kurzen, scharfen Zug Luft. Er brauchte sie offensichtlich, um überhaupt atmen zu können.

»Ich weiß es nicht«, sagte er in dem kurzen Moment, in dem er die Maske vom Gesicht nahm. »Es könnte jeder sein. Ich wünschte, ich wüsste es.«

»Vielleicht frischt ein Verhörraum und eine Nacht in einer Zelle dein Gedächtnis auf.« Sie zog ihr Handy aus der Tasche und ging in den Flur, hielt das Gerät an ihr Ohr. »Devon, Sie müssen mir einen Gefallen tun. Ja, noch einen. Aber nicht so einen. Ich brauche ein paar Einsatzwagen bei der Adresse meines Onkels. Ich habe ihn. Ich habe den ursprünglichen Butzemann.«

KAPITEL SIEBZIG

Das Büro lag in Dunkelheit und nur das blaue Leuchten von Stephanies Handybildschirm erhellte ihr Gesicht. Sie hatte die letzten zehn Minuten mit dem Gerät herumgespielt, es zwischen ihren Fingern gedreht und mit dem Fingernagel auf die Rückseite getippt. Schweigend saß sie da und verarbeitete alles, versuchte, mit der Enthüllung klarzukommen, dass es noch ein weiteres Monster in ihrer Familie gab: ein kriminelles Geschwisterduo.

Sie konnte es nicht glauben. Ihr Vater hatte von den Verbrechen ihres Onkels gewusst und nichts unternommen. Genauso hatte ihr Onkel ihren Vater beschützt. Sie hatten aufeinander aufgepasst und sich angesichts der Polizei bis zum bitteren Ende gegenseitig verteidigt.

Stephanie hörte auf, mit dem Gerät zu spielen, und starrte auf ihren Sperrbildschirm: ein Foto von sich und Kimberley.

Kimberley.

Ihre Schwester.

Der Gedanke an das Versprechen, das sie einander gegeben hatten.

Keine Geheimnisse.

Keine Lügen mehr.

Sie entsperrte das Gerät und suchte in ihrem Adressbuch nach den Kontaktdaten ihrer Schwester. Ihr Finger schwebte über dem

Anruf-Button. Sie sollte es Kimberley sagen. Sie hatte ein Recht darauf, es zu erfahren. Aber was würde es bringen? Sie darüber zu informieren, dass ein weiteres Familienmitglied, jemand, den sie kaum kannte, fast genauso böse war wie ihr Vater? Was, wenn Kimberley glaubte, dass es in der Familie lag, dass sie beide zu Sünden fähig waren? Dass sie beide von Grund auf böse waren?

Stephanies früheres Gespräch mit Perry Watson spielte sich wieder in ihrem Kopf ab. War sie wirklich so anders als ihr Vater? Dass sie wiederholt auf ihn eingestochen hatte, bis er starb, deutete darauf hin, dass sie sich ähnlicher waren, als ihr lieb war.

Nein. Das war Blödsinn. Sie war anders. *Einzigartig*. Der einzige Teil von ihm, der durch sie floss, war das Blut in ihren Adern und die DNA in ihrem Körper. Aber das definierte sie nicht. Das bestimmte nicht, wer sie war.

Sie waren sich überhaupt nicht ähnlich.

Der Bildschirm wurde schwarz und Stephanie legte das Handy hin. Kimberley musste es nicht wissen. Zumindest noch nicht. Sie ließ das Handy mit einem leisen Geräusch aus ihrer Hand auf den Schreibtisch fallen.

Sie schloss die Augen und lehnte sich im Stuhl zurück, ließ die Dunkelheit sie einhüllen. Ihr Kopf war ein Stadion voller Lärm, Gedanken prallten aufeinander, Erinnerungen krachten wie Autoscooter ineinander.

Dann wurde die Tür aufgerissen.

Sie fuhr kerzengerade hoch.

Es war Olivia, atemlos und mit weit aufgerissenen Augen. »Ma'am, Sie müssen kommen. *Sofort.*«

Stephanie stand sofort auf. »Was ist los?«

»Es ist Ihr Onkel. Er ist gerade in der Verwahrungszelle zusammengebrochen.«

Stephanies Magen zog sich zusammen. »Was ist passiert?«

»Er hat aufgehört zu atmen. Ich glaube, er ist tot.«

KAPITEL
EINUNDSIEBZIG

Elliot Broadbent, ihr Onkel, der Mann, den sie erst seit ein paar Tagen wieder kannte und noch seltener getroffen hatte, lag zusammengebrochen auf dem Boden seiner Arrestzelle auf dem Rücken, die Finger um die Sauerstoffmaske gekrallt, die neben ihm lag. Er war von einer Handvoll Beamten umringt, die ihm alle zu Hilfe eilten, während sie auf den Krankenwagen warteten. Stephanie war keine medizinische Expertin, aber sie konnte sehen, dass er tot war. Sobald die Sanitäter eintrafen, würden sie seinen Tod feststellen.

Die Farbe war bereits aus seinem Gesicht gewichen, und der glasige, wässrige Blick in seinen Augen war verschwunden; er hatte seine letzte Träne vergossen.

Stephanie stand am Eingang der Arrestzelle und nahm den Lärm und das Chaos um sich herum nicht wahr. Ihre Gedanken überschlugen sich. Erstens war dies ein Albtraum in Sachen Gesundheits- und Sicherheitsvorschriften. Elliot war ein kranker Mann mit einem sehr ernsten und offensichtlichen gesundheitlichen Problem, dennoch war er in ihrem Gewahrsam gestorben. War eine Risikobewertung durchgeführt worden? Hatte ihn jemand überwacht oder die Anzeichen erkannt? Oder war es nur ein unvorhersehbarer Unfall, den niemand hätte kommen sehen können? Sie erinnerte sich, wie Elliot bei sich zu Hause nach

Luft geschnappt hatte, als hinge sein Leben davon ab; hatte *sie* die Warnzeichen übersehen?

Zweitens war er der ursprüngliche schwarze Mann; er war der Schlüssel, der die aktuellen Ermittlungen möglicherweise zum Abschluss bringen konnte, und nun war er tot. Schlimmer noch, sie war die Einzige, die die Wahrheit kannte. Er hatte ihr alles im Vertrauen erzählt, und in ihrem panischen, von Adrenalin getriebenen Zustand hatte sie sich nicht die Mühe gemacht, ihr Gespräch aufzuzeichnen. Es stand sein Wort gegen ihres, und er war tot.

Drittens, und vielleicht der wichtigste Punkt, wenn man bedachte, dass er ganz unten auf ihrer Liste stand, war, dass er ihr Onkel war. Ein Mitglied ihrer Familie. Fleisch und Blut. Doch sie empfand nichts für ihn. Kein Mitgefühl, keinen Schmerz, keine Qual. Er war nur ein weiterer Verbrecher, der der wahren Macht der Justiz entkommen war.

»Steph?«

Die Frage klang entfernt, fast so, als käme sie von ihrem Onkel selbst, der nach ihr rief und um Hilfe flehte.

»Steph?«

Erst als Devon in ihr Blickfeld trat, wurde ihr klar, dass die Frage von ihm gekommen war.

»Ma'am, was sollen wir tun?«

»Ich ...« Sie brauchte einen Moment, um ihre Gedanken zu sammeln. Aber diese Zeit hatten sie nicht. »Er hat alles gestanden.« Sie sah Devon in die Augen, aber sein Gesicht verschwamm bald. »Er hat gestanden, der ursprüngliche schwarze Mann zu sein. Er hat seinen Sohn am Geburtstag des Jungen verloren und ist in die Schlafzimmer von Kindern eingebrochen, um mit seiner Trauer fertigzuwerden.«

»Er hat seinen Sohn verloren?«, wiederholte Devon.

»Aber wir haben keine Beweise. Wir haben keinen Beleg. Alles, was ich habe, sind Briefe, die er meinem Dad im Gefängnis geschrieben hat, in denen steht, dass die Besuche aufgehört haben.«

»Was sollen wir tun?«

Und dann veränderte sich etwas in ihr. Sie war wieder bei der

Sache. Sie war wieder eine Kriminalhauptkommissarin, die dafür verantwortlich war, ein Team unter extremem Druck zu leiten.

»Beweise«, sagte sie. »Wir brauchen Beweise. Es könnte Briefe in Elliot Broadbents Haus geben, die bestätigen, dass er der schwarze Mann war, also brauchen wir ein Team, das jeden Winkel und jede Ritze bei ihm durchsucht. Schicken Sie die Spurensicherung so schnell wie möglich dorthin. DNA ... wir müssen auch seine DNA nehmen und zur Analyse schicken.«

»Was soll das bringen?«

»Die ursprünglichen Ermittlungen. Es könnte DNA-Beweise von damals geben, mit denen wir ihn in Verbindung bringen können. Ich weiß nicht, warum ich nicht früher daran gedacht habe.«

Devon nickte. »Ich setze das Team darauf an. Und ich lasse jemanden die alten Ermittlungsakten genauer durchsehen.«

»Ich helfe ihnen«, sagte sie und nickte langsam. »Ich werde sie auch noch einmal durchsehen.«

Damit eilte Devon davon, um seine Aufgaben zu erledigen.

Für einen Moment blieb Stephanie stehen, während die Leute um sie herum weiterwuselten. Dann trafen die Sanitäter ein und zwangen sie, zur Seite zu treten. Schweigend beobachtete sie, wie sie sich neben Elliots Leiche knieten und schnell bestätigten, was sie bereits wusste.

»Er ist tot«, sagte der erste Sanitäter sachlich.

Ein kalter Schauer lief ihr über den Rücken. Sie blickte auf ihren Onkel hinab, und als sie sein Gesicht betrachtete, tauchte das Bild ihres Vaters auf, der auf dem Flurboden ihres Elternhauses verblutete. Sie wurde daran erinnert, wie ähnlich sie sich sahen: die Wangenknochen, die Augen.

Eine weitere Erinnerung an ihren Dad und die Schrecken in ihrer Familie.

Die Lichter über ihr begannen in ihren Gedanken zu flackern, und die Wände schienen näher zu rücken. Übelkeit stieg in ihr auf, und die Welt geriet aus den Fugen. Sie stolperte aus der Zelle, stieß gegen Wände und Teammitglieder, während sie sich zum Ausgang durchkämpfte. Draußen atmete sie einen tiefen Zug kühler

Abendluft ein, aber das linderte das Gefühl in ihrem Kopf und Magen nicht.

Dafür gab es nur eine Antwort.

Eine Antwort, die alles betäubte.

Sie torkelte über den Parkplatz, stieg in ihr Auto und fuhr langsam los. Sie nahm die Straßenlaternen und den Verkehr nur halb wahr, während sie vom Revier wegfuhr.

Fünf Minuten später war sie da.

Die Ladenfront war hell erleuchtet und präsentierte Bilder ihrer Köstlichkeiten. Sofort traf sie der Geruch von Fett, Salz und Reue wie ein Schlag ins Gesicht.

Kebab Grill.

Ein alter Freund.

Sie schloss das Auto hinter sich ab, sprang die Stufen hoch und betrat den Laden.

Drinnen wurde der Geruch intensiver, und der Besitzer blickte hinter dem Tresen auf und lächelte sie an wie eine alte Freundin.

»Guten Abend, die Dame! Lass mich raten, dein Übliches?«

KAPITEL ZWEIUNDSIEBZIG

Egal, wie viele Kaugummis und Pfefferminzbonbons sie sich in den Mund stopfte, der beißende Geschmack von Galle blieb. Sie verachtete sich. Alles war so unter Kontrolle gewesen. Sie hatte es endlich in den Griff bekommen, und doch, seit ihr Onkel in ihr Leben getreten und die Beteiligung ihres Vaters am Fall des Butzemanns eskaliert war, hatte ihre Bulimie wieder ihre hässliche Fratze gezeigt.

Um der Furcht, dem Bedauern und der Schuld entgegenzuwirken, die an dem fraßen, was von ihrer Magenschleimhaut übrig war, hatte sie die ganze Nacht damit verbracht, sich in die Details des ursprünglichen Butzemann-Falls zu vertiefen. Sie hatte das Zeitgefühl verloren und erst jetzt bemerkt, dass es draußen hell wurde und der größte Teil des Teams schon vor langer Zeit nach Hause gegangen war. Sie hob den Blick vom Computer und starrte durch den Spalt ihrer Tür. Das Lagezentrum war leer und unheimlich still, bis auf das surrende Geräusch des Serverraums irgendwo im Gebäude.

Stephanie schätzte die Stille; sie half, die Stimmen und den Lärm in ihrem Kopf zu beruhigen.

Sie wandte ihre Aufmerksamkeit wieder ihrem Computer zu, wo sie eine Zeugenaussage überprüfte. Der Eintrag war von Detective Constable Oliver Reed verfasst und eine Woche vor Abschluss der Ermittlungen protokolliert worden. Zu diesem

Zeitpunkt war in zehn Häuser eingebrochen und das Leben von zehn Jungen unwiderruflich verändert worden.

Er lautete:

Datum: 18.07.1994

Von: DC Oliver Reed

Eingereicht bei: DI Gavin Lockwood

Beginn:

[GESCHWÄRZT] wurde am Morgen des 18.07.1994 im Zusammenhang mit der Operation Rainmaker vernommen. Es wurde gemeldet, dass der Verdächtige dabei beobachtet wurde, wie er sich in der Nähe der Schule herumtrieb, die alle Jungen besuchten. Natürlich ließe sich argumentieren, dass jeder Elternteil an der Schule beim Gleichen beobachtet werden könnte – aber der Beschwerdeführer merkte an, dass [GESCHWÄRZT] nicht den Anschein erweckte, ein Kind abzuholen. Er wurde beobachtet, wie er fast fünfundvierzig Minuten lang in einem grauen Vauxhall Astra saß und die Schultore beobachtete. Nach informeller Befragung einiger Mitarbeiter der Schule wurde klar, dass [GESCHWÄRZT], der, nach Aussagen von Freunden und Familienmitgliedern, gerne Batman genannt wird, früher ein Kind hatte, das auf dieselbe Schule ging. Traurigerweise verlor ebenjenes Kind bei einem bizarren Unfall mit einer Hüpfburg auf seiner zehnten Geburtstagsfeier sein Leben.

Ich habe mit [GESCHWÄRZT] gesprochen, und es ist klar, dass er sehr um den Verlust seines Sohnes trauert und infolgedessen im Rahmen dieses Prozesses Zeit vor der Schule verbracht hat.

Vernehmung durchgeführt, aber auf Wunsch von DI Lockwood nicht zu einer formellen Verwarnung eskaliert.

Keine weiteren Maßnahmen ergriffen.

-DC Reed

. . .

Stephanie las die Notiz noch zweimal durch. Als sie fertig war, lehnte sie sich in ihrem Stuhl zurück und versuchte, die Informationen zu verarbeiten. Für sie war es offensichtlich, dass sie sich auf Elliot Broadbent bezogen. Da war nicht nur die Erwähnung des verstorbenen Sohnes, sondern auch das Muster, sich in der Nähe der Schule herumzutreiben, um seine Opfer ins Visier zu nehmen.

Der letzte Beweis war der Spitzname: Batman.

Stephanie hatte keine Ahnung, warum er in dem Bericht enthalten war, aber sie war dankbar dafür.

Noch beunruhigender war jedoch, dass der Name ihres Onkels fehlte. Warum hatte man ihn geschwärzt? Und von wem?

Bevor sie ihre Gedanken fortsetzen konnte, unterbrach sie ein Geräusch. Giles erschien vom anderen Ende des Büros, er trug einen vom Regen glänzenden Regenmantel. Sobald er sie entdeckte, eilte er herüber und tropfte Regentropfen auf den Teppich. Stephanie blickte hinter sich und bemerkte Tropfen am Fenster.

»Sie sind hier«, sagte Giles atemlos. »Ich dachte nicht, dass Sie hier sein würden.«

Stephanie schaute weiter aus dem Fenster.

»Sind Sie die ganze Nacht hier gewesen?«, fragte er.

»Wie lange regnet es schon?«

»Das beantwortet meine Frage.« Giles trat über die Schwelle ihres Büros und näherte sich ihrem Schreibtisch. »Ich glaube, ich habe etwas.«

Allmählich begannen die Zahnräder in ihrem müden Gehirn zu arbeiten. Ihr war gerade erst bewusst geworden, dass sie die ganze Nacht im Büro verbracht hatte.

»Sie sind früh hier. Haben *Sie* überhaupt geschlafen?«, fragte sie.

»Haben Sie?«

»Wir reden nicht über mich. Wir reden über Sie. Was machen Sie um diese Zeit hier?«

Strahlend wie ein aufgeregtes Kind schwang Giles seinen Rucksack von der Schulter und legte ihn auf den Stuhl. Er begann darin zu wühlen und zog ein Blatt Papier heraus.

»Ich konnte nicht schlafen. Ich habe die ganze Zeit über diesen

Fall nachgedacht. Er hat mich von Anfang an beschäftigt, aber dann habe ich etwas Interessantes gefunden und konnte es nicht loslassen.«

Stephanie beugte sich in ihrem Stuhl vor. »Sie haben meine Aufmerksamkeit ...«

»DNA. Devon hat gesagt, Sie hätten uns gebeten, die Akten des früheren Falls auf alles zu überprüfen, was mit DNA zu tun hat.«

Sie nickte aufmerksam.

»Und, nun ja, ich habe einen Tagesbericht vom achtzehnten Juli von einem Kerl namens DC Oliver Reed gefunden, und darin sagt er, dass DNA-Proben von einem Verdächtigen genommen wurden, die DNA aber später verloren ging.«

»Okay ...«, sagte Stephanie, während die Zahnräder in ihrem Gehirn scheinbar zur selben Zeit erwachten wie der Rest des Teams, als Leute durch die Tür zu strömen begannen.

»Das kam mir ein wenig seltsam vor«, fuhr Giles fort.

»Wer ... wem wurde der Bericht vorgelegt?«

»Jemandem namens DC Stephanie Penrose, ihrer Asservatenbeauftragten.«

»Nennt er den Verdächtigen, oder wurde er geschwärzt?«

Giles' Augen weiteten sich vor Freude. »Er nennt ihn, Ma'am.«

»Wen?«

»Die DNA-Probe wurde von einem Mr. Elliot Broadbent genommen.«

KAPITEL
DREIUNDSIEBZIG

Einige Stunden später hatte sich Oliver Reed bereit erklärt, sie im Pastry Bakes zu treffen, einem gemütlichen, unabhängigen Café an der Hauptstraße von Dorking, eine halbe Autostunde vom Revier entfernt. Eingebettet im Herzen der Surrey Hills glich Dorking einer Szene von einer ländlichen Postkarte, umrahmt von saftigen, sanften Hügeln und dichten Wäldern, die sich im Herbst gold und purpurrot färbten. Die Anfahrt in die Stadt führte sie durch gewundene Sträßchen, die von malerischen Cottages und verwitterten Steinmauern gesäumt waren. Das Stadtzentrum selbst war ein Flickenteppich aus bezaubernder Altertümlichkeit und stillem Wohlstand.

Als Stephanie die Tür zum Café öffnete, wurde sie vom Geruch nach verbranntem Kaffee und dem zischenden Geräusch der Espressomaschine im Hintergrund begrüßt. Der Laden war leer, abgesehen von einem älteren Pärchen, das am Fenster saß. Sie hielt nach Oliver Ausschau und fragte sich kurz, ob er sie versetzt hatte. Erst als sie ein paar zögerliche Schritte nach vorn machte, entdeckte sie eine männliche Gestalt, die sich im hinteren Garten krümmte. Er lümmelte in einem Stuhl und trug eine abgetragene Wachsjacke, die schon bessere Jahrzehnte gesehen hatte, mit einer Tasse Tee vor sich, die unberührt auf dem Tisch stand.

Sie trat an ihn heran.

Er drehte sich langsam zu ihr um, als sie nach draußen trat.

»Inspector?«

»Constable?«

Oliver erhob sich aus dem Stuhl und schüttelte ihre Hand, wobei das stechende Blau seiner Augen sein Gesicht mit einem Lächeln erhellte. Stephanie schätzte ihn auf Ende sechzig.

»So hat mich schon lange keiner mehr genannt«, sagte er energisch.

»Danke, dass du dich bereit erklärt hast, mich zu treffen.«

Sie saßen sich gegenüber und lehnten sich mit der entspannten Haltung in ihren Stühlen zurück, die sie sich beide über Jahre bei der Vernehmung von hartgesottenen Kriminellen angeeignet hatten.

»Ehrlich gesagt dachte ich, die ganze Sache wäre längst gegessen, daher war ich etwas überrascht, als du angerufen hast. Dann war ich ein wenig enttäuscht, als du sagtest, wer du bist.«

»Wie meinst du das?«

»Ich dachte, du wärst vielleicht von Netflix oder so und wolltest einen der alten Polizisten des Falls fragen, ob er bereit wäre, über seine Erfahrungen für eine neue Dokumentation zu sprechen.«

Stephanie stieß ein kleines Lachen aus. »Was nicht ist, kann ja noch werden.«

Oliver blickte auf sein Getränk, dann auf den leeren Platz vor ihr auf dem Tisch. »Soll ich dir was holen?«

Sie lehnte das Angebot mit einem Kopfschütteln ab. »Ich brauche nichts.«

»Keine Zeit? Ich erinnere mich an diese Tage. Jetzt habe ich alle Zeit der Welt.«

Du Glücklicher.

»Vermissen Sie es?«

Oliver umfasste seine Tasse mit beiden Händen. »Scherzt du? Jeden Tag. Aber ich könnte niemals zurück. Ich habe mit dem Kapitel abgeschlossen, weißt du, was ich meine? Habe mir neue Hobbys gesucht, neue Dinge, die mein Interesse wecken – und mich bei Verstand halten. Heutzutage dreht sich alles um die Psyche. Psychische Gesundheit hier, psychische Gesundheit da. Zu meiner Zeit nannten wir das einfach nur schlecht drauf sein. Aber…

ich muss zugeben, es ist eine große Sache. Den ganzen Tag nur rumzuhocken, macht einen echt fertig. Es ist wichtig, mit Leuten in Kontakt zu bleiben, Gespräche zu führen.«

»Oder, in unserem Fall, über alte Ermittlungen zu sprechen«, fügte Stephanie hinzu.

»Touché.« Er führte die Tasse endlich an seine Lippen und nahm einen kleinen Schluck. »Sag mir, Stephanie, was ist am schwarze Mann so wichtig, dass du den ganzen Weg nach Dorking auf dich genommen hast?«

Stephanie richtete sich in ihrem Stuhl auf und ließ die Frage zwischen ihnen im Raum stehen. Sie beugte sich vor, die Ellbogen auf den Tisch gestützt. »Es ist wieder passiert. Ich bin nicht sicher, was du in den Nachrichten oder online gesehen hast oder auch nicht, aber es gab in letzter Zeit wieder Einbrüche, und die beteiligte Person hat Ballons zurückgelassen.«

»Derselbe MO wie früher«, sagte Reed leise, und sein Blick wurde leer, als er die Ereignisse seiner Ermittlungen noch einmal durchlebte.

»Nur dass er diesmal jemanden getötet hat«, erklärte Stephanie. »Etwas ist schiefgelaufen. Ich glaube, es war ein Fehler, denn seitdem ist alles still geworden.«

Oliver nickte nachdenklich. »Glaubst du, es ist derselbe Kerl? Der, den wir nie gefasst haben?«

Sie schüttelte den Kopf. »Nein. Es gibt Ähnlichkeiten, ja. Aber es gibt auch einen großen Unterschied: Anstatt Jungen ins Visier zu nehmen, hat er es auf Mädchen abgesehen.«

Ein weiteres Nicken, diesmal langsamer. Olivers Gesichtszüge verhärteten sich, und er blickte weg, über den hinteren Garten zu den Pflanzen, die in den Blumenampeln kaum überlebten.

»Also, was denkst du, ein Nachahmungstäter?«

»Muss so sein. Die einzige Erklärung. Entweder jemand, der den alten schwarze Mann kannte, oder jemand, der irgendwie darüber recherchiert hat.«

Oliver rieb sich unter dem Auge. »Wo komme ich da ins Spiel? Wir haben den Verantwortlichen nie gefunden. Das weißt du, oder?«

Sie nickte.

»Einer der beunruhigendsten Fälle meiner Karriere, und wir haben den Bastard nie gefunden. Das nagt immer noch an mir.«

Sie spürte, wie ihre Mundwinkel zu einem Lächeln zuckten. »Du kannst beruhigt sein. Ich glaube, wir haben ihn gefunden.«

»Ihr habt die Person, die es getan hat?«, fragte Oliver, seine Augen weiteten sich vor Aufregung.

»Möglicherweise. Hoffentlich. Und da kommst du ins Spiel. Ich hoffe, du kannst mir ein paar Dinge bestätigen.«

Oliver beugte sich in seinem Stuhl vor und schob seine Teetasse zur Seite, sodass nichts mehr zwischen ihnen war. »Ich bin ganz Ohr.«

Stephanie zog die Tagesprotokolle hervor, die sie im Büro gelesen hatte, und reichte sie ihm. »Dieser Name wurde geschwärzt«, erklärte sie. »Kannst du dich erinnern, wer das war?«

»Elliot Broadbent«, sagte er ohne zu zögern.

Stephanie ließ sich ihre Überraschung nicht anmerken. »Bist du sicher?«

»Diesen Namen habe ich nie vergessen.«

»Warum?«

»Weil ich dachte, er wäre unser Hauptverdächtiger.«

»Ich bin die Fallakten durchgegangen. Sein Name wurde nur zweimal erwähnt, und ihr hattet nichts Handfestes gegen ihn. Was macht dich so sicher?«

»Intuition. Du weißt, wovon ich spreche. Dieses nagende Gefühl, das einen nie verlässt. Wenn man ihre Reaktion lesen und sofort spüren kann, dass etwas nicht ganz stimmt. Er war unser Mann. Passt das zu deinem Verdächtigen?«

Stephanie nickte lediglich als Antwort.

Oliver schnippte triumphierend mit den Fingern. »Verdammter Bastard. Ich wusste es.« Und dann machte es bei ihm klick. »Warte mal ... *Broadbent.*«

Stephanie erklärte schnell ihre Beziehung zu Elliot und wie sie mitten in der Nacht geendet hatte.

»Ich fasse es nicht«, sagte Oliver schließlich, und sein Lächeln wurde breiter und zog sich von einem Ohr zum anderen. »Ich kann nicht glauben, dass du ihn hast. *Endlich.*«

»Beinahe. Alles, was wir haben, ist Aussage gegen Aussage. Wir haben nichts Handfestes, was wir ihm zuordnen können – noch nicht. Was ein weiterer Grund ist, warum ich hier bin.« Stephanie räusperte sich und schlug die Seite vor Oliver um. »In einem deiner anderen Tagesberichte steht, dass die DNA, die ihr gegen meinen Onkel hattet, verschwunden ist ...«

»Ah, ja. Der Fall der absichtlich-unabsichtlich verlegten DNA-Probe. Daran erinnere ich mich gut.« Oliver legte seine Hände aneinander.

»Was ist passiert?«

Er überlegte einen Moment. Eine sanfte Brise fegte durch den hinteren Garten und ließ die Pflanzen von einer Seite zur anderen schwanken. »Ich habe Elliot dazu gebracht, seine DNA abzugeben, wozu er, wohlgemerkt, nicht sehr bereitwillig war. Ich habe sie weggeschickt, und als ich dann nachhaken wollte, stellte ich fest, dass sie verloren gegangen war.«

»Wer hat sie verloren?«

»Gavin Lockwood.«

Ihr stockte der Atem. »Der Detective Inspector?«

»Er war derjenige, der dafür verantwortlich war, sie wegzuschicken, anstelle unseres Asservatenbeauftragten, was ich noch nie zuvor gesehen hatte und auch seitdem nicht mehr gesehen habe.«

»Das *ist* ungewöhnlich. Wollte er nicht eine weitere Probe nehmen?«

»Ich habe ihn darauf angesprochen, aber er hat es nur mit einem Schulterzucken abgetan. Sagte, es sei die Zeit und die Kosten nicht wert, Elliot wieder herzubestellen. Am nächsten Tag hat er mich dann von dem Fall abgezogen und einer anderen Ermittlung zugeteilt.« Oliver spitzte die Lippen, und sein Gesichtsausdruck verhärtete sich, offensichtlich immer noch beunruhigt von dieser Entscheidung. »Man kann wohl sagen, dass ich ihn seitdem nicht mehr zum Abendessen eingeladen habe.«

»Du hast also nie herausgefunden, was damit passiert ist?«

Oliver schüttelte den Kopf und begann, mit dem Knöchel auf den Tisch zu klopfen.

»Kannst du mir sagen, was mit dem geschwärzten Namen passiert ist? Warum wurde er geschwärzt und wer hat das getan?«

Er legte den Kopf schief. »Du kennst die Antwort darauf bereits. Dieselbe Person, die geholfen hat, dass die DNA wie durch ein Wunder verschwand, hat auch geholfen, dass die Identität deines Onkels verschwand.«

Stephanie brauchte einen Moment, um diese Information zu verarbeiten.

»Da muss irgendetwas gelaufen sein«, sagte er. »Aber ich weiß nicht, *was.*«

Sie hob ihren Blick, um seinen zu treffen. »Ich glaube, ich werde das jetzt herausfinden.«

KAPITEL VIERUNDSIEBZIG

Die Sonne, oder was von ihr übrig war, sank tief über die Surrey Hills und warf lange Schatten über das Waldgebiet, das an Peaslake grenzte. Die Luft war erfüllt vom Geruch nach feuchter Erde und Schießpulver. Irgendwo in der Ferne durchbrach ein Schrotflintenschuss die Stille, gefolgt vom Aufflattern der Vögel und dem Geräusch aufgeregten Bellens.

Stephanies Wagen knirschte über den Schotterweg, die Reifen ließen Steine aufspritzen, während sie die sanfte Steigung zum Tor hinauffuhr. Es gab kein Schild. Keine Hausnummer. Nur ein stabiles Holztor, das mit rostigem Drahtzaun zugebunden war, und ein handgemaltes Schild, auf dem stand: PRIVAT – JAGD IM GANGE.

Sie stellte den Motor ab und stieg aus. Ihre Schuhe sanken leicht in den schlammigen Grünstreifen ein. Die Geräusche der ländlichen Umgebung waren hier gedämpft, von den dichten Bäumen verschluckt. Eine Reihe schlammbespritzter Land Rover parkte an der Seite. Die Szene glich eher einem Militärlager als dem Freizeitvergnügen von Gentlemen.

Stephanie blickte den Weg hinunter, der zwischen den Bäumen verschwand. Wieder hallten Schüsse, diesmal zwei, schnell und scharf. Weiter den Pfad entlang bewegten sich Gestalten zwischen den Bäumen: eine Reihe von Männern in Wachsjacken und Schiebermützen, die durch das Unterholz trampelten, während

Hunde zwischen ihren Beinen umherliefen. Über ihnen schoss eine Gruppe Fasanen aus der Deckung, ihre Flügel schlugen panisch.

Sie griff in ihren Mantel und holte ihre Dienstmarke hervor. Ein Mann löste sich von der Gruppe. Schon aus der Ferne erkannte sie ihn. Der ehemalige Detective Inspector Gavin Lockwood.

Er ließ seine Flinte in seine Armbeuge sinken und nahm seinen Gehörschutz ab. Der Deutsche Schäferhund an seiner Seite blieb stehen und beäugte Stephanie misstrauisch.

»Detective …?«

»Inspector Stephanie Broadbent«, erwiderte sie streng.

»Haben Sie vorher angerufen? Hätte ich Sie erwarten sollen?«

»Manchmal bevorzuge ich Überraschungen.«

»Solche Überraschungen sorgen dafür, dass Leute auf Privatgrundstücken wie diesem erschossen werden.«

»Verzeihen Sie, Mr. Lockwood, aber das klingt wie eine Drohung.«

»Nein«, sagte er mit einem leichten Grinsen. »Ich stelle nur eine einfache Tatsache fest, Schätzchen.«

Stephanie verzog das Gesicht. »Bitte nennen Sie mich nicht Schätzchen. Die Zeiten haben sich seit Ihren Tagen geändert.«

Er schnaubte. »Wem sagen Sie das.«

Gavin Lockwood und sein Hund traten zielstrebig an den Rand des Weges, während seine Gruppe von Freunden, die alle fast identisch gekleidet waren, an ihr vorbeiging.

»Was führt Sie denn in diese Gegend?«, fragte er.

Kurz und bündig, ermahnte sie sich. Auf den Punkt kommen.

»Sagt Ihnen der Name Elliot Broadbent etwas?«

Das Erkennen in seinem Gesicht war offensichtlich, doch er tat sein Bestes, es zu verbergen.

»Kann nicht behaupten, dass es da bei mir klingelt. Sollte es das?«

»Es war der Name eines der Verdächtigen bei den ursprünglichen Ermittlungen zum schwarze Mann.«

»Faszinierend«, erwiderte er sarkastisch.

»Es ist auch der Name meines Onkels.«

»Noch faszinierender. Was ist mit ihm?«

»Er ist heute in den frühen Morgenstunden gestorben.«

Gavin musterte sie, seine Augen glitten über jeden Zentimeter ihres Körpers. »Für jemanden, der gerade einen Verwandten verloren hat, wirken Sie nicht besonders erschüttert.«

»Wir standen uns nicht nahe. Aber er stand seinem Bruder nahe. Vielleicht erinnern Sie sich an *seinen* Namen: Colin Broadbent.«

Gavin täuschte Gleichgültigkeit vor; er hatte nicht die Absicht zu helfen.

»Vielleicht erinnern Sie sich besser an ihn als den Mann, der meine Mutter getötet hat.«

»Na, na, was für eine Familie Sie da haben.«

Über ihnen huschte ein Eichhörnchen von Baum zu Baum und ließ die stillen Blätter rascheln. Augenblicke später fiel ein Zweig zu Boden. Der Hund ignorierte ihn und konzentrierte sich weiterhin auf Stephanie, auf die Befehle seines Herrchens wartend. Gavin erweckte unterdessen den Eindruck, das Gespräch langweile ihn, als er begann, das Visier seines Gewehrs zu inspizieren.

»Ich glaube, Sie kennen sie«, sagte sie mit tiefer werdender Stimme.

Er hielt inne. »Wie bitte?«

»Ich glaube, Sie kennen sowohl meinen Vater als auch meinen Onkel. Und ich glaube, Sie haben sie beschützt. Ich glaube, Sie haben versucht zu verhindern, dass sie ins Gefängnis kommen.«

Gavin blickte nicht sofort auf. Seine dicken Finger justierten den Lauf der Flinte mit methodischer Sorgfalt. Dann legte er sie sanft auf einer nahen Schießbank ab und drehte sich um, um ihr direkt gegenüberzutreten. Für den Bruchteil einer Sekunde hatte Stephanie befürchtet, er könnte sie erschießen.

»Das sind schwere Anschuldigungen, Inspector«, sagte er. »Es scheint, als hätte der Schmerz über den Verlust Ihres Vaters und Ihres Onkels Sie endlich eingeholt.«

Sie biss die Zähne zusammen. »Elliot Broadbent war ein Hauptverdächtiger in den schwarze Mann-Ermittlungen. Einer Ihrer Detectives hat ihn befragt und seine DNA genommen, aber Sie haben sich dem in den Weg gestellt.«

»Was lässt Sie glauben, dass er der schwarze Mann war?« Gavins Stimme war kalt und scharf.

»Weil er es mir gestanden hat, kurz bevor er gestorben ist.«

»Er ist nicht zufällig auf die gleiche Weise gestorben wie Ihr Vater, oder?«

Stephanie öffnete den Mund, dann fing sie sich schnell wieder. »Wovon ... wovon reden Sie?«

Ein Grinsen schlich sich auf Gavins Gesicht, als er sich ihr langsam näherte. »Inspector, Sie vergessen, wer ich bin. Ich habe immer noch eine Menge Freunde bei der Polizei. Nach Ihrem kleinen Besuch neulich habe ich ein paar Fragen gestellt, ein paar Gefallen eingefordert und herausgefunden, wie Ihr Vater gestorben ist. Wilde, brutale Sache. Aber natürlich war es Notwehr, nicht wahr? So ist das meistens. Und lassen Sie mich raten, Ihr Chief Inspector hat geholfen, dass es so bleibt?«

Stephanie sagte nichts und dachte daran, was sie gehört hatte: dass Clive in den Neunzigern bestechlich gewesen war, wie er schon in der Vergangenheit geholfen hatte, Dinge verschwinden zu lassen.

Gavin blieb direkt vor ihr stehen. »Wir alle tun ab und zu Dinge, um auf Leute aufzupassen. Ich schätze, das Gleiche könnten wir auch über Sie sagen. Wie ich höre, hat Ihr Kollege in letzter Zeit ein paar Alkoholprobleme gehabt.«

Ihre Augen verengten sich und fixierten ihn.

»Ihre Weste ist also auch nicht gerade blütenweiß«, fuhr er fort. »Nun, ich weiß nicht, was Sie hier andeuten wollen oder was Sie sich da in den Kopf gesetzt haben, dass ich getan habe, aber es ist alles falsch. An Elliot war nicht das Geringste verdächtig oder besorgniserregend. Ihr Onkel war eine Zeit lang ein Verdächtiger in den schwarze Mann-Ermittlungen, aber der Fokus hat sich schnell von ihm wegbewegt.«

»Warum?«

»Sie wissen doch, wie das ist. Ermittlungen sind lebende, atmende Gebilde. Sie wachsen, sie verändern sich, sie passen sich an. Und wir müssen uns mit ihnen anpassen. Damals hielt ich es aus irgendeinem Grund für angebracht, die Richtung zu ändern. Fragen Sie mich nicht, warum, denn das ist lange her, und ich kann mich nicht erinnern.«

»Erinnern Sie sich, dass seine DNA-Probe verschwunden ist, kurz nachdem sie zur Untersuchung geschickt worden war?«

»Kann nicht behaupten, dass ich das tue«, antwortete Gavin. »Aber das war damals an der Tagesordnung. Die Abläufe waren nicht so streng wie heute. So etwas ist oft passiert.« Er zuckte mit den Schultern. »Wahrscheinlich ein Verwaltungsfehler.«

Sie schnaubte. Ein Verwaltungsfehler. Das war seine Ausrede, seine Rechtfertigung. Wären die Ermittlungen vor dreißig Jahren besser geführt worden, hätte sie zwei Familienmitglieder hinter Gittern gehabt, und Yasmin East wäre vielleicht noch am Leben.

»War es derselbe Verwaltungsfehler, der dazu führte, dass mein Dad freikam, nachdem sein Missbrauch an meiner Mum weder von Ihnen noch von Ihrem Team untersucht wurde?«

Gavin antwortete nicht.

»Warum haben Sie auf sie aufgepasst, Gavin? Was war es? Erstens haben Sie zugelassen, dass mein Dad meine Mutter weiter missbraucht hat, obwohl jemand in Ihrer Position gewusst haben muss, was mit ihr geschehen würde, wenn man ihm erlaubte, weiterzumachen. Und zweitens haben Sie meinen Onkel aus dem Gefängnis herausgehalten, damit er weiterhin in Kinderzimmer einbrechen konnte. Warum? Was hatten sie gegen Sie in der Hand? Welche Art von Abmachung haben Sie drei getroffen? Es kann doch nicht nur der Freundschaftspreis für Ihren Hausanbau gewesen sein, oder?«

Gavins Kiefer mahlte langsam. Schließlich sagte er: »Sie haben keine Beweise. Sie haben nichts, um auch nur eine Ihrer lächerlichen Hypothesen zu beweisen. Sie wissen nicht, wovon Sie reden. Warum fragen Sie nicht Ihren Dad und Ihren Onkel? Ach Moment, das können Sie ja nicht, weil sie tot sind. Weil Sie sie getötet haben und all die Geheimnisse, die sie mit sich trugen.«

KAPITEL **FÜNFUNDSIEBZIG**

Es war so gut wie bestätigt, dass Elliot Broadbent, Stephanies Onkel, der ursprüngliche Butzemann war, der Grund für die Albträume, unter denen die Kinder in der Gegend dreißig Jahre zuvor gelitten hatten. Giles erinnerte sich daran, wie seine Mutter ihn als Kind mit Geschichten vom Butzemann gewarnt hatte, der nachts in sein Zimmer kommen und ihn mitnehmen würde, wenn er sich im Kindergarten oder in der Schule danebenbenahm. Das reichte aus, um Giles davon abzuhalten, Unfug zu treiben, aber es hielt ihn nicht davon ab, an Tagen, an denen er unartig gewesen war, nach der mysteriösen Gestalt Ausschau zu halten. Jedes Mal gelang es ihm nicht, das Monster zu erwischen, das direkt hinter der Tür lauerte.

Bis jetzt.

Sobald er gehört hatte, dass Elliot Broadbent nach dem Tod seines Sohnes zum Butzemann geworden war, war Giles sofort zu einer einzigen, unvermeidlichen Schlussfolgerung gekommen, einer Schlussfolgerung, die in dem Mann vor ihm gipfelte.

»Das wird jetzt langsam lächerlich«, sagte Marcus Vickery mit vor der Brust verschränkten Armen. »Wie oft muss ich noch erklären, dass ich nichts damit zu tun gehabt habe, was mit diesen Mädchen passiert ist?«

»Mr Vickery ...«

»Ich werde es so oft wiederholen, wie ich muss, aber an diesem

Punkt fühlt es sich wie Schikane an. Ich habe nichts Falsches getan.«

Giles wurde das Bild von Marcus Vickery nicht los, das er im Kopf hatte, wie dieser in den Schlafzimmern der Mädchen stand. Er passte auf das Profil: schmächtig, dünn und wendig. Und er war das einzige ehemalige Opfer, das jemals mit dem ursprünglichen Butzemann gesprochen hatte. Wer konnte sagen, dass sie nicht in Kontakt geblieben waren?

Er fasste sich, bevor er antwortete. »Sagt Ihnen der Name Elliot Broadbent etwas?«

Marcus sah ihn verständnislos an. »Nein. Absolut keine Ahnung, von wem Sie sprechen. Ist das die Person, die das jetzt tut?«

»Es ist die Person, die es früher getan hat.«

»Fr-fr-früher …?«, stotterte er, seine Stimme versagte, als hätte er einen Kloß im Hals. »Sie … Sie haben ihn gefasst?«

Giles nickte. »Wir glauben, dass er es ist, ja.«

»Wie …? Kann ich …? Ich …« Er schüttelte den Kopf, sein Blick fiel auf den Tisch. »Entschuldigung, das ist gerade viel für mich zu verarbeiten.«

»Ich verstehe. Nehmen Sie sich so viel Zeit, wie Sie brauchen.«

»Haben Sie ein Foto von ihm?«

»Gerade nicht dabei, nein. Welchen Unterschied würde das machen? Ich dachte, Sie hätten sein Gesicht nie sehen können?«

Marcus zuckte mit den Schultern, abwesend. »Konnte ich nicht, aber ich will es einfach sehen, wissen Sie. Nach all den Jahren. Ein Abschluss, schätze ich.«

Das konnte Giles verstehen. Irgendetwas in ihm glaubte dem Mann. In Marcus' Stimme lag etwas Aufrichtiges, etwas Echtes, das ihn überzeugte, dass er nichts mit den Einbrüchen zu tun gehabt hatte. Aber so leicht würde er sich nicht täuschen lassen.

»Erinnert der Name Sie überhaupt an irgendetwas?«, fragte er. »Jemand, dem Sie in den letzten dreißig Jahren begegnet sein könnten? Jemand bei der Arbeit? Jemand, der Ihnen ein Auto verkauft hat? Jemand, der Ihre Wasserleitungen repariert hat?«

Marcus dachte einen Moment nach. »Nichts. Das Einzige, was mir bekannt vorkommt, ist der Nachname. Broadbent …

Broadbent ... Ist er mit der Inspectorin verwandt, die ständig bei mir zu Hause auftaucht? Besessen Sie deshalb so von mir sind; versucht sie, die Aufmerksamkeit von Elliot abzulenken, und kommt deshalb immer wieder auf mich zurück?«

»Absolut nicht. Das ist–«

Es klopfte an der Tür. Giles stand schnell auf und öffnete sie. Draußen stand Fiona. Er trat durch den Spalt und schloss die Tür vorsichtig hinter sich, während er sie weiter den Gang hinunterführte. Sie sah sowohl verängstigt als auch aufgeregt aus.

»Was ist los?«, fragte er.

»Die DNA-Berichte«, sagte Fiona. »Die Analyse von Marcus' DNA ist gerade eingetroffen.«

»Und?«

Giles hielt den Atem an.

»Er ist es nicht. Es gibt keine Übereinstimmung zwischen seiner DNA und der, die auf den Luftballons an den Tatorten gefunden wurde.«

Genau wie er es gesagt hatte. Er sagte die Wahrheit. Marcus Vickery war nicht der Butzemann.

Giles dankte Fiona für die Information, kehrte dann in den Verhörraum zurück und blieb in der Tür stehen.

»Sie ... Sie können gehen«, sagte er vorsichtig.

»Was?«

»Sie werden in diesem Stadium der Ermittlungen nicht länger benötigt.«

Marcus erhob sich zögernd vom Stuhl, misstrauisch, es könnte eine Falle sein. »Warum der plötzliche Sinneswandel?«

Giles räusperte sich und antwortete: »Die Analyse Ihrer DNA-Proben ist durch, und es gab keine Übereinstimmung.«

Ein dünnes Lächeln breitete sich auf Marcus' Gesicht aus, als er näher kam. »Lächerlich. Absolut lächerlich. Wissen Sie, wie viel Stress und Kummer Sie meiner Familie bereitet haben?«

Giles schwieg.

»Absolut lächerlich ...«, waren Marcus' letzte Worte, als er an Giles vorbeischlüpfte und das Gebäude verließ.

KAPITEL SECHSUNDSIEBZIG

Der Verkehr auf dem Rückweg vom Waldgebiet war zähfließend gewesen, und als Stephanie von der Hauptstraße auf die ruhigeren Nebenstraßen abbog, die zum Polizeirevier von Guildford führten, war sie stinksauer. Normalerweise machte es ihr nichts aus, im Stau zu stehen; es gab ihr die Gelegenheit, Stress abzubauen, abzuschalten und die Dinge zu verarbeiten. Aber ihr Gespräch mit Gavin Lockwood hatte sie frustriert und geärgert. Sie spielte es in Gedanken immer wieder ab, wie ein loses Steinchen, das sich unaufhörlich dreht. Gavin war alles andere als hilfreich gewesen, und alles, was er gesagt hatte, klang nur zu wahr: Sie hatte keine handfesten Beweise, um eine Zusammenarbeit zwischen ihm und ihren Familienmitgliedern zu belegen.

Noch nicht.

Noch war Zeit. Zeit für sie, die Geschichtsbücher und die Sachen von Elliot und ihrem Vater zu durchsuchen.

Doch bevor sie weiter darüber nachdenken konnte, fiel ihr etwas vor der bewachten Einfahrt des Reviers ins Auge. Sie trat voll auf die Bremse und scherte mit ihrem Wagen hinter ein anderes Fahrzeug ein.

»Das gibt's doch nicht«, murmelte sie.

Es war ein grauer Skoda Fabia, der ungeschickt am Rand der Zufahrtsstraße geparkt war, versteckt hinter einem zerbeulten Straßenschild, das seit Wochen nicht mehr bewegt worden war.

Hinter der Windschutzscheibe sah sie die Silhouette einer Gestalt, die am Seitenfenster lehnte. Ein Mann. Dessen war sie sich sicher. Aber seine Züge wurden von den Spiegelungen der Wolken am Himmel verzerrt.

Stephanies Hände umklammerten fester das Lenkrad, während sich ihr Blick verengte. Sie hatte keinen Zweifel daran, dass es dasselbe Auto war. Obwohl sie das Nummernschild nie deutlich gesehen hatte, wusste sie, dass es dieses war. Da war dieselbe Delle vorne links an der Stoßstange und die angelaufenen Scheinwerfer.

Das Auto, das sie provoziert und verfolgt hatte.

Hier. Jetzt.

Sie stellte den Motor ab und ließ den Wagen nicht aus den Augen. Einen langen Moment lang rührte sie sich nicht. Die Gestalt im Inneren hatte sich nicht bewegt oder sie gesehen; ihre Aufmerksamkeit war zu sehr auf den Außenspiegel gerichtet, auf etwas wartend, auf jemanden wartend.

Stephanie blickte auf den Beifahrersitz, wo ihr Handy und ihr Dienstausweis lagen. Sie griff nach beidem und öffnete dann langsam und leise die Tür. Die Metallscharniere quietschten trotz ihrer Bemühungen, wurden aber glücklicherweise vom Zwitschern der Vögel und dem Rauschen der Bäume über ihr übertönt.

Eine heftige Windböe wehte ihr die Haare ins Gesicht, und sie strich sie sich hinter die Ohren, als sie sich schnell und entschlossen dem Fabia näherte.

Sie wollte nicht, dass der Mann überstürzt das Weite suchte, so wie er es schon so oft getan hatte.

Sie trat auf die Mitte der Straße und stürmte auf ihn zu. Kein Entkommen.

Als sie sich dem Fahrzeug näherte, entdeckte die Gestalt sie schließlich und schrak auf. Dann wurde sein Gesicht erkennbar. Endlich. Anfang vierzig, sommersprossig, mit schütterem Haar und dunklen Bartstoppeln, die sein Kinn säumten.

Stephanie erstarrte mitten auf der Straße.

»Zeigen Sie mir Ihre Autoschlüssel und öffnen Sie das Fenster«, rief sie laut und deutlich.

Er rührte sich nicht.

Sie machte einen Schritt nach vorn. »Schlüssel. Fenster«, wiederholte sie.

Schließlich griff die Gestalt nach einer Weile zur Lenksäule, holte die Autoschlüssel hervor, legte sie auf das Armaturenbrett und kurbelte das Fenster manuell herunter, wobei er die Hände wie zur Kapitulation hob.

»Whoa, worum geht es hier? Ich tue hier nichts Unrechtes«, sagte er mit hoher, heiserer Stimme. »Ich warte nur auf jemanden.«

»Ist diese Person zufällig ich?«

Sein Mund klappte auf, aber es kamen keine Worte heraus.

»Ich habe gesehen, wie Sie mich vor den Pump-and-Jump-Tanzstudios verfolgt haben. Ich weiß, dass Sie für die Fotos verantwortlich sind, die von mir im Netz kursieren. Wie ist Ihr Name?«

»Hören Sie, ich mache nur einen Job, tue das, wofür ich bezahlt werde.«

»Nicht sehr gut, da Sie gerade erwischt worden sind.« Sie trat zögernd einen Schritt näher. »Name. Sofort.«

»Philip. Philip Easons. Ich tue übrigens nichts Illegales.«

Da war sie anderer Meinung.

»Hat Trent Whitaker Sie angeheuert?«

»Ich ... ich kann mich nicht erinnern.«

»Quatsch. Wie viel bezahlt er Ihnen? Wetten, dass Sie keine Probleme haben, sich an diesen Teil zu erinnern?«

Philip räusperte sich. »Zwei ... zweihundert Pfund am Tag.«

Jesus ... Zwei Dinge wurden durch diese Aussage klar. Erstens: Trent Whitaker hatte definitiv mehr Geld als Verstand. Und zweitens: Sie war im falschen Job.

»Was sollten Sie noch tun?«

»Nichts.«

»Wären Sie bereit, das vor einem Richter auszusagen?«

Philips Stirn legte sich in verwirrte Falten. »Drohen Sie mir? Ich mache das schon eine ganze Weile, Lady. So können Sie mir nicht drohen.«

»Das kann ich, wenn Sie in meine Privatsphäre eindringen.«

»Das habe ich keineswegs getan. Ich habe nur getan, was von mir verlangt wurde, und jetzt bin ich fertig.«

»Warum sind Sie dann noch hier?«

Philip öffnete den Mund, um zu antworten, aber er verhaspelte sich.

»Ich muss los.«

»Nein, warten Sie-«

Er stieß die Schlüssel ins Zündschloss, startete den Wagen und riss heftig am Lenkrad. Die Bewegung war so drastisch und plötzlich, dass sie Stephanie überraschte, und sie sprang zur Seite, wehrlos, ihn aufzuhalten. Innerhalb weniger Sekunden war er am Ende der Straße und bog nach links ab.

Stephanie stand einen Moment lang da, holte Luft und ließ das Adrenalin langsam aus ihrem Körper weichen.

Philips Weigerung, ihre Frage zu beantworten, beunruhigte sie. Warum war er noch da? Die Fotos von ihr waren bereits geleakt worden. Was brauchte er noch?

Etwas tief in ihr sagte ihr, dass Trent Whitaker, seine Frau und der Rest der Eltern der Opfer im Hintergrund etwas planten.

Die einzige Frage, die blieb, war: was?

KAPITEL
SIEBENUNDSIEBZIG

Die Farben des Ermittlungsraums verschwammen zu einer sterilen Mischung aus Grau und Blau. In einer Ecke ragte das Whiteboard auf, voller Fotos, Dokumente und einer großen Karte von Surrey. Stephanie stand auf der Schwelle und starrte ins Leere. Der Raum summte von leisen Geräuschen: dem Surren des Druckers, dem Klackern einer Tastatur im hinteren Teil des Raumes und einem Wasserkocher, der unten im Flur kochte.

»Alles in Ordnung, Ma'am?«

Die Stimme drang kaum zu ihr durch.

»Ma'am? Ist bei Ihnen alles gut?«

Olivia. Wellard. Die Büromutti, die ihr zu Hilfe kam.

Die Constable näherte sich vorsichtig und trat allmählich in ihr Blickfeld, als würde Stephanie durch ein Kameraobjektiv blicken, während die Konturen ihres Körpers und ihrer Haare scharf wurden.

»Ma'am?«

Erst als Olivia ihr eine Hand auf den Arm legte, schrak Stephanie in die Gegenwart zurück.

»Entschuldigung. Ich war mit den Gedanken ganz woanders.«

»Alles in Ordnung?«

»Ja, alles bestens«, log Stephanie. »Was ... was habe ich verpasst?«

In diesem Moment tauchte Giles hinter seinem Schreibtisch auf und hob halb die Hand. »Ich habe Marcus Vickery zur Befragung bezüglich Elliot Broadbent hergebracht.«

»Das ist großartig.«

»Und dann musste ich ihn wieder gehen lassen.«

»Das ist weniger großartig. Was ist passiert?«

Devon wirbelte auf seinem Stuhl herum und wedelte mit mehreren Dokumenten in der Hand. »DNA«, war alles, was er sagte.

»DNA?«, wiederholte Stephanie.

»Die Laborergebnisse sind endlich da, und sie konnten keine Übereinstimmung zwischen seiner DNA und den Proben feststellen, die in den Häusern der Opfer gefunden wurden …«, erklärte Devon.

Die Tragweite der Situation wurde ihr bewusst.

»Also ist er nicht unser Mann?«

Jeder von ihnen schüttelte den Kopf und sah genauso niedergeschlagen aus, wie sie sich in diesem Moment fühlte.

»Ehrlich gesagt war er nicht gerade begeistert, dass wir ihn als Verdächtigen hergebracht haben«, sagte Giles.

»Das kann man ihm nicht wirklich verübeln.«

»Ich wäre nicht überrascht, wenn er jetzt loszieht und sich bei Trent Whitaker rumtreibt«, fügte Giles hinzu. »Das ist das Letzte, was wir gebrauchen können, dass er herumläuft und groß herumerzählt, dass wir ihn so intensiv befragt haben.«

Stephanie stemmte die Hände in die Hüften, in Gedanken verloren. Das war ein Gedanke, mit dem sie sich nicht weiter befassen wollte.

»Was … was muss ich sonst noch wissen?«

Diesmal erschien Fiona hinter ihrem Schreibtisch und wedelte mit einem Blatt Papier.

»Ich habe getan, was Sie gesagt haben, Ma'am, und das Labor gebeten, Elliot Broadbents DNA-Probe in der Warteschlange gegen eine andere auszutauschen. Nach einiger Überzeugungsarbeit – okay, nach *sehr viel* Überzeugungsarbeit – haben sie schließlich zugestimmt.«

Stephanie musterte die Papiere in Fionas Händen. Die

Fingernägel der Frau waren fast bis aufs Nagelbett abgekaut. »Ist das da das Ergebnis?«

Fiona nickte.

»Darf ich?«

Sie wollte das Ergebnis nicht hören. Sie würde es nicht glauben. Sie wollte es lesen, es mit eigenen Augen sehen.

Fiona reichte ihr das Blatt Papier, und Stephanie begann zu lesen. Ihre Augen überflogen die Buchstaben so schnell, dass sie sie kaum aufnahm. Bis sie zu dem fettgedruckten Text am Ende der Seite gelangte, der besagte, dass die Beweisprobe, die vor dreißig Jahren von dem in Marcus Vickerys Zimmer gefundenen Luftballon genommen worden war, zu neunundneunzig Prozent mit Elliot Broadbents kürzlich entnommenen Haar- und Mundproben übereinstimmte.

Stephanie biss die Zähne fest zusammen und verarbeitete die Information.

Es war bestätigt, unzweideutig und unbestreitbar.

Elliot Broadbent war der schwarze Mann gewesen. Und jetzt konnte sie es beweisen.

KAPITEL
ACHTUNDSIEBZIG

Die Tür zu ihrem Büro klickte mit einer Endgültigkeit ins Schloss, die lauter nachhallte, als sie es eigentlich hätte tun sollen.

Stephanie stand einen Moment lang schweigend da, lehnte mit dem Rücken an der kühlen Oberfläche, und ihr Herz pochte gegen ihre Rippen. Sie ging zu ihrem Schreibtisch und setzte sich langsam, ließ sich nieder, als wäre ihr Körper schwerer geworden, nun, da die Wahrheit auf ihren Schultern lastete.

Der Raum war schummrig, eine einzelne Lampe warf lange Schatten über Stapel von Protokollen und kaffeebefleckten Berichten. Draußen ging das geschäftige Treiben der Wache weiter, doch hier drinnen fand sie Stille, fast vollkommene Ruhe.

Der Bericht war großartig. Ausgezeichnet, um genau zu sein. Sie hatte handfeste Beweise. Aber was sollte sie nun damit anfangen? Zuvor hätte sie vorgeschlagen, die Informationen intern zu halten, fern von den neugierigen Augen der Öffentlichkeit, aber diese hier war zu wertvoll, um sie zurückzuhalten. Besonders, da ihr die Social-Media-Posts von Trent Whitaker im Nacken saßen, ganz zu schweigen von Marcus Vickery, der nun eine potenzielle Bedrohung darstellte.

Nein, sie wusste, was sie zu tun hatte.

Sie zog ihr Handy vom Schreibtisch und scrollte durch ihre Kontakte, bis sie ihn fand.

Louis Brown.

Er ging nach dem zweiten Klingeln ran.

»Nun, das ist eine Überraschung«, sagte er. »Womit habe ich das Vergnügen?«

»Ich begleiche meine Schulden. Sitzen Sie?«

»Ist es denn eine solche Information?«

»Warten wir's ab, würde ich sagen. Aber ich übernehme keine Verantwortung, wenn Sie sich verletzen.«

Ein leises Kichern war am anderen Ende der Leitung zu hören. Sie hörte das Klicken einer Stiftkappe, gefolgt von dem leisen Rascheln, als er eine frische Seite aufschlug. Eine Pause. Dann: »Ich habe einen Platz gefunden. Was ist passiert?«

»Der alte schwarze Mann ... Wir haben ihn gefunden.«

Eine Pause. Sie prüfte die Leitung, um sicherzugehen, dass die Verbindung nicht abgerissen war.

»Louis? Sind Sie noch da?«

»Endlich kann der alte Fall zu den Akten gelegt werden. Wer ist es?«

»Ein Mann namens Elliot Broadbent.«

Sie hielt den Atem an, während sie auf seine Antwort wartete.

»Sagen Sie mir bitte, dass er in keiner Weise mit Ihnen verwandt ist.«

»Ich wünschte, ich könnte sagen, dass dem nicht so wäre.«

»Was ist nur mit Ihrer Familie los?«

»Ich wünschte, ich wüsste es.«

»Was war er für Sie?«

»Mein Onkel. Aber ich möchte nicht, dass das irgendwo in der Pressemitteilung erwähnt wird.«

Wieder eine Pause. »Sie wollen, dass wir die Story bringen?«

Sie lehnte sich in ihrem Stuhl zurück. »Deshalb sagte ich, ich begleiche meine Schulden. Ich gebe Ihnen die Exklusivrechte hierfür. Sie können einen richtigen Artikel daraus machen. Keine Spekulationen. Nur Fakten. Lassen Sie Ihre Leser die Wahrheit wissen. Der echte schwarze Mann ist nach dreißig Jahren enttarnt worden.«

Er summte ins Telefon. »Betrachten Sie die Schuld als beglichen. Ich weiß das zu schätzen, danke. Können wir ein Foto bekommen, um den Artikel zu untermalen? Ein schönes Fahndungsfoto dazu?«

»An der Front gibt es einen kleinen Haken. Wir haben keine. Er ist in Polizeigewahrsam gestorben.«

Er stieß ein kleines Kichern aus. »Die Sache wird ja immer verzwickter.«

»Wem sagen Sie das? Er hat mir gegenüber gestanden, bevor er starb, aber die gute Nachricht ist, dass wir forensische Beweise haben, um es zu belegen.«

»Das ist mehr als genug für mich«, sagte er kühl.

»Da ist noch etwas«, fuhr sie fort. »Die alten Ermittlungen. Es scheint, als wären sie nicht sehr gut gehandhabt worden. Die Öffentlichkeit hat ein Recht darauf, das zu erfahren, also hätte ich nichts dagegen, wenn ein paar Namen fallen würden.«

»Oh?«

»Da gibt es diesen einen, den alten Inspektor, der eine besonders dreckige Weste hatte, wenn Sie verstehen, was ich meine.«

»Inoffiziell?«

»Inoffiziell«, wiederholte sie.

»Das höre ich nicht zum ersten Mal. Ich glaube, der alte Inspektor, mit dem ich früher zu tun hatte, war – vorausgesetzt, wir reden von demselben Kerl – ziemlich berüchtigt dafür, eine komplette Pfeife zu sein, die sich oft mehr um ihre eigenen Interessen gekümmert hat als um alles andere.«

Ja, dachte sie bei sich, und ich werde herausfinden, welche das waren.

KAPITEL NEUNUNDSIEBZIG

Fast den ganzen Tag über hatte ein Team der Spurensicherung die Maisonette-Wohnung von Elliot Broadbent in Guildford penibel genau untersucht und dabei alle Beweismittel sichergestellt, von denen sie annahmen, dass sie mit dem Fall in Verbindung stehen könnten. Zudem hatten sie nach Fingerabdrücken und DNA-Spuren gesucht in der Hoffnung, dass Elliot in den letzten Wochen Besuch empfangen hatte.

Es war kurz nach sieben Uhr abends, und anstatt nach Hause zu fahren, parkte sie am Straßenrand vor dem Haus ihres Onkels. Sie starrte zu den Fenstern und Türen hinauf, die ihr seltsam vertraut vorkamen, als ob sie sich erinnerte, in ihrer Kindheit dort gewesen zu sein, mit ihrer Mutter und ihrem Vater, bevor Kimberley geboren worden war, aber die genauen Erinnerungen waren ihr entfallen.

Das Team der Spurensicherung war für diesen Tag fertig, und der einzige verbliebene Hinweis auf ihre Anwesenheit war ein Stück Absperrband, das zwischen zwei Punkten am Tor zur Haustür gespannt war.

Stephanie hatte das zwingende Bedürfnis verspürt, dort zu sein. Ihr früheres Gespräch mit Gavin Lockwood hallte in ihrem Kopf nach. Sie war überzeugt, dass sich unter den Besitztümern ihres Onkels etwas Verborgenes befand, das das Team möglicherweise übersehen hatte. Sie musste hineingehen, um die rasenden Gedanken in ihrem Kopf zur Ruhe zu bringen und um sich zu beschäftigen, während das Team für die Asservate die riesigen Mengen an Informationen, Dokumenten und Fotos bearbeitete, die sichergestellt worden waren. Es würde mindestens noch einen Tag dauern, bis alles dokumentiert und hochgeladen war.

Sie zog den Schlüssel aus dem Zündschloss, schnappte sich ihr Handy vom Beifahrersitz und öffnete die Autotür, wobei sie in eine flache Pfütze trat. In den letzten Stunden war leichter Regen über die Gegend gefallen, der alles in Sichtweite schnell durchnässt hatte. Wassertropfen hingen an den Blättern und dem Unkraut, das den Weg zur Haustür säumte. Stephanie hatte vom Leiter der Spurensicherung eine Kopie des Schlüssels erhalten, und sie steckte ihn ins Schloss.

Die Luft im Inneren war abgestanden, und alles, was nicht als Beweismittel beschlagnahmt worden war, stand genau dort, wo es war. Stephanie bewegte sich langsam durch die Küche und zog Schubladen und Schränke mit der Vorsicht und Aufmerksamkeit eines Sprengstoffexperten auf. Sie war darauf bedacht, nicht überstürzt zu handeln oder etwas zu zerbrechen.

Da sie in der Küche nichts Wichtiges fand, ging sie weiter ins Schlafzimmer.

Der Raum war klein und schmal, mit Dachschrägen, die ihm ein klaustrophobisches Gefühl verliehen, als ob sich die Wände langsam nach innen falteten. Der Teppichboden war stellenweise verfilzt, seine Farbe durch jahrelange Abnutzung und Staub verdeckt. An der hinteren Wand stand ein Einzelbett mit einem verblichenen blauen Federbettbezug, die Laken von einem unruhigen Schlaf zerwühlt. Das Kopfteil war zerkratzt, und am Fußende des Bettes lag ein ordentlicher Stapel alter Zeitungen, als hätte Elliot sich seinen eigenen kleinen Thron gebaut.

Stephanie hielt in der Tür inne.

Neben dem Bett bemerkte sie weitere Beweise für seine verschiedenen Leiden, die ihn an der Schwelle des Todes gehalten hatten. Doch was ihr ins Auge fiel, war eine kleine durchsichtige Kiste, die unter dem Bett hervorstand. Sie schien herausgezogen, durchsucht und dann weggeworfen worden zu sein; derjenige, der sie zuvor durchsucht hatte, hatte ihren Inhalt offenbar für unbedeutend gehalten.

Stephanie ließ sich auf die Knie nieder und holte die Kiste unter dem Bett hervor. Darin befand sich ein großer Stapel Plastik-Fotoalben. Sie nahm das erste heraus und begann, es durchzublättern. Die meisten Bilder waren harmlos genug: Fotos vom Garten, einem neuen Fernseher, ihrem Onkel, der auf dem Sofa entspannte und sein neues Zuhause genoss.

Doch auf halbem Weg hielt sie inne.

Ein Foto rutschte ihr in den Schoß.

Es zeigte Elliot Broadbent Anfang vierzig, mit nacktem Oberkörper, und einen kleinen Jungen, vielleicht sieben oder acht, der auf der Motorhaube eines roten Vauxhall Astra saß. Der Junge hatte große, ernste Augen und trug eine lokale Schuluniform mit einer ausfransenden Krawatte. Er war blass, hatte dunkle Locken und eine kleine Narbe über der linken Augenbraue.

Stephanie starrte lange darauf, ihr Herz raste.

War das Elliots Sohn? Der Grund, warum sein Vater zum Buhmann geworden war?

Sie drehte das Foto um. Auf der Rückseite stand: *R+E, ca. 91.*

Stephanie schaute noch einen Moment auf das Foto, bevor sie ihr Handy aus der Tasche zog und im Büro anrief. Sie musste eine Weile warten, bevor jemand abnahm.

Schließlich, nachdem es ein zweites Mal durchgeklingelt hatte, meldete sich Devon.

»Was machst du denn noch im Büro?«

»Ich verkaufe meine Seele an den Teufel«, antwortete er. »Und ich hole E-Mails und die Arbeit von dieser Woche auf. Wo bist du?«

Stephanie sagte es ihm.

»Leichen aus deinem Keller ausgraben. Ich hab schon immer gesagt, das ist die beste Art, seinen Abend zu verbringen.«

Unbeeindruckt trieb sie das Gespräch voran. »Ich brauche deine Hilfe bei etwas. Hat sich jemand die Geburts- und Sterbeurkunden für Elliots verstorbenen Sohn angesehen? Ich wüsste immer noch gern, ob der Grund, den er mir für den Anfang von alldem genannt hat, wahr ist.«

»Einen Moment, bitte«, sagte er und legte sich seine beste Kundenservice-Stimme zu. »Ihr Anruf ist uns wichtig und kann zu Überwachungs- und Schulungszwecken aufgezeichnet werden.«

Ein Lächeln huschte über Stephanies Gesicht, während sie wartete. Es war gut, wieder etwas Leben und Humor in der Stimme ihres Kollegen zu hören.

Nach ein paar Minuten räusperte sich Devon.

»Die gute Nachricht ist, ich kann sehen, dass Wellard eine Geburts- und eine Sterbeurkunde für dieselbe Person ausfindig gemacht hat.«

»Wer?«

»Ryan Broadbent.«

»Wann? Gib mir die Daten. Wann ist er gestorben?«

»Ungefähr zwei Wochen vor dem ersten gemeldeten Besuch des Buhmanns.«

Stephanie senkte den Blick auf den Boden. Also hatte Elliot die Wahrheit gesagt. Sie hatte einen Cousin gehabt, der gestorben war und der Auslöser für dieses ganze Chaos gewesen war.

»Du hast gesagt, sein Name war Ryan?«

»Ja.«

»Sicher?«

»Ja. Glaubst du mir nicht?«

»Doch. Nur ... ich will sichergehen.«

»Ich weiß, Alkohol lässt einen Dinge sehen, die nicht immer da sind, aber ich kann ziemlich klar erkennen, was vor mir liegt.«

»Okay. Du hast recht. Ich entschuldige mich.«

Stephanie dankte ihm für seine Zeit und Mühe, sagte ihm, er solle nicht zu lange bleiben, und legte dann auf.

Einen Moment lang saß sie da und starrte auf das Foto des kleinen Jungen, des Cousins, den sie nie gekannt hatte. Hatten sie sich getroffen? Sie konnte sich nicht an ihn erinnern, was seltsam schien, da sie sich an so vieles andere aus ihrer Kindheit erinnerte. Vielleicht war er ein guter Teil davon gewesen, und irgendjemand irgendwo hatte entschieden, dass sie sich nur an die schlimmsten Teile erinnern würde.

Bevor sie weiter darüber nachdenken konnte, klingelte ihr Telefon. Sie nahm hastig ab, ohne auf die Anrufer-ID zu schauen.

»Ich dachte, ich hätte dir gesagt, du sollst nach Hause gehen«, sagte sie.

»Und ich dachte, ich hätte dir gesagt, keine Geheimnisse mehr, Stephanie?«

Oh-oh. Es war Kim. Und sie benutzte ihren vollen Namen. Sie ließ das Fotoalbum auf den Boden fallen und zog die Knie an die Brust.

»Wovon sprichst du?«, fragte Steph.

»Spiel nicht die Dumme mit mir. Was ist hier los? Warum musste ich aus den Nachrichten erfahren, dass noch ein Mitglied unserer Familie ein Verbrecher war?«

Stephanie vergrub das Gesicht in ihrer Handfläche.

»Wir haben gesagt, keine Geheimnisse. Du hättest es mir von unserem Onkel erzählen sollen.«

Stephanie rieb sich die Stirn und antwortete: »Das wollte ich. Ich hatte nur viel zu tun.«

»Den ganzen Tag? Du hättest mir eine Nachricht schicken können, nur irgendwas, wo drinsteht: ›Hallo Kim, nur damit du Bescheid weißt, unser Onkel – der Mann, den keine von uns beiden gut kannte – hat sich als Verbrecher und als der Mann herausgestellt, den früher alle den Buhmann nannten.‹«

Die Stimme ihrer Schwester troff vor Gift. Sie hatte Kim noch nie so verärgert gehört.

»Das ist kaum etwas, das man per Textnachricht mitteilt, oder?«

»Weich der Frage nicht aus, Steph.« Kim brach am Telefon zusammen. Einen Moment später begann sie zu schniefen. »Was zum Teufel ist mit unserer Familie los? Warum sind alle schlechte Menschen?«

»Du nicht«, sagte Steph. »Und ich auch nicht.«

»Aber ... aber was wir Dad angetan haben–«

»War notwendig. Ich habe dir damals gesagt, du sollst aufhören, so darüber nachzudenken. Wir haben in Notwehr gehandelt. Hätten wir das nicht getan, hätte er uns beide umgebracht, das weißt du. Es hieß er oder wir.«

Eine Pause. Dann sagte Kimberley: »Ich weiß, ich weiß. Es ist nur ... was, wenn das Baby so wird wie sie?«

»Sei nicht albern. Das wird nicht passieren. Dein Baby wird so geliebt werden, wie du und ich es nicht wurden. Dein Baby wird alles haben, was wir nicht hatten, und ich werde zur Stelle sein, um sicherzustellen, dass es keine Möglichkeit gibt, dass es so aufwächst wie unser Vater oder unser Onkel. Darauf hast du mein Wort.«

KAPITEL **ACHTZIG**

Stephanie hatte kaum geschlafen. Das knurrende Gefühl in ihrem Magen, kombiniert mit den Bildern ihres Onkels, Cousins und Vaters, hatte sie wachgehalten. Sie erschienen jedes Mal vor ihrem inneren Auge, wenn sie versuchte, sie zu schließen. Gegen ein Uhr morgens hatte sie es schließlich aufgegeben und war eine Runde laufen gegangen, was aber kaum half, ihren Kopf freizubekommen. Als sie kurz vor zwei zurückkam, lief ihr Körper auf Reserve, also stopfte sie die Reste vom chinesischen Essen des Vorabends in sich hinein, die aber bald wieder hochkamen.

Sie spülte die Toilette, achtete darauf, nicht vollgespritzt zu werden, und rappelte sich vom Boden auf. Als sie anfing, ihr Gesicht zu waschen und ihren Mund mit Leitungswasser auszuspülen, wurde sie von einem Geräusch unterbrochen. Es klang wie ein Klopfen an der Tür, aber sie war sich nicht sicher. Es war schwach, fast nicht existent.

Das Klopfen ertönte erneut. Dieses Mal klarer, deutlicher wahrnehmbar.

Sie drehte den Wasserhahn zu und ging vorsichtig die Treppe hinunter, wobei sie den Rest des Hauses überprüfte, bevor sie zögernd die Haustür öffnete. Dort stand Gemma Whitaker, Trents Frau, in Jeans und einem Mantel. Ihr dunkelblondes Haar war zu einem unordentlichen Knoten zusammengebunden, und ihre

Augen waren rot, entweder vom Weinen oder vom Schlafmangel. Sie sah völlig fertig aus.

Doch das war nicht Stephanies Sorge.

»Gemma«, sagte sie panisch. »Was machst du hier? Es ist mitten in der Nacht. Woher weißt du, wo ich wohne?«

»Mein Mann. Der Privatdetektiv, den er engagiert hat, hat uns deine Adresse gegeben. Aber keine Sorge, Trent weiß nicht, dass ich hier bin. Kann ich ... kann ich reinkommen?«

Stephanie warf einen raschen Blick über Gemmas Schulter, suchte nach dem grauen Škoda Fabia und trat dann zur Seite, um sie hereinzulassen. »Natürlich.«

Gemma betrat den Flur wie jemand, der jeden Moment damit rechnete, angegriffen zu werden. Ihre Hände waren zu ängstlichen Fäusten geballt. Stephanie schloss leise die Tür und führte sie in die Küche, wo sie auf einen Stuhl deutete. Gemma setzte sich nicht. Stattdessen blieb sie mitten im Raum stehen und verlagerte ihr Gewicht von einem Fuß auf den anderen.

»Ist alles in Ordnung?«, fragte Steph. »Du bist nicht verletzt, oder?«

»Was?«

»Verletzt. Du bist nicht in Gefahr, oder?«

»Wegen Trent?« Gemma schüttelte energisch den Kopf und hob die Hände an die Lippen. »Oh Gott, nein. Absolut nicht. Nein, er hat mir nichts getan, falls du dir deswegen Sorgen machst. Es ist ... es ist etwas anderes. Es gibt da etwas, das du wissen musst.«

Stephanie wappnete sich dafür, das Schlimmste zu hören: dass ihre Tochter das jüngste Opfer des Butzemanns geworden war.

»Wir haben etwas Schlimmes getan«, war alles, was Gemma sagte.

Stephanie zog sich der Magen zusammen. »Wer ist ›wir‹?«

Gemma zögerte. »Ich. Und Trent. Und die anderen Eltern.« Ihr Mund bewegte sich einen Moment lang lautlos, als ob es ihr körperlich schwerfiel, das Geständnis zu formulieren. Dann sagte sie: »Ich habe ihnen gesagt, sie sollen es nicht tun. Ich habe gesagt, es sei eine furchtbare, furchtbare Idee. Aber sie wollten nicht auf mich hören. Sie sagten, wenn ich nicht wissen wolle, was vor sich geht, solle ich sie einfach in Ruhe lassen und sie...«

Stephanie hob die Hand und beruhigte Gemma sofort, um zu verhindern, dass sie hysterisch wurde.

»Atme. Beruhige dich. Sag mir, was passiert ist. Was planen sie?«

»Marcus Vickery«, sagte sie.

Stephanie reagierte nicht sofort.

Gemma schluckte, ihre Lippen zitterten. »Alles hat neulich angefangen, als Trent den Gruppenchat mit all den anderen Eltern erstellt hat. Sie haben beschlossen, dass sie die Dinge selbst in die Hand nehmen wollten, und, und, und ... und da hat er den Privatdetektiv engagiert, um dich zu beschatten. Aber das ... das war nicht alles.« Ihre Augen weiteten sich vor Angst. »Er ist dir und deinen Kollegen gefolgt, um zu sehen, wer im Zusammenhang mit den Einbrüchen ermittelt und befragt wird, und da hat er angefangen, über Marcus zu berichten, dass du mehrmals mit ihm gesprochen hast und dass er eine Person von besonderem Interesse sei. Ich weiß nicht, warum, ich meine, wir hatten keine Beweise, aber Trent hat angefangen, sich auf diesen armen Mann zu fixieren, und ich wusste, dass es falsch war, aber am Ende waren sie alle überzeugt. Jeder Einzelne von ihnen. Sie sagten, wenn die Polizei nichts unternehmen würde, würden sie es tun.«

Stephanies Kehle war wie ausgedörrt. »Was meinst du mit *sie würden es tun*?«

Gemma atmete zittrig ein. »Heute Abend ist Trent nach dem Abendessen weggegangen. Hat gesagt, er hätte ein Treffen. Ich dachte, es wäre was Geschäftliches, aber dann habe ich seine Nachrichten gelesen – er hat sein Handy entsperrt auf der Theke liegen lassen – und ich habe eine Nachricht von einem der Eltern gesehen. Da stand nur: ›Wir haben ihn.‹«

Die Atmosphäre im Raum wurde gläsern. Zerbrechlich. Kurz davor, zu zerspringen.

Stephanie umklammerte langsam den Rand der Küchentheke. »Gemma«, sagte sie vorsichtig, »willst du mir damit sagen, dass dein Mann Marcus Vickery entführt hat?«

Gemmas Augen füllten sich mit Tränen. Sie nickte kaum merklich. »Sie haben ihn mitgenommen. Ich weiß nicht, wohin. Ich habe keine dieser Nachrichten gesehen. Und jetzt haben sie ihre

Handys ausgeschaltet. Sie antworten auf nichts. Ich bin die ganze Nacht aufgeblieben und habe gehofft, Trent würde nach Hause kommen, aber das ist er nicht. Und jetzt ... weiß ich einfach nicht, was ich tun soll. Ich konnte es nicht länger für mich behalten; ich musste es jemandem erzählen.«

Stephanie wandte sich um und ging vom Tisch weg, presste ihre Handfläche fest gegen ihre Stirn und schritt auf und ab. Ihre Gedanken rasten so schnell, dass sie nicht mithalten konnte. Entführung. Selbstjustiz. Folter? Mord? Die Grenzen verschwammen in ihrem Kopf, die Auswirkungen überschlugen sich schneller, als sie sie begreifen konnte.

»Vor wie langer Zeit wurde die Nachricht geschickt?«, fragte sie.

»Kurz vor acht. Und das war alles, was in der Nachricht stand. Sonst nichts.« Gemmas Stimme brach. »Ich weiß nicht einmal, ob er noch lebt. Ich weiß nicht, was sie ihm angetan haben. Ich habe Angst.«

Stephanie blieb stehen und sah ihr Spiegelbild in der Mikrowellentür. Sie ignorierte die panische Frau in ihrer Küche und griff nach ihrem Handy. Sie wählte Devons Nummer. Der Sergeant antwortete nach wenigen Sekunden.

»Ma'am?«

»Wo sind Sie? Ich brauche Sie auf dem Revier. Sofort. Holen Sie alle anderen dorthin. Wir haben eine ernste Lage.«

Devons Stimme wurde sofort wachsam. »Was für eine Lage?«

»Marcus Vickery wird vermisst. Ich glaube, er ist entführt worden.«

»Von wem?«

»Von einem Haufen verängstigter, dummer, verzweifelter Eltern.«

In der Leitung wurde es wieder still, abgesehen von einem statischen Knistern.

»Ich treffe Sie in zwanzig Minuten«, sagte Devon.

Stephanie legte auf, schnappte sich ihre Jacke und zeigte auf Gemma.

»Was stehst du da noch rum? Du kommst mit.«

KAPITEL
EINUNDACHTZIG

Stephanie brachte den Wagen langsam am Straßenrand zum Stehen und stellte den Motor ab, während ein Konvoi von Polizeifahrzeugen – teils gekennzeichnet, teils zivil – vorbeifuhr. Sie bewegten sich heimlich in der Dunkelheit ohne Scheinwerfer, und ihre Reifen knirschten über Schotter und Glasscherben. Das Slyfield Industrial Estate war um diese Stunde verlassen, bis auf ein Gebäude, aus dem ein schwaches gelbes Licht durch die Jalousien sickerte. Schatten zuckten durch das Licht, obwohl schwer zu erkennen war, wie viele es waren. Die Telemetriedaten des Teams deuteten jedoch darauf hin, dass mindestens sieben Mobiltelefone zuletzt an genau diesem Ort aktiv gewesen waren. Dank der Ortungsfunktion von Gemmas Handy wussten sie, dass das letzte Signal von Trent Whitakers Telefon ihn unter ihnen verortete.

Sobald der Konvoi direkt vor dem Gebäude in Position war, stieg Stephanie aus ihrem Wagen und umklammerte das Funkgerät. Rechts von ihr traf ein großer Einsatzwagen der bewaffneten Einheit ein, und Momente später stiegen Beamte einer bewaffneten Sondereinheit mit an die Brust geschnallten MP5s aus dem Fond und bewegten sich rasch und mit präzisen, koordinierten Bewegungen auf den Eingang des Gebäudes zu. Jeder kannte seine Aufgabe; jeder wusste, was zu tun war.

Nach wenigen Sekunden waren die bewaffneten Beamten in Position, während uniformierte Polizisten den Umkreis sicherten.

Einige von ihnen liefen zur Rückseite des Gebäudes, um für den Fall einer Flucht alle Ausgänge abzudecken.

Dann trat eine Gestalt hinter dem Polizeiwagen hervor und näherte sich der Fahrzeugfront: der Einsatzleiter. In der Dunkelheit war sein Gesicht nur teilweise beleuchtet. Er hielt ein Funkgerät an seine Lippen und begann zu sprechen.

»Alpha-Team, melden Sie sich.«

»Wir sind in Position«, kam die sofortige Antwort über Funk.

»Freigabe zum Vorgehen.«

Die bewaffneten Beamten versuchten es zuerst mit der Türklinke, doch als sie sich nicht bewegte, eilte ein uniformierter Beamter mit einem Rammbock herbei. Er wuchtete den Rammbock gegen die dünne Holztür, und sofort stürmten die Beamten ins Gebäude, ihre Stiefel donnerten, als sie die Treppe hinaufrasten.

Von draußen hörte Stephanie die Rufe.

»Polizei! Stehen bleiben!«

»Hände dahin, wo wir sie sehen können! Auf den Boden! Sofort!«

Es gab das Klappern eines Stuhls, einen Schrei, etwas Schweres, das hinfiel, und dann einen Aufschrei.

Stephanie kämpfte gegen den Drang an, hineinzustürmen und selbst nachzusehen, was geschah.

Stattdessen wartete sie auf das Zeichen, auf die Bestätigung.

Eine Stimme knisterte aus dem Funkgerät in ihrer Hand.

»Etage gesichert. Bereich frei. Keine Bedrohung. Verdächtige festgesetzt. Ein Mann, gefesselt; fordern medizinische Unterstützung an.«

Ohne auf eine Erlaubnis zu warten, stieg Stephanie rasch die schmale Treppe hinauf, die sich an der Außenseite des Gebäudes entlangzog. Der Stahl dröhnte unter ihren Stiefeln, während sie hochstieg, und ihre Hand streifte zum Halt das kalte Geländer.

Die Tür im Obergeschoss war aufgerammt worden, ihre Scharniere hielten kaum noch. Wo sie gegen das Schloss zersplittert war, lagen Holzsplitter auf dem Boden verstreut. Helle Taschenlampen an den Helmen der Beamten strichen über die verspiegelten Wände und polierten Holzböden und offenbarten sieben Gestalten, die auf dem Boden lagen, an die Oberfläche gepresst: Trent Whitaker; Laura und Dean Wednesday; Mark und Tina Harris; Karen und Steve Lynas; Jade und James East; und schließlich zwei, die sie hier nicht erwartet hatte – Craig und Montana Robertson, die Besitzer des Studios.

Inmitten des Ganzen saß Marcus Vickery zusammengesunken auf einem Klappstuhl, seine Arme schlaff und sein Gesicht schlaff vor Erschöpfung. Ein Beamter kauerte neben ihm und zog ihm vorsichtig die Reste des Klebebands von den Handgelenken. Stephanie hatte erwartet, Blut an seinen Händen und in seinem Gesicht zu sehen, aber er war makellos, unverletzt.

»Sagen Sie nichts! Erzählen Sie denen nichts!«

Die Stimme war unverkennbar. Trent Whitaker.

Er bäumte sich gegen das Gewicht der beiden Polizisten auf, die ihn auf den Boden drückten, sein Gesicht war vor Wut verzerrt.

Stephanie sprach nicht. Noch nicht. Stattdessen trat sie durch die zertrümmerte Tür in die Hitze des Raumes, ihre Stiefel glitten über den polierten Boden. Die Luft war dick von Adrenalin, Panik und Angst.

Trent schrie weiter, selbst als die Beamten die Handschellen enger zogen und ihn wieder nach unten drückten.

»Wir werden Ihnen nichts sagen! Sie kriegen kein Wort aus uns raus! Wir haben getan, was Sie nicht tun konnten.«

»Nein, Trent. Das haben Sie nicht.« Ihre Stimme war scharf wie Eis. »Marcus wurde neulich ausgeschlossen. Er ist *nicht* der Butzemann.«

Eine plötzliche, absolute Stille trat ein.

Trents Mund öffnete sich und schloss sich wieder. Der Kampfgeist wich aus seinen Gliedern. Sein Blick schnellte zu den anderen. Sie alle waren blass und begannen, die Tragweite dessen zu begreifen, was sie getan hatten.

»Sie lügen«, flüsterte Trent, obwohl sich bereits Zweifel in seinen Augen breitmachte. »Sie decken ihn. Sie versuchen nur, zu ...«

»Nein, das tue ich nicht.« Stephanie schüttelte den Kopf. »Er war ein Name auf einer Liste. Eine *Möglichkeit*. Aber er stimmte nicht mit der DNA überein. Sie haben einen unschuldigen Mann entführt. Herzlichen Glückwunsch.«

Hinter ihr flüsterte einer der Beamten ihr ins Ohr: »Ma'am, die Verletzungen des Opfers scheinen minimal zu sein. Er wurde gefesselt, aber nicht geschlagen. Kein Blut. Keine sichtbaren Traumata.«

Marcus Vickery saß regungslos in der Mitte des Raumes und rieb sich die Handgelenke, wo das Klebeband gewesen war.

Stephanie sah ihn nicht an. Konnte es nicht. Stattdessen konzentrierte sie sich auf Trent, dessen Gesicht eine alarmierende weiße Farbe angenommen hatte.

»Sie und Ihre Freunde werden wegen Freiheitsberaubung, Körperverletzung, möglicherweise Verschwörung zum Begehen einer schweren Körperverletzung und allem anderen, was wir Ihnen noch vorwerfen können, angeklagt werden.«

Trent starrte auf den Boden. »Ich wollte nur, dass es aufhört«, sagte er leise. »Ich wollte, dass unsere Mädchen wieder sicher sind.«

»Das wollte ich auch«, erwiderte Stephanie mit angespannter Stimme. »Aber wir dürfen das Gesetz nicht brechen, nur weil wir Angst haben. Sie haben eine Grenze überschritten. Sie alle. Und jetzt haben Sie dem echten Butzemann mehr Deckung verschafft als je zuvor.«

Sie wandte sich an den Einsatzleiter. »Bringen Sie sie hier raus und das Opfer in einen Krankenwagen. Ich will, dass dieser Ort abgeriegelt wird und die Spurensicherung in den nächsten zehn Minuten alles absucht.«

Während das Team hinter ihr in Aktion trat, trat Stephanie durch die zertrümmerte Tür in die Nacht hinaus.

Die Luft war kühl und scharf auf ihrer Haut. Irgendwo in der Ferne hallte eine Sirene in die Dunkelheit, und als sie über den Schotter ging, klang ein Gedanke lauter als alle anderen: Der Butzemann war immer noch da draußen. Wartete. Beobachtete. Lachte.

KAPITEL
ZWEIUNDACHTZIG

Stephanie saß in ihrem Büro und sichtete den Stapel von Protokollen, der sich im System angesammelt hatte. Die Aufnahmen wurden noch verarbeitet und die Staatsanwaltschaft war bereits informiert worden, aber die ersten Zusammenfassungen der Vernehmungen mit den Eltern der Opfer waren nun verfügbar.

Trent Whitaker hatte nichts gesagt. Kein einziges Wort. Von dem Moment an, als er belehrt wurde und Devon gegenübersaß, lehnte sich Trent in seinem Stuhl zurück, verschränkte die Arme und wiederholte immer wieder denselben Satz: »Kein Kommentar.«

Auf jede Frage.

Die anderen jedoch waren nicht so schweigsam gewesen. Wie ein ehemaliger Kollege von ihr zu sagen pflegte: Sie hatten gesungen, nachdem sie sich in die Hose gemacht hatten.

Craig Robertson war als Erster eingeknickt und hatte zugegeben, dass er und Montana von Trent und den anderen Eltern angesprochen worden waren. Sie hatten aus dem Wunsch heraus zugestimmt, die Mädchen in ihren Tanzgruppen zu schützen und sicherzustellen, dass niemand sonst verletzt würde. Er bestätigte, dass der Privatdetektiv, ein Mann namens Morgan Fletcher, den letzten Besuch von Marcus Vickery auf der Polizeiwache aufgezeichnet und ihn verfolgt hatte, was für Trent und die Eltern der anderen Opfer mehr als ausreichend gewesen war, um sich – ohne Beweise – davon zu überzeugen, dass er der Mann war, der für die Terrorisierung ihrer Töchter verantwortlich war.

Montana hatte den größten Teil ihrer Vernehmung durchgeweint und alles gestanden.

Die stillste Mutter in der Gruppe, eine drahtige Frau namens Tina Harris, hatte ihre Geschichte detailliert ausgepackt und enthüllt, wie sie an Marcus Vickerys Tür geklopft, ihn entführt und auf den Rücksitz des Wagens von ihr und ihrem Mann geworfen hatten. Von dort aus hatten sie ihn zu ihrem Versteck gebracht und ihn im Tanzstudio an einen Stuhl gefesselt. Niemand wusste, was das Endziel war oder wie es enden würde; alles, was sie wussten, war, dass sie ihren Mann hatten und er keiner ihrer kostbaren kleinen Mädchen mehr schaden konnte.

Stephanie scrollte durch die digitale Zusammenfassung auf ihrem Computer, ihre Finger zitterten leicht. Die koordinierte Art des Ganzen, die Vorbedachtheit, die Überwachung, der Ort, an dem er festgehalten wurde. Es war alarmierend, wie sehr sie zusammengearbeitet hatten. Orchestriert von dem Mann, der immer bekam, was er wollte. Nur dass ihr etwas sagte, dass *er* nicht ein paar Monate in einer Gefängniszelle verbringen *wollte.*

Sie hielt bei einer Zeile in der Aussage von James East, Yasmins Vater, inne:

Wir dachten einfach, wenn die Polizei nichts unternimmt, müssen wir es tun.

»Tolle Arbeit, Leute«, sagte sie sardonisch. »Fantastische Arbeit.«

Gerade als sie ein weiteres Dokument auf dem Computer öffnen wollte, klopfte es an der Tür. Einen Moment später steckte Olivia Willard den Kopf um die Ecke. Ihr Haar war zu einem praktischen Pferdeschwanz zurückgebunden, und aus ihrer anderen Hand ragte ein halb gegessenes KitKat. Ihre Augen waren müde, aber wach, dieselbe Art von nervöser Erschöpfung, die die ganze Abteilung seit Tagen auf Trab gehalten hatte.

»Was machst du denn noch hier?«, fragte Stephanie. »Ich dachte, ihr wärt alle nach Hause gegangen.«

»Sind sie auch. Nur ich bin noch da.« Olivia öffnete die Tür und gab den Blick auf ein leeres Büro frei. Schließlich war es kurz nach ein Uhr morgens.

»Was ist mit deinen Kindern?«, fragte Stephanie.

Olivia wischte die Bemerkung beiseite. »Denen geht es gut. Sie haben meine Handynummer, falls sie irgendetwas brauchen, und ich kann sowieso über ihre Handys verfolgen, wo sie sind. Aber das ist nicht der Grund, warum ich dich störe.« Sie schlüpfte ins Zimmer und schloss die Tür hinter sich. »Ich dachte, du solltest wissen, dass das Asservatenteam die Katalogisierung von allem, was wir aus Elliot Broadbents Wohnung sichergestellt haben, in HOLMES abgeschlossen hat.«

Stephanie richtete sich auf. »Wurde auch Zeit.«

»Sie haben Scans von einer Kiste voller handgeschriebener Briefe hochgeladen. Hunderte davon. Sieht nach Korrespondenz aus, die dreißig Jahre zurückreicht. Vielleicht sogar noch länger.«

»*Briefe*?«

Olivia nickte langsam. »Willst du, dass ich bleibe? Wir können sie zusammen durchgehen.«

Stephanie schüttelte den Kopf. »Nein. Du hast mehr als genug getan. Geh nach Hause, Olivia. Schlaf ein bisschen. Sieh nach deinen Kindern.«

Olivia zögerte. »Bist du sicher?«

»Ich bin sicher. Ich werde sie durchgehen.«

Olivia schenkte ihr ein müdes Lächeln. »Na gut. Bleib nicht zu lange.«

»Mach dir keine Sorgen um mich.«

»Das kann ich leider nicht abstellen, das ist die Mutter in mir.«

Sobald die Tür hinter ihr ins Schloss klickte, stand Stephanie auf und ging durch den Raum, um sicherzustellen, dass der Korridor leer war. Als sie sicher war, dass Olivia das Gebäude verlassen hatte, kehrte sie zu ihrem Schreibtisch zurück, loggte sich in HOLMES ein und öffnete den ersten der Briefe, auf den sie stieß.

Es war eine Nachricht von einer entfernten Tante und einem Onkel, die ihm zu seinem dreißigsten Geburtstag alles Gute wünschten.

Sie ging zum nächsten über. Und zum nächsten. Und zum

nächsten. Sie las sie stundenlang durch, auf der Suche nach dem richtigen – oder nach etwas, das als wichtig herausstach –, bis sie kurz nach vier Uhr morgens einen fand.

Asservatennummer: HK/1248/B.

Das gescannte Papier erschien in Schwarzweiß, die Handschrift krakelig, aber seltsam ordentlich. Es war an Elliot adressiert und stammte aus den frühen 2000er Jahren, mehrere Jahre nach den ersten Besuchen des schwarze Mann. Es lautete:

Mein schwarze Mann,

Ich hoffe, es geht dir gut. Ich habe diese Woche mit der Schule angefangen, und es war wirklich schwierig. Es gab viele gemeine Kinder dort, und viele von ihnen hatten schon Freunde gefunden. Ich kannte niemanden, deshalb war es schwer, mit den Leuten zu reden, und ich habe mich ein bisschen einsam gefühlt. Aber dann habe ich mich daran erinnert, was du mir gesagt hast. Ich erinnere mich, du hast gesagt, es ist in Ordnung, manchmal allein zu sein, und dass Alleinsein manchmal eine Superkraft ist. Und dass selbst die stärksten Helden Superkräfte brauchen.

Ich schreibe diesen Brief, um mich dafür zu bedanken, dass du in mein Zimmer gekommen bist, dass du mit mir gesprochen hast. Es hat mein Leben wirklich verändert. Danke!

Werde ich dich bald wiedersehen? Manchmal glaube ich, ich höre dich kommen, oder sehe dich in der Dunkelheit. Manchmal wünschte ich, du würdest kommen, damit wir wieder miteinander reden können.

Vermisse dich, Boogers!

Sunshine

Stephanies Blut gefror in den Adern.

Mein schwarze Mann.

Danke, dass du in mein Zimmer gekommen bist.

Ihr Mund war trocken geworden. Kalter Schweiß bildete sich unter ihren Achseln. Sie lehnte sich in ihrem Stuhl zurück, eine

Hand flach auf den Schreibtisch gepresst, um sich gegen die Übelkeit zu stemmen, die in ihrem Magen aufstieg.

Es war nicht nur der Inhalt. Es war der Ton, die beiläufige Wärme, die unschuldige und naive Dankbarkeit. Dies war kein Brief, der von einem Erwachsenen geschrieben wurde. Das war ein Kind. Ein Kind, das jemandem dankte, der nachts sein Schlafzimmer betreten hatte. Jemand, den es Boogers nannte, als wäre es ein Kosename.

Und dann die Verabschiedung.

Sunshine.

Stephanie starrte darauf, als könnte es jeden Moment in Flammen aufgehen.

Wer auch immer Sunshine war, hatte Elliot Broadbent nicht nur gekannt, sondern auch den Kontakt gehalten. Freiwillig. Liebevoll.

Nur ein Name kam ihr in den Sinn.

Sie öffnete einen weiteren Brief, der einige Jahre später datiert war. Dieselbe Handschrift, etwas reifer, aber immer noch erkennbar dieselbe.

Rate mal? Ich habe heute jemanden Neues kennengelernt. Ich bin nicht sicher, ob es von Dauer sein wird, aber es hat mich an dich denken lassen. Niemand hat mich je wirklich so verstanden wie du.

Stephanies Magen verkrampfte sich.

Sie öffnete noch einen Brief.

Dieser war auf die späten 2010er Jahre datiert. Er war unordentlicher, hastiger, die Handschrift an den Rändern ausgefranst, als wäre er in Eile oder Erregung geschrieben worden.

Entschuldige, dass ich letztes Mal nicht kommen konnte. Die Dinge sind im Moment etwas chaotisch. Aber ich habe dich nicht vergessen.

Stephanie erstarrte. Sie klickte zurück zum Asservatenverzeichnis und suchte nach allen Briefen, die von Sunshine unterschrieben worden waren.

Sechzehn Ergebnisse.

Sechzehn Briefe, die sich über fünfzehn Jahre erstreckten. Manche im Abstand von einem Jahr. Andere in Clustern. Alle mit

Poststempeln aus Surrey. Jeder einzelne durchdrungen von derselben verdrehten Loyalität.

Sie lehnte sich zurück, die Augen auf die letzte Zeile des jüngsten Briefes gerichtet.

Ich denke immer noch darüber nach, was du durchmachen musstest, und es tut mir leid, dass es dir passiert ist. Ich kann mir den Schmerz, den du erlitten hast, nicht vorstellen. Ich weiß jetzt, warum du damals getan hast, was du getan hast. Ich verstehe es jetzt.

Ein Schauer lief ihr den Rücken hinunter. Der Brief war sechs Wochen zuvor datiert worden.

Stephanie stemmte sich hoch und ging zum Fenster. Sie öffnete den Riegel und ließ die kalte, scharfe Nachtluft herein. Sie füllte ihre Lungen und vertrieb die Wolke, die sich hinter ihren Augen zusammenbraute.

Irgendwo da draußen schrieb Sunshine immer noch Briefe.

KAPITEL DREIUNDACHTZIG

Die Morgenluft war feucht und schwer. Stephanie stand an Marcus Vickerys Haustür und klopfte mit den Knöcheln gegen das Milchglas. Drinnen hörte sie leise Bewegungen, als Dielenbretter knarrten und ein gedämpfter Husten folgte. Die Tür öffnete sich einen Spalt breit, die Kette noch vorgelegt. Marcus lugte hindurch, seine Augen waren blutunterlaufen und sein Haar war von einer unruhigen Nacht zerzaust.

»Detective Broadbent«, sagte er schlaftrunken. »Was wollen Sie hier?«

»Ich wollte nach Ihnen sehen, ob alles in Ordnung ist. Außerdem gibt es noch etwas, das ich besprechen muss.«

»*Wirklich*? Kann das nicht warten?« In seiner Stimme lag keine Regung, kein Kampfgeist mehr, als wäre er besiegt worden.

»Nein, ich glaube nicht. Es geht um Ihre ...«

»Marcus? Willst du Rührei oder Spiegelei?«, unterbrach eine Stimme aus dem hinteren Teil des Hauses. Weiblich. Vertraut.

Marcus schloss kurz die Augen, sein Kiefer spannte sich an. »Kommen Sie rein.«

Stephanie trat ein und folgte ihm durch den Flur. Das Haus roch schwach nach Toast und Waschpulver. In der Küche stand eine Frau am Herd, die ein übergroßes T-Shirt und eine Jogginghose trug. Connie Vickery, Marcus' Schwester.

Ihr Gesichtsausdruck zuckte, als sie Stephanie sah.

»Schon wieder da?«, fragte Connie und nahm einen Pfannenwender in die Hand. »Wann lassen Sie ihn endlich in Ruhe?«

»Das ist eigentlich ein Besuch zur Überprüfung seines Wohlbefindens. Ich bin gekommen, um zu sehen, ob es Ihrem Bruder gut geht.«

Marcus kratzte sich am Hinterkopf. »Mir ging es schon mal besser. Tut immer noch ein bisschen weh. Habe nicht sehr gut geschlafen.«

»Natürlich. Nun, Sie wissen ja, dass wir da sind, um Sie zu unterstützen, sollten Sie es benötigen.«

Marcus nickte und zuckte dabei zusammen.

»Es gibt noch etwas, das ich mit Ihnen besprechen wollte«, fuhr Stephanie fort und warf einen schnellen Blick in Connies Richtung, bevor sie ihre Aufmerksamkeit wieder Marcus zuwandte. »Es geht um Ihre Verbindung zu Elliot Broadbent.«

»Schon wieder? Er hat Ihnen doch schon gesagt, dass er keine hat«, fauchte Connie.

»Im Gegenteil.« Stephanie zog ihr Handy aus der Tasche und zeigte die Scans auf dem Display. »Wir haben auf Elliot Broadbents Anwesen Briefe gefunden. Wir haben das Anwesen durchsucht, nachdem klar war, wer er ist, und viele Briefe gefunden, die in den letzten etwa dreißig Jahren geschrieben wurden. Einige insbesondere von derselben Person, mit derselben Handschrift.«

Marcus beugte sich leicht vor. »Briefe?«

Stephanie blickte auf den Bildschirm und begann, die Sätze zu zitieren.

»›Danke, dass du in dieser Nacht in mein Zimmer gekommen bist. Ich habe mich danach anders gefühlt. Besonders.‹« Ihre Augen zuckten nach oben. »›Du hast immer gesagt, Alleinsein sei eine Art Superkraft.‹ Lässt das bei Ihnen irgendwelche Glocken läuten?«

Marcus schüttelte den Kopf. »Nein. Das habe ich nie geschrieben.«

Stephanie trat näher. »›Manchmal höre ich dich im Dunkeln kommen und wünschte, wir könnten wieder reden.‹« Sie hielt inne. »Sie sind sicher, dass das nichts mit Ihnen zu tun hat?«

Marcus schüttelte den Kopf. Aus dem Augenwinkel bemerkte sie, wie Connie den Pfannenwender vorsichtig, lautlos, ablegte.

»Und es gab einen Namen. Einen Spitznamen, der am Ende eines der Briefe verwendet wurde.«

Sie sah ihm fest in die Augen.

»Sunshine.«

Marcus blinzelte. Einmal. Zweimal. Dann drehte er sich langsam zu seiner Schwester um, während die Erkenntnis schnell in ihm einsank.

»Sunshine war Connies Spitzname, als sie aufwuchs«, sagte er mit einer Stimme, die kaum mehr als ein Flüstern war. »So nannten sie Mom und Dad immer.«

Connie erstarrte, ihre Hand schwebte noch immer über dem Herd. Ihr Kiefer spannte sich an, und die Farbe wich aus ihrem Gesicht.

Stephanie behielt ihren ruhigen Ton bei. »Er ist in derselben Nacht in Ihr Schlafzimmer gekommen, nicht wahr, Connie?«

Marcus richtete sich auf, sein Herz pochte hörbar in der Stille zwischen ihnen. »Du warst das. Du warst diejenige, die ihm Briefe geschrieben hat.«

Connies Lippen öffneten sich leicht, als wollte sie es leugnen, doch es kam kein Ton heraus.

»Deshalb warst du immer so seltsam wegen der Post, als wir jünger waren«, sagte Marcus, und seine Augen verengten sich. »Es gab nie eine Brieffreundin in Afrika, oder? Ich erinnere mich, du hast jeden Tag an der Tür gewartet. Und nachdem ... nachdem Emma gestorben war ...«

Er unterbrach sich.

Stephanie sprang ein. »Sie haben sich entschieden, sich ein Beispiel an Elliot zu nehmen.«

Connie zuckte zusammen, als hätten die Worte etwas tief in ihrer Brust getroffen. »Sie wissen nicht, wie das war«, sagte sie leise, und der Anschein von Ruhe zerbrach. »Er kam aus Versehen in mein Zimmer, und ich habe ihm zugehört. Und er hat mir zugehört. Wir haben uns verstanden.«

»Er war ein Raubtier«, spie Marcus aus. »Er hat unsere Kindheit ruiniert.«

»Nein«, fauchte sie und drehte sich zu ihm um. »Er wurde missverstanden. Er hat das getan, weil sein Sohn gerade gestorben war, und es war die einzige Möglichkeit für ihn, zu trauern.«

Marcus stand auf, sein Stuhl scharrte scharf über den gefliesten Boden. »*Du* hast jemanden getötet, Connie. Du bist in dieses Haus eingebrochen und hast dieses arme Mädchen ermordet.«

»Ich wollte das nicht …« Ihre Stimme versagte. »Es war ein Unfall! Ich wollte es nie. Glaubst du ernsthaft, dass ich nach dem, was mit Emma passiert ist, einem kleinen Mädchen das Leben nehmen wollen würde? Nein! Absolut nicht.«

Connies Stimme brach durch die Küche, ein raues, ersticktes Geräusch, das in der Stille widerhallte.

Stephanie machte einen langsamen Schritt nach vorn, ihre Stimme war leise, aber fest. »Connie Vickery, ich verhafte Sie wegen des Verdachts auf Mord. Sie müssen nichts sagen …«

Doch sie sprach den Satz nie zu Ende.

Connies Augen flammten auf. Blitzschnell schleuderte sie den Pfannenwender von der anderen Seite der Kücheninsel auf Stephanie. Stephanie hob abwehrend die Hände und machte einen Schritt zurück.

»Connie!«, schrie Marcus und stolperte hinter ihr her. »Tu das nicht!«

Doch sie war schon weg. Die Hintertür schlug mit einem hohlen Knacken auf, das Morgenlicht blendete, als es in die Küche flutete.

Stephanie erholte sich sofort. Sie rannte um Marcus herum und stürmte durch die Tür in den Garten, ihre Schuhe rutschten auf feuchten Pflastersteinen.

»Connie! Stehen bleiben!«

Der Garten war schmal, aber lang, flankiert von einem Holzzaun auf der einen Seite und einer Reihe überwucherter Sträucher auf der anderen. Connie war schnell – schneller, als Stephanie erwartet hatte –, ihr Haar flog, ihre nackten Füße hämmerten auf die Erde. Die Welt verengte sich auf diesen Lauf. Stephanie duckte sich unter die tief hängenden Äste eines Apfelbaums und stürmte vorwärts, ihre Stiefel rissen Löcher in den schlammigen Rasen.

Connie blickte zurück, ihre Augen wild und verzweifelt. »Ich wollte das nicht!«

Connie erreichte den hinteren Zaun, eine niedrige Holzbarriere, die von jahrelangem Regen verzogen war. Sie stemmte die Hände auf und sprang, ihre Knie trafen die oberste Planke. Für eine Sekunde hing sie dort, krabbelte und versuchte, sich hinüberzuziehen.

Stephanie holte sie ein, gerade als sie nach vorne kippte.

Mitten im Fall packte Stephanie ihre Jacke und riss fest daran. Connie stürzte mit einem Schrei auf der anderen Seite zu Boden und landete auf dem Kiesweg des Nachbargartens. Stephanie sprang ihr über den Zaun nach und landete hart auf der Seite. Schmerz schoss ihr in die Rippen, aber sie rollte sich ab, rappelte sich auf die Knie und stürzte sich auf sie. Sie rangen auf dem Boden, Connie trat und schrie, zappelte wie ein wildes Tier, ihre Fingernägel rissen an Stephanies Jacke.

Stephanie wehrte die Schläge ab, drehte Connie schnell auf den Bauch, drückte sie nieder und setzte sich rittlings auf sie, bevor sie ihr die Hände auf den Rücken drehte. Sie griff an ihre Hüfte und fand das Paar Handschellen, das sie mitgebracht hatte – nur für den Fall, dass Connie zu Besuch war. Sie zog sie heraus und legte sie Connie um die Handgelenke. Connie hörte auf zu kämpfen, ihre Brust hob und senkte sich in tiefen, unregelmäßigen Stößen. Tränen rannen über ihr Gesicht und gruben Rinnen durch den Schmutz.

Stephanie setzte sich auf die Fersen und holte Luft. Im Garten des Nachbarn war es still, zaghaft kehrte der Vogelgesang über ihnen zurück.

Es war vorbei. Sie hatte es geschafft. Sie hatte den Buhmann *und* die Buhfrau gefasst.

KAPITEL
VIERUNDACHTZIG

Von allen Häusern, die Elliot Broadbent besucht hatte, konnte keines mit diesem mithalten. Seine Pracht war erstaunlich, ein Zimmer nach dem anderen enthüllte bei jeder Wendung neue Räume. Die Einrichtung war traumhaft schön, weit jenseits von allem, was er sich je würde leisten können. Der Ort strahlte Opulenz aus, während ein Gefühl stiller Sicherheit die Familie im Schlaf einhüllte, deren Sicherheit alles andere als gewährleistet gewesen war.

Elliot bewegte sich durch das Erdgeschoss wie ein Rauchwölkchen, lautlos und schwer fassbar. Er glitt an der offenen Wohnlounge vorbei, mit ihren Ledersofas und den schweren Samtvorhängen, die fest gegen die Dunkelheit zugezogen waren. Er bewunderte den kunstvollen Deckenstuck, die antike Standuhr, die wie eine Wache an der Treppe stand, und den dicken Perserteppich, der wie ein Fluss von der Tür zur gegenüberliegenden Wand floss. Eine Vitrine mit Glasfront zeigte zarte Porzellanfiguren, und er hielt einen Moment inne, um ihre Zerbrechlichkeit und Unschuld zu bewundern.

Dann ging er weiter.

Die Küche war aus Marmor, glatt und makellos. Sogar die Obstschale sah arrangiert aus und enthielt nur eine einzige Traube, zwei Birnen und einen Pink-Lady-Apfel. Am Kühlschrank hielten glitzernde Magnete Fotos von zwei Kindern fest, einem Jungen und einem Mädchen – Schulaufführungen, Geburtstagsfeiern, Urlaube.

Elliot warf einen kurzen Blick darauf, bevor er sich der Treppe zuwandte.

Er legte eine behandschuhte Hand auf das Geländer, dessen dunkles Holz auf Hochglanz poliert war, und stieg langsam hinauf. Die Stufen, möglicherweise aus Marmor, waren still unter seinen Füßen.

Oben war der Treppenabsatz lang und ruhig. Er hielt inne, um die Türen vor sich zu mustern. Sie waren alle geschlossen. Zufall. Ein Ratespiel.

Er lauschte und wartete. Geräusche von Schnarchen drangen durch die Tür direkt vor ihm, also verwarf er diese. Dann schlurfte er zur nächsten; es gab nichts, was das Zimmer des Jungen von dem des Mädchens unterschied, was es zu einer Lotterie machte – ein Griff in die Wundertüte.

Vorsichtig legte er seine Hand auf die Klinke. Die Tür öffnete sich mit einem leisen Klicken und schwang weit auf, über den gefliesten Boden gleitend.

Zu spät erkannte er seinen Fehler.

Er hatte das falsche Zimmer betreten. Licht von draußen schlich durch die Lücken in den Vorhängen und beleuchtete sanft die Plüschtiere, die Poster an den Wänden und den Sitzsack in der Mitte des Raumes, der vor einem Fernseher positioniert war.

Unter ihrer Bettdecke lag die Tochter, friedlich schlafend, ohne eine Ahnung von der Welt.

Doch als er sich umdrehte, um zu gehen, hörte er Geräusche hinter sich: Bewegung, das Rascheln der Bettdecke und ein leises Gähnen, das von einem plötzlichen Keuchen unterbrochen wurde.

Elliot erstarrte, wie angewurzelt. Er wagte es nicht, sich zu bewegen oder ihr zuzuwenden, aus Angst, sie könnte schreien. Obwohl er von Kopf bis Fuß vermummt war, war es ein Risiko, das er sich nicht leisten konnte. Vorsichtig hob er einen Finger an die Lippen, bereit zu flüstern.

»Keine Sorge«, sagte sie, ihre Stimme sanft und zart. »Ich werde nicht schreien.«

Sie klang reif, älter als ihre Jahre.

Aus Gründen, die er nicht ergründen konnte, fühlte er sich gezwungen, sie anzusehen. Er drehte sich um und sah sie am Kopfende ihres Bettes aufgerichtet, die Bettdecke leicht auf ihrem Schoß ruhend. In ihren Augen lag keine Angst, kein Anflug von Sorge in ihrem Ausdruck. Sie wirkte seltsam ruhig, als hätte sie ihn erwartet.

»Bist du der Mann, vor dem ich laut Mami und Papi aufpassen soll?«

Elliot bemerkte, dass ihre Stimme lauter war als zuvor – eher aus Selbstvertrauen als aus Panik –, und er schloss die Tür, bevor er auf Zehenspitzen näher zu ihr trat.

»Möglicherweise«, erwiderte er, als er stehen blieb. »Wahrscheinlich.«

Neben ihr lag ein kleines *E.T.*-Plüschtier. Sie griff danach, klemmte es sich unter den Arm und begann, an seinen Ohren zu spielen.

»Hast du Angst?«, fragte Elliot.

Das Mädchen schüttelte den Kopf.

»Warum nicht? Andere Leute haben Angst.«

»Dinge machen mir keine Angst. Ich habe alle Gruselfilme gesehen.«

Elliot kicherte, fasziniert von diesem kleinen Mädchen. »Wie alt bist du?«

»Acht. Wie alt bist du?«

»Alt«, antwortete er. »Sehr alt.«

»Mein Papi sagt auch, dass er zu alt ist. Er beschwert sich oft, dass ihm der Rücken und die Knie wehtun.«

Ein weiteres Kichern entfuhr ihm, diesmal lauter. »Das passiert, wenn man erwachsen wird.«

»Wie heißt du?«, fragte sie, ihre Neugier glich der eines Kindes, das im Internet surft.

Er stotterte. »Ich ... das kann ich dir nicht sagen. Das ist ein Geheimnis. Aber ... wie wäre es, wenn du mich Batman nennst?«

»Batman? Wie *der* Batman?«

Er nickte. »Wie kann ich dich nennen?«

»Ich heiße Connie. Aber wenn du meinen Spitznamen willst, Mami und Papi nennen mich immer Sunshine.«

Er bemerkte das breite Grinsen auf ihrem Gesicht; der Spitzname passte.

»Was machst du hier, Batman?«, fragte sie. »Bist du gekommen, um meinen Bruder zu sehen?«

Er nickte.

»Warum?«

»Warum ich gekommen bin, um ihn zu sehen?«

»Warum tust du das?«

Elliot erstickte an einem Kloß im Hals. Er wusste nicht warum, aber er fühlte sich zu diesem kleinen Mädchen hingezogen. Er fühlte sich bei ihr sicher, als könnte er seine tiefsten, dunkelsten Geheimnisse teilen; wenn sie ihn hätte verraten und schreien wollen, hätte sie es bereits getan.

»Ich trauere«, antwortete er und machte es sich bequem, indem er sich neben ihr auf den Boden setzte. »Weißt du, was dieses Wort bedeutet?«

Eine Hand an E.T.s Ohr, sagte sie: »Ich glaube schon.«

»Es bedeutet, dass ich gerade sehr traurig bin. Mein Sohn, der so alt ist wie dein Bruder, ist vor ein paar Wochen gestorben, und ich habe festgestellt, dass es mir besser geht, wenn ich Jungen wie deinen Bruder beim Schlafen beobachte, weil es mich an meinen Sohn erinnert, wenn er geschlafen hat.«

Connie brauchte einen Moment, um diese Information zu verarbeiten.

»Ich verstehe«, sagte sie leise. »Ich mag es nicht, wenn Leute traurig sind. Ich hatte einen Fisch, der gestorben ist, und das hat mich richtig traurig gemacht. Also kenne ich das Gefühl.«

Er kicherte über ihre Naivität. Sie war zu jung, um den Unterschied zwischen den beiden zu begreifen und dass der Verlust eines Fisches nicht mit dem Verlust eines Kindes vergleichbar war.

»Es ist nicht sehr schön, oder?«

Connie schüttelte den Kopf. »Wirst du trotzdem zu meinem Bruder gehen?«

»Ich glaube nicht. Nicht mehr. Vielleicht ein andermal.«

»Du kannst, wenn du möchtest. Ich werde dich nicht aufhalten. Ich schlafe einfach weiter.«

Er konnte es nicht fassen. »Bist du sicher?«

»Ja. Es war schön, dich kennenzulernen, Batman. Gute Nacht.«

»Dann hat er einfach mein Zimmer verlassen«, sagte Connie und zupfte an einem Stück Taschentuch in ihren Händen. »Alles, woran ich mich vom Rest dieser Nacht erinnere, ist, dass ich im Bett lag und ihm zuhörte, wie er sich im Haus bewegte und den Ballon aufblies, bevor er durch die Hintertür verschwand.«

Die darauf folgende Stille war drückend. Connie blickte nicht auf. Ihr Blick war auf das zerknüllte Stück Taschentuch in ihrem Schoß geheftet, das sie mit langsamen, rastlosen Fingern auf- und abrollte.

Giles war fassungslos. Er brauchte einen Moment, um sich wieder zu fassen.

»Was geschah, als Sie aufwachten?«

»Niemand hat sich Sorgen um *mich* gemacht. Sie haben sich nur um meinen Bruder gesorgt.« Sie zuckte mit den Schultern, als ob es keine Rolle mehr spielte, obwohl die Art, wie ihre Schultern nach vorne fielen, darauf hindeutete, dass es das doch tat.

»Was haben Sie also getan?«

»Nichts. Ich habe es für mich behalten. Bis eines Tages, ein paar Monate später, als ich von der Schule nach Hause kam, ein Mann mich vor meinem Haus anhielt. Er war es. Ich wusste es sofort. Er nannte mich Sunshine, und ich nannte ihn Batman. Er gab mir einen Brief.«

»Sie hatten keine Angst?«

»Ich hatte keinen Grund dazu. Ich war ein Mädchen.«

Giles konnte keinen Fehler in ihrer Argumentation finden.

»Was stand in dem Brief?«

»Er hat sich bei mir bedankt, dass ich der Polizei nicht gesagt hatte, dass ich ihn gesehen hatte. Und von da an blieben wir einfach in Kontakt. Wir schrieben uns jahrelang weiter. Irgendwann gab er mir eine Postfachadresse, die ich benutzen sollte, er sagte, es wäre sicherer. Ich glaube, er hatte Angst, dass die Polizei ihn immer noch beobachtete. Also warf ich meine Briefe in den Briefkasten an der Ecke, und ab und zu bekam ich einen zurück.«

Giles öffnete den Mund, aber es kamen keine Worte.

Connie fuhr fort, jetzt leiser, nachdenklicher. »Ich habe ihm Dinge erzählt, die ich niemand anderem erzählen konnte. Über die Schule. Darüber, wie einsam ich mich fühlte. Über Emma, als sie starb. Er hat immer zurückgeschrieben. Immer. Selbst wenn es nur ein paar Zeilen waren.«

»Sie haben es geheim gehalten?«

Sie stieß ein trockenes, bitteres Lachen aus. »Wem hätte ich es erzählen können? Was hätte ich ihnen erzählt? Dass ich mit dem Mann in Kontakt geblieben war, der in unser Haus eingebrochen war und meinem Bruder jahrelang Alpträume beschert hatte? Die hätten mich einweisen lassen.« Sie schluckte. »Er war wie ein Freund für mich. Einer der engsten, die ich je hatte. Ich habe ihm sogar Fotos von Emma geschickt, als sie geboren wurde. Er sagte, sie sei wunderschön und käme nach mir. Nachdem sie mir genommen worden war, erlebte ich dieselbe Trauer wie er. Also beschloss ich, ihn zu kopieren, um auf die einzige Art zu verarbeiten und zu trauern, die ich kannte.«

KAPITEL
FÜNFUNDACHTZIG

Stephanie rieb sich gerade den Schlaf aus den Augen, als Olivia ihr Büro betrat.

»Ma'am, ich habe mir angesehen, was Sie gesagt haben, und ich ...«

Die Wachtmeisterin ertappte sich mitten im Eindringen.

»Oh, tut mir leid. Ich hätte warten sollen. Ich hab mich hinreißen lassen. Ich habe doch nichts unterbrochen, oder?«

Stephanie kniff sich in den Nasenrücken und legte dann ihre Hände auf den Schreibtisch. »Nur den Anfang sehr starker Kopfschmerzen«, erwiderte sie. »Worum geht es?«

In ihren Händen hielt Olivia eine Dose Cola Light – Treibstoff, um es bis zum Feierabend zu schaffen – und einen dünnen Stoß Dokumente. Sie eilte zu Stephanies Schreibtisch und übergab die Unterlagen, während sie einen großen Schluck von ihrem Getränk nahm, als Stephanie sie ihr abnahm.

»Was ist das?«, fragte sie, ohne sie anzusehen.

»Ich habe mir angesehen, was Sie erwähnt hatten, und dachte, das hier könnte Sie interessieren«, erklärte Olivia. »Es ist noch eine Geburtsurkunde.«

»*Noch eine* Geburtsurkunde?«

Stephanie blickte auf das erste Blatt Papier in ihren Händen. Es war ein digitaler Scan einer schmutzigen und fleckigen Geburtsurkunde für einen gewissen Jordan Broadbent.

»Jordan ...«, murmelte Stephanie leise vor sich hin. Sie kannte keinen Jordan Broadbent und war in ihrer Kindheit auch nie einem begegnet. Noch ein Cousin, von dem sie nichts wusste? Oder möglicherweise ein weiterer Onkel, der zweifellos ein Krimineller war wie seine beiden Brüder.

»Da steht kein Datum drauf«, sagte sie. An der Stelle, wo das Geburtsdatum hätte stehen sollen, klaffte ein großer Riss, als ob ihn jemand absichtlich abgerissen hätte.

»Ich weiß. Sieht nicht so aus, als wäre gut damit umgegangen worden.«

Das war angesichts des Zustands von Elliots restlichem Haus nicht überraschend.

»Haben Sie irgendeine andere Erwähnung von Jordan in Elliots Habseligkeiten gefunden?«

Olivia beendete ihren Schluck Cola Light. »Da gab es ein paar Dinge in den Briefen von etwa zehn Jahren vor den Besuchen des schwarze Mann, ungefähr zur Zeit der Geburt Ihres Cousins Ryan.«

»Was stand darin?«

»Dass sie sich wegen irgendetwas zerstritten hatten. Etwas Großes, glaube ich.« Olivia zögerte und hielt weitere Informationen zurück.

Stephanie setzte sie unter Druck. »Was stand darin?«

Olivia begann, am Ring ihrer Dose zu spielen. »Hatten Sie ... hatten Sie jemals den Eindruck, während Sie mit Ihrem Onkel sprachen, dass er ... dass er schwul gewesen sein könnte?«

Stephanie fühlte sich, als hätte man ihr gerade eine Ohrfeige verpasst. Sie hätte beinahe kurz gespottet, konnte es aber gerade noch unterdrücken.

»Schwul? Nein. Ich hatte keine Ahnung. Wie kommen Sie darauf?«

Olivia räusperte sich. »Nun ... es gab Briefe zwischen ihm und Jordan, und, na ja ... die waren, sagen wir mal, ein wenig intim. An manchen Stellen ein wenig unanständig. Ich habe versucht, sie nicht alle zu lesen, weil sie ziemlich explizite Details enthielten, aber ich konnte nicht anders. Ich habe sie ausgedruckt und hinter die Geburtsurkunde gelegt, falls es Sie interessiert. Aber ja, ich glaube,

Ihr Onkel könnte schwul gewesen sein. Und er könnte in Jordan verliebt gewesen sein.«

Stephanie brauchte einen Moment, um diese neue Information zu verdauen. Es war das Letzte, was sie erwartet hatte. Dennoch änderte es nichts an ihren Gefühlen für den Mann; er war immer noch ein Krimineller, immer noch jemand, der es verdiente, hinter Gittern zu sitzen.

Es erklärte auch, warum sie in ihrer Familiengeschichte nie eine Tante erwähnt oder auf einem der Fotos gesehen hatte. Keine Mrs. Elliot Broadbent in den Geschichtsbüchern. Vielleicht waren sie eine Zeit lang zusammen gewesen, ihr Sohn war geboren worden, und dann war Elliots Geheimnis (eines von vielen) ans Licht gekommen, was sie dazu veranlasst hatte, zu fliehen und den Jungen bei seinem Vater zu lassen.

»Also, was glauben Sie, dass Elliot seinen Sohn Ryan nennen wollte, es sich dann aber anders überlegt und ihn Jordan genannt hat?«

Olivia schüttelte den Kopf. »Andersherum. Ich glaube, Elliot hat seinen Sohn nach diesem Jordan-Typen benannt und seinen Namen dann in Ryan geändert.«

»Warum?«

Olivia deutete auf die Papiere in Stephanies Hand. »Weil es einen ebenso pikanten Brief gibt, in dem Elliot Jordan einen dreckigen Lügner und Betrüger nennt. Also nehme ich an, das war das Ende ihrer Beziehung. Die Zeitstempel darauf sind nur kurz nach Ryans Geburt.«

Stephanie nickte langsam. Sie würde Zeit brauchen, um all das zu verarbeiten, aber für den Moment glaubte sie, das meiste davon zu verstehen.

»Danke«, sagte sie geistesabwesend. »Ich weiß es zu schätzen, dass Sie sich durch meinen Familienstammbaum graben.«

»Sehr gern geschehen, Ma'am. Gibt es noch etwas, das ich für Sie tun kann?«

Auf den Namen auf der Geburtsurkunde starrend, schüttelte Stephanie den Kopf. Es überraschte nicht, dass ihre Kopfschmerzen schlimmer geworden waren. »Nein, ich glaube, das ist alles.«

Olivia drehte sich um und ging zur Tür. Gerade als sie sie öffnete, rief Stephanie sie zurück.

»Eigentlich, Wellard, da war noch etwas.«

»Ja, Ma'am?«

»Diese ... diese andere Sache, die ich Sie gebeten hatte zu prüfen. Wie kommen Sie damit voran?«

Olivia lächelte sie aufgeregt an, als ob sie den Klatsch aus den Briefen ihres Onkels noch einmal durchlebte. »Ich fange jetzt gleich damit an, Ma'am. Überlassen Sie das mir.«

KAPITEL
SECHSUNDACHTZIG

Die Luft in der Sporthalle war heiß und feucht, durchdrungen von dem beißenden Geruch von Schweiß. Leise, dumpfe Schläge hallten über den Mattenboden, während Körper aufeinanderprallten, Beine weggefegt und Arme verdreht wurden. Von oben dröhnte Musik aus den Lautsprechern. Stephanie lag mit unregelmäßigem Atem auf dem Rücken, den Arm einer Frau namens Lianne in einem lehrbuchmäßigen Armhebel fest zwischen ihren Oberschenkeln eingeklemmt.

»Tap, tap!«, bellte Lianne, und Stephanie ließ ihren Griff los und fiel mit einem müden Stöhnen zurück auf die Matte.

Sie wischte sich mit einem Unterarm über die Stirn und setzte sich auf. Ihre Brust hob und senkte sich schwer. Einen Moment war es still, bevor das schrille Summen ihres Handys den Raum durchdrang.

Stephanie griff vom Mattenrand danach. Kimberley.

Ihr erster Gedanke war, dass Kimberley wegen des Babys anrief, dass etwas nicht stimmte und sie ihre sofortige Hilfe brauchte. Noch immer nach Luft ringend, bat sie Lianne mit einer Geste um einen Moment Geduld und nahm dann den Anruf entgegen. »Hey, ist alles in Ordnung?«

»Hey«, sagte Kimberley leise und zögerlich.

Stephanie verließ die Matte und schlängelte sich durch eine

Reihe von Boxsäcken. Sie blieb bei den Spinden stehen und presste sich das Handy ans Ohr. »Alles okay?«

»Ich hab nur angerufen, um zu fragen …« Eine Pause. Ein Schlucken. »Die Beerdigung. Kommst du?«

Stephanie lehnte ihre Schulter gegen den kühlen Stahl der Spinde. Ihre Kehle zog sich zusammen. Seit Connies Verhaftung waren ein paar Tage vergangen, aber sie konnte nur an ihren Onkel denken und daran, dass das Böse in ihrer Familie lag.

»Ich weiß nicht«, antwortete sie nach kurzem Zögern. »Vielleicht.«

»Vielleicht?«, Kimberleys Stimme wurde sanfter. »Steph, komm schon. Ich weiß, wie kompliziert alles ist. Das tue ich wirklich. Aber … es ist Familie. Es wäre gut für dich. Für uns.«

Stephanie sagte nichts. Ein Schweißtropfen lief ihre Schläfe hinab und sammelte sich an ihrer Kieferpartie.

»Wie kommst du denn darauf?«

»Ich meine nicht seinetwegen«, fügte Kimberley hinzu. »Gott weiß, ich werde dem Mann keine Träne nachweinen. Aber für uns. Damit wir irgendeine Art von Abschluss finden. Damit wir mit dieser Seite unserer Familie endlich einen Schlussstrich ziehen können.«

»Es sei denn, wir finden noch einen anderen Onkel oder Cousin, der in unserem Leben auftauchen könnte.«

Kim lachte verlegen. »Also, was sagst du?«

Stephanie rieb sich mit einer Hand über das Gesicht. Hinter ihr summte das Dojo leise. Rufe, das schwere Aufkommen auf den Matten, Lachen.

»Ich … ich überlege es mir«, sagte sie leise.

»Okay«, erwiderte Kimberley. »Ich hoffe, du kommst. Ich glaube, es wäre gut.«

Die Leitung war tot.

Stephanie stand einen Moment lang regungslos da, das Handy in der Hand, während der Schweiß auf ihrer Haut kühl wurde.

Dann drehte sie sich um und ging zurück zur Matte.

KAPITEL
SIEBENUNDACHTZIG

Die Jalousien waren halb heruntergelassen und warfen schräge Sonnenlichtstreifen über den Tisch. Stephanie saß mit unleserlichem Gesichtsausdruck an einem Ende, während Devon lässig neben ihr lehnte. Ein Pappkaffeebecher zitterte in seiner Hand, und die Flüssigkeit darin schwappte bei jeder Bewegung.

Die Tür öffnete sich, und DCI Clive McGowan marschierte herein, frisch aus zwei Wochen Urlaub zurück. Er sah gut erholt aus und war, obwohl er die gesamte Zeit Mitte Oktober auf dem Land verbracht hatte, irgendwie gebräunter als sonst. Unter einem Arm klemmte eine dicke Akte.

»Morgen«, sagte er.

Stephanie und Devon murmelten eine Begrüßung.

McGowan ließ die Akte mit einem schweren Bums auf den Tisch fallen. Er blieb stehen und blickte zwischen ihnen hin und her wie ein Schuldirektor, der zwei unartige Schüler mustert.

»Es scheint, dass wir drei einige Dinge zu besprechen haben«, sagte er.

»Ich nehme an, deswegen sind wir hier«, erwiderte Devon.

»Okay dann, Sergeant. Fangen wir mit Ihnen an, was meinen Sie?«

Devons Schlucken war neben ihr sichtbar und hörbar.

»Das betrifft Sie ebenfalls, Steph, also denken Sie nicht, Sie wären schon aus dem Schneider.« Clive öffnete die Akte und zog die Fotos von ihr heraus, die online gepostet worden waren. Sie hatte aufgehört zu zählen, wie oft sie sie schon gesehen hatte. »Möchte einer von Ihnen beiden vielleicht erklären, was hier vor sich geht – oder *vor sich ging*?«

»Ging?«, wiederholte Steph mit schockierter Stimme. Sie warf einen schnellen Blick auf Devon, der genauso verlegen aussah, wie sie sich fühlte. »Es ist nicht das, was Sie denken. Überhaupt nicht. Nichts dergleichen ist passiert. Ich habe nur ...«

»Sie hat mir nur beim Aufräumen geholfen«, erwiderte Devon, nachdem er sich geräuspert hatte. »Ich war an dem Morgen spät dran für die Arbeit, Steph kam vorbei, um mich zur Eile anzutreiben, und dann hat sie mir geholfen, weil ich die Wohnung saubermachen musste, bevor ich ging.«

McGowan sah nicht überzeugt aus. »Und das hier?« Er zeigte auf die Alkoholflaschen in Stephanies Hand.

Devon beugte sich vor, als würde er sie zum ersten Mal inspizieren. »Das, Sir, ist der Beweis für eine gute Zeit. Eine Zeit, an die ich mich nicht wirklich erinnere.«

»Gehört das alles Ihnen?«

»Ja. Aber das ist angesammelter Alkohol. Von ein paar Wochen.«

»Aha.« McGowan beäugte Devon misstrauisch, diesmal ohne eine Regung in seinem Gesicht zu verraten. Nach einiger Zeit wandte er sich an Stephanie. »Stimmt das?«

Sie schluckte schwer. »Ja, Sir. Ich habe den Müll in seiner Wohnung aufgeräumt.«

Das war keine glatte Lüge. Tatsächlich war es vollkommen zutreffend. Sie hatte nur den *Kontext* des Aufräumens verschwiegen.

McGowan antwortete nicht sofort. Sein Blick wanderte zwischen den beiden hin und her, die Haut um seine Augen spannte sich, als er die Stirn runzelte. Schließlich atmete er durch die Nase aus. »Selbst wenn das wahr ist – und ich werde vorerst beschließen, das zu glauben –, ändert das nichts daran, wie die Sache aussieht. Sie beide sind leitende Beamte. Die Leute erwarten von Ihnen Führung, nicht ... was auch immer das hier ist. Sich ablichten zu lassen wie irgendwelche aussortierten *Love-Island*-Kandidaten.«

»Ich bin überrascht, dass Sie wissen, was *Love Island* ist, Sir«, erwiderte Devon.

McGowan ignorierte die Bemerkung und wandte seine Aufmerksamkeit etwas anderem in seiner Akte zu. Er zog ein weiteres Blatt Papier heraus und schob es über den Tisch.

»Sagt Ihnen der Name Perry Watson irgendetwas, Stephanie?«

Ihr wurde eiskalt. Sie sagte nichts.

»Denn das hier ist eine E-Mail von seinem Betreuer, der seinen ehemaligen Gefängnisbeamten kontaktiert hat, um ihn darüber zu informieren, dass jemand mit dem Namen Detective Inspector Stephanie Broadbent mit ihm bezüglich seiner Zeit bei Colin Broadbent gesprochen hat.«

»Sieht so aus, als wüssten Sie schon alles, was es zu wissen gibt«, erwiderte sie.

»Warum haben Sie ihn aufgesucht? Und überhaupt, *wie* sind Sie an seine persönlichen Daten gekommen? Das ist ein massiver Verstoß.«

Stephanie wollte gerade antworten, aber Devon sprang ein. »Ich kenne da jemanden, der jemanden kennt, der mir einen Gefallen schuldete, also habe ich ihn eingefordert. Es war wichtig. Steph dachte, die Fälle könnten zusammenhängen, also haben wir getan, was wir tun mussten.«

Clive öffnete den Mund, um zu antworten, hielt sich aber zurück. Die Verbindung zwischen Colin, Elliot und dem schwarze Mann war greifbar, also konnte man nicht leugnen, dass sie einen triftigen Grund gehabt hatte.

»Sie haben gegen die Vorschriften verstoßen«, sagte er.

Devon hob kapitulierend die Hände. »Und das akzeptiere ich, aber wenn wir es nicht getan hätten, hätten wir vielleicht die Identität des schwarze Mann nicht aufgedeckt.«

Clive grunzte. Er blickte auf die Notizen hinunter, als suche er nach einer Antwort. »Ich war zwei Wochen weg, und es sieht so aus, als hätten Sie beide die Zeit, in der Sie von der Leine gelassen waren, bestens genutzt.«

»Nicht ganz, Sir«, sagte Stephanie streng. »Dem widerspreche ich. Wir haben unsere Arbeit erledigt. Das Team war ausgezeichnet. Und wir haben zwei Fälle zu den Akten gelegt, einer davon schwelte die letzten dreißig Jahre im Hintergrund. Und wo wir gerade davon sprechen, von der Leine gelassen zu werden: Sagt *Ihnen* der Name Myles Delaware etwas?«

Der Chief Inspector durchforstete sein Gedächtnis. Nach einer Weile schüttelte er den Kopf.

»Er schien sich an Sie zu erinnern«, sagte sie. »Er sagte, Sie waren damals bei den Ermittlungen zum alten schwarze Mann ein DC und hätten es geschafft, etwas mit der Hilfe einer kleinen Gegenleistung verschwinden zu lassen.«

McGowan rutschte unbehaglich auf seinem Stuhl hin und her. Er blickte auf den Tisch hinunter.

»Das war eine andere Zeit«, sagte er.

»Mm-hm.«

»Vielleicht sollten wir vergessen, dass ich irgendetwas dazu gesagt habe«, sagte McGowan.

Stephanie grinste. »Das klingt gut. Devon?«

Der Sergeant grinste und stand bereits von seinem Stuhl auf. »Finde ich auch, Steph. Finde ich auch.«

KAPITEL
ACHTUNDACHTZIG

Es gab noch einen letzten Punkt auf ihrer gedanklichen To-do-Liste, etwas, worauf sie sich gefreut hatte, seit sie dem ehemaligen Inspector zum ersten Mal begegnet war.

Stephanie hielt vor der Villa mit den weißen Säulen an, und der Kies knirschte unter ihren Reifen. Die Tore standen von einer kurz zuvor erfolgten Ankunft noch offen, und die Sonne glänzte auf der Motorhaube des silbernen Aston Martin Vantage, der stolz in der Einfahrt parkte. Sie stieg aus dem Wagen, strich die Falten aus ihrem Mantel und ging zielstrebig zur Haustür. Noch bevor sie klopfen konnte, schwang diese auf.

Gavin Lockwood stand komplett angezogen in der Tür, ein halb volles Whiskyglas in einer Hand. Seine Miene verfinsterte sich, als er sie sah. Zu ihrer Überraschung war kein treuer Wachhund an seiner Seite.

»Schon wieder Sie«, sagte er, seine Stimme rau vom Schlaf oder vom Alkohol oder von beidem. »Was zum Teufel wollen Sie jetzt?«

Stephanie zuckte nicht zusammen. Sie deutete auf den Wagen, der vor der Garage parkte. »Schicker Aston.«

Gavin blickte über ihre Schulter. »Und was ist damit?«

»Ich bewundere ihn nur. Wollte schon immer einen haben. Was kosten die jetzt, so ungefähr? Zweihunderttausend? Vielleicht mehr. Muss ein Vermögen gekostet haben.« Sie legte den Kopf schief. »Seltsam ist nur, dass ich das Kennzeichen durchs System gejagt habe. Kam als gestohlen zurück. Neunzehnhundertvierundneunzig. Aus einem Ausstellungsraum in Surrey verschwunden. Spurlos verschwunden.«

Gavins Kiefer spannte sich an. »Den habe ich rechtmäßig erworben.«

»Wirklich?« Stephanie zog eine Augenbraue hoch. »Ich habe nämlich Beweise, die das Gegenteil nahelegen.«

Gavin wich jede Farbe aus dem Gesicht.

Stephanie trat näher, ihre Stimme war ruhig, aber bestimmt. »Ich habe ein wenig nachgeforscht. Es stellt sich heraus, dass mein Vater und mein Onkel nicht nur Frauen misshandelt haben und der schwarze Mann waren, sondern in der Gegend auch als Autodiebe bekannt waren. Neulich Abend habe ich einige der Fallakten zu ihren Namen durchgesehen und etwas über einen vermissten Aston Martin Vantage gefunden. Und wer war der leitende Ermittlungsbeamte in diesem Fall? Richtig, das waren Sie. Und als Ihnen die Sache zu heiß wurde, haben Sie Ihren Rang genutzt, um den Fall zu vertuschen. Im Gegenzug versprachen Sie, die Anschuldigungen wegen Körperverletzung gegen Colin verschwinden zu lassen. Und Sie haben dafür gesorgt, dass die schwarze Mann-Ermittlungen genau im richtigen Moment an Fahrt verloren. Alles wegen eines gestohlenen Autos, Gavin.«

Gavin schnaubte und zog sich in den Türrahmen zurück, um die Fassung zu wahren. »Das ist absurd. Sie haben keine Beweise.«

Stephanie griff in ihren Mantel und zog eine Mappe hervor. Sie schlug sie auf und tippte auf das oberste Blatt. »Ich habe Zeugenaussagen, insbesondere von dem Mann, der diese Garage gebaut hat. Erinnern Sie sich an ihn? Ich habe neulich mit ihm gesprochen. Ach, und um das zu untermauern, habe ich Briefe, Gavin. Von Colin. Von Elliot. Die alles bestätigen. Sie versprechen Schweigen, Loyalität, Gehorsam. Und im Gegenzug haben Sie ihre Geheimnisse bewahrt und ihre Verbrechen vertuscht. Sie haben Monster gedeckt. Sie haben sie beschützt, weil Sie einer von ihnen waren.«

Gavins Mund öffnete sich, aber es kamen keine Worte heraus. Seine Schultern fielen in sich zusammen, und für eine Sekunde sah der Mann, der einst ein Polizeiteam geleitet hatte, eher wie ein Rentner aus, der beim Kartenbetrug erwischt wurde.

Stephanie trat einen Schritt zurück und zog ihre Dienstmarke hervor. »Gavin Lockwood, ich verhafte Sie wegen des Verdachts der Verschwörung zur Behinderung der Justiz, des Fehlverhaltens im Amt und der Beihilfe zu mehreren Straftaten. Sie müssen nichts sagen …«

»Das ist doch Wahnsinn«, blaffte er. »Das können Sie nicht tun …«

»… aber es kann Ihrer Verteidigung schaden, wenn Sie bei Ihrer Vernehmung nicht etwas erwähnen, auf das Sie sich später vor Gericht berufen. Alles, was Sie sagen, kann als Beweismittel verwendet werden.«

Sie griff nach seinem Arm. Er versuchte sich zu wehren, aber der Whisky hatte seine Reflexe verlangsamt. Er stöhnte auf, als sie ihn umdrehte und ihm Handschellen anlegte.

»Das wird nicht hängen bleiben«, knurrte er.

»Mag sein«, sagte Stephanie und führte ihn zum Auto. »Aber es wird das bisschen Ruf, das Sie noch haben, ruinieren.«

Als die Sonne hinter den Bäumen versank und der Aston Martin glänzend und still in der Einfahrt stand, konnte Stephanie sich ein Lächeln nicht verkneifen.

Ein weiterer Mann in Handschellen. Ein weiteres Geheimnis, das ans Licht gezerrt wurde.

KAPITEL NEUNUNDACHTZIG

Die Beerdigung war so trostlos und leer wie der Mann, den sie beerdigten.

Stephanie stand hinten in der Kirche, die Hände in den Taschen ihres schwarzen Mantels vergraben, während der Regen den Steinboden direkt vor den offenen Türen sprenkelte. Vorne im Raum stand ein heller Holzsarg, umgeben von zwei Blumenkränzen und Reihen leerer Kirchenbänke. Sie hatte nicht gewusst, was sie erwarten sollte. Ein paar entfernte Verwandte, eine Handvoll Nachbarn. Aber da war niemand. Nur sie, Kimberley und das Geräusch einer kaum funktionierenden Soundanlage, die *My Way* krächzte.

Stephanie hatte nicht geweint. Kein einziges Mal.

Sie stand vollkommen still da und starrte auf den Sarg, als könnte er sich bewegen, als könnte er sich aufsetzen und enthüllen, dass es die ganze Zeit ihr Vater gewesen war.

Der Pfarrer beendete den Gottesdienst in weniger als fünfzehn Minuten.

Als sie in den Nieselregen hinaustraten, folgte Stephanie Kimberley wortlos zum Grab. Sie standen unter dem Schutz eines Regenschirms und sahen zu, wie der Sarg hinabgelassen wurde. Dumpf schlug die Erde auf den Deckel.

»Alles in Ordnung bei dir?«, fragte Kimberley mit leiser Stimme.

Stephanie nickte nur unverbindlich. »Ja. Mir ist nur kalt.«

Doch Kimberley sah sie nicht mehr an; ihr Blick war auf jemanden auf der anderen Seite des Friedhofs gerichtet. Ein Mann Anfang dreißig, groß und in einen dunklen Mantel gekleidet.

Stephanie kniff die Augen zusammen. Irgendetwas an ihm kam ihr bekannt vor. Die Art, wie er sich hielt. Die Art, wie er ständig zu ihnen herübersah.

»Ein Freund von ihm?«, murmelte sie.

Kimberleys Schweigen dauerte zu lange.

»Kim?«

»Ich wollte es dir ja sagen«, sagte sie schließlich. »Ich wusste nur nicht, wann.«

Stephanie drehte sich zu ihr um. »Was sagen?«

»Das ... das ist Jordan.« Sie schluckte. »Er ist unser Bruder.«

Stephanie blinzelte. »Wie bitte?«

»Halbbruder«, korrigierte Kimberley schnell. »Papa hat noch ein Kind bekommen, als er mit Mama zusammen war.«

»Er hatte eine Affäre?«

Kimberley nickte. »Und als Jordan geboren wurde, hat die Frau ihn bei Papa und Mama vor der Haustür abgeladen. Mama wollte natürlich nichts mit ihm zu tun haben, also hat Papa ihn Elliot gegeben, um den Sohn zu ersetzen, der gestorben war, und seitdem hat er sich um Jordan gekümmert.«

Stephanie brauchte einen Moment, um die Information zu verarbeiten. Eine Affäre. Ein Halbbruder. Ein neuer Sohn für Elliot. Einer, der die klaffende Lücke in seinem Herzen füllen sollte. Der Grund, warum die Besuche des Butzemanns so abrupt geendet hatten. Sie stand unter Schock.

»Wie hast du das herausgefunden?«

»Als ich neulich Abend in dem Haus war, habe ich Jordans Geburtsurkunde gefunden. Papas Name stand darauf, und das fand ich etwas merkwürdig. Dann habe ich die Anwälte gebeten, der Sache nachzugehen, und sie haben mir geholfen, ihn ausfindig zu machen. Ich habe mich neulich mit ihm getroffen und ihm erzählt, was los ist. Es stellte sich heraus, dass er und Elliot sich vor ein paar Jahren zerstritten und den Kontakt verloren hatten.«

Die Geburtsurkunden. Jetzt ergab alles einen Sinn. Deswegen hatte es zwei Namen gegeben.

Stephanie starrte weiterhin ausdruckslos ins Leere. »Hast du deshalb so auf die Beerdigung gedrängt?«

Sie lächelte unschuldig.

»Kim, ich dachte, wir hätten gesagt, keine Geheimnisse mehr.«

»Das ist das letzte, ich verspreche es.«

»Ich ... ich weiß nicht, was ich sagen soll«, erwiderte Steph. Ihre Gedanken rasten, und in diesem Moment konnte sie nur an ihren Vater denken. Daran, dass Jordan sein Nachkomme war, dass er die Reinkarnation ihres Vaters war.

»Er ist nicht mein Bruder«, sagte sie schließlich.

»Doch, das ist er. Ob du ihn nun haben willst oder nicht.«

In diesem Augenblick winkte Kimberley ihn mit einer Handbewegung herüber. Er kam zügig herübergelaufen, traf einen Moment später ein und blieb nur wenige Meter von ihnen entfernt stehen, seine Schuhe sanken leicht in die weiche Erde ein. Er nickte höflich, die Hände tief in den Taschen seines Mantels vergraben, während sein Blick zwischen ihnen hin und her wanderte. Doch als er Stephanie ansah, machte etwas in ihr dicht.

Er hatte die Augen ihres Vaters. Dieselbe Neigung der Stirn, die Form seines Mundes, sogar die Art, wie er den Kopf neigte, als er sie ansah – es war unheimlich. Wie ein Geist aus Fleisch und Blut.

»Ich bin Jordan«, sagte er mit leiser, tiefer Stimme. »Ich ... ich wollte nur Hallo sagen. Anscheinend sind wir Halbbruder und Halbschwester.«

Stephanie sagte nichts.

Kimberley schenkte ihm ein sanftes Lächeln und rieb ihm den Arm. »Danke, dass du gekommen bist.«

Stephanies Kiefer spannte sich an.

Sie konnte ihn nicht mehr ansehen.

Ihre Brust fühlte sich eng an, wie zugeschnürt, die feuchte Luft war plötzlich zu dick, zu nass. Jeder Atemzug blieb ihr im Hals stecken.

»Ich muss gehen«, sagte sie abrupt mit leiser Stimme.

»Steph ...«, setzte Kim an, aber Stephanie war schon dabei, sich abzuwenden.

Sie wartete nicht, um zu hören, was Jordan zu sagen hatte. Sie wollte es nicht hören.

Sie stieß das kleine Eisentor auf und sah kaum, wohin sie ging.

Sie erreichte ihren Wagen und stieg ein, ihre Hände umklammerten das Lenkrad so fest, dass ihre Knöchel weiß hervortraten. Sie starrte einen Moment durch die Windschutzscheibe, während der Regen leise gegen das Glas tickte.

Sie startete den Motor. Das Radio ging an, und sie schaltete es mit einem heftigen Druck ihres Fingers aus, saß einfach da und atmete.

Dann, ohne sich umzusehen, fuhr sie los.

DAS ENDE

Das Ende. Aber nicht ganz. Die Geschichte geht weiter in Der brennende Mann, dem zweiten Band der Reihe:

Als in den malerischen Surrey Hills die verkohlten Überreste einer Leiche gefunden werden, wird DI Stephanie Broadbents altes Trauma neu entfacht.

Das Opfer wurde bei lebendigem Leib verbrannt. Keine Spuren. Keine Zeugen. Bald geht jeder Hinweis in Asche auf.

Als eine weitere Leiche auftaucht, deckt Stephanie eine Verbindung auf, die droht, die Welt — und weitere Leichen — in Brand zu setzen.

Will sie den Mörder fassen, muss sie ins Feuer gehen und sich ihrer Angst stellen.

Erfahren Sie jetzt auf Amazon, was in Der brennende Mann passiert!

Klicken Sie HIER, um Ihr Exemplar zu sichern!

Oder blättern Sie um, um einen exklusiven Auszug zu lesen.

DER BRENNENDE MANN - EXKLUSIVER AUSZUG

KAPITEL
EINS

Als Nigel Hadlow zum ersten Mal die Augen öffnete, detonierte ein stechender Schmerz an seinem Hinterkopf, zuckte wie ein Gewitter auf und ließ ihn benommen und orientierungslos zurück. Als er sie wieder öffnete und sein Blick klarer wurde, nahm er seine Umgebung wahr und erkannte, dass er von vier Holzwänden umschlossen war, die ihn zu erdrücken schienen.

Die Luft Mitte November war kalt und schneidend, feucht vom Geruch nach Heu und verrottendem Mist von draußen, wurde aber bald von einem chemischen Gestank überdeckt, der ihm wie Splitter im Hals stecken blieb und ihm den Magen umdrehte.

Er versuchte, sich zu bewegen.

Nichts geschah.

Er versuchte es erneut, spannte Arme und Beine an, und da wurde ihm klar, dass seine Hände seitlich von ihm weit ausgestreckt und an den Handgelenken mit etwas, das sich wie ein Seil anfühlte, festgebunden waren, verankert in etwas im Betonboden. Er reckte den Hals, um an seinem Körper hinabzusehen, und erkannte im schwachen Licht, dass auch seine Fesseln zusammengebunden, ebenfalls von Seilen umschlungen und an etwas Kaltem und Hartem befestigt waren.

Er war in einem Horrorfilm.

Panik stieg in seiner Brust auf.

Er versuchte zu schreien, doch seine Stimme klang nur schwach und brüchig, als hätte er schon eine Weile geschrien, ohne es zu bemerken.

Was zum Teufel geschah hier? Wie war er hierhergekommen?

Er schloss die Augen und versuchte sich zu erinnern.

Er hatte am Straßenrand angehalten, nachdem er ein seltsames Geräusch von den Reifen gehört hatte. Er hatte den Motor laufen lassen und war ausgestiegen, um nach vorne zum Wagen zu gehen und sie zu inspizieren. Dann hatte ein anderes Auto angehalten, ungeschickt und schief, die Reifen quietschten, als wäre der Fahrer in Eile. Eine Gestalt war ausgestiegen und auf ihn zugekommen. Es war dunkel – nach sieben Uhr –, daher war die Sicht schlecht gewesen, abgesehen von den Scheinwerfern, die kurz die Züge der Gestalt beleuchtet hatten. Und doch war da etwas Vertrautes an dem Gesicht gewesen, oder?

Ja.

Nur konnte er es nicht zuordnen. Ein längst verlorenes Gesicht. Von der Zeit verschluckt, verloren, bis es zu weniger als einer Erinnerung geworden war.

Und dann Dunkelheit.

Er hatte nicht bemerkt, wie der Taser aus der Tasche der Gestalt gezogen worden war. Sein Gehirn hatte komplett abgeschaltet. Und nun war er hier, mitten an einem kalten, dunklen Ort, an den Boden gefesselt, als läge er an einem Kreuz.

Das Geräusch des Tasers hallte erneut in seinen Ohren, wütend und elektrisch.

Es wurde schnell von einem anderen Geräusch abgelöst. Etwas in der Nähe. Regelmäßiger. Schärfer.

Es kam näher. Wurde lauter.

Aus dem Augenwinkel erhaschte er einen Blick. Ein Aufleuchten von Orange, Rot, Gelb. Zuerst klein, aber unverkennbar. Eine Flamme, die unter der Holzwand ihren Kopf hervorstreckte.

Sobald er es in seinem deliranten Zustand begriff, zitterte Nigels Körper gegen die Seile. Er zerrte mit aller Kraft, aber die Fesseln gaben nicht nach. Je mehr er sich wehrte, desto tiefer schnitten sich die Fasern in seine Haut und ritzten Linien in seine Hand- und Fußgelenke. Blut sickerte hervor, warm und nutzlos.

Innerhalb von Sekunden kroch eine Feuerlinie am unteren Ende einer der Wände entlang und verschlang gierig Stroh und Holzreste wie trockenes Papier, während sie heiße Glut in die Luft spuckte. Die Holzbalken über ihm ächzten und knallten, ihre Rahmen bekamen unter der Hitze Blasen.

Nigel schrie.

Reiner, animalischer Terror.

Das Feuer schoss vorwärts und kroch über den Boden auf ihn zu. Der dichte Rauch wurde dicker, schlang sich um sein Gesicht und füllte seine Lungen. Er hustete und würgte, seine Kehle zog sich zusammen, als der Sauerstoff aus seinem Körper gesogen wurde.

Seine Brust bebete, jeder Atemzug war eine Qual, als würden Glassplitter seine Luftröhre hinunterschneiden.

»Hilfe!«, krächzte er, seine Stimme versagte. Es war kaum lauter als ein Flüstern.

Die Flammen setzten ihre Annäherung fort, wie ein Raubtier, das langsam seine Beute umschleicht. Er konnte die Hitze spüren, blasenwerfend, sengend, die Haare auf seinem Körper versengend. Sein Rücken krümmte sich instinktiv, um sich aus seinen Fesseln zu befreien, aber die Seile hielten stand.

Er wand sich. Seine Haut prickelte. Dann kochte sie.

Das Feuer küsste zuerst seine Stiefel und schmolz die Sohlen. Flammen loderten um seine Knöchel, dann kräuselten sie sich in seine Kniekehlen und verschlangen die Seile, bis sie verkohlten und rissen. Der Schmerz kam schnell. Große Wellen der Qual brachen in ihm aus. Bald darauf warf seine Haut Blasen und platzte auf. Die Qual war weißglühend und kroch wie geschmolzenes Blei seine Beine hinauf. Er schrie erneut, aber der Rauch stahl den Laut aus seiner Kehle, so wie er im Begriff war, ihm das Leben zu stehlen.

Sein Körper krampfte.

Dann kam der schlimmste Teil. Die Erkenntnis, dass er nicht sofort sterben würde.

Dass es langsam und überlegt sein würde, darauf ausgelegt, ihn leiden zu lassen, ihn jede unerträgliche Sekunde spüren zu lassen.

Das Feuer kletterte seinen Bauch hinauf, loderte über seine Brust und kräuselte sich unter seinen Armen. Sein Hemd fing Feuer – ein Flammenstoß wie ein Streichholz an trockenem Reisig. Seine Haut schälte sich. Seine Augen quollen hervor. Seine Lippen teilten sich, aber er konnte nicht mehr schreien. Nur noch das Geräusch des Erstickens. Im Rauch verendend.

Über ihm ächzte das Gebälk des Gebäudes erneut.

In einem letzten instinktiven Akt drehte er den Kopf und streckte sich der Tür entgegen, die sich niemals öffnen würde. Der Luft entgegen, die er niemals atmen würde. Dem Licht entgegen, das niemals kommen würde.

Und dann Dunkelheit, und der Schmerz hörte auf.

KAPITEL
ZWEI

Das Ei tanzte wild im siedenden Wasser und prallte gegen die Wände des neuen Tefal-Topfes, den sie am Wochenende gekauft hatte, als wollte es entkommen. Stephanie lehnte mit verschränkten Armen an der Küchentheke und sah zu, wie die Blasen platzten und aufsprangen, als wären sie auf einem Konzert. Sie war wie hypnotisiert, verloren in den Blasen, und ihre Augen hatten Mühe, dem hin- und herprallenden und tanzenden Ei zu folgen. Sie beugte sich vor und hielt ihr Gesicht über das Wasser. Die Hitze war intensiv, und sie wich schnell zurück, als Wassertropfen auf ihren Arm spritzten. Ein Schmerz zuckte uber ihre nackte Haut, und sie hielt sie unter den Wasserhahn. Einige Augenblicke später ließ der Schmerz nach und wurde durch ein dumpfes, taubes Gefühl ersetzt. Sie drehte den Wasserhahn zu und starrte auf die winzige rote Strieme, die auf ihrem Unterarm aufblühte. Ein Nadelstich des Schmerzes.

Sie stand einen Moment lang da, lehnte sich gegen das Spülbecken und blickte nach draußen. An diesem Morgen hatte ein leichter Nieselregen eingesetzt, der gegen das Fenster prasselte.

Dann begann das Wasser im Topf überzukochen und auf der elektrischen Herdplatte zu zischen, was sie aus ihren Gedanken riss. Sie schreckte auf und nahm den schweren Topf vorsichtig mit beiden Händen am Griff vom Herd. Dampf kräuselte sich aus dem Topf und stieg in gespenstischen Fingern auf. Während sie eine

Hand am Griff ließ, schaltete sie mit der anderen die Herdplatte aus. Gerade als sie anfing, das Wasser in das Sieb abzugießen, das sie hinten in einem ihrer Schränke gefunden hatte, begann ihr Handy zu klingeln und wütend auf der Arbeitsfläche zu vibrieren. Ihr Blick zuckte zum Display, und in dieser kurzen Sekunde kippte sie das Wasser zu schnell ab, sodass ein Teil davon auf ihren Unterarm spritzte.

»Mist!«

Sie ließ den Topf klirrend ins Spülbecken fallen. Eine Schmerzwelle überzog ihre Haut, und sie fluchte wiederholt leise vor sich hin, während sie den Blick starr auf das Display gerichtet hielt.

Er rief schon wieder an. Das zwanzigste Mal in den letzten fünf Wochen. Oder war es schon öfter? Sie hatte den Überblick verloren.

Ganz zu schweigen davon, dass sie das Interesse verloren hatte.

Sie hatte keinerlei Verlangen, mit ihm zu sprechen. Er war erst vor Kurzem in ihr Leben getreten, und schon hatte sie das Gefühl, dass er versuchte, sich ihr aufzudrängen und sein eigenes Tempo vorzugeben, obwohl es ihrer Meinung nach genau umgekehrt sein sollte. Sicher, er war derjenige, dessen Vater gerade gestorben war, und er hatte auch gerade erst entdeckt, dass er zwei Halbschwestern hatte, von denen er nichts wusste. Sicher, er war derjenige, der gerade herausgefunden hatte, dass sein Vater in Wirklichkeit sein Onkel war und sein leiblicher Vater ihn bei der Geburt weggegeben hatte. Und ja, er war als Einzelkind aufgewachsen, während Stephanie ihre Schwester Kimberley hatte. Aber na und? Wo blieb die Rücksicht darauf, was *sie* durchgemacht hatte? Sie hatte die letzten dreißig Jahre damit verbracht, sich aus dem Würgegriff zu befreien, in dem ihr Vater sie gehalten hatte. Sie war diejenige, die von ihm missbraucht und misshandelt worden war. Nicht Kimberley. Und schon gar nicht Jordan. Allem Anschein nach hatte er eine liebevolle Kindheit gehabt, die sich erst in den letzten Jahren getrübt hatte. Aber trotzdem nahm niemand Rücksicht auf sie.

Endlich endete der Anruf. Ihr Kiefer spannte sich an, als die Benachrichtigung über den verpassten Anruf auf dem Display erschien. Sie starrte weiter darauf und wartete darauf, dass die Voicemail-Benachrichtigung auftauchte.

Einen Moment später erschien sie.

Noch eine. Zweifellos ähnlich wie die anderen.

Hey Steph, ich bin's. Wollte nur mal sehen, ob du dieses Wochenende vielleicht Zeit für einen Kaffee hast? Ich weiß, Kim hat erwähnt, dass es da ein Café gibt, das sie mag, und ich glaube, sie wollte auch mitkommen. Wäre schön, dich zu sehen und endlich mal zu quatschen. Wie auch immer, du weißt ja, wo du mich findest …

Als das Display schwarz wurde, erschien sein Gesicht in der Spiegelung. Sie verzog das Gesicht, und eine kalte Welle durchfuhr sie. Es war erschreckend, wie sehr Jordan ihm – ihrem Vater – ähnelte. Der dunkle, lüsterne Blick in seinen Augen. Das scharfe, kantige Gesicht. Sogar die Art, wie sein Haar an den Schläfen zurückwich.

Sie konnte das unheimliche Gefühl nicht abschütteln, das ihr durch den ganzen Körper fuhr.

Glücklicherweise erinnerte ihr Gehirn sie daran, dass es etwas anderes gab, um das sie sich kümmern musste: den Schmerz in ihrem Handgelenk, der sich anfühlte, als würde er sich auf ihren Oberarm ausbreiten. Sie drehte erneut den kalten Wasserhahn auf und ließ das eiskalte Wasser über ihren Unterarm fließen, das ihr etwas Linderung verschaffte, als es über ihre Haut strömte. Für einen Moment schloss sie die Augen und konzentrierte sich ausschließlich auf das laufende Wasser, das gegen das Edelstahlbecken spritzte, und das ferne Prasseln des Regens gegen das Glas.

Sobald der Schmerz nachließ, griff sie nach einem Geschirrtuch und tupfte die Verbrennung sanft trocken. Zerstreut schälte sie das Ei, dessen Schale wie trockene Rinde unter ihren Fingerspitzen knackte, und warf es auf einen Teller mit einer Handvoll welker Salatblätter, einem Schuss Olivenöl und einer Prise Maldon-Meersalz.

Kaum ein Frühstück für Champions, aber es würde ausreichen, um sie durch die Litanei an Besprechungen zu bringen, die sie an diesem Morgen hatte.

Sie setzte sich an den Tisch, zog den Teller zu sich heran und spießte das Ei mit einer Gabel auf. Gerade als sie einen Bissen nehmen wollte, klingelte ihr Handy erneut.

Diesmal nicht Jordan.

Die Zentrale.

Sie stöhnte und wischte sich mit dem Handrücken über den Mund. Ihr Daumen schwebte über dem grünen Symbol, bevor sie wischte, um den Anruf anzunehmen.

»Broadbent.«

Die Stimme am anderen Ende war professionell, ruhig.

»Detective Inspector, entschuldigen Sie die Störung. Wir haben einen Anruf von der Feuerwehr und Rettung aus Guildford. Sie haben heute Morgen Meldungen über eine Scheune erhalten, die möglicherweise über Nacht in Brand gesteckt wurde.«

»Verstehe. Sind die Feuerwehrteams vor Ort?«

»Ja, Ma'am.«

»Warum rufen Sie dann die Mordkommission an?«

»Weil sie glauben, menschliche Überreste in den Trümmern gefunden zu haben, Ma'am.«

BÜCHER VON JACK PROBYN

Die Krimireihe mit DI Stephanie Broadbent in den Surrey Hills:

Band 1: Der Voodoo-Killer

Sie kehrte nach Hause zurück, um neu anzufangen. Stattdessen erweckte sie die Dunkelheit, die sie begraben glaubte.

Noch bevor sie sich richtig eingelebt hat, wird eine Studentin nach einem Abend in ihrem Studentenwohnheim tot aufgefunden. Was zunächst wie ein klarer Fall aussieht, nimmt eine düstere Wendung, als eine Voodoo-Puppe in der Nähe der Leiche gefunden wird. Stephanie ist gezwungen, sich den Geistern ihrer Vergangenheit zu stellen – während sie versucht, einen Mörder zu stoppen, dessen nächster Zug bereits in Faden und Stoff Gestalt annimmt.

Lesen Sie Der Voodoo-Killer auf Kindle und Kindle Unlimited

Band 2: Der schwarze Mann

Vor dreißig Jahren wurden die Einwohner von Guildford von einer Gestalt heimgesucht, die in die Kinderzimmer schlich und die Kinder im Schlaf beobachtete. Beim Gehen hinterließ er einen einzelnen Partyballon. Und dann verschwand er. Die Besuche hörten auf. Jetzt geschieht es wieder.

Lesen Sie Der schwarze Mann auf Kindle und Kindle Unlimited

Band 3: Der brennende Mann

Als die verkohlten Überreste einer Leiche in den malerischen Surrey Hills gefunden werden, wird das Trauma aus DI Stephanie Broadbents Vergangenheit wieder wachgerufen. Als eine weitere Leiche auftaucht, deckt Stephanie eine Verbindung auf, die droht, die Welt – und weitere Leichen – in Brand zu setzen.

Lesen Sie Der brennende Mann auf Kindle und Kindle Unlimited

AUCH VON JACK PROBYN

Die DS Tomek Bowen Krimireihe:

BUCH 1: DIE RACHE DES TODES

Southend-on-Sea, Essex: Detective Sergeant Tomek Bowen - getrieben, hartnäckig und vom Tod seines Bruders verfolgt - wird zu einem der schockierendsten Tatorte gerufen, den er je gesehen hat. Ein Mann wurde rituell ermordet und in einer Kleingartenanlage in der Nähe des örtlichen Flughafens abgelegt. Erste Ermittlungen deuten darauf hin, dass dieser Mann eine Vergangenheit hatte. Eine Vergangenheit, die ihm viele Feinde einbrachte.

Die Roche Des Todes herunterladen

BUCH 2: DER GRIFF DES TODES

Annabelle Lake glaubte, den Ford Fiesta, der vor ihrer Schule wartete, und den Fahrer darin zu erkennen. Sie lag falsch. Ihre Leiche wird einige Zeit später entdeckt, baumelnd an einer Schaukel auf einem Spielplatz auf Canvey Island.

Der Griff Des Todes herunterladen

BUCH 3: DIE BERÜHRUNG DES TODES

Als sich an einem Dezembermorgen in Essex der Nebel lichtet, wird die Leiche eines Teenager-Mädchens mit dem Gesicht nach unten in einem Feld entdeckt. Der Fall landet schnell auf dem Schreibtisch von DS Tomek Bowen, der, während er versucht, sein neues Leben als alleinerziehender Vater einer dreizehnjährigen Tochter zu meistern, die tödlichen Ereignisse aufdecken und die Wahrheit ans Licht bringen muss.

Die Berührung Des Todes herunterladen

BUCH 4: DER KUSS DES TODES

Der Tod eines Obdachlosen erregt kaum Aufmerksamkeit in Southend-on-Sea - bis die Obduktion ihn als Herbert Tucker identifiziert, einen umstrittenen Parlamentsabgeordneten mit einer Geschichte voller

Feindschaften. Zwischen den Strandhütten von Thorpe Bay gefunden, wirft sein sorgfältig inszeniertes Ableben mehr Fragen auf als es Antworten liefert. Unter wachsendem Druck muss DS Tomek Bowen die letzten Tage eines Mannes rekonstruieren, der von Kontroversen lebte. Seine Ermittlungen decken ein Netz aus Täuschungen auf, das sich von den Korridoren Westminsters bis in die dunkelsten Ecken von Essex erstreckt. Doch je näher Bowen der Wahrheit kommt, desto klarer wird ihm - dies war nicht nur Mord. Es war eine Botschaft. Und jemand wird alles tun, um ihre Bedeutung im Verborgenen zu halten.

Der Kuss Des Todes herunterladen

BUCH 5: DER GESCHMACK DES TODES

An einem windigen und eisig kalten Morgen besucht Morgana Usyk, Besitzerin eines der Lieblingsplätze von DS Tomek Bowen, Morgana's Café, den etwas über eine Meile vor der Küste gelegenen Mulberry Harbour. Kurze Zeit später wird ihre Leiche in den flachen Gewässern gefunden, treibend neben dem Hafen. Erste Berichte und Augenzeugenaussagen besagen, dass sie den Mörder vom Tatort fliehen sahen. Doch als Sturm Alisha aufzieht und alle Beweise wegspült, steht Bowen mit seinem Team auf verlorenem Posten. Jetzt steigt das Wasser. Und Morganas Leiche wird nicht die einzige sein, die sie darin finden werden.

Der Geschmack Des Todes herunterladen

BUCH 6: DER ENGEL DES TODES

Als die Flugbegleiterin Angelica Whitaker nach einer Nacht in einem der beliebtesten Nachtclubs von Southend als vermisst gemeldet wird, wird der Fall zum ersten Mal in seiner Karriere an DS Tomek Bowen übergeben. Sobald die Ermittlungen beginnen, richtet sich der Verdacht auf den Mann, mit dem sie im Club getanzt hat. Doch als ihre Leiche später in einer Kirche gefunden wird, positioniert wie ein Engel, deuten dieselben Indizien auf einen berechnenden, gefassten und sadistischen Killer hin. Aber während die Ermittlungen voranschreiten und Tomek tiefer in das Leben des Opfers eintaucht, wird klar, dass es keinen Mangel an Verdächtigen gibt und jeder seine Geheimnisse hat – manche mehr als andere...

Der Engel Des Todes herunterladen

REZENSION SCHREIBEN

Da wären wir. Ende.

Also, ich sage « wir » ... ich meine euch. Danke.

Danke, dass ihr bis hierhin durchgehalten habt und mir treu geblieben seid, während ich mir diese unglaublich wilden und bizarren Geschichten ausdenke und sie später zu Papier (oder besser gesagt, in digitale Dateien) bringe.

Amazon ist voll von Millionen von Büchern (buchstäblich, und ich verwende diesen Begriff nicht leichtfertig), daher ist es oft schwierig, die nächste Lektüre zu finden. Man möchte einfach wissen, in welches Buch man als nächstes eintauchen soll. Aber manchmal hat man keine Zeit, sie alle durchzugehen. Was also tun?

Natürlich die Rezensionen lesen.

Wir nutzen sie in jedem Bereich unseres Lebens. Restaurants. Filme. Unser nächster Fernseher. Kopfhörer. Fast alles wird von den Gedanken anderer bestimmt.

Verrückt, nicht wahr?

Aber was passiert, wenn man auf ein Buch ohne Rezensionen stößt? Man schreckt vielleicht davor zurück. Es ist schwer, dem Buch zu vertrauen.

Ihre Zeit ist kostbar. Sie wollen sie nicht mit enttäuschenden Geschichten verschwenden. Niemand möchte das. Und das möchte ich auch nicht für Sie. Manchmal mache ich mir Sorgen, dass dieser Geschichte dasselbe passieren könnte. Aber es gibt eine Lösung.

Eine Rezension hilft viel. Und sie gibt mir das Selbstvertrauen, die verrückten Gedanken in meinem Kopf weiter zu verarbeiten. Wenn Sie einen Moment Zeit haben, würde ich mich sehr über eine Rezension freuen. Es muss nicht viel sein – nur ein paar Worte darüber, wie Sie das Buch finden.

Vielen Dank.

Ihr freundlicher Autor,

Jack Probyn

www.ingramcontent.com/pod-product-compliance
Lightning Source LLC
Chambersburg PA
CBHW011549190726
48287CB00010B/2800

* 9 7 8 1 8 0 5 2 0 2 2 7 1 *